# La salamandra desnuda

YVES DE VILLEGAS

# La salamandra desnuda

NdeNovela

La lectura abre horizontes, iguala oportunidades y construye una sociedad mejor. La propiedad intelectual es clave en la creación de contenidos culturales porque sostiene el ecosistema de quienes escriben y de nuestras librerías. Al comprar este libro estarás contribuyendo a mantener dicho ecosistema vivo y en crecimiento.
En **Grupo Planeta** agradecemos que nos ayudes a apoyar así la autonomía creativa de autoras y autores para que puedan seguir desempeñando su labor.
Dirígete a CEDRO (Centro Español de Derechos Reprográficos) si necesitas fotocopiar o escanear algún fragmento de esta obra. Puedes contactar con CEDRO a través de la web www.conlicencia.com o por teléfono en el 91 702 19 70 / 93 272 04 47.

© Yves Díaz de Villegas, 2024

© Editorial Planeta, S.A., 2024
NdeNovela, un sello editorial de Editorial Planeta S.A.
Diagonal, 662-664, 08034 Barcelona (España)
www.ndenovela.com
www.planetadelibros.com

Diseño de la colección: Compañía

Primera edición: abril de 2024
Depósito legal: B. 4.640-2024
ISBN: 978-84-10140-05-9
Composición: Realización Planeta
Impresión y encuadernación: Rotoprint by Domingo
Printed in Spain - Impreso en España

*Dedicado a la memoria de*
*José Luis Castañeda,*
*Guillermo Höpfner,*
*Tran Thuy Giang,*
*y a aquel extraordinario Sercobe*
*de mis años en Asia.*

# PRIMERA PARTE
## Últimos días en Kioto

*

¿Cuántas veces has experimentado la cercanía de la muerte? En tres ocasiones rozó mi vida. Hoy es la cuarta y última. Cuando llega el final, el de verdad, ¿tenemos la capacidad de reconocerlo? Es una sensación distinta; extraña y a la vez familiar.

De niña, un coche me atropelló en la entrada del colegio. Crucé sin mirar por el paso de cebra. Hablaba distraída con Jenny. No vi nada, no sentí nada. Fue tan rápido e inesperado que ni la adrenalina tuvo tiempo de recorrer mi cuerpo. Volé unos metros. No recuerdo el dolor, pero sí que la sangre se concentraba en mi frente tras el escandaloso impacto de mi cabeza contra el pavimento. La luz se apagó y yo con ella. Aunque la muerte acudió a mi lado de forma fugaz, aún no me tocaba.

Su segunda visita tuvo lugar años después. Me operaban de un bulto en el pecho. De camino al quirófano, ya sin la compañía de mamá, la angustia de cerrar los ojos tras la anestesia y no abrirlos nunca más me oprimía la garganta. Pensé que sería como volar hacia las puertas del cielo: llamar y volver sin que te pillen, igual que un niño que pulsa todos los telefonillos para gastar una broma y corre hacia el escondite de sus amigos, loco de risa y con el corazón en un puño.

La tercera se presentó en la playa de Brighton, en un viaje de fin de curso. Dieciséis años. Esa edad en la que la vida no vale nada y te la juegas a cara o cruz como si de media libra se tratase. Borracha —por desgracia no lo suficiente como para olvidarlo—, me adentré en aquel mar revuelto de verano con toda la pandilla. Era noche cerrada. Tan solo el *pier*, su noria y la luz parpadeante de las atracciones marcaban un punto de referencia en la lejanía.

Thomas había sido el primero en lanzarse al agua. Los demás reímos al verle quitarse la ropa antes de zambullirse con un alarido desafiante. Los siete lo imitamos, claro. Para curtidos vikingos escoceses de Aberdeen como nosotros, el canal de la Mancha nos parecía una tranquila laguna tropical. Y ¿quién, después de varios vodkas, puede resistirse a saltar al agua en cueros si los demás lo hacen? Di una última calada larga y profunda al porro de Melli y me desnudé por completo.

El negro mar nos tragó, envolviéndonos de frío en aquel verano caluroso. Thomas nadaba frenético hacia el horizonte invisible y los demás lo seguimos. El contraste del agua helada desplazó con brutalidad la borrachera. En la tiniebla parecían acecharnos ojos, bocas y dientes listos para arrastrarnos al fondo. Pero era tan emocionante... Jenny me agarró por detrás. Ya no hacíamos pie y apenas distinguíamos nuestros rostros. Sostuvo mis pechos mientras sus rodillas me golpeaban al intentar mantenerse a flote. En cada beso nos hundíamos, con cada ola volábamos aspiradas por el cielo. Seguimos hacia delante. Éramos todos del equipo de natación, menos ella.

Oímos un grito. Sonaba lejano, angustiado; un gemido de auxilio que nos heló la sangre y nos devolvió a la realidad. Ya no distinguíamos a nadie. Sin hablarlo, decidimos volver a la orilla. El mar, como un anzuelo de tres puntas, nos había dejado avanzar, pero no nos permitía retroceder. Nadé con desesperación; la resaca nos arrastraba hacia dentro y las olas, gigantes invisibles en aquella oscuridad, rompían con furia y sin avisar sobre nuestras cabezas. Perdí de vista a Jenny. Extenuada, la llamé sin fuerzas. La risa había dado paso al terror en un momento. Quise llorar, pero no pude. ¿Qué poder esconde el miedo para agotar tan rápido? Apenas unos segundos y parecía que había recorrido cien piscinas. Ya no oía a nadie, todo era rugido de espuma y el constante retumbar de martillo de cada ola al quebrarse sobre la piel del Atlántico. Intuí con meridiana certeza que iba a morir, que íbamos a ser devorados uno a uno por aquella boca negra con lengua de resaca. Salir de ese infierno, a pesar de haber nadado en competición toda la vida, era imposible. Estúpida, estúpida, estúpida. Más que por mí, sentí rabia y pena por mis padres. Llegaron gritos apagados en la lejanía.

No puedo morir, me dije. Me lancé a nadar en paralelo a la costa, hacia la rueda de luz del lejano parque de atracciones. Lenta, lenta, respira, no pienses. Con cada brazada imaginaba mi último momento. Me sorprendió lo sencillo que resultaría abandonarme, desertar de aquella batalla perdida. Pero otra Alice que no era yo tiraba de mi voluntad y me dejé llevar por su extraña furia.

Sin saber ni cómo ni cuándo ni cuántas brazadas y olas después, el océano me escupió a la playa, harto de masticarme sin poder tragar.

Horas más tarde, envuelta en luces naranjas y una manta, oí a la policía informar por radio que una tal Jenny no aparecía. La encontraron a los dos días. Flotaba boca abajo a una milla de allí.

Aquel día no morí del todo, pero parte de mi alma quedó en el fondo del mar.

Recupero estos episodios, apenas segundos de recuerdo comprimido, porque esta es la cuarta vez que la muerte se presenta a mi lado; y, por fin, parece que ha llegado su día de suerte.

Despierto de un sueño tan profundo que dudo si es vigilia. ¿Dónde estoy? Me aplasta un edificio de varios pisos apoyado sobre la cabeza. Todo está oscuro. No. Me da esa impresión porque no logro abrir los párpados. ¿Me duermo otra vez? No. Aquí sigo. Espera. Quizá esté muerta ya. Intento mover algún músculo. Imposible. Respira, Alice. Lo consigo, pero me cuesta. Como si diez forzudos aprisionasen cada centímetro de mi cuerpo. Un momento. ¡Soy capaz de mover el dedo! A ver... Sí. Mi uña roza contra alguna superficie rugosa. A lo mejor..., veamos, eso es, poco a poco abro un ojo. El izquierdo, muerto, como si no existiese, y el derecho..., duele..., vamos...

La habitación baña en penumbra. Carece de ventanas, pero por la puerta se cuelan delgadas figuras geométricas de luz que se imprimen en los muros. No alcanzo a estirar el cuello para ver algo y la cabeza me pesa como plomo. Intento levantar las manos. Logro activar los dedos, incluso los pies también. ¿Por qué no puedo alzarlos? La angustia me traspasa, me ayuda a moverme, pero al mismo tiempo trae consigo el horror: ¡mis muñecas están atadas! Dios mío, ¿qué ha pasado?

A medida que desfilan los minutos, cada vez tengo más fuerza. Ya puedo ladear la cabeza, incluso levantarla unos centímetros. Mi sentido del olfato se despierta, el olor es nauseabundo. Me recuerda a una mezcla empalagosa de aceites y lubricantes sexuales después de una noche de pasión. Tiro de las muñecas y logro enderezarme un palmo. Mis piernas están sujetas a lo que parece una camilla. Me asfixio de miedo. Me debato con las escasas energías, que retornan lentas, pero mis ligaduras son sólidas. Grito:

—*¡Ayuda, por favor, ayuda!*[1]

1. 助けて, 助けて! (*Tasukete, tasukete!*).

Un ruido me desvela; me sobresalto, desfallecida. Toso con arcadas, aunque no vomito. No sé cuánto tiempo ha transcurrido cuando oigo pasos en el exterior. Tras el roce de unas llaves, se abre la puerta, una luz violenta invade la habitación y me obliga a cerrar instintivamente los párpados. Dos hombres entran mientras hablan en voz baja. Giro la cabeza y me fijo en la pared. Un sudor frío me recorre el cuerpo. De un gancho cuelga una máscara de cuero con agujeros para los ojos y la boca. Está bordada con puntas metálicas. Junto a ella penden unos delantales, también de piel negra, y unas batas blancas y verdes, como de médico. Veo incluso una pequeña cofia de enfermera y un estetoscopio. Pero lo que más miedo me produce son los látigos. Todos clasificados por orden de tamaño: los hay cortos, medianos y largos, con púas o rematados con pequeñas bolas de acero. Los recién llegados se acercan y me observan en silencio. No distingo sus caras; ambos las cubren con una capucha que solo permite entrever su mirada viciosa y sus labios, carnosos y húmedos.

—*¿Qué quieren de mí?*[2] —balbuceo aterrada.

Se hace la luz en mi interior, ahora entiendo dónde estoy. Lo he visto en el cine; esta es una de esas salas sadomasoquistas de las películas de terror. Mi cuerpo se contrae con toda la violencia de la que son capaces mis músculos dormidos. Grito de nuevo. Oigo una voz ronca, grave, susurrar con enfado a otra que, más calmada, le contesta. Son ambos japoneses. Una mano me levanta la cabeza y me coloca una cinta en la nuca mientras me introduce al mismo tiempo una bola dura en la boca. Duele, aunque no lo hace con brutalidad. Ya no puedo gritar con esta mordaza pornográfica. Huele a fresa. Sabe a fresa. Tengo que hacer esfuerzos para respirar por

2. 何をするんですか。(*Nani wo surun desuka?*).

la nariz. Atisbo el rostro del hombre. Me ciega con un antifaz. Los dos discuten en voz baja. Hablan rápido y me cuesta concentrarme. Solo capto: «doctor», «llamar», «inglesa», «noche». Uno de ellos palpa mi ropa, deshace el cinturón y aparta la tela. Por la sencillez del movimiento y por el frío que me invade, deduzco que no llevo puesto más que una bata. Y quizá mi tanga. Mi cuerpo aterrorizado quiere volver en sí, la anestesia se disipa.

Aun sin verla, siento el peso de la mirada y el ronco resuello del hombre que me observa desnuda. Su mano toca mi pecho y lo sostiene, lo sopesa. Me tenso, gimo al tirar con todo mi empeño de las ligaduras. Un dedo se introduce bajo la goma de mis braguitas, las estira, y oigo el ruido de unas tijeras cortando su cinta elástica. Me combo con furia, pero ellos ni se inmutan y me desnudan del todo. Estoy helada. Oigo aterrada cómo se abre un maletín. Luego reconozco un sonido metálico y alguien que se enfunda unos guantes de goma. Me dispongo a recibir dolor, mucho dolor. El miedo y la bola en mi boca me ahogan y el aire apenas encuentra espacio por las ventanillas de mi nariz.

Pienso en mis padres, en mi vida fracasada, en el largo camino que me ha llevado hasta este cuarto de horror en Japón.

Me llamo Alice Clowes, tengo treinta años, y mi vida termina aquí.

# 1

Solo unos días antes me encuentro frente a la puerta de la señora Hattori, mi casera, que vive en el piso de arriba. Llamo con suavidad; serán las diez de la mañana. Espero. Como está mal del oído, golpeo más fuerte. El crujir de la madera traiciona sus pasos de anciana.

—Buenos días, Hattori-san. —Me inclino un poco más que de costumbre; la circunstancia obliga.

—Ah, ah, Alice-san. Pasa, pasa, siéntate.

Me encanta escuchar su inglés con acento americano; un inglés de los años sesenta, congelado en el tiempo, con expresiones de aquella época que ya no se usan. Es viuda de un soldado de Nueva Orleans que se instaló en una de las bases militares de posguerra. Es por ello que acepta alquilar su piso a extranjeros.

El pequeño apartamento es tan sencillo y arreglado que me recuerda a un *karesansui*, esos jardines secos con su grava bien rastrillada, sus rocas y su musgo que simulan el agua y las montañas; transmite la misma sensación de orden y tranquilidad. La señora Hattori es bajita y anda encorvada, pero algo me dice que en su juventud debió de ser una belleza. Cuando levanta la mirada, esos dos segundos de más que te observa traslucen curiosidad y perspicacia, pero siempre con una expresión de cariño. Cada tres o cuatro semanas llama a nuestra puerta con alguna bandeja en las manos. Tras unas cuantas reverencias y *lo siento*,[3] se cuela en la casa y llega hasta la cocina, donde abre nuestra nevera y mete el delicioso plato que nos ha preparado; a veces una gran fuente de *sukiyaki*, con su verdura, su tofu y su grasa de buey; otras, unas *gyozas*, y en Año Nuevo un *osechi ryōri*[4] para cada uno. Por el camino ha comprobado que todo sigue en su sitio y que cuidamos su piso. La primera vez quise detenerla, pero fue imposible. Fonsi y Koji, acostumbrados y encantados desde hace tiempo con este proceder, se burlaron de mi sorpresa.

Mientras la anciana se interna en la cocina para preparar el té, me siento de rodillas sobre un cojín en el suelo junto a la mesa baja. Curioseo a mi alrededor. En la estantería, entre los bibelots, se ordenan las fotos de su familia. Por lo que sé, el marido falleció hace años y los hijos viven en Tokio y Osaka. Uno es soltero y viene una vez al mes a visitarla. Con el otro nunca he coincidido. Hay una imagen en blanco y negro de un soldado con uniforme de militar japonés de la Segunda Guerra Mundial y una mujer ricamente ataviada con el kimono clásico. Son su padre y su madre. A su lado ha colocado un pequeño altar con cenizas e incienso quemado.

He preparado mi discurso con el poco japonés que he aprendido en estos tres años y con la ayuda de Koji y Fonsi. La señora Hattori trae unos *daifuku* y unos *dango*, los pastelitos que me ofrece siempre que vengo a visitarla. Recorro con la vista por última vez los muebles humildes de esta abuela japonesa, que por un precio razonable nos ha alquilado el piso de abajo. ¿No se habrá dado cuenta de que los tres éramos gais? Quizás piensa que uno de ellos y yo somos pa-

---

3. ごめんなさい。*(Gomen nasai)*.
4. おせち料理。Cajita de alimentos que se prepara en Año Nuevo, cargada de buenos augurios.

reja, y que el otro es soltero. Pero nunca ha preguntado nada. Qué discreta es. Con lo mal que acepta estas cosas la gente mayor en Japón.

Recuerdo la primera vez que hablé con ella. Koji y Fonsi me habían convencido de que no aguantaría ni tres meses pagando la fortuna que costaba el alquiler en el apartamento en el que vivía sola. «Tonta, vente con nosotros, que no te vamos a comer; no eres nuestro tipo». Les dio un ataque de risa.

Los adoro, pero me asombra lo infantiles que resultan a veces; nunca parecen hablar en serio. Sin embargo, ambos son ejecutivos en dos empresas importantes y, pese a que no les he visto durante el trabajo, cuando hablan por teléfono con algún cliente o compañero, transforman por completo sus gestos, la voz, e incluso se doblan en profundas reverencias aunque nadie las pueda ver. Luego, tras unos segundos de transformación, vuelven a ser los eternos fans de ABBA que cada fin de semana se enfundan unas mallas azul y rosa para cantar a dúo sus grandes éxitos en el Blue Flamingo. De todo lo bueno que me ha pasado en Japón, ellos dos son lo mejor, ya sea en la disco bailando como peonzas bañadas por la luz estroboscópica, ya sea enfundados en nuestros gruesos edredones, *pizza* y película en el sofá. Fonsi aporta su sangre española que tanto envidio, soleada, inconsciente y leal; y Koji, su infinito conocimiento de la cultura japonesa, su educación y sus chistes pornográficos o escatológicos acompañados de una risa histriónica que incluso a mí me abochorna. Ambos se burlan el uno del otro. Koji dice que Fonsi es un sucio salvaje fuera de lugar en el civilizado mundo japonés, y Fonsi llama a Koji *shijimachi ningen*, «persona espera-instrucciones», que es como denominan con sorna los japoneses a aquellos trabajadores con tal falta de iniciativa que si no se les dan directrices concretas se quedan quietos cual robots, sin hacer nada. Y razón no le falta; los japoneses son obsesos de los reglamentos, de seguir los procedimientos del manual sin jamás salirse de ellos. La improvisación aquí es un crimen.

De la salita me llegan las noticias de la radio a todo volumen. A menudo las oímos con nitidez desde abajo a través de los finos forjados, pero no nos atrevemos a decirle nada a la pobre. El locutor repite por centésima vez la noticia del estallido de la guerra de la Yakuza que ha provocado varios muertos. La policía busca contenerla a toda costa después de años de paz entre los clanes mafiosos.

—¿Té negro te parece bien, querida?

Vuelvo a la realidad. La señora Hattori, inclinada a mi lado, me pregunta, tetera en mano.

—Eh, sí, sí, gracias.

Tras sentarnos le comento lo bueno que está el té y el radiante día que hace. Me da pena abordar el tema de mi partida, porque le he cogido cariño tanto a la casa como a ella, pero tengo que hacerlo.

—Señora Hattori, lo siento muchísimo, pero he venido a decirle que vuelvo a mi hogar, a Escocia.

La anciana tarda unos instantes en comprender. Mueve de arriba abajo la cabeza, siempre con una pequeña sonrisa, hasta que le alcanza el significado de mis palabras. Su semblante cambia y lo empaña una sombra de tristeza.

—Oh, vaya. Sí, sí, regresar a casa. Claro, con la familia —recupera su expresión risueña—, quizás para casarte.

—Sí —asiento con gesto dudoso—, quizás para casarme.

Voy a añadir que no he encontrado a nadie que me quiera, pero es demasiada información.

—Has sido una inquilina muy atenta. Me has pagado bien y has cuidado de mi casa, de mi gato Haku y de las flores del balcón cuando me fui de viaje a ver a mi hijo. He visto cómo las riegas con amor. Quisiera hacerte un regalo de despedida.

—Oh, no es necesario, señora Hattori.

Ya me han descrito mis compañeros, con minucioso detalle, cómo se va a desarrollar esta ceremonia de despedida. En Japón las relaciones son una larga obra de teatro ensayada desde la infancia. Yo tendré que rechazar al principio y luego aceptar agradecida. Ella se disculpará, murmurará por hacerme un regalo sin previo aviso y sin poder yo corresponderla. En efecto, se levanta y rebusca en una caja de madera labrada que reposa en la estantería. Vuelve con dos colgantes de tela y una pequeña rana de metal. Me los entrega con ambas manos, una debajo de la otra.

—Esta *kaeru* debes guardarla en el monedero. Te dará suerte con el dinero, para que todo el que salga regrese. *Kaeru, kaeru* —repite y se ríe—, ya sabes, significa rana, pero también regresar.

Me vuelvo a maravillar de la complejidad de los símbolos japoneses y de los juegos de palabras que enriquecen este idioma tan endiablado.

—Muchas gracias, Hattori-san —digo mientras saco mi sencillo monedero y la guardo dentro. La figurita del batracio parece sonreír entre mis yenes. Estoy encantada con aquel regalo. Me hace falta el dinero, a ver si me ayuda. La anciana continúa:

—Y estos *omamori* —me muestra dos diminutos colgantes de tela, no más grandes que una bolsita de té y que reconozco como los amuletos que llevan a menudo los japoneses— están bendecidos por los monjes del templo Fushimi Inari-Taisha. Este de color azul te protegerá durante tu embarazo.

Al decir esto cierra los ojos, pícara. Dudo un segundo. ¿He oído bien? ¿Ha dicho en japonés, *ninshin*, embarazo?

Miro al suelo, avergonzada. Aunque odio sentirme así, no logro evitarlo. ¿Cómo puede saber esta mujer de mi embarazo si no lo sabe nadie y estoy de apenas unas semanas? La anciana escruta mi reacción con astuta sonrisa de abuela que ya lo ha vivido todo. Estira su brazo y apoya el *omamori* sobre mi barriga. Me lo da y a continuación acaricia mi cara, pasa su pulgar bajo mi párpado.

—El rostro de las embarazadas no engaña nunca, ¿me he equivocado? —Una duda la asalta y cambia de expresión—. Quizás he sido imprudente.

—No, no —contesto y procuro disimular mi desconcierto. El hecho de que alguien me diga que estoy embarazada lo convierte en más real. Las dos pruebas de la farmacia no pueden equivocarse, pero mi cerebro y mi cuerpo no acaban de asimilarlo—. Tiene usted un don, Hattori-san.

—Este otro —me tiende el de color rojo— te dará suerte en el amor. Uno es para ti y otro para el guapo chico o... *la guapa chica de la que te enamores.*[5]

Vuelve a sorprenderme. Cuando quiere tocar temas delicados lo dice en japonés. He oído *kawaii on'nanoko*, chica guapa, no hay lugar para la duda. Me pongo colorada y me inclino con respeto y gratitud. La señora Hattori hace lo mismo, luego aprieta los amuletos en mis manos y me explica que hay varias formas de decir adiós en japonés; una de ellas se usa para decírselo al que se marcha de casa y vuelve:

—*Itterasshai.*

Ya en el piso de abajo, les detallo la escena a Koji y a Fonsi y les cuento lo de la chica guapa. Del embarazo, por supuesto, no digo nada. Ellos se ponen a reír como locos.

---

5. あなたが恋に落ちたかわいい女の子 (*Anata ga koi ni ochita kawaī on'nanoko*).

—¡La viejecita se las sabe todas! —dice el primero y se sostiene las costillas mientras se dobla a carcajadas—. Dos años llevamos haciendo teatro y nos tenía calados. ¡Qué tontos!

Por la noche celebramos mi partida con una buena cena y luego nos vamos a Osaka de fiesta. Está al lado de Kioto. Con el tren de las nueve y cinco llegamos a las nueve y media. Aviso a mis amigas de allí para que se unan a nosotros.

—¿Seguro que no quieres quedarte, al menos hasta que salga tu avión? —pregunta Fonsi—. Todavía te quedan cuatro días.

—No, os lo agradezco, pero...

—No aprendes que en Japón decir que «no» es ofensivo, pálido pajarillo británico —me corrige Koji serio—. Con una sonrisa es más que suficiente.

—Jamás seré capaz de aprender vuestras costumbres, qué retorcidos sois.

Fonsi alza su vaso de sake y brinda:

—¡*Kanpai!*[6]

Vaso vacío. Obedecemos de forma literal al significado de la palabra. Ya siento que el alcohol templado alegra mi tristeza. No debería por el embarazo, pero una vez no hará daño.

Aunque sé que nunca volveré, repito la fórmula de la anciana; sería demasiado triste pronunciar la despedida definitiva: *sayonara*. No quiero amargar a nadie.

—Prefiero estos últimos días despedirme sola del país. Es una manía. Adiós, amigos. *Ittekimasu.*[7]

Bebo de un trago el sake que inevitablemente me vuelve

---

6. 乾杯! 乾 significa «seco» y 杯, «taza».

7. *Ittekimasu* se usa cuando un miembro de la familia se va de casa. Significa literalmente: «Voy y vuelvo». Lo dice el que se va.

a servir mi vecino de mesa nada más posarlo. En Japón es una intolerable falta de cortesía permitir que un vaso permanezca vacío. O un plato. Y jamás debes servirte tú mismo si no quieres ofender a los demás.

En realidad, sí que he entendido parte de la cultura nipona. Sé que hay un chico que quiere mi habitación en el piso y que, si no entra ahora, se irá a otro sitio, y será difícil para mis compañeros encontrar a alguien que quiera compartir vivienda con dos locos como ellos. Así que, para ponérselo fácil, he decidido los últimos días irme a un hotel cápsula, que son más económicos. Y lo mejor de todo esto es que ellos saben que ese es el motivo de mi partida, y yo sé que ellos lo saben y ellos saben que yo sé que ellos lo saben. No sé cómo me voy a acostumbrar en Escocia a decir y que me digan las crudas verdades a la cara. Al llegar me costó adaptarme a esto, pero la vuelta va a ser peor.

# 2

Entreabro los ojos y recuerdo a tiempo que el techo está a tan solo unos centímetros de mi frente. Es algo a lo que cuesta acostumbrarse a pesar de los días que llevo en este hotel cápsula. A eso, y a pensar que el aire que he respirado toda la noche cabe en tan poco espacio. El prospecto explica que la atmósfera se renueva todo el tiempo, espero que así sea.

Lo que me ha despertado es la minitelevisión del cubículo. La madre que me parió. Ayer la manipulé con torpeza y debí de programarla como despertador. Para un día que no tengo prisa... Son otra vez noticias de la guerra de mafias en Kioto y Osaka. En la pantalla no puedo evitar fijarme en los pies de un cadáver que sobresalen bajo la manta ya empapada en sangre con la que lo ha cubierto la policía. El país más seguro del mundo, dicen. Desde que ha empezado la nueva guerra de clanes, uno ya no pasea por la calle tan tranquilo. Se supone que no afecta más que a los mafiosos, pero una bala perdida..., nunca se sabe. ¿Y a ti qué más te da, Alice, si ya te vas y no piensas volver?

Consigo apagar el aparato con la punta del pie. Siento frío bajo estas sábanas ligeras. Me balanceo, pero el fino colchón no amortigua el dolor de espalda. Tras correr la cortina, abro la portezuela. A pesar de la hora, el pasillo bulle como un laborioso hormiguero de mujeres despeinadas en sandalias de goma, albornoz en una mano y los enseres de baño en la otra. Todas ellas discretas y rápidas, solo se aprecia el roce de sus pisadas.

Salgo de la cápsula con dificultad. Como las mañanas anteriores, desentumezco mis músculos con ejercicios de estiramiento. Mis articulaciones crujen, el cuello se desbloquea. Cojo mi neceser, mis chanclas y mi toalla y me dirijo perezosa a los baños. Están en el piso de arriba. Hay incluso un *ofuro* al aire libre en la azotea. En Japón, la cultura del baño no tiene nada que ver con la europea o la americana; forma parte intrínseca de sus vidas, ya sea en el *ofuro*, en los *sentō* o en los *onsen*.

El *ofuro* —literalmente «bañera»— es un lugar central en las casas japonesas, y no se usa para lavarse. Se llena una vez al día o cada dos días para toda la familia, se mantiene caliente a lo largo del año y se entra en él tras enjabonarse y aclararse fuera para conservar la limpieza de su agua. Padres e hijos se bañan juntos; allí se cuentan qué tal ha ido el día en el colegio, en el trabajo o con los amigos. Muchos japoneses adoran cantar en su *ofuro*. Se venden incluso fundas de plástico para leer libros en esta bañera profunda.

El *sentō* es el baño público, similar en su filosofía a los de los antiguos romanos, donde aquellos que no tenían medios en su casa acudían a lavarse, a reposar en grandes tinas de aguas humeantes, aromáticas a veces. Hoy en día incluso están dotadas de leves corrientes eléctricas para tonificar los músculos. Pero son, por encima de todo, el ágora, el espacio de encuentro de vecinos y amigos donde se socializa desnudo. En resumen, estos lugares son el *pub* inglés, la cafetería española o la sauna sueca.

Y, para finalizar, están los *onsen*: aguas termales que afloran a lo largo de la geografía, enriquecidas con propiedades naturales curativas. Surgen a gran temperatura del vientre de la tierra —alguna ventaja ha de tener el vivir sobre cien volcanes despiertos y otros doscientos dormidos— y a su alrededor los japoneses construyen unos *ryokan* idílicos donde disfrutarlas. Eso sí, hombres con hombres y mujeres con mujeres, salvo los más escasos *konyoku*, que son mixtos.

Yo nunca he visitado un *onsen*, y me voy a ir con las ganas de hacerlo. Quizás por eso voy al *sentō* con frecuencia.

Tras cruzar una sobria recepción, donde vegeta día tras día la misma señora, y dejar atrás las taquillas y los vestuarios, entro en una gran sala con una docena de puestos individuales que consisten en un espejo, un grifo de agua caliente y fría —sin lavabo—, una manguera de ducha y un bote de jabón. Toda el agua cae al suelo y se cuela por la rejilla del desagüe. En el centro hay una pileta gigante en azulejo marrón del tamaño de seis o siete bañeras normales. El ambiente huele a vapor, aceite y champú.

Lo primero que hago es pesarme en una vieja báscula arrimada a la pared para ver si he subido de peso. Un kilo. Eso son dos libras y pico. Este niño ya ha empezado su tarea. Pienso en que al regresar a Escocia me tendré que volver a acostumbrar a las libras, las yardas, las millas. Con lo que me había costado habituarme en estos años de exilio.

Varias mujeres desnudas están sentadas en un banquito de plástico, cada una en su puesto; se echan agua por encima con una pequeña palangana amarilla. Se enjabonan con energía y se vuelven a verter un cubo. Así una y otra vez. Al final, cogen la manguera de ducha que cuelga delante de ellas y se quitan los restos de jabón.

Me deslizo discreta hasta el fondo, donde están los váteres. Al acabar, presiono el botón y surge el chorro de agua caliente para limpiarme. Esto sí que lo voy a echar de menos. ¿Cómo he podido utilizar papel toda la vida existiendo esta maravilla? ¿Venderán en Aberdeen estos inodoros?

Salgo de nuevo a los baños, me desnudo, coloco con cuidado mi pijama en un armarito y cojo una toalla pequeña. Aprender a sentarme a horcajadas en un banquito tan bajo no ha sido tarea fácil. Y las primeras veces, mostrarme desnuda en aquel ritual de limpieza colectivo me había parecido extraño, pero desde la tercera visita lo asumí como algo natural. Y me gustó, para qué negarlo. Disfruto la desnudez y me encanta adaptarme a otras culturas. Consigo algo de goce en ello, como si pudiera desdoblarme y ser otra versión de mí misma.

Me vierto un par de palanganas de agua caliente por la cabeza y por el cuerpo, me enjabono con cuidado y a continuación me quito la espuma con la ducha. Hay una viejecita al lado que se gira y con una inclinación cortés de la cabeza me pregunta:

—¿Me puede frotar la espalda?[8]

Esto es inusual, porque soy extranjera; no debe de ver bien. Se agacha y la enjabono con la *suponji*[9] que me ha dado. Terminamos con un *arigatō*.[10] Después de comprobar que estoy bien enjuagada, me levanto, subo unos peldaños y me meto en la bañera gigante, el *ofuro*. La temperatura es abrasadora, tengo que entrar sin prisa, con cuidado. Nunca en Escocia me había bañado en aguas tan calientes, pero por lo visto es bueno para la salud. Los japoneses dicen que el nirvana para ellos es llegar en el agua al estado de *yudedako*, o de pulpo hervido, aunque es una práctica de riesgo por la alta probabilidad de desmayo al salir. Una vez dentro apoyo la nuca contra el borde y tiendo sobre mi cabeza la toallita doblada que me han dado en la entrada. Los vapores de hierbas saturan mi nariz. Con los ojos entreabiertos, noto en mi piel

---

8. 背中をこすってくれませんか。(*Senaka o kosutte kuremasen ka?*).
9. Esponja de baño.
10. Gracias.

el vapor que emana del agua y que nubla la sala. El calor muerde con fuerza mi cuerpo. Es una sensación agradable. Desde aquí puedo contemplar con curiosidad a las mujeres. Es uno de mis pasatiempos preferidos en este país. Algunas van solas y otras han llegado en grupo. Estas últimas charlan animadas. Se han sentado juntas, cada una en su taburete, y se frotan las unas a las otras derrochando jabón. Unas son mayores y otras más jóvenes. Madres e hijas, pienso, quizás de provincias en viaje turístico. Más bien de clase baja. Sus maridos estarán en los baños para hombres al otro lado del pasillo.

De las madres, dos de ellas están algo rellenas y la tercera esquelética, casi seca. Los pliegues se han adueñado de sus cuerpos. En las nalgas tienen menos celulitis de lo que se podría esperar a sus años; la privilegiada genética japonesa. Aun así, han perdido el atractivo de la juventud. Por el contrario, las hijas que las acompañan, de unos veinte años, frotan sus carnes sólidas con energía y estas apenas vibran. Son también tres. Una alta, con rasgos finos, y otras dos más pequeñas y delgadas. Acostumbradas desde la cuna, se enjabonan los pechos entre sí sin rubor alguno, con la naturalidad que otorgan al desnudo en este país, lejos de la mojigatería europea o americana. Hacen comentarios divertidos y bromean como si fuesen niñas en una bañera. Las madres les repiten a menudo que bajen el tono de voz, con esas oes profundas y largas de reñir que se usan aquí.

Hundo de forma inconsciente dos dedos en mi pecho, por debajo del agua. Siempre los he tenido bonitos, grandes y duros, y, a mis treinta años, todavía penden de ese hilo mágico que logra que floten al andar. Sin embargo, pienso con cierta tristeza, dentro de dos décadas alguna joven contemplará con pena mi piel fofa, como hago yo ahora con estas madres. No hay nada que pueda hacer para evitarlo, la cirugía me da terror. ¿Y para qué? ¿Para quién? ¿Tiene algún sentido entristecerse por la inevitable decadencia del cuerpo? Dudo unos instantes. Sí, me respondo, si no has podido compartir tus años de primavera con alguien, darle a quien quieres tus pechos duros, tu ardor de juventud, tu ilusión y tu energía. Y luego, envejecer juntos, resignarse a la decadencia natural, pero recordando lo que un día se tuvo y se disfrutó con el ser amado que aún te ve como fuiste.

Cierro los ojos.

Yo no tengo a nadie con quien compartirlo.

Toshirō se fue.

Siento la tristeza apoderarse de mí como tantas veces, pero la rechazo. Es un sentimiento que me invade a menudo y por eso mismo puedo controlarlo. Además, en unos días estaré en mi hogar. Bueno, en la casa de mis padres.

Noto una vibración en el agua. Unas piernas entran en el *oyu*.[11] Qué pena, preferiría estar sola. Por debajo de la toallita sobre la frente —empapada en agua fría para evitar el desmayo, se supone, y porque nada, salvo el cuerpo desnudo recién lavado, debe entrar en contacto con el agua limpia— percibo el vello púbico de una chica. Lo tiene recortado con gusto.

Entra poco a poco en el agua hirviendo.

No puedo evitar traicionar la exigida discreción en estos sitios, pero es que unos centímetros más arriba de su pubis asciende un magnífico dragón que trepa por su vientre, se retuerce y se enrosca entre sus pechos hasta casi la garganta. Bajo la cintura, dos serpientes gemelas han atrapado sus piernas delgadas pero fuertes y buscan en cada vuelta que dan a sus muslos el camino de la cadera. La lengua bífida de una de ellas casi llega a su vulva. Jamás había contemplado

---

11. お湯。Agua caliente.

30

unos tatuajes tan hermosos. Parecen haberse escapado de las láminas de algún antiguo tratado japonés de animales mitológicos.

Intento cerrar los ojos, pero no puedo, la mirada del dragón me hipnotiza desde sus pechos, pequeños, coronados por pezones diminutos, oscuros, que contrastan con el blanco lechoso de su piel. Me encuentro con la cara de la chica. Tiene más o menos mi edad, tal vez sea algo más joven, y me observa risueña. De su cuello pende un colgante que representa una pequeña salamandra. El hilo es de cuero y la figura del animal parece tallada en jade. Es preciosa.

—¿Puedo sentarme a su lado? —Su inglés es más que correcto. Tiene buen acento. Me hace una ligera reverencia.

—Claro, claro —contesto e inclino también la cabeza, sorprendida de que una japonesa tome la iniciativa de una conversación, algo inusual con una extranjera.

Se introduce junto a mí como en cámara lenta para acostumbrarse al calor del agua. Cierra los ojos tras colocar la consabida toallita sobre su frente. Las otras usuarias del *sentō* la examinan en la distancia con gesto torcido y cuchichean entre sí. En Japón no se puede entrar en un baño público con tatuajes, porque solo los llevan los mafiosos, los criminales, la famosa Yakuza.

Koji y Fonsi son fanáticos de las películas y los mangas de este género. A mí no me interesa lo más mínimo, pero de sus aburridas conversaciones sobre el tema me ha quedado que la técnica con la que se realizan los tatuajes estos yakuzas se llama *tebori*, y, al hacerse a la vieja usanza, con afiladas varillas de bambú o alfileres, resulta dolorosísima. Así muestran su valor frente al clan.

¿Y qué más me habían contado? Ya no me acuerdo, algo de que el nombre de Yakuza viene de un juego de cartas en el que la peor mano de naipes que te puede tocar es un ocho, un nueve y un tres. Ya-ku-za, o sea, la que no sirve para nada. Pero esta parafernalia en principio vale para los hombres. ¿Y para las mujeres?

¿Será una yakuza esta chica? No debe de haber muchas tatuadas así.

¿Y si es peligrosa?

¿Si me aparto y me marcho quedaré como una loca mal educada y paranoica?

—He adivinado que eres inglesa por tu cuerpo lleno de pecas. —Sube y baja la cabeza con pequeñas sacudidas para disculparse por tal atrevimiento.

—Ah. —No sé bien qué responder, pero me muestro amable—. Casi. Soy escocesa, de Aberdeen. Del extremo norte. Mucho más al norte que Sapporo. —Siempre digo lo mismo cuando me preguntan, para recalcar lo norteña que soy y que me siento. Para los japoneses, un lugar más al norte de Sapporo significa mucho frío.

—*Winter is coming.* —Me guiña un ojo. Y luego añade—: Perdona, soy descortés. Permíteme presentarme. Me llamo Kāto Yuriko. Soy de Osaka. Pero anoche me vine de fiesta a Kioto, a casa de unos amigos, y me he quedado a dormir en el hotel cápsula. Luego cogeré el tren de vuelta.

Cuánta información no pedida. Me fijo mejor en ella. Tiene un perfil perfecto; un cuello largo, una nariz fina y unos labios enrojecidos por el calor que comparten su tono con las cerezas. Su toallita antidesmayos no tapa por completo unas pequeñas orejas que le favorecen.

—Yo me llamo Alice Clowes. Clowes Alice, quiero decir.

—Y, disculpa que te pregunte, ¿por qué estás aquí? No es común ver a extranjeras en hoteles cápsula apartados de las zonas turísticas, y mucho menos que se bañen a la japonesa. ¿Vienes por trabajo?

Me giro un poco más para observarla bien. Una nipona tan directa y sincera. Cuidado, Alice.

—No. Bueno, sí. Vine unos meses, para un curso de japonés. Pero cuando me quise volver me ofrecieron quedarme, así que al final llevo aquí tres años.

—¿Tres años en un hotel cápsula?

—No, vivía hasta hace poco en un apartamento con amigos, pero lo he tenido que dejar para que no perdiesen a un nuevo inquilino. Solo me quedo aquí unas noches. Después de todo este tiempo se me ha acabado el dinero, así que me voy. Estoy gastando mis últimos yenes antes de coger el avión de vuelta a casa.

—Oh. —La japonesa vuelve a sacudir la cabeza en señal de comprensión y pone cara de pena—. Lo siento mucho.

—¿Y tú? ¿También agotas aquí tus últimos yenes?

La chica se ríe. Ha sacado la mano del agua y se tapa la boca con ella, pero me da tiempo a ver que, a diferencia de la mayoría de los japoneses, tiene los dientes impecablemente ordenados, menos los colmillos, que se adelantan un poco. Todo un signo de distinción, juventud y belleza natural en este país. ¿Lo habrá logrado con ortodoncia?

—Casi casi. Las copas de Kioto son prohibitivas.

—Y perdiste el último tren. Típico. —Me río también.

—Sí, pero este hotel cápsula está muy bien, no es la primera vez que me quedo a trasnochar porque me gusta que tenga estos baños públicos. —Duda un instante; hace una pequeña mueca con los labios—. ¿Quieres venirte de fiesta esta noche con mis amigos? Invito yo.

Me pongo en guardia y lo nota. Su cuerpo tatuado y tanta seguridad en sí misma no es algo que tranquilice.

—*Lo siento.*[12] —Inclina la cabeza y se lleva de forma ins-

---

12. ごめんなさい。 *(Gomen nasai).*

tintiva las manos al regazo bajo el agua—. Ha sido una propuesta inconveniente.

Esto ya es más normal. Le quito importancia con un movimiento de la mano.

—No eres la típica japonesa.

—He estudiado tres años en Harvard y he regresado hace poco. Mis padres y mis amigos dicen que me he vuelto descarada, impertinente y bochornosamente sincera como los americanos.

Es simpática y habla, en efecto, casi con la misma desfachatez que lo haría un californiano.

—¿Qué te voy a decir yo? Que tienen razón. Soy británica —contesto sin saber si va a captar la ironía; los japoneses no aprecian este tipo de chistes.

—¿Has estado en América?

—Sí, una vez, en Nueva York. No les gusta el té.

Parece, por un momento, no comprender.

—¡Ah, sí, ja, ja! El té sois los británicos; el café, los americanos, ¿no? —No me da tiempo a responder cuando pregunta a bocajarro—: ¿Estás casada?

Levanto las cejas. Me quedo callada estilo japonés: silencio más mirada más silencio. Lo capta enseguida.

—Oh, no, perdona, —se cubre de nuevo la boca, esta vez con el rostro consternado—, lo he vuelto a hacer.

—Yuriko —ya que muestra tanta confianza, no veo por qué no la voy a llamar por su nombre de pila—, no te preocupes. En Japón no tanto, pero en el resto de Asia no he podido dar un paso sin que me pregunten a cada minuto dónde está mi marido y si tengo hijos. Y, de paso, con la pregunta anterior han averiguado que tengo treinta años. No, ni casada ni hijos.

Me pregunto, al responder, si en mi estado de buena esperanza se puede considerar que tengo un hijo. No creo. ¿O sí? Me produce emoción pensarlo, es algo tan nuevo. No debe de ser más grande que una lenteja mi chiquitín.

La japonesa se gira hacia atrás para mirar a las mujeres que parlotean en la zona de enjabonado. Quizás esperan discretas a que nos vayamos para no incomodarnos. Además, meterse en el mismo *ofuro* que una mujer tatuada... No sé si sentir miedo, la chica es más que simpática. Admito que me producen una especial fascinación las personas que rompen esquemas. Los míos, al menos.

—Yo también soy soltera —me dice como intercambio de confidencias—. No creo que me case nunca.

—¿Y por qué? —le pregunto a lo bruto. No aprendo nunca.

Se sonroja e inclina la cabeza en señal de disculpa.

—Yo... —Mira de nuevo hacia las mujeres y sus hijas y permanece unos segundos en silencio.

Me lo olía. Algo hay en ella que la traiciona. En su forma de abordarme, en su manera de hablar y, en especial, en su mirada.

—Tú... —A ver cómo lo digo para no meter la pata—. ¿Los hombres no...?

Suspira aliviada.

—Me has entendido. —Baja la vista—. Los hombres no... No —concluye seria.

Suelto entonces una carcajada involuntaria cuyo tono se eleva por encima de los chorros de agua. Me ha salido del alma. Me gusta cómo lo ha dicho; con rotundidad. Ha negado a los hombres como lo haría una niña a la que le propusiesen comer cebolla cruda.

—¿Y por qué me lo cuentas? —le pregunto con cierta retranca—. ¿Piensas quizás que yo también lo soy?

—Es que... —No se atreve a mirarme. A veces tiene que ser duro ser japonés—. La semana pasada te vi con tus amigos en el Frenz Frenzy de Osaka.

Me pilla desprevenida. En efecto, hace unos días cogimos el tren de la noche Fonsi, Koji y un par de amigos más, y nos fuimos de fiesta a Osaka. Y estuvimos, como no puede ser de otra manera, en el Frenz Frenzy, el local gay más loco de la ciudad. Nos quedamos en casa de un antiguo amor de Koji.

—Así que esta mañana... —¿Le tiembla la voz?—. Al cruzarme contigo, te he reconocido enseguida. Y cuando he visto que venías a los baños...

—Has probado suerte —acabo su frase con cierta malicia.

—Pues sí. *Lo siento* —se disculpa—. No quiero incomodarte.

Agacha de nuevo la cabeza y hace amago de levantarse y marcharse. Le sujeto el brazo.

—Espera, cuéntame más cosas, a ver si me convences.

Se anima, está contenta de que no le haya permitido dejar la bañera.

—La verdad es que nunca he abordado a una chica así. Bueno, en un bar o en una disco de ambiente sí, pero en un sitio público me parece bochornoso, propio de hombres desesperados. Pero —hace una pausa—, lo tengo que decir antes de que te vayas: no logro olvidarme de ti desde ese día y la casualidad te ha puesto otra vez en mi camino. Soy supersticiosa y siempre creo que las cosas pasan por algo. Como una señal, ¿sabes? Le he preguntado a la mujer de la entrada cuándo te ibas y no me ha querido dar la información. Es discreta. Tenía miedo de que te quedases solo una noche, así que al verte entrar aquí... Bueno... Pues esta es la historia.

En ese momento se oyen gritos fuera. Las dos puertas oscilobatientes se abren de golpe e irrumpen en los baños dos hombres. Visten igual, con traje oscuro, camisa blanca y corbata, y sus cráneos brillan como sendas bolas de billar pálidas y lustrosas. Detrás de ellos, la mujer mayor de la recepción los persigue; vocifera tan rápido que no capto ni una palabra, aunque el significado está claro. Ha agarrado a uno de ellos por la camisa y tira con furia de ella. Los intrusos hacen caso omiso a la señora, como si fuera un caniche histérico e insignificante el que tirase de su ropa.

Madres e hijas gritan y se tapan el cuerpo con brazos y cazos de plástico. Me fijo mejor en ellos. Muestran al mismo tiempo una expresión de dureza y de tranquila ferocidad. Son enormes, caricaturas de matones de película barata. Por algún motivo, me recuerdan a los gemelos Dupont y Dupond.[13] Desde niña, una de mis manías ha sido la de buscar parecidos con personajes de Tintín. Me giro, apenas a tiempo para ver que mi nueva «amiga» se ha sumergido en la tina ardiente. ¿Cómo puede meter la cabeza en el agua a semejante temperatura?

Los dos hombres suben los escalones que llevan a la zona en la que estamos, la de las bañeras. Estiran el cuello en busca de algo o de alguien. Yuriko se agarra a mi pierna con ambas manos para mantenerse sumergida. La opacidad del agua sulfurosa no permite distinguir en su interior.

La recepcionista sigue prendida con rabia de la camisa de uno de los intrusos y ya le ha arrancado un par de botones. Él la rechaza con violencia y un grito ronco y profundo. Estos sí que son yakuzas de verdad. Por su pechera abierta asoman tornasoladas figuras de samurái con ojos de furia y katana en mano, y de una sobaquera de cuero cuelga un largo cuchillo negro.

Se acerca a mí, aferra la empuñadura y hace amago de desenfundarlo. A pesar de la temperatura, una ola de frío

13. Hernández y Fernández.

recorre mis miembros. De un movimiento puede sacarlo y cortarme el cuello. Se detiene, abre la boca con gesto de burla, me muestra los dientes: amarillos, torcidos y apiñados, y me mira con descaro los pechos. No he podido cubrirlos porque con las manos sujeto el cuerpo de Yuriko, que hace esfuerzos para no emerger.

Los dos gorilas se vuelven entonces por donde han venido y desaparecen.

# 3

Madres e hijas vociferan escandalizadas y se asoman por la puerta para asegurarse de que los gánsteres tatuados se han marchado. Interpelan a la dueña del local, le exigen que llame a la policía. Entonces tiro del brazo a mi compañera para que salga del agua. Primero, los ojos; luego hasta la nariz; otea discreta el local y, cuando ve que el peligro ha pasado, se apoya sobre el borde de la bañera mientras recupera la respiración.

—¿Los conoces? —le pregunto, aún sobrecogida.

Se limita a inclinar la cabeza en señal de disculpa.

—*Estoy desolada*,[14] siento que te hayan asustado.

Pero no contesta a mi pregunta. Voy a repetirla cuando recuerdo que los japoneses responden de lado si la cuestión es delicada. Decido no insistir. Su semblante ha cambiado. Me da la impresión de que al mismo tiempo que seria y educada, es una chica con un mundo interior indescifrable. Cambia de tema con rapidez. Se lanza a relatarme no sé qué experiencia que sufrió en Estados Unidos. Está nerviosa e inquieta, pero no quiere aparentarlo. Derrocha expresividad, cuenta las cosas como una niña pequeña bien aplicada que se sabe la lección. No he soltado su brazo y, a medida que habla, ha cogido el mío y con movimientos imperceptibles se me ha acercado. A pesar del calor del *ofuro*, intensos esca-

14. 本当にごめんなさい。 (*Hontō ni gomen nasai*).

lofríos me trepan por la piel en contacto con la suya. Lejos de molestarme el que haya invadido de una manera tan occidental mi burbuja de espacio, tan sagrada para los japoneses, me asalta una atracción animal hacia ella que ya germinaba desde que la vi. Ahora no sé lo que dice, me cuesta concentrarme en sus palabras por tenerla tan cerca. Sus labios perfectos se mueven sin descanso. Las gotas de sudor descienden por su frente y resbalan hasta su naricilla respingona. ¿Tiene alguna peca bajo el rocío caliente que la recubre? La luz de los baños es escasa. Se aparta la humedad de la cara, pero su mano regresa a mi brazo.

Pocas veces he sentido el amor a primera vista, y esta las supera a todas minuto a minuto. Solo quien lo ha experimentado lo sabe. Me giro hacia las madres e hijas que permanecen abajo distraídas con lo suyo; qué barbaridad de jabón y de restregones derrochan mientras discuten sobre lo ocurrido, se pisan las palabras, engolan la voz imitando a los dos energúmenos de negro.

Yuriko tampoco calla. No puedo más. Saco el brazo del agua y poso un dedo en sus labios. Mi otra mano bucea por la bañera y se fija como un pulpo sobre su pecho. Es pequeño y duro. Lo acaricio por debajo. Las cotorras no tienen ángulo para ver lo que hago desde donde están. Yuriko se ha quedado muda. Su corazón golpea fuerte, lo siento llamar bajo mis dedos. Está nerviosa, se ha lanzado al vacío sin tener costumbre, empujada por el mismo impulso que me permea, que nos penetra a ambas y que se llama atracción.

Esta sí que es la forma de conocer a alguien, coño, me digo, y no a través de una mierda de aplicación de teléfono como tengo por costumbre.

El calor me marea. Pienso en Murakami, que escribió en no sé qué libro —los he leído todos— que el calor de las fuentes termales, de los *onsen*, penetra hasta lo más profundo de ti y no te abandona hasta después de muchas horas, a diferencia de los de las bañeras de agua del grifo, que por calientes que estén, cuando sales te quedas helado. No va a ser mi caso. Este calor que me trae Yuriko persistirá en mí durante días.

Entonces lo noto en la pierna. El tacto suave de un dedo roza mi muslo. Llega a la rodilla y vuelve a subir lento, por momentos tan ligero que parece desaparecer. Al aproximarse a mi cadera, el dedo se convierte en varios que se deslizan por la nalga, dejan sentir el roce de las uñas. Así, sin prisa, vuelven a recorrer el mismo camino una y otra vez.

Yuriko recuesta la nuca en el borde de la bañera. Vista desde fuera, se diría que duerme bajo la toallita blanca. Respiro hondo, cierro los ojos y apoyo mis dedos con toda la delicadeza que puedo sobre el dorso de la mano que me acaricia. Comienzo a deslizar mis yemas hacia arriba, despacio, tal y como ha hecho ella antes, hasta la cara interna del codo. Allí esbozo círculos pequeños. Sus dedos exploran mi vientre y se detienen como un pez curioso en el abismo de mi ombligo. Luego resbalan en dirección al vello púbico y, con movimientos tímidos, rozan las puntas de aquel mar de algas que se mueve al son de las burbujas de la bañera gigante.

Por mi parte, me atrevo a seguir en mi ascenso, con cuidado de no sacar la mano del agua. La llevo hasta el hombro y la dejo caer por la pendiente, le palpo el hueco de la clavícula y sigo hasta el pecho. Me detengo en el pezón. ¿Cómo puede estar tan duro en esta agua tan caliente? Describo pequeñas caricias circulares con el índice. Sin embargo, la mano que se ondula entre las piernas se escurre de pronto como una anguila. Abro los ojos de forma instintiva y me encuentro delante a una de las madres que entra torpe en el agua por los escalones. Le pregunta algo a Yuriko y esta le responde con amabilidad. ¿Habrá visto algo? Compruebo que no se distingue nada bajo el movimiento del agua por las sales que contiene. Detrás de la señora llegan las otras mujeres con sus hijas veinteañeras. Hablan sin descanso. No me atrevo a mirar demasiado.

Se ha roto el hechizo y no se me ocurre qué hacer. Mi misteriosa compañera se levanta, pasa a mi lado sin decir palabra y desciende por la escalerita hasta el nivel de los baños. Me fijo bien en ella. Es alta para una japonesa, casi como yo, pienso. Su cuerpo brilla mojado, musculado, tiene hombros anchos. Debe de hacer natación o gimnasia. Su cutis es pálido como la luna, pero no lechoso, sino transparente, y sus pechos algo más grandes de lo que me había parecido al principio. Una coleta recoge su pelo negro. Adivino que tiene flequillo. Ha cogido un vaso y bebe agua mientras se seca el sudor con una toalla. Con cada movimiento, el dragón que vive en su piel se gira, se estira, danza como si estuviese vivo.

Nuestras miradas se cruzan. La aparto, avergonzada, pero no puedo resistir y vuelvo a levantar los ojos hacia ella. Sus pupilas negras siguen fijas en mí. Me siento tonta. La sonrisa le ilumina la cara y pienso que no me había dado cuenta al principio de lo guapa que es. Encierra en su expresión la inocencia de una niña, de una compañera de clase del instituto que te cuenta cómo es el chico del que se ha enamorado. Arquea sus cejas y sus ojos rasgados se agrandan, brillan, parecen hablar.

Me levanto sin pensarlo y sin sospechar que esta decisión cambiará mi vida.

Echo un vistazo a las mujeres de mi lado. Un par de ellas alzan la vista para observar a aquella *rara avis* rubia y pecosa salir del agua. Examinan sin miramientos mis pechos grandes, los comparan seguro con los suyos. Una esboza un saludo y prosigue la conversación con sus compañeras.

En la puerta de los vestuarios, Yuriko me espera con un vaso de agua. Lo sostiene con la mano izquierda mientras los dedos de su diestra se apoyan en la base con delicadeza. Lo recojo con ambas manos, la forma correcta, y me inclino en señal de agradecimiento. Bebo. Mis manos tiemblan, pero como ella mira al suelo no lo nota. A continuación, sus labios murmuran «ven» y la sigo a la sala del fondo. Es un espacio abierto y azulejado, con una docena de duchas. La viejecita de antes, sentada en un taburete, dormita mientras recibe un chorro continuo sobre la cabeza. Parece una estatua bajo la lluvia. El grano que tiene en la nariz, su rostro y sus carnes arrugadas y flácidas me recuerdan a Yubāba, la bruja de los baños de *El viaje de Chihiro*. Ni siquiera abre los ojos.

Yuriko se sitúa bajo una ducha, la pone en posición de frío y acciona el grifo. Al contacto con la cascada da un gritito de alegría ahogada, su piel se eriza y sus pezones se vuelven minúsculos. Yo río también, protesto porque el agua helada me salpica. Me cubro con los brazos y doy un paso atrás. Ella me rocía con el dorso de la mano y chillo con ganas.

La anciana, al lado, abre una rendija sus párpados en señal de desaprobación.

Ambas nos desternillamos por lo bajo como nerviosas adolescentes que se confiesan sus miedos y resulta que eran los mismos. Yo abro otro grifo y el choque helado produce en mi piel un efecto similar. Me fijo en que Yuriko —¿ya pienso en ella por su nombre?— me observa sin pudor, comprueba el efecto del frío en mi piel y mi pecho. Oteo de reojo a la abuela y, al ver que ha vuelto a cerrar los ojos, estiro la mano y toco el pezón de piedra que me apunta.

La gélida temperatura me trae sensaciones de los salados besos de Jenny en el mar que hace mucho tiempo no había experimentado. Una mezcla de miedo, de emoción, de sorpresa, me atrapa de improviso. ¿Quién es este hermoso dragón que me cautiva con una mirada tan limpia? Sus ojos recorren mis curvas. Al descubrir el tacto rugoso de mi piel en punta, aterida, entreabre sus labios.

—Gírate —me pide.

Obedezco y me enfrento a la pared.

—Tienes un cuerpo de guerrera —observa mientras recorre mis trapecios—. Me encantan así, duros, marcados, con las espaldas anchas.

—Natación, pesas, atletismo, algo de boxeo —respondo orgullosa de mi anatomía—. Hay que cuidarse.

Qué frase manida. Tonta.

El agua poco a poco cambia de temperatura; primero tibia, luego caliente. Intuyo cómo Yuriko se agacha, coge del suelo un bote de jabón y lo abre. Unas gotas caen por mi espalda y su mano me frota con un suave masaje. Me apoyo en los azulejos. Sus dedos descienden por mi costado y llegan a los glúteos. Los frota con cuidado, con una caricia fuerte. Luego los agarra y los sacude, experimenta su firmeza. Oigo su risita. La mano, sin dudarlo, se desliza entre mis nalgas y las enjabona. Avanza un centímetro con cada pasada hasta rozar mi vagina por detrás. Cierro los ojos. ¿Es real o es una alucinación? El calor enciende cada célula de mi cuerpo mientras abro un poco más las piernas para facilitarle el paso a esta serpiente que viene y va.

Pero el contacto cesa de golpe. Me tenso. Las señoras interrumpen otra vez, joder, arrancándome el caramelo de la boca. No deben de habernos visto porque no nos prestan atención. Menos mal que las mujeres no tenemos aparatosas erecciones como los hombres, porque habría sido un verdadero espectáculo.

Yuriko se enjabona rápida y sale. No me mira.

Yo me quedo un minuto más, agotada, desplomada contra el pálido y desgastado muro. Mis miembros tiemblan envueltos por el vapor, el olor a húmedo, el ruido del agua y las voces. Cuando recojo mis cosas para salir, me siento observada por la anciana. Permanece bajo el chorro tropical, acurrucada como antes, pero vislumbro el brillo de sus ojos por entre sus párpados cerrados. Me mira con una sonrisa disimulada. Arquea las cejas y, sin dejar de sonreír, vuelve a sumirse en el sopor. Los colores me suben de golpe a la cara. Qué vergüenza. Tengo que salir de aquí. Me envuelvo con la toalla y me dirijo al vestuario.

Yuriko ya no está. Miro bien, vuelvo a entrar en la sala de baños, pero se ha esfumado.

Me invaden la decepción y el miedo. No sé si es porque quiero más.

¿Ha ocurrido de verdad? Parece un sueño; estoy exhausta por la experiencia. Me seco sentada en el banquito.

El vestuario resuena vacío; percibo el silencio y la tristeza que lo invaden. Siento frío. Me pongo el albornoz y abandono el *sentō*.

# 4

Tras pasar por mi cápsula, me visto y salgo a la calle. Un estremecimiento me recorre de arriba abajo. Sé que hace calor, pero estoy helada. No logro definir mis emociones. Es como si una hermosa extraña me hubiese robado un beso en un descuido; una sensación de enfado y de placer, de imperiosa necesidad de saber qué ha pasado, de no querer reconocer que deseas más.

¿A dónde iba? Ah, sí, a desayunar. En esta zona de Kioto puedo encontrar todo tipo de restaurantes. Dudo si ir a uno tradicional y comer arroz y sopa de miso con *natto* y *yakizakana*, pero esta mañana no me apetece pescado. Me he acostumbrado a los desayunos tradicionales japoneses, sé que son mucho más sanos y me sientan mejor, pero ahora mismo necesito un par de cruasanes y un buen café con leche. Y quizás una manzana para limpiar mi conciencia.

Ojeo los escaparates de los bares de la calle y me detengo en uno: los dos hombres de cráneo rapado que habían irrumpido en el *sentō* en busca de Yuriko hunden al unísono su fea y pelada cabeza en sendos cuencos de *noodles*. Doy un paso atrás, dispuesta a correr y esconderme, pero no puedo evitar agazaparme tras la esquina de la fachada y observarlos sin que me vean. Comen con brutalidad, con ansia, concentrados en un único objetivo: devorarlo todo. Son tan grandes que no caben en sus sillas, ni siquiera en sus propias chaquetas, que se tensan al doblar los brazos sobre el mantel. Qué mala espina dan. ¿Les debería dinero Yuriko? Me despego con prudencia y desaparezco.

Me dirijo al Starbucks junto a la estación de Gion-Shijo, cerca del puente. En la entrada cojo un periódico gratuito. Ocupa media portada la foto de tres hombres muertos en un todoterreno negro acribillado a balazos. Entre el mar de cristales y sangre, un policía en primer plano aparta a los periodistas. Por la ventanilla abierta del vehículo asoma una cabeza. La foto está pixelada, como todo lo ofensivo en este país.[15]

—*Un café con leche y un cruasán, por favor*[16] —pido en mi pobre japonés al camarero.

Los japoneses han creado incontables palabras nuevas para nombrar conceptos occidentales. *Kurowassan, wain, aisu kurīmu* —«ice cream»— y tantos otros que me hacen reír; sobre todo cuando los he usado durante un tiempo y luego me doy cuenta de su origen.

Luce un cielo azul de verano afuera y los clientes desayunan en la terraza. A pesar de ello, prefiero sentarme en el interior. Está oscuro, pero han encendido el aire acondicionado y lo agradezco.

—Yes, madam —el chico inclina la cabeza. Parece pensar en otra cosa.

Me siento con mi bandeja en una mesa del fondo y mojo perezosa mi *kurowassan* en el café. Nadie como los japoneses para imitar el sabor del original francés. Es perfecto. Me pregunto si no sabe incluso mejor que los que recuerdo haber comido en mis viajes a La Rochelle y a Nantes.

15. El código penal japonés clasifica como ilegal las imágenes de brutalidad o pornografía y obliga a su pixelado *(bokashi)* en todos los medios, bajo severas penas de cárcel.
16. ラテとクロワッサンをお願いします。*(Rate «latte» to kurowassan o onegaishimasu).*

Entra un japonés alto y delgado, con gafas redondas y cabello engominado, y se sienta en una mesa cerca del baño. Viste una gabardina de color caqui de hace al menos diez temporadas. ¿No tendrá calor? En su bandeja bailan media docena de magdalenas, dos cruasanes y dos cafés. Se coloca una servilleta de papel en el cuello de la camisa arrugada y comienza a comer con parsimonia, la mirada perdida en el vacío. ¿Habla solo? Da golpecitos de cabeza después de cada bocado. Parece un dibujo animado.

Saco mi teléfono móvil; no tengo correos nuevos. Abro Instagram y cuelgo un selfi mostrando el bar y el desayuno. Después comienzo a rodar pantalla abajo en busca de algo interesante. Cathy está en Australia con su novio. Megan ha colgado las fotos de su niño. Linda y Caren muestran el salón de su nueva casa. Qué hortera, por Dios, pienso con maldad. No he visto a ninguna de las dos desde el último Orgullo al que asistí. Ya llevan tres años juntas, increíble. Con lo distintas que son. Una de Chelsea y la otra de Hackney. Una pija y la otra llena de tatuajes y *piercings*. Y se quieren mucho.

Se me hace un nudo en la garganta.

Bebo un poco del café para frenarlo. Está ardiendo. Sigo mi recorrido por las fotos. Megan, Linda, Caren, Cathy. Nos seguimos las unas a las otras todos los días a través de lo que colgamos en las redes. Una vez al mes hacemos una videoconferencia. A veces hablamos de Jenny, pero jamás mencionamos cómo murió en el mar. Conozco el día a día de las cuatro mejor que sus propias madres. Y de alguna manera así me siento acompañada.

Llevo sola demasiado tiempo. Tres años en Granada, uno en París y ahora casi tres en Kioto. Todavía me queda algo de dinero, y podría conseguir más con trabajos de profesora aquí y allá, pero sé que tengo que marcharme otra vez. Primero a Aberdeen a ver a mis padres y a mis hermanas, tener al niño y luego... Sé que volveré a irme. ¿A buscar qué?, me pregunta siempre mi madre entre lágrimas cuando me despiden en Heathrow. A buscarme a mí misma. Aunque esa respuesta ha perdido su significado. Sí, es cierto que me encuentro a ratos, pero cada vez menos.

Hace meses, por ejemplo, visité el templo Daitoku-ji al norte de Kioto. Era un día anodino, un martes cualquiera de invierno. Lloviznaba. Y, por increíble que parezca, no había nadie. Ni un turista, ni un japonés de los ciento treinta millones que abarrotan estas pequeñas islas. Un buda dormitaba afable y me incliné en señal de agradecimiento por tan inesperado regalo. La lluvia fina apenas mojaba y el olor de la piedra húmeda se mezclaba con el aroma del incienso. Entonces sonaron los *bonshō*, las campanas del templo. Me recordó el Año Nuevo, cuando tañen 108 veces, una por cada pecado capital en la creencia budista. Dicen que su sonido limpia tu alma y yo así lo sentí. Flotaba, feliz. Con esa felicidad trascendente que da la soledad, la intimidad con uno mismo. Volví a comprender por qué viajaba sola desde hacía años, por qué desde niña, distinta a todas las demás, no encontraba en la comodidad del nido lo que mi alma buscaba. Solo rodeada de lo desconocido, de lo nuevo, de la aventura, logro sentir mi razón de ser.

Recorrí el sendero estrecho entre los árboles, rocé con las yemas de los dedos las columnas de madera empapada que sostenían la antigua construcción y me senté en un banco bajo el largo alero que me protegía. Mientras observaba las ondas concéntricas del *karesansui*, el jardín de grava, esbocé unas frases en el cuaderno que siempre llevo en el bolso y que me hace de diario de viajes. En momentos como ese quiero plasmar el fugaz sentimiento que se posa sobre mi hombro como una mariposa que premia mi soledad con un atisbo de trascendencia. A continuación, me imagino a mí misma en un trabajo aburrido en Escocia o Inglaterra: bajar a comer a las doce el plato del día con algún compañero de trabajo, volver en autobús a un piso en las afueras, zapear en la televisión hasta las diez, y vuelta a empezar. Es mi manera de darme la razón, de justificar esta vida nómada sin meta ni dirección.

Retiré mi paraguas y permití que las finas gotas con olor a bosque y a piedra mojasen mi cara. A pesar de la losa de la soledad, me sentí bien por haber desertado de aquella vida predestinada.

Pero hoy no. Mientras apuro el fondo de mi café, no consigo ahogar la tristeza. Sé que es el precio que tengo que pagar por vivir así. Me pasa siempre después de ver fotos de mis amigas. No puedo evitarlo, no logro cortar el cordón umbilical con «la realidad».

Puto móvil. Lo voy a tirar al Kamogawa.

Alzo la mano para pedir otro café, pero estoy al fondo, lejos de la barra, y nadie me ve. Y aquí no puedes levantar la voz para llamar al camarero.

¿Qué ha pasado en el *sentō*? Repaso cada escena, cierro los ojos para volver a sentir su piel. Olvídalo, Alice, ha sido un espejismo. Seguro que la chica se había fumado algo y he sido la primera víctima que ha encontrado. Vuelvo a enterrarme en el móvil. No hay correos nuevos. Regreso a Facebook. Poca cosa. La boda de una de las amigas de mi hermana Claire. Qué blanca y colorada es la novia, por Dios. ¿Y ese bigote del novio? ¿Estará de moda otra vez? Qué horror.

Navego, o más bien zozobro, en Instagram. Vídeos de gatos. Vídeos de gente que se tira a una piscina, resbala y se estampa contra el suelo. Un chico que recorre el alero de la azotea de un rascacielos en bicicleta y su novia, muerta de risa, lo graba. Una chica grita y llora mientras le hacen un *piercing* en la lengua. Google me interrumpe con sus alertas de noticias. Qué pesadez, las activé un día y ya no sé cómo quitarlas. Tres muertos encontrados en el río Sumida, en Tokio, con el cuello cortado. Los tres tatuados hasta las uñas de los pies. Pienso en los hombres del *sentō*. ¿Su aparición tendrá algo que ver con esta guerra?

Una camarera, de forma inesperada, me trae un café y lo posa en la mesa. Me sobresalto, no la he oído llegar.

—*Muchas gracias*[17] —murmuro mientras pienso ¿cómo sabían que quería otro café? No me da tiempo a reaccionar y la chica me pregunta:

—¿Me puedo sentar contigo?

Levanto la cabeza sorprendida y el corazón empieza a correr.

Es Yuriko.

—¿Cómo...? — tartamudeo.

—He pensado que después del baño te gustaría tomar un café aquí. Y he acertado.

Se sienta en la silla de enfrente. Quiere aparentar tranquilidad, pero un leve temblor en su voz la delata. Viste con una elegancia *cool* que me hace bajar los ojos hacia mi raído chándal. Me he puesto lo primero que he pillado. Voy holgada y arrugada, con las Adidas viejas; qué vergüenza. Ella luce un pantalón beis de cintura alta con un top *collant* negro que deja un hombro al aire. Por el pliegue se adivina la línea de su seno. No lleva sujetador. Así vestida no se aprecia ninguno de sus tatuajes, el dragón duerme escondido tras la tela. Sus uñas están pintadas de negro y blanco alternativamente y en sus muñecas bailan dos pulseras, una de plata y la otra quizás de oro blanco y brillantes. Su bolso, si no es copia, le ha debido de costar tres sueldos míos. En su mano

17. ありがとうございます。 (*Arigatō gozaimasu*).

derecha centellea un anillo de grandes dimensiones con una piedra blanca en el centro y en sus lóbulos dos pendientes de oro y perla. Parece una portada de *Vogue*.

¿Qué hace una chica como ella sentada con una como yo? Modales de Harvard, ropa de actriz cotizada, tatuajes de mafiosa, ¿por qué nunca atraigo a chicas normales, aburridas universitarias, oficinistas con déficit de sexo, podólogas que no han salido del armario, y ya está? ¿Por qué soy un imán para las raras, las peligrosas, las despechadas, las mujeres fatales?

Dudo qué hacer. Lo de los baños ha sido inesperado y, de alguna manera, junto a la excitación de lo ocurrido, he de reconocer que he pasado algo de miedo. Llevo el suficiente tiempo en Japón como para saber que sus tatuajes no presagian nada bueno. Pero tengo que reconocer que eso le ha añadido más intensidad al asunto. Además, tiene una cara preciosa.

En general las japonesas no me parecen guapas, ni siquiera las de los anuncios o las modelos. Están demasiado lejos de mi ideal europeo. No por los ojos rasgados, que sí me gustan, sino por la nariz y, más que nada, por la inexpresividad de sus miradas. Pero Yuriko es distinta, hay un nosequé en sus ojos que me atrae sin remedio.

—Claro que puedes sentarte, pero no veo que me hayas traído un cruasán. Aunque reconozco que lo del café ha estado bien.

Yuriko se ensombrece un poco y se levanta.

—Ahora mismo te voy a buscar uno —inclina la cabeza en señal de disculpa.

La agarro del brazo.

—¡Era broma! Siéntate, por favor, que acabo de terminarme uno.

Yuriko se vuelve a sentar. Este gesto de niña, el levantarse con una disculpa para traerme algo, no es la actitud que se espera de una criminal con la intención de raptarme a la vuelta de la esquina. Su comportamiento parece genuino.

—¿Qué es lo que ha pasado en los baños? —Sonrío y le clavo los ojos.

Las sillas están juntas y mi temperatura vuelve a subir, no sé si por su perfume, por su presencia o por esa aura que tienen aquellos a los que estamos destinados a amar, como me contó una vez una profesora de yoga: «Es fácil saber si eres compatible con alguien, basta con acercarse lo suficiente. De alguna forma, las feromonas de ambos cuerpos se ponen en contacto y te transmiten sensaciones físico-químicas, con electrones y todo, que alertan de inmediato a tu cerebro y a tu corazón si puedes amar a esa persona. Y no es cuestión de magia. El cerebro humano solo permite enamorarse de determinados patrones biológicos, influidos por los de nuestros padres, por nuestros primeros amores; los cuales graban en nuestro ADN quién es compatible con nosotros y quién no». Recuerdo todo esto en el mismo instante en el que siento esa cosa indefinida revolotear por mi vientre. Tengo que tragar saliva por la emoción.

—No lo sé. —Yuriko desvía la mirada. Su inglés es excelente, pero con un maravilloso deje nipón—. Después de fijarme en ti en la disco de Osaka, te volví a ver aquí. Parecías triste, pensativa; y..., y te encontré así, desnuda, en los baños. Necesitaba hablar contigo, yo..., discúlpame, he sido tan atrevida. Esto es inimaginable aquí en Japón, pero... eres tan guapa que...

No puedo creer lo que oigo, una confesión de este tipo por parte de una japonesa es absolutamente inusual. Irreal. Aquí ocurre algo raro.

—Empiezo a sospechar que no eres japonesa. ¿Un don Juan italiano, quizás?

Yuriko se sonroja.

—Ya te he contado que mis padres me mandaron tres años a Harvard, después de acabar aquí la universidad. Allí, bueno, descubrí que el mundo era diferente.

—Es difícil volver a la jaula cuando has volado —pienso en voz alta.

—Sí .—Yuriko asiente y me mira seria.

Entonces acerco los dedos y le acaricio la cara. Si ella me ha metido mano en una bañera gigante, yo no me voy a cortar. Deslizo mis yemas por sus mejillas hasta llegar a los labios. Desciendo al cuello y estiro más el brazo para pasar los dedos entre su pelo hasta llegar a la nuca. Yuriko ha cerrado los ojos. Creo que más por timidez que por placer. No sé qué tipo de locura tiene esta chica. El corazón de ambas late acompasado. Tiro un poco de ella, me inclino sobre su cara y nuestros labios se encuentran. Yuriko tiembla. No tiene tanta seguridad en sí misma como quiere aparentar. A pesar de ello, abre la boca en busca de un beso más profundo, pero la detengo.

—Espera.

Con suavidad de melocotón —lo suficiente para levantar el vello sin tocar la piel—, rozo apenas su epidermis y percibo su aliento fresco aumentar de intensidad. Me atrevo a sacar la punta de la lengua y a recorrer el pliegue entre los labios y los dientes, humedezco en el camino cada línea de su boca. Yuriko, a su vez, desliza sus manos bajo mi sudadera y mi camiseta y calienta mi espalda fría. Sus dedos recorren el relieve de mis vértebras, exploran su contorno puntiagudo, las presionan una a una. No puedo más y la atraigo hacia mí a la vez que inclino la cabeza. Las dos bocas se pegan con fuerza mientras nuestras lenguas se lanzan la una contra la otra, como en una pelea sin ganador.

El tiempo que dura el beso, pienso para mí que aquí llega

algo maravilloso que me envía el destino justo antes de mi partida; una despedida rodeada de *sakura*, de pétalos de cerezos japoneses, un adiós que el azar quiere regalarme. Todas mis preocupaciones acerca de cómo puede ser que una japonesa tan guapa se fije en mí y se lance de esta manera tan rápida y desinhibida se desvanecen. Si algo malo ha de ocurrir ya llegará. De momento disfruta, Alice. Nos separamos por fin, recuperamos la respiración. La miro con intensidad, pero ella contempla su regazo avergonzada. Los camareros y los clientes nos observan de reojo, por fortuna en este sitio todos son jóvenes. Todos, menos el de la gabardina del fondo, que casi ha acabado su colección de *muffins*. Cada poco siento que nos mira, pero cuando me giro tiene la nariz clavada en su cuarto o quinto café.

—¿Vamos a dar un paseo?

五

# 5

Como de costumbre, el puente de Shijo sobre el río Kamo bulle con gente que circula desde Kawabatacho hasta Hashimotocho, de Shincho hasta Nakanocho. Japoneses y turistas, apresurados los primeros e incansables fotógrafos los segundos, recorren en ambas direcciones el viejo tablero de acero sobre pilares de hormigón que permite cruzar de una orilla a otra. La corriente fluye vigorosa y divide en dos la ciudad.

Me asomo por la barandilla para admirar su fuerza. Debe de haber bastante profundidad. No hace muchos años, con los del equipo de natación y salto, buscábamos caudales como estos para zambullirnos desde los pretiles ejecutando dobles mortales. Qué locos estábamos. Al final del puente, los bloques de edificios configuran el perfil de la franja oeste de Kioto. Desde el primero de ellos, que alberga varios restaurantes en sus pisos, nos observan los comensales que almuerzan en las mesas bajas junto a las ventanas. Sigo a Yuriko en su descenso por las escaleras que nos conducen a la vereda que acompaña al río. Esta se extiende a lo largo de la orilla y, a esta hora en la que el calor comienza a apretar, paseantes y *joggers* buscan el frescor del agua en movimiento.

—¿Dónde vamos? —pregunto.

—No sé, ¿damos un paseo a lo largo del Kamogawa? Y luego podríamos ir a comer algo a Kawaramachi.

Le sonrío, confiada.

—Claro. Me parece una gran idea.

Antes me asomo, curiosa como una niña en busca de algún pez, pero las algas son densas en ese punto y no se ve gran cosa. Permanecemos al principio en silencio. El relente del río y su olor denso ascienden hasta nosotras; me recorre un escalofrío. No sé qué pensar; lo que está pasando esta mañana es tan inesperado que no he conseguido asimilarlo aún. Ya no recuerdo ni lo que tenía previsto hacer. Por una parte, es una perfecta desconocida. Pero por otra... Levanto los ojos.

—¿Te puedo preguntar por los dos hombres de esta mañana? ¿Te buscaban a ti?

Yuriko baja la vista hacia el suelo y esboza un gesto indefinido con la cabeza. ¿Cuántos años tendrá? Cuatro o cinco menos que yo. Veinticinco o veintiséis. Fíjate en su piel perfecta: ni una arruga, ni una sombra de bolsa en sus párpados. Y dentro de veinte años estará igual. Odio a las japonesas. Sus iris son tan oscuros que se tragan las pupilas, dándole a su mirada una profundidad de agujero negro. Ese segundo en el que nuestros ojos se encuentran me produce una extraña ansiedad. Quiero más, pienso. Pero ¿quién es esta chica? ¿Qué busca en mí?

—No te preocupes —contesta evasiva—. Es una larga historia. Digamos que preferiría no encontrármelos.

—Ya, pero uno de ellos casi me ha sacado un cuchillo mientras tenías tu cabeza entre mis piernas. Si nos van a cortar el cuello me gustaría saber quiénes son.

—Nadie que deba preocuparte —se envara al responder—. Con los dos no tendría ni para empezar. Soy cuarto dan de kárate, tres veces campeona juvenil de Osaka.

Y sonríe como si nada.

No insisto, impresionada por el dato. Es bueno saberlo.

De pronto la veo de otra manera. A pesar de que yo también sé pelear, deduzco que si la cosa se pone mal con ella, mejor correr que enfrentarme.

—Cuéntame entonces algo más de ti —le pido—. Te confieso que tengo un poco de miedo. Sin conocerte de nada casi me follas en las duchas, me has seguido hasta el bar y ahora me llevas a un lugar solitario para raptarme. Y encima me entero de que podrías matarme con el meñique. ¿Voy a salir mañana en las noticias?

Abre grande los ojos y enrojece. Una escocesa habría devuelto el comentario con una ironía. Ella no. Su respuesta se arrastra, dudosa, prudente.

—No tengo mucho que contar. Nací en Yokohama, pero he pasado casi toda mi vida en Osaka. Vengo de una familia con dinero, tradicional y estricta hasta la náusea. Apenas me trato ya con mi padre. He estudiado Economía, Política y Filosofía. Toco el piano y el violín. Prefiero a Bach que a Beethoven, a ABBA que a Queen, a Deep Purple que a Def Leppard, pero los escucho a todos. Prefiero a Steinbeck que a Faulkner, a Nothomb que a Ishiguro. Prefiero las chicas a los chicos. Bueno, no. No me gustan los chicos. Y... no quiero vivir ni cerca de mi familia ni en Japón. ¿Te vale con eso?

—Yo creo que como presentación no se puede pedir más. —Me he quedado pasmada con la velocidad a la que lo ha dicho—. Aunque no puedo estar de acuerdo con lo de Japón. Me parece un país maravilloso.

Yuriko tuerce el gesto.

—Japón puede ser maravilloso contemplado desde fuera, y si no se es una mujer. Sobre todo, si no se es una mujer... como tú... y como yo. —Le cuesta decirlo—. Mi país es moderno, limpio y hermoso; nuestra sociedad enamora a los extranjeros. Y a nosotros mismos. Pero hay una cultura subterránea, bien distinta a la que percibes. Forma una maraña de hilos, invisible para el que no ha nacido aquí.

—Bueno, he visto las películas de Takeshi Kitano.

Yuriko se revuelve, quizás molesta por el comentario del que ya me arrepiento. Es probable que asociar las violentísimas películas de mafia japonesa de Kitano con la realidad del país sea tan irreal como creer que la juventud de Edimburgo nada en la droga de *Trainspotting*.

—No me refiero a eso. Yo te hablo del peso de plomo de la familia y de las costumbres. Del yugo del padre, de las amigas, de la gente, del trabajo. Aquí me cuesta hasta respirar.

Utiliza palabras cultas, de diccionario, algo fuera de contexto. Y me doy cuenta de que esta chica tiene gran necesidad de hablar. Y yo también. Sin conocerla, quiero contárselo todo. Su voz es más grave de lo que su fino rostro podría hacer suponer y me gusta su forma de expresarse, lenta y reflexiva; se detiene a pensar cada palabra antes de pronunciarla, y no es porque no domine el inglés.

—No te creas que en Escocia es sencillo ser lesbiana —le digo—. Ni en Inglaterra. Ni en Estados Unidos. Ni creo que en ningún sitio del mundo. Y no quiero ni pensar en Rusia o África.

—No me compares. Yo he vivido en Boston. No digo hace veinte años, pero ahora ser... lesbiana es casi una virtud. A los padres no les es fácil admitirlo, arrastran la inercia de siglos, pero está unánimemente aceptado. Aquí es distinto. Y más si tu familia es tradicional. En realidad, el problema no es tanto que no te gusten los hombres, la dualidad hombre-mujer no está tan definida como en Occidente; el problema es que no te quieras casar con uno de ellos.

—¿Y por qué no te vas?

Yuriko se detiene. Baja la mirada.

—Eso no puede ser. Y menos en mi familia. ¿Has visto mis tatuajes? Supongo que sabes lo que significan.

Su respuesta ha sonado categórica, indiscutible, desesperada. Reanuda el paso y la sigo. Quiero preguntar más, pero tengo que ir con cuidado; en este país las palabras mal escogidas cortan como cuchillas.

—Yo tampoco lo he tenido fácil —digo—. No tanto porque me gusten las chicas. Y los chicos. Los dos, quiero que lo sepas. —Interrumpe el paseo de nuevo y me mira con un mohín de asco—. No es solo por eso, por el dilema vital continuo que me persigue desde hace años. Es por todo. La vida no es sencilla. Pero yo sí que me fui. No soportaba Aberdeen. No soportaba a mis padres, ni a mis hermanas perfectas; bueno, perfectas: heteros. Ni a mis amigas que solo hablaban ya de niños. Y las que eran bi o lesbianas como yo, siempre en pie de guerra, con las uñas desenvainadas. Yo no soy así. Yo..., yo no sé cómo soy, la verdad. Bueno, por eso me he pasado media vida fuera de casa. Por eso sigo sola. Mi padre siempre me dice que huir no es la solución, porque por mucho que escapes nunca te alejarás del compañero de viaje que te sigue a todas partes: tú mismo. Vuelo de un lado a otro del mundo, pero no hay forma, siempre me tengo pegada a los talones.

Me freno e inspiro profundo. No hay como un desconocido para ser sincera y abrirse en canal. Yuriko esboza una mueca.

—Vaya dos —suspira—. ¿Y te gustan también los chicos? —Frunce la nariz—. Lo que más aprecio de los extranjeros es vuestra franqueza. Recuerdo que cuando llegué a Harvard la avalancha de confesiones me ahogaba. Los occidentales volcáis sin pudor vuestras intimidades, vuestros miedos, vuestros odios y amores, vuestras críticas y quejas al oído que más cerca tengáis. Es obsceno. Y se supone que, a cambio, yo tenía que desnudar también mis miserias, mis interioridades. Al cabo del tiempo me fui acostumbrando. Un día, después de tres años, le conté a mi compañera de habitación de la residencia cada detalle de mi tormento. Por primera vez lo admití todo. En qué momento sentí que me gustaban las mujeres, las relaciones con mi familia, la soledad, la tortura del fingimiento, el horror que supuso cuando afloró poco a poco la verdad y al final se la tuve que confesar a mi madre. Mi padre nunca ha querido saber nada del tema. Aquella experiencia en América fue maravillosa y aterradora a la vez. ¿Sabes ese punto en el que todo sale fuera y ya no puede volver a entrar y te conviertes en una nueva persona? ¿Cuando eres consciente de que nunca más regresarás a la piel de la antigua? Es como vaciar una maleta cerrada llena hasta reventar. Luego no hay quien lo meta de nuevo. No sé si me entiendes.

Asiento.

—Claro, a mí me pasó con veinte años. Fue complicado.

—A pesar de todo, tengo que reconocer que Estados Unidos tampoco me gustaba. Para vivir allí hay que ser americano. Es demasiado desordenado, la gente es salvaje.

—Hay mucho individualismo.

—Sí, eso es. No creo que hubiese podido ser feliz demasiados años en Harvard. Pero bueno, de eso me doy cuenta ahora. Cuando mis padres me arrancaron de allá, pasé por un calvario. Después de aquella libertad maravillosa, de sentirme realizada al estudiar e incluso de trabajar de camarera una vez, aunque no me hacía falta, la vuelta a la jaula resultó espantosa. Mi entorno se convirtió en una gran oreja sorda que no escuchaba. ¿Tú sabes lo que es no poder hablar con nadie?

—¿Por eso te has lanzado sobre mí en la bañera? —Lo pregunto en broma, pero me arrepiento al instante porque veo el gesto de vergüenza en sus ojos negros—. Perdona, no quería decir eso. Me alegra que lo hicieses. —Estiro el brazo para tocarle el hombro, mientras vigilo por si alguien nos mira. Pero nos hemos alejado bastante del puente, río adentro por el paseo, y no hay nadie. Yuriko hace lo mismo y, al no sentirse observada, me coge de la mano. Nos acercamos un poco más. Y otro poco más. La apoya en mi cintura y yo en la suya. Nuestras caderas se pegan. La aprieto. Ella me dice al oído:

—Sí, necesito hablar, necesito amar. Perdona. Tienes razón, te estoy utilizando. Deberías irte, escapar de mí. No soy una buena persona. No soy una buena persona —repite—. De verdad, vete. —Me separa de ella sin soltarme y me clava los ojos—. Te voy a hacer daño.

¿Está llorando? Esta chica está desequilibrada, pienso mientras le seco las lágrimas, y no puedo evitar preguntarme: ¿a dónde vas, Alice? ¿Otra relación problemática, otra loca neurasténica como tú que no es capaz de asumir su lesbianismo? Sé a dónde conduce todo esto; ¿cuántas veces lo he sufrido? Pero hundo una vez más mi mirada en el pozo negro y húmedo de sus ojos y decido que es demasiado guapa. Sus lágrimas me estremecen el alma tanto como su sonrisa. No seas tonta, vamos a probar. ¿Qué pierdes? ¿El riesgo de otra relación de mierda que me rompa el corazón? Pero si ya sé que mi vida va a ser siempre así, ¿qué importa otra más? ¿Y no te ibas ya a Aberdeen? Joder, qué lío.

Yuriko se frota los ojos. Farfulla algo en japonés y luego lo traduce:

—Soy única para ligarme a una chica. Qué desastre.

Da dos o tres respiraciones entrecortadas.

Una pareja de novios pasa cerca. No nos miran, pero cuchichean al rebasarnos.

—Pues sí —digo—. Aunque a lo mejor eres tú la que tiene que huir de mí.

—Vaya mierda —contesta riendo.

—Vaya mierda.

Volvemos sobre nuestros pasos, de nuevo hacia el puente. Cada poco, busca alrededor, preocupada. Al cabo de un rato de andar en silencio, me pregunta:

—Bueno, ¿y qué haces en Kioto?

Miro al suelo.

—La verdad es que tengo el billete ya reservado para volver a Escocia. —Yuriko no dice nada, aunque asiente nerviosa, sin levantar la vista. Continúo—: He trabajado en varios sitios. Como lectora de inglés en la universidad, *au pair* en casa de unos japoneses ricos para que enseñase mi idioma a sus hijos, en una librería internacional especializada. He dado muchos tumbos. Lo justo para mantenerme en este país tan caro. Se me ha acabado el dinero y no me veo con fuerzas para encontrar un trabajo nuevo —suspiro—. Es difícil sobrevivir en un sitio donde no conoces a nadie. No por el dinero. Por la soledad.

Es mentira, pero no quiero contarle nada de Toshirō. Quizás más adelante, si hay un más adelante.

—¿No te has hecho ningún amigo o amiga extranjero?

Dudo al responder.

—Sí, pero al descubrir que soy bi, a las chicas les entra miedo, y los chicos solo quieren sexo contigo. Cuando ven que lo han conseguido, se alejan. —Niego con la cabeza—. Ya he pasado los treinta. La gente que conozco de esta edad o está encasillada o busca con ansia el compañero de su vida. Es así, y supongo que así debe ser. Pero una bisexual descarriada y solitaria, y que vive en el planeta Marte, porque, reconozcámoslo, Japón es el planeta Marte para los extranjeros, no es una persona por la que hagas esfuerzos para verte, sobre todo en estas ciudades grandes. Y cada vez es más difícil. Te vas quedando sola. He intentado frecuentar los lugares para gais, pero me deprimen. No sé. Soy bisexual, pero no me gusta el mundo gay.

—Te entiendo a la perfección.

—¿No te pasa, a veces —me aventuro a preguntarle con cara de esperanza—, que te gustaría vivir en un mundo donde ser hetero o gay sea intrascendente? Como ser rubio o moreno, diestro o zurdo. Qué coñazo tener que estar en un equipo o en otro.

—Yo sueño con un lugar —contesta Yuriko— donde no exista siquiera el concepto. Donde hombres y mujeres sean a la vez gais y hetero, donde lo mismo se pueda elegir a un hombre y a una mujer.

Me burlo de ella:

—¡Eso es porque te gustan las mujeres hetero como a mí, sinvergüenza!

Yuriko me mira con una mueca infantil, culpable.

—¡Síí! —contesta.

Las dos reímos con ganas.

—Es que no es justo que tengamos tan poco donde elegir —continúa.

—Los hombres hetero son unos sinvergüenzas afortunados.

—Se quedan las mejores.

—El dios que nos creó es un cabrón hijo de puta.

—¡Oh! —Yuriko se lleva una mano a los labios—, no digas eso, no es bueno.

Recorro de nuevo las líneas de sus rasgos. ¿Cómo es posible que esta chica tan guapa, que hace un rato me ha asaltado en una bañera pública, ahora se escandalice por un comentario blasfemo?

Una nueva ola fría y picante me sube por el estómago. La saboreo con delicia. Esto es enamoramiento puro, Alice; amor instantáneo, de ese que te coge dos o tres veces en la vida, o a veces nunca. Cuando discutíamos entre amigas o amigos si lo habían sentido alguna vez, los más desafortunados no lo tenían claro. O sea, que no. Si el dedo mágico te toca el corazón, lo sabes. ¿Tendrá que ver con la capacidad intrínseca de la persona de sentir más o menos? ¿Será una cuestión de sensibilidad? Como la música. Yo, sin duda, he nacido con ese instinto, ese oído capaz de reconocer la melodía del amor cuando se presenta.

En los escasos segundos entre que Yuriko sube la mano a la boca para escandalizarse por mi juramento y aparece su maravillosa sonrisa mezclada con indignación y sorpresa, pienso lo siguiente: que ya tengo treinta años, que hace mucho tiempo que no había sentido algo así, que, sin conocerla, mi instinto me envía fortísimas señales de compatibilidad. Antes de que Yuriko aparte la mano de la boca, en ese brevísimo espacio de tiempo, ya he decidido que haré todo lo posible para que esta mujer forme parte de mi vida. Se instala en mí una seguridad absoluta de hacia dónde quiero dirigir mis próximos pasos. Después de tantas semanas de inseguridades, una estrella se muestra a través de la niebla y me indica un camino.

Jódete, Toshirō. Ya no estás en mi vida y nunca verás al hijo que llevo en mi vientre. Qué sensación extraordinaria, pienso, qué delicia sentirla. Clavo hasta el fondo mis ojos en Yuriko y le digo:

—Me duele el estómago de ti.

Va a contestar algo, pero calla. Nerviosa, gira la cabeza sin saber dónde mirar. Se pone seria también. Acaba de descifrar el significado de mis palabras. Va a dar un paso hacia delante, pero se detiene.

—A mí me duele desde que te vi bailar en la disco hace días —responde por fin—. Por eso hice lo que hice en la bañera. No sabía cómo abordarte y al final solo se me ocurrió quitarme la ropa y echarme encima.

Mi aliento se entrecorta, me ahogo. Necesito apretarla contra mí, respirarla, absorberla. Leo el amor en sus ojos, pero están imbuidos de la contención japonesa, el fruto prohibido que no se puede tocar, el suplicio de Tántalo. No hay nadie alrededor. Enlazamos los brazos por la cintura. Nos acercamos hasta casi tocar las puntas de la nariz y nos clavamos las pupilas. Pinzo entre mis labios su labio inferior y tiro con suavidad. Ella introduce la punta de su lengua, la endurece, explora los dientes, las encías, se atreve poco a poco a entrar en su nuevo territorio. Sus pezones se despiertan; los noto contra mi pecho, a través de su top, petrifican los míos al mismo tiempo; tanto que casi me duelen. Cómo me encantaría estar en otro sitio más discreto.

Yuriko se separa con brusquedad, ha notado que alguien se acerca.

—Joder, allí están otra vez esos dos —dice.

Nos ocultamos detrás de un árbol. En efecto, lejos, sobre el puente, distingo a los dos hombres del *sentō*. Por sus gestos deduzco que buscan a Yuriko entre los paseantes, pero no parecen habernos visto.

—Buf —resoplo. Me estiro hacia el cielo y suelto, decepcionada, toda la tensión sexual acumulada y rota por esos mafiosos—. ¿Qué hacemos? ¿Les debes mucho? Yo quizás podría... —Pero ¿qué digo?, si estoy sin blanca. Pedir dinero prestado a la mafia no debe de ser como pedírselo a un banco. ¿Te has vuelto loca, Alice?

Yuriko mira hacia el otro lado y niega con la cabeza, como sin querer darle importancia. Sin embargo, adivino el miedo en sus ojos. Me toma del brazo y nos camuflamos entre un grupo que en ese momento sube las escaleras de acceso a la calle.

—Hay que irse. Vamos a escondernos en uno de los restaurantes de allá.

# SEGUNDA PARTE
## Yakuza

*

El sabor a fresa de la bola con la que me han tapado la boca me produce náuseas, pero no puedo vomitar o me ahogaré.

Cálmate, Alice. Respira.

Sí, llega la muerte.

Ya te dije que te alcanzaría tarde o temprano. Desde lo de Jenny en Bristol sabes que todo este tiempo es de prestado, tú tendrías que haberte ido con ella. Da gracias a Dios por estos años.

Es el final. No va a ser fácil, pero en algún momento terminará. Prepárate. Tú eres fuerte, puedes hacerlo. En el colegio, Clemen y las otras te cogieron y te sujetaron detrás del muro del patio. Te tuvieron inmovilizada hasta que llegó la dulce Sandra. Sabías lo que te esperaba. Te iban a pegar entre todas una paliza por el bofetón que le soltaste cuando te preguntó si tu madre también era bollera. Pasaron minutos mientras se regodeaban contándote lo que iba a pasar, entre insultos y escupitajos. Tú no lloraste ni pediste perdón ni te amilanaste; ni siquiera intentaste soltarte. Sandra apareció, sin prisa, y cuando estuvieron todas listas te machacaron tal y como habías imaginado. Algo menos, incluso. ¿Cuál fue el secreto para no sufrir? Visualizar fríamente lo que estaba a punto de ocurrirte; decidir salir de ti misma y ser una espectadora de tu propia paliza.

Ahora no vas a ser menos, Alice.

Por lógica, sabes que solo hay dos opciones, y en ninguna te van a quitar la ropa porque ya lo han hecho. Esa humillación te la vas a evitar.

En la primera, estos hombres se van a subir uno a uno a la camilla de masaje en la que estás atada y te van a violar. Con un poco de suerte solo te golpearán mientras lo hacen. No creo que te obliguen al sexo oral. No se van a arriesgar a meter su polla en tu boca sabiendo que se la puedes cortar con los dientes. Ninguna amenaza te impediría hacerlo, son conscientes de que sabes que vas a morir, así que ¿con qué te iban a amenazar? ¿Con una muerte más rápida? Cuando ya todos hayan pasado por ti, lo más probable es que te asfixien. Son asesinos profesionales. No querrán usar sus cuchillos y provocar un inútil derrame de sangre en un sitio ajeno. Luego tendrían que limpiarlo, supongo, meterte en una bolsa mientras se pringan, y dejarían un reguero hasta el maletero de su coche, mancharían su tapicería... No, definitivamente, la asfixia es lo más práctico. No es tan terrible morir ahogada por una almohada, una cuerda, o estrangulada quizás. Jenny murió más o menos así.

Es justo que también sea mi destino.

Bueno, Alice. Ya has visualizado y aceptado la primera opción, la más probable. Durará una hora, dos como mucho. ¿Va a ser insoportable el dolor? No lo creo. Aguantarás bien.

La segunda manera no acabo de decidir si es mejor o peor. Si van a sacarme los órganos tienen que dormirme por fuerza. Se estropearían con mis movimientos violentos si me abriesen sin anestesia. Así que no sentiré nada, me dormirán y ya está. Es del todo improbable que me despierte en una bañera llena de hielo. ¿Por qué iban a coserme y mantenerme con vida? Saben que iría a la policía y estos tirarían del hilo, los encontrarían...

No. Recuerdo perfectamente de la facultad el protocolo de extirpación de órganos a pacientes en coma para su trasplante inmediato al receptor compatible. ¿La tuve en cuarto la asignatura? Me narcotizarán para que el corazón bombee sangre hasta que me hayan quitado los riñones, el corazón, quizás el páncreas y el pulmón. No sé, soy un poco mayor, he sido fumadora, bebo mucho. Mi hígado ya debe de andar camino del tono clareado de los que bebemos. Deduzco que mis receptores no serán clientes muy adinerados. Deseo, al menos, que no sean conscientes de que han tenido que matar a alguien por ellos, espero que los merezcan, que los disfruten con la conciencia tranquila.

Ya he terminado de prepararme para la segunda opción.

¿Ves como no era tan difícil, Alice?

Respira hondo. Eso, así, muy bien. Va a pasar pronto, va a pasar pronto, tranquila.

Mamá, papá, os quiero.

Aunque, ¿habrá una tercera opción? ¿Torturarme? Podría ser. Pero ¿tan grave es lo que he hecho?

六

# 6

Llegamos hasta la intersección del puente con la calle principal. Sería tan fácil decirle ahora que me perdone, que acabo de recordar que tenía una cita, y largarme de allí sin más. ¿Por qué no termino de dejar colgada a esta chica que no conozco y que está atrapada en un juego con la mafia que no me cuenta?

Porque no puedo. Porque no quiero.

Me invade una euforia que hacía tiempo que no experimentaba. Tengo ganas de saltar, de coger la mano de Yuriko y lanzarme a correr mientras a pleno pulmón grito que me siento bien por primera vez desde hace semanas. Pero sería inapropiado, y más en este país. Y esta chica japonesa que ha aparecido tan de improviso tampoco estaría de acuerdo. Me contento con cerrar los ojos, aspirar el aire de Kioto y contestar a la pregunta que me acaba de hacer:

—Cualquier restaurante me vale, todas vuestras comidas son maravillosas. Solo te pido que no se mueva en el plato.

Yuriko se queda pensativa.

—Nada de *ikizukuri*[18] entonces —dice con cierta sorna—. Pues vamos aquí cerca. ¿Te apetece *okonomiyaki*?

—¡Sí! Hace semanas que no pruebo uno —contesto aplaudiendo, igual que una niña a la que llevan al parque de atracciones—. Me encanta la *pizza* japonesa.

18. El *ikizukuri* (活き造, «preparado vivo») es una forma de servir el pescado crudo en *sashimi*, cortado fino, de forma que es fileteado y destripado vivo sin que el corazón del animal deje de latir en ningún momento.

Yuriko me mira con cariño, aunque no sé si le ha hecho gracia la comparación.

—Ya verás, te va a encantar el de este sitio. Es de los mejores de Kioto.

Saca el teléfono y escribe en japonés la dirección del restaurante. Me maravillo por enésima vez de que un ser humano pueda entender estos caracteres incomprensibles, y aún más de que consiga escribirlos a tanta velocidad en un móvil. Los asiáticos deben de nacer con alguna neurona más para ello. Me habría gustado aprender, pero es imposible. Mientras tanto, Yuriko me guía concentrada por las callejuelas estrechas de Kawabatacho, la zona cercana al río donde abundan los restaurantes y los turistas.

Puede resultar extraño que en un país tan rico y estéticamente pulcro, detallista y minimalista como ninguno, cuelguen en sus calles cientos de aparatos de aire acondicionado sobre soportes sucios y oxidados, y que marañas de cables pendan entre fachadas opuestas, como hordas de serpientes enroscadas, abrazadas a tuberías pluviales vistas y conectadas a contadores misteriosos que parecen escrutar a los humanos desde su puesto de vigilancia. Pero los japoneses no pueden enterrar sus estructuras de servicios porque los continuos terremotos los inutilizarían si estuviesen bajo tierra. No les queda más remedio que tejer telas de araña de PVC, cobre o aluminio sobre las cabezas de sus habitantes. A pesar de ello, lo compensan con la belleza ciberpunk de los letreros de todos los colores y formatos, muchos iluminados incluso en pleno día, y que, para el extranjero analfabeto, lo mismo pueden indicar una guardería que un *soapland*.[19]

19. ソープランド *(Sōpurando)*. Tipo de prostíbulo japonés donde el hombre es bañado o puede bañar a la prostituta.

Los restaurantes se distinguen a menudo por sus puertas de bambú y los farolillos de papel frente a ellas, configurados en esfera o en cilindro rechoncho y decorados con caricaturas de pájaros rojos, flores u otros motivos alegres. Los portalones muestran también una celosía de madera en la entrada y el menú sobre un atril junto a la puerta con los *kanji*[20] de los platos que sirven. Y de estas cancelas de madera se escapan saetas de olores de todas formas y tonalidades. Suaves, agrios, azucarados; abrumadores o casi imperceptibles.

—Aquí es —anuncia Yuriko—. Se me hace la boca agua.

Entramos. Está casi vacío; apenas son las once de la mañana aún. Nos sientan juntas en una mesa, mitad madera, mitad plancha metálica.

—En este restaurante los *okonomiyaki* se preparan en plancha, delante del cliente. Se supone que puedes decidir qué te ponen en esta *pizza* japonesa, como la llamas tú.

El cocinero luce un fino bigote sobre su amable sonrisa, con su traje-delantal blanco, su gorro y un cinturón del que cuelgan varios utensilios de cocina. Enciende la plancha y de un bote traslúcido vierte aceite sobre la superficie brillante. Intercambia unas palabras en japonés con Yuriko. Me doy cuenta de que no la había escuchado hablar más que un par de frases en su lengua materna. Suena suave, exótica, y al mismo tiempo parece más segura de sí misma que con el inglés.

El cocinero corta la bola de repollo a una velocidad inaudita y le añade trozos de alga y otros aderezos para verterla en una palangana metálica donde le espera una masa ama-

20. El idioma japonés se representa gráficamente con la combinación de tres sistemas de escritura simultáneos: el *kanji*, el *hiragana* y el *katakana*. Los caracteres del primero tienen valor conceptual, representan una idea. Los otros dos silabarios son fonéticos.

rillenta que debe de tener algo de huevo. Añade gambas peladas. Mezcla todo y, con la ayuda de un gran cucharón, lo vierte sobre la plancha que enseguida empieza a chisporrotear. Con dos espatulitas y pulso de artesano, le va dando forma circular a base de pequeños golpecitos. Cuando ya está tostado, lo gira. Los olores se agolpan y se empujan para acrecentar nuestra hambre. De un bote extrae una salsa oscura que derrama sobre aquella galleta gigante.

—¿Es salsa de soja?

—Uy —contesta Yuriko en voz baja y misteriosa—, es la receta secreta de cada cocinero. Aunque la venden ya hecha en los supermercados. Yo, en la que preparo en casa, mezclo salsa de soja, salsa de ostras, salsa de barbacoa y algo de kétchup; me sale de concurso. Y la masa que has visto tiene ñame, que es como una patata; harina, huevo y caldo de pescado.

—Madre mía. —Alzo las cejas.

El camarero nos pregunta si queremos mayonesa por encima. Ambas contestamos que sí. ¿Hay algo más bueno en el mundo? Con el bote va hilando una delicada redecilla de líneas sobre la galleta y para finalizar espolvorea queso rallado y un puñado de finas láminas de pescado seco. Son como papel de seda, tan livianas que cada hoja parece flotar. Deja el conjunto unos instantes más al fuego y con una espátula lo corta en pedazos.

—Yo preferiría que no me pusiese pescado en la mía —susurro, un poco preocupada por el sabor de la mezcla.

Yuriko agita las manos con cara seria. No sé si se disculpa o me riñe.

—No, no, por favor; no le puedes pedir al cocinero que quite un ingrediente, sería de pésima educación.

—¿Y por qué? —Enseguida me arrepiento de la pregunta. Va a dar la impresión de que he llegado ayer a Japón. ¿Es que no sabes, me digo, que aquí no hay que preguntar nunca por qué? ¿Que las cosas son así y ya está? Siempre meto la pata.

—Porque eso significaría que no sabe hacer su trabajo y le harías perder la cara —insiste Yuriko.

Qué más da. No se vaya a hacer el hombre el harakiri en las cocinas, que cuchillos no le faltan.

El *okonomiyaki* salta de la plancha a nuestro plato. Con el calor que emana de la base, las finísimas láminas de pescado se mueven atrapadas en la mezcla como si fuesen mariposas alzando el vuelo. Siempre me ha gustado ese efecto.

Yuriko se da cuenta y hace un gesto de satisfacción.

—Venga, vamos a comer antes de que se enfríe —dice mientras junta las manos.

Me espera un instante a que yo haga lo mismo, inclinamos la cabeza y coreamos al unísono:

—*Itadakimasu!*[21]

Doy el primer bocado con prudencia, pero al segundo abro bien grandes los ojos.

—¡Está buenísimo! ¡Qué umami!

El umami es el quinto sabor que defienden haber definido los japoneses, y que significa sabroso, delicioso. No sé si lo han inventado ellos, pero este *okonomiyaki* está lleno de él.

Yuriko asiente y comparte su aprobación con la boca llena. Sus párpados se unen en una sola línea cuando lo hace. Siento de nuevo una fuerza en el pecho que desde esta mañana abre puertas y ventanas por todo mi interior. Por ellas penetran con violencia rayos de luz que iluminan mis oscuras habitaciones. Tengo ganas de gritárselo. En vez de ello me callo y la miro masticar. Traga y dice:

21. いただきます. Agradecer por lo que se recibe. Expresión que se utiliza siempre antes de comer por todos los comensales.

—Cuéntame cosas de tu familia. ¿Qué tal se tomaron ellos que te gustasen las mujeres?

—Bueno. No sé. Supongo que es una familia normal. Una familia normal que se encontró un día con una chica bisexual en casa. Fue duro para ellos, y más con la educación que recibieron. Aunque es verdad que no es lo mismo ahora que para la generación anterior. Mis abuelos no lo saben y aún me preguntan por mis novios. Sorprendentemente, el que mejor lo entendió fue mi padre. Tenía, por lo visto, alguna pista en el disco duro de su educación que era capaz de leer el archivo de mi lado lésbico. Mi madre no. Papá me dijo que ya lo había adivinado desde que era niña. Que incluso lo había apuntado en su diario en la época en la que yo tenía doce años. Y había esperado, sin decir nada. Siempre me conoció mejor que yo misma. A mí y a mis hermanas. Se preocupó por saber qué había dentro de nosotras. De mi hermana mayor Sue, por ejemplo, sabía que su pasión era la pintura. Pero cuando tuvo que decidirse, después del instituto, por una carrera universitaria, optó por estudiar algo que tuviese futuro y escogió Enfermería, aunque no le entusiasmase. Mi padre se la llevó a dar un paseo y le explicó que en la vida había que seguir la vocación, no el bolsillo, y que ya encontraría el modo de prosperar si de verdad le gustaba lo que hacía. Estudió Bellas Artes. Hoy no solo tiene éxito con la venta de sus cuadros, sino que además es muy feliz. Y, por cierto, se casó con un carnicero que tenía cinco carnicerías, y te aseguro que no les falta el dinero.

—Ya me cae bien tu padre.

—Sí, fue él, un día que no estaba mi madre, el que entró en mi habitación, se sentó a mi lado y me soltó sin más introducción: «Hija, sé que no te gustan solo los chicos, también las chicas. Y quiero que sepas que para mí no es ni un problema ni un disgusto. Aquí estoy para hablar de ello si quieres». Al pobre le temblaba la voz, creo que había necesitado muchos días hasta reunir el valor suficiente para sincerarse conmigo. Años más tarde me confesó que lo hizo porque temía que me distanciase de ellos.

—¿Y tú?, ¿cómo reaccionaste? —Yuriko mantiene los ojos bien abiertos. Ha parado de comer, incluso.

—Yo ya sospechaba que lo intuía. Y estaba segura de que mi madre también. Pero los tres jugábamos al juego de que aquello no existía. Ella me preguntaba con regularidad si salía con alguien, que ya tenía veintidós años y que no me habían visto con ningún chico. Yo le contestaba que no me gustaba ninguno, pero que sería la primera en saberlo cuando llegase el momento. Mi padre siempre se quedaba callado. Me imagino, o mejor, no me quiero imaginar, sus conversaciones sobre mí en el dormitorio, de noche, sobre si a su pequeña Alice le gustaban más las almejas que los pepinos.

—¿Las almejas? ¿Por qué las almejas? —Yuriko no entiende. Ha estudiado en Harvard. Yo en un colegio público inglés. Sonrío sin contestar, levanto las cejas y señalo con discreción hacia mi entrepierna. La japonesa entonces dirige su vista hacia abajo, vuelve a levantar la mirada y suelta un largo «ohhhh», como si acabase de comprender un enredado concepto matemático. Tose un poco, algo escandalizada, y, por supuesto, enrojece. Otra ventana se abre dentro de mí, qué candor maravilloso—. Almejas y pepinos —susurra—, ja, ja, ja. —Sube y baja la cabeza—. Sigue, sigue, por favor. Es fascinante. Qué distinta es Europa de Japón.

—Bueno, pues cuando mi padre me dijo eso, casi me desmayo. Al principio no podía hablar. Me cogió de la mano. Lo negué, balbuceé que no era verdad, pero a las dos frases rompí a llorar, y así estuve en sus brazos durante mucho rato.

—Qué bonito —dice Yuriko ahogada. Sus ojos y su voz se han mojado. Alargo el brazo bajo la mesa y acaricio su pierna.

—Mi padre debió de hablar con mi madre —prosigo—, porque no volvió a preguntarme nunca por los chicos. Y un día me la crucé en un *parking*; todavía me echo a temblar al recordarlo. Yo iba cogida de un ligue que tenía en aquella época. Fue un encontronazo, imposible reaccionar. Me quedé tan helada que ni siquiera solté la mano de la otra chica. Mi madre, en un primer impulso, quiso hacer como si no me hubiese visto, pero nos saludó con gran esfuerzo y me preguntó con la cara descompuesta: «¿No me presentas a tu amiga?». Nunca hemos vuelto a tratar el tema, pero desde entonces ya pude volver a vivir, porque lo verdaderamente espantoso es el veneno de la mentira y la ocultación. —Yuriko asiente con fuerza dándome la razón—. Y lo mejor de todo, ¿sabes lo que es? Que, después de haber estado con varias chicas, era consciente de que no había conocido nunca el amor. Así que —dudo un poco antes de seguir—, bueno, salí con un par de chicos en la universidad. —La japonesa inclina la mirada hacia su plato. No quiere violentarme—. Y no fue tan mal, pero tampoco resultó bien. Y no sé por qué te cuento todo esto —carraspeo—. El caso es que nunca he sido afortunada en el amor. Y cuando dejé la universidad...

—No me has dicho qué has estudiado.

—La verdad es que... —siempre temo esta pregunta—, abandoné Medicina en el último curso, en sexto.

Yuriko no puede ocultar su sorpresa.

—¿De-jas-te Medicina justo antes de terminar?

—Sí —respondo avergonzada—. Ya te he dicho que no

acababa de encontrarme. Me imaginé con el diploma en la mano, prisionera en el bucle de trabajar miles de horas para la especialización. Con suerte, sacaría la cabeza ya con treinta y pico años, y mi juventud se habría desperdiciado entre libros. Así que, un día, sin más, les anuncié a mis padres que me iba.

—¿Y no intentaron persuadirte?

—No. Veían que estaba mal desde hacía tiempo. Por entonces me pagaban un psicólogo que me recomendaba abandonar, porque tenía un pie y parte del otro en el umbral de una depresión. Así que, antes de que fuese demasiado tarde, hice la maleta y me fui a España.

—Ah, España —Yuriko se anima, mueve los hombros, como bailando—. Toros, flamenco. El sol.

—Sí, el sol. Allí pasé tres años trabajando de profesora de inglés, en Granada. Fue una época maravillosa.

—¿Y por qué no te quedaste?

—Pues porque... —Los restos del *okonomiyaki* están ya desmigajados y revuelvo perezosa con los palillos los últimos trozos—. No sé cómo expresarlo. Cuando no sabes hacia dónde va tu vida, llega un momento en el que te dices que, si no ves algún faro a lo lejos hacia el que navegar, debes cambiar de rumbo e intentar encontrarlo.

—Oh, qué poético. —Yuriko asiente comprensiva.

—Supongo que no le pasa a todo el mundo; de hecho, sé que no le pasa a todo el mundo, porque la mayoría de la gente lo tiene claro. Pero yo... —hago una pausa—, yo no sé qué quiero en la vida. Después de la aventura en Granada, donde salí con tres chicas y un chico, nada serio, rollo estudiantil, decidí irme. Todos ellos tenían ya claro hacia dónde iba su futuro y sus preferencias sexuales, y yo seguía perdida. Me sentía como la que ve salir a otros de viaje y se queda en el andén, triste, estancada. Me busqué un trabajo en Francia, hasta que un día, harta también de la solitaria vida de París, compré billetes para Japón. Así, sin pensarlo demasiado. Este siempre fue un país clavado en mi imaginación y en mis sueños, no sé por qué. Bueno, sí, porque es una tierra hermosa, y porque sus habitantes sois misteriosos.

Miro a Yuriko, arqueo las cejas y ella pone cara de incredulidad. Vacilo antes de proseguir.

—Y, ya que no te conozco, te voy a contar algo. Aquí busqué trabajo, como profesora también, en una academia y en empresas, y un día me contactó un alumno particular. Por lo visto era directivo en una editorial importante. Una de las más grandes. Le di unas semanas de clases de inglés técnico y conversación y, poco a poco, pasaron cosas. Al principio, me invitaba a tomar algo, luego me llevaba a cenar para aprender los nombres de los platos en inglés, a beber alguna copa. Y pasó lo que creía imposible aquí. Tuvimos una aventura que se convirtió en algo más.

Yuriko asiente de forma mecánica. Sus rasgos se han petrificado como la porcelana. Yo tampoco la miro, parezco hablar para mí misma.

—Hemos estado casi un año juntos. Y, bueno, no te quiero aburrir: me dejó. Ese es el resumen. Así que por eso he abandonado mi apartamento, he dejado la academia y a mis alumnos de inglés, he juntado el poco dinero que me queda, he buscado un billete barato para volver a casa y aquí estoy, en un hotel cápsula, con un pie en el avión y comiendo *okonomiyaki* con una desconocida que aún no sé lo que quiere de mí. —Procuro alegrar la cara para no parecer amargada y triste—. De lo único que estoy segura es de que no sé dónde estoy porque no me encuentro y que con treinta años voy a regresar a la casilla de salida, sin estudios, vieja y sola. Y... te voy a pedir probar tu cerveza porque tiene buena pinta. ¿De qué marca es?

Yuriko tarda en responder, se ha quedado ensimismada.

—Yebisu. Espera —apura su vaso—, que me pido otra y la pruebas. —Se gira en busca del camarero y señala el botellín vacío que tiene a su lado.

Permanecemos un rato en silencio. Creo que Yuriko se ha perdido en sus pensamientos. Está como en medio de un trance.

—Mi historia no es en el fondo muy distinta. —Habla en voz baja tras comprobar que nadie la escucha a nuestro alrededor. Luego su mirada se desenfoca en el vacío—. No me encontraron con otra chica. Fue casi peor. Yo no contaba con muchas vías de escape, era joven, no podía tener novia como tú, así que me desfogaba en un cuaderno donde confesaba lo que sentía.

—Te entiendo, yo también tenía uno.

—Lo guardaba bien escondido, metido entre viejos libros de texto. Pero mi madre es como un perro de los que desentierran trufas. Se imaginaba que debía de ocultar algún diario, porque me gusta escribir, y rebuscando lo encontró. Me da rabia, podía haberlo hecho en el ordenador y haber puesto una clave. Supongo que me pareció mucho más romántico hacerlo a mano. Y lo peor fue que no me dijo nada. Simplemente, un día el cuaderno se desvaneció. Mi corazón casi se para. Ya no estaba. Solo eso. Unos días después, mis padres me dijeron que ya tenía edad de casarme y que era mi obligación empezar a buscar un marido. Y que conocían a un par de hijos de amigas suyas a los que iban a invitar a comer.

—No me lo creo. ¿Pero eso existe aún?

Yuriko me observa atónita.

—¿No lo sabes? Qué poco has viajado por Asia. No es costumbre solo en Japón. En China, en la India, en Vietnam..., aún se hace en muchos sitios. Especialmente en las familias ricas tradicionales. Aquí los llamamos *omiai*.

—Pero si estamos en el siglo veintiuno.

—Bueno, no es tan malo como parece, no te creas. Y además no es obligatorio que la pareja siga si no se gustan. Es solo una forma de conocer a gente. Eso sí, son los padres los que lo organizan. Obviamente con hijos de familias que sean de su mismo nivel económico y cultural.

—Obviamente.

—Ya sabes que en Japón es difícil encontrar pareja hoy en día, más que en otros tiempos pasados. Es un problema grave. No nacen niños, el país se hace viejo.

—Sí, lo había oído.

—Así que los padres, que en su época se casaban como tarde a los veinticinco, se desesperan porque ahora a los treinta y cinco sus hijos permanecen solteros.

—Y solteras —recalco con sorna.

—Cuando mi madre se enteró de mi «situación» se dio prisa en intentar recuperarme y organizó con otras madres varias cenas.

No sé si reírme o quedarme seria, he aprendido que los japoneses no tienen el mismo sentido del humor que los occidentales. Yuriko lo adivina.

—Sí, puedes reírte, porque a mí también me parece algo de la Edad Media. Tendrías que haber visto la última cita que me organizaron. Al chico que trajeron poco menos que le habían puesto una soga al cuello. Era guapísimo, por cierto. Nuestros padres trabajan en..., digamos que están en la cúpula de negocios similares, y les convenía que nos casásemos. Cuando después de la cena nos obligaron a dar un paseo por el jardín para conocernos mejor, le dije enseguida: «Eres gay, ¿no?». Se sobresaltó. «Tranquilo, yo también», y entonces se relajó. «Pues sí. Vaya cena de mierda. Ya es la séptima que me organizan». Sentimos alivio al desahogarnos el uno con el otro. Le pregunté si sus padres lo sabían. «Qué van a saberlo, ¿estás loca? A mi madre le daría un infarto, y a mi padre peor, porque me ha puesto a trabajar en su empresa. Se tiraría por la ventana si averiguase que sus empleados saben que su hijo es gay».

Llegados a este punto observo de soslayo sus tatuajes y recuerdo los de los dos mafiosos que la buscan. Esta historia de familia rica no me cuadra demasiado, aunque es cierto que tiene una educación exquisita.

—«¿Y qué vas a hacer?», le pregunté al chico. Él resopló. Resoplaba mucho. «Yo qué sé. Me pasa lo mismo que a ti, esto de tener familias con dinero es horrible. En mi pandilla la mayoría tienen padres normales, y en su casa no es tan grave. Tampoco es que lo hablen, pero ya no les dicen nada, lo asumen». Y, Alice, ¿sabes lo que me propuso?: «Oye, ¿por qué no nos hacemos novios?». «¡¿Cómo?! ¿Estás loco?». Él se explicó: «¿No has visto la película *El banquete de boda*?». «Sí, la del taiwanés homosexual que vive en California y vienen sus padres a su boda amañada con una chica». «¡Esa!». Le emocionaba la idea. «Decimos que estamos saliendo y así nos dejan en paz durante un par de años».

—Qué típico —apunto—. Eso se hace desde que el mundo es mundo, incluso se casaban y tenían hijos.

—A mí la idea me sedujo. Pasamos mucho tiempo planeándolo en el jardín. A ratos mirábamos hacia atrás y veíamos a los cuatro charlar mientras dirigían con disimulo sus miradas hacia nosotros. Nos reíamos en voz alta. Seguro que eso les hacía felices. Después de tantas cenas fracasadas con malas caras por mi parte, el verme pasarlo bien con un chico les llenó de felicidad. Cuando volvimos, al cabo de una hora, si tenía alguna duda se disipó de golpe. Los ojos de esperanza en la cara de mi madre y, sobre todo, en la de mi padre, me hicieron decidirme. Akiyama y yo dijimos que habíamos congeniado a la primera y que planeábamos ir al cine al día siguiente. A mi madre solo le faltó dar saltos de alegría.

—Se pensaba que ya había resuelto el gran problema.

—Sí. Parece mentira cómo la mayoría de los heteros no comprenden que si no te gustan los hombres no te gustan los hombres.

—Bueno —miro hacia el suelo—. Hay excepciones.

—Sí, perdona. —Yuriko se ruboriza un poco, se arrepiente de lo que ha dicho—. A mí..., a mí es que me gustan solo las chicas. No podría estar jamás con un hombre, me dan asco. —Frunce la nariz imaginándolo—. En fin, que empecé a quedar con Akiyama casi cada día. En realidad, no salía con él solo, sino que me juntaba con sus amigos y amigas, todos gais, y de vez en cuando yo llevaba también a alguna amiga, de las pocas que comparten mi secreto. Fue una época maravillosa. Salía sin parar. Mis estudios se resintieron, empecé a sacar malas notas, pero a mis padres no les importaba, pensaban que lo primordial era el matrimonio, así que preferían que saliese a que estudiase. Luego me fui a Harvard, pero durante esos años se suponía que manteníamos nuestro compromiso y que a la vuelta nos casaríamos. Lo cierto es que nos hemos convertido en amigos íntimos y quedamos a menudo. No sé qué piensan mis padres, pero de momento no me molestan. Eso sí, todo el tiempo me preguntan cuándo vamos a fijar la fecha de la boda.

—Qué situación. Japón es terrible.

—Oye —protesta—, Inglaterra no era tan diferente hace unos cuantos años. Que he leído a Jane Austen.

Me quedo pensativa.

—Sí, tienes razón, pero han pasado ya varias generaciones desde aquella época.

—Ya, pero qué son unas pocas generaciones en toda la historia. Japón solo va unos segundos por detrás de vosotros en eso. Espero que la mentalidad cambie aquí pronto, y que mis hijos o mis nietos vean los problemas que tengo ahora como veo yo los de Elizabeth y Darcy, como los de una época de la que solo cabe compadecerse.

—Ojalá. O quizás demos diez pasos hacia atrás y nuestros nietos sean mucho más conservadores que nuestros padres. Vete tú a saber.

—Oye, has dicho nietos. ¿Es que tú vas a tener nietos? —pregunta Yuriko con una mueca. Ambas reímos. Pero al hacerlo noto un pequeño estremecimiento dentro de mí. Yuriko lo percibe y deja de reír—. ¿He dicho algo malo? —pregunta.

—No, no —contesto—. Has dicho lo de los niños y... ¿Tú qué piensas de lo de no tener niños? O de tenerlos.

Yuriko se queda pensativa. Se incorpora sobre su cojín y se apoya en la mesa mientras contempla los platos vacíos.

—No lo sé. La verdad es que solo he tenido cabeza hasta ahora para pensar en «mi matrimonio». La idea de ser fecundada, de estar con un hombre para ello, no es algo que... Brrr, qué horror.

—No hace falta acostarse con uno para concebir un niño.

—Ya, pero todo el tema de la inseminación me parece tan desagradable, artificial, complicado y lejano. Y... No sé.

—¿No conoces a nadie que lo haya hecho?

—Sí, una chica del grupo de Akiyama. Le costó una buena suma, me contaron, y tardó dos años en quedarse. La he visto un par de veces después, pero desde que tuvo al bebé casi no ha dado señales de vida; entre el trabajo y el niño ya no tiene tiempo para nada. No se volvió a hablar con su familia, por lo que me dijeron. —Hace una pausa—. ¿Y tú, qué piensas de los niños?

Trago saliva. Dudo si confesarle lo de mi lentejita. El cuerpo me pide ser sincera. Me siento cómoda con ella, y Yuriko parece de las personas que lo entenderían. Y, además, tengo la necesidad imperiosa de compartirlo con alguien, de gritarle al mundo que espero un niño, mi niño. Y sin embargo... No, no, Alice. Lo más probable es que huya despavorida. Como los hombres. Un bebé es una bomba para aquellos que no lo necesitan. Sé prudente.

—Buf, niños ahora. Qué locura. —Dudo sobre si pedir otra cerveza como la suya; está buenísima. Pero recapacito, por el bebé—. ¿Me pides otra Coca-Cola?

En ese momento el rostro de Yuriko palidece.

Yo corrijo sobre la marcha; qué poca clase tengo, una Coca-Cola en un sitio como este.

—Si lo crees poco conveniente pido algo japonés, perdona.

Pero sus ojos no apuntan a mi bebida, los ha clavado en un lugar detrás de mí. Así que me giro y doy un bote del susto. Pegados a mi respaldo están los dos yakuzas del traje negro. Inicio el gesto reflejo de levantarme, pero unos dedos de granito me vuelven a sentar de golpe y se mantienen en mis hombros sin soltarme. Me hace daño, el dolor que comienzo a sentir de inmediato es punzante. Me paralizo.

—*Gochisōsama deshita*[22] —dice uno de ellos silabeando las palabras lentamente.

El rostro de porcelana de Yuriko no se ha inmutado. No grita, no llora, no muestra miedo. El segundo gemelo Dupond rodea la mesa y estira el brazo para sujetarla. Todo ocurre de forma vertiginosa y, al mismo tiempo, a cámara lenta. En una fracción de segundo, Yuriko gira sobre la silla

22. ごちそうさまでした。Agradecemos los alimentos. Expresión utilizada por los comensales a la finalización de la comida.

y, sin levantarse, golpea con la pierna los tobillos del calvo. Este se desploma por su propio peso, que es mucho. El resto de comensales, que habían seguido con cierta sorpresa la entrada de aquellos dos armarios, dejan de susurrar ante el estruendo. Yuriko se levanta tranquila y se acerca al japonés que me retiene. Este me suelta los hombros y se abalanza contra ella. Su mano no llega a tocarla, porque la chica ha aprisionado su muñeca y con una torsión de cintura y una patada lo ha lanzado contra el suelo. A pesar de ello, el hombre es un titán. Se retuerce para ponerse en pie, pero los finos dedos de Yuriko lo han apresado con una llave; el calvo grita, se retuerce y gime como un oso atrapado en un cepo.

Yo, hipnotizada hasta el momento por la violencia, me levanto por fin. Ya no queda ni un alma en el restaurante, ni les he visto irse. Yuriko me grita:

—¡Vete, corre!

Y, sin embargo, la aventurera Alice, la que ha viajado medio mundo y cree sabérselas todas, la que ama el peligro porque está convencida de poder sortearlo, la estúpida Alice, sí, permanece petrificada en su sitio sin saber reaccionar. Tampoco me habría valido de mucho. El filo helado de un cuchillo se apoya en mi garganta y un brazo me rodea la cintura por detrás.

En vano, intento resistirme contra esa presa de acero.

Yuriko, por fin, se permite crispar su rostro y escupir un grito de rabia. Suelta la muñeca del yakuza, se resigna y se desploma en una silla.

—*Va a venir con nosotros. La esperan*[23] —gruñe el que me retiene.

—*¿Y la extranjera?* —pregunta el otro mientras se frota

23. 一緒に来てください。親分が待っています。*(Issho ni kitekudasai. Oyabun ga matteimasu).*

furioso la zona del hematoma—. *¿Le corto el cuello en el baño?*[24]

—*No* —responde el que parece ser el jefe—, *nos la llevamos también. El oyabun decidirá.*[25]

24. この外人は？トイレで首切るか。*(Kono gaijin wa? Toire de kubi kiruka?)*.
25. よせ、一緒に連れて行く。親分が決めるだろう。*(Yose, isshoni tsureteiku. Oyabun ga kimeru darou)*.

90

# 八
# 8

Yuriko va delante en el Mercedes. No había visto uno tan largo en toda mi vida. Otro similar nos precede con el resto de los mafiosos. Yo me arrebujo en el asiento de atrás con los dos colosos y otro más que nos esperaba en el coche. Son tan anchos que sus brazos y hombros me aplastan por ambos lados y, cuando uno de ellos se revuelve para acomodarse, me clava en las costillas la sobaquera con lo que sea que esconda bajo la chaqueta.

Intento tragar saliva, pero las paredes de mi garganta se han pegado entre sí como un sello a una carta. Por un momento, he olvidado respirar y si pudiese no lo haría en todo el trayecto, porque en cuanto entre aire en mis pulmones solo va a servir para hiperventilarme en un ataque de pánico delante de estos gorilas.

Qué a lo tonto me he dejado meter en la boca del lobo. Esta mañana tomaba tranquila uno de mis últimos baños para despedirme del país del sol naciente de forma relajada, y ahora voy camino de mi ejecución a manos de la mafia japonesa, una de las más famosas del mundo por su brutalidad.

Y, sin embargo... Al mismo tiempo que me anega la angustia, algo dentro de mí se activa con toda esta locura. No sé ni cómo explicármelo a mí misma. La tristeza profunda que me roía por dentro ayer cede unos palmos ante la violencia de este nuevo escenario. Me hace olvidar por un momento a Toshirō, al descalabro vital en el que me encuentro, me permite dejar de pensar en todo y en nada a la vez.

Uno de los yakuzas se estira para verme mejor y me muestra la piel tatuada por debajo del cuello de la camisa. Se burla de mis lágrimas, saca de su bolsillo un pañuelo de papel usado y me lo ofrece. Uno de los dos Dupont le suelta un ronco rugido y el chico, que debe de ser de menor rango, se guarda el clínex obediente y se apoya de nuevo en el respaldo.

—Yo —gimoteo—, no tiene sentido que esté aquí. Yo...

—¡Silencio!²⁶ —me abronca uno de los calvos, que seca la sangre de su ceja con un pañuelo.

Obedezco y me hago todo lo pequeña que puedo mientras me avergüenzo por ser tan cobarde. Pero ¿qué le debo a esta chica? Si es ella la que me ha arrastrado y pone ahora en riesgo mi vida.

Sin embargo, no quiero culparla.

Yuriko se gira de vez en cuando y su mirada es un poema. Los ojos empapados en lágrimas, me dice con los labios que lo siente.

El coche recorre las calles de Kioto y se adentra en barrios en los que nunca he estado. Quiero abrir la ventana, pedir ayuda, llamar a la policía, salir corriendo de allí. Uno de los gemelos rebusca en su bolsillo y entreveo bajo la chaqueta el mango y la funda de un gran cuchillo.

Recuerdo a Koji diciéndome que en Japón las armas de fuego están prohibidas y que su posesión supone un crimen gravísimo. «Si te pillan con una pistola te vas media vida a la cárcel». Por eso, nos explicaba a Fonsi y a mí, la mayoría de las muertes violentas se producen por arma blanca, incluso dentro del criminal mundo de la Yakuza. «Muchos de ellos llevan chaleco antipuñaladas». Nos reíamos de aquellas ocu-

26. 静かにしろ！(*Shizuka ni shiro!*).

rrencias de manga barato. Y ahora pienso en la alta probabilidad de que este cuchillo me corte el cuello dentro de unos minutos. Porque, si le van a hacer algo a Yuriko, por el motivo que sea, ¿qué no me harán a mí, una extranjera pobre en este país donde los *gaijin*[27] están tan poco considerados?

El coche se detiene, se abre una puerta de garaje y nos introducimos en el *parking* de un anodino edificio gris. Nos esperan tres hombres dentro. Junto con el chófer ya son seis los que nos escoltan hasta un ascensor. Subimos en dos turnos. Meten una llave en el panel de botones para acceder al último piso, el duodécimo. A pesar de estar aterrada, me fijo en que no hay cuarta planta, como en muchos edificios de Asia, donde este número es el de la mala suerte porque cuatro suena igual que muerte.

La muerte que me espera, pienso.

Las puertas metálicas se abren directamente sobre un amplio espacio que, a primera vista, tiene características de vivienda y de oficina. En una cocina abierta dos jóvenes manipulan un descomunal hervidor de arroz y colocan platos sobre una mesa para más de diez o doce personas. En una mesa de billar, junto a la pared, juegan otros dos hombres y los demás están apoltronados sobre varios sofás diseminados por la estancia. Por las puertas abiertas del fondo se vislumbran despachos, hombres al teléfono y pasillos que se pierden en las esquinas. Huele fuerte a comida, a tabaco y a cuarto sin ventilar. En dos mesas apartadas juegan a las cartas varios jóvenes con camisa blanca y corbata negra. La mayoría están remangados, porque hace calor, y todos, sin excepción, muestran los consabidos tatuajes que cubren la

27. *Gaijin* (外人) y *gaikokujin* (外国人) son dos de las formas de referirse a un extranjero en japonés. La primera, sin embargo, puede encerrar una connotación peyorativa.

totalidad de sus brazos hasta las muñecas, sin sobrepasarlas. Entre las mesas y el techo flotan densas nubes del humo de sus cigarrillos. A mí apenas si me dedican una breve mirada, pero al entrar Yuriko todos los ojos se giran hacia ella, se detienen las conversaciones y la contemplan callados durante un largo instante. Me sorprende, porque me parece intuir cierto respeto en la forma en que la observan. Pero está asustada y nerviosa.

Seguimos a los Dupont y cruzamos la casa. Más despachos, habitaciones con camas deshechas, ropa acumulada sobre sillas, ceniceros por todas partes, periódicos, televisores encendidos. Una puerta se abre a un lado y de una nube de vapor surge un hombre desnudo que se acaba de duchar. Se aparta a nuestro paso y observa sorprendido a Yuriko. No puedo evitar admirar el dibujo de un soberbio pez con la boca abierta que cubre su torso, así como las colas de dragón que rodean sus piernas. Solo su cara, su cuello, sus pies y su pene están sin tatuar. Este último, poblado de abundante vello negro, destaca por su blancura entre tanto color. A pesar de su delgadez, el cuerpo es fibroso y lo imagino sin problema golpear fiero con la destreza del kárate a un comerciante que no haya pagado su impuesto al clan, o desnudarme con brutalidad. Esa imagen instantánea me produce escalofríos. Quizás sea el destino que me espere en unos minutos.

El piso es enorme, debe de ocupar toda la planta del edificio. Por fin, nos hacen entrar en un amplio salón, distinto al resto de la casa. Sus sofás de cuero flanquean una preciosa mesa de cristal labrado en la que descansan figuras de porcelana y un cenicero transparente vacío, pero con numerosas marcas anaranjadas de nicotina. En una de las esquinas hay un mueble bar bien surtido con toda clase de botellas de alcohol y de las paredes cuelgan láminas de pergamino blanco con figuras de dragones apenas esbozadas y rodeadas de *kanji* pintados a mano con amplios brochazos. Parecen antiguos y valiosos.

—*Siéntense*[28] —ordena uno de los dos matones que nos ha secuestrado. Señala el tresillo, mientras otro de los jóvenes que lo acompañan abre una nevera cromada de la que extrae sendos botellines de agua que nos sirve en carísimos vasos de *whisky* labrados. No entiendo nada. Los dos forzudos se van y nos dejan con el chico. Este se sienta en una silla junto a la puerta, saca un fino cuchillo de una funda atada a su tobillo y ataca, indolente, el repaso meticuloso de las cutículas de sus uñas, una a una.

Dejamos pasar un minuto en silencio. Busco los ojos de Yuriko, espantada, sin atreverme a hablar. Ella se mantiene tiesa en el asiento, con el rostro rígido y los puños cerrados.

—¿Nos van a matar? —balbuceo en un susurro.

Me mira y sale bruscamente de su ensimismamiento, como si hubiese olvidado mi presencia.

—Este no entiende inglés, podemos hablar con libertad.

Me giro hacia el chico, que no se inmuta.

—¿Le conoces? ¿Habías estado aquí ya?

Suspira, agacha la cabeza y comienza a hablar.

—Me avergüenza lo que te voy a decir, pero no me queda más remedio. No te he contado toda la verdad. Después de soportar durante años la presión de mis padres, decidí irme de casa. A través de algunos amigos conseguí un trabajo de chica acompañante, de azafata en un local nocturno, un *snackbar*. Hombres y mujeres siempre se han vuelto locos por mí, no fue difícil. Y antes de que pienses que era una puta —levanta la mirada—, quizás no sepas que estos sitios son comunes en Japón. No es un *hostess bar*, donde el cliente

---

28. お座りください。 *(Osuwarikudasai).*

sí que puede manosear a la chica. En los *snackbar* la gente va a beber para hablar de sus vidas con alguien. Para una mujer, incluso, el simple hecho de que un hombre guapo le sirva en su vaso ya le supone una pecaminosa satisfacción. Cuantas más botellas pidan, más conversación se les da. Las relaciones sexuales con el cliente no son obligatorias ni habituales. Así conseguí sobrevivir sin sentirme mal durante un año. Hasta que conocí a Satō.

—¿Quién es ese?

Yuriko mira hacia los lados. Baja el tono de su voz.

—Es uno de los jefes de la Yakuza de esta zona. Se encariñó conmigo y empezó a gastar fortunas en el local para intentar encandilarme. Al principio oculté que no me gustaban los hombres, claro. Me agasajaba con regalos, invitaba a todo el mundo. Incluso me ofreció un piso de lujo que acepté. —Vuelve a agachar la cabeza—. Me sentí poderosa, libre, aunque pueda parecerte raro. Me respetaba al principio, pero cuando la cosa fue a más no tuve más remedio que confesarle que era lesbiana. Se quedó de piedra, pero estaba tan prendado de mí que lo aceptó. Nos hemos acostado una sola vez, y no pude acabar. Sentí repulsión, aunque no se lo dije. Procuro darle satisfacción de forma manual y casi siempre le es suficiente. Poco a poco me introduje en el clan. Me hice estos tatuajes y me convertí en una persona respetada. Pero cuanto más me metía más descubría, y llegué a un punto después de cuatro años en el que no soporté más verlos extorsionar, pegar palizas, sobornar a políticos y policías y, en algunos casos, matar a otros.

—¡¿Eso quiere decir que nos van a asesinar?!

—Déjame seguir. La guerra de los clanes ya se anunciaba e intuí que esto iba a terminar mal. Y, bueno, empecé a hacerme una pequeña mochila de dinero para el día que me escapase. Cogía un poco de aquí, otro poco de allá. Sabía que no tardaría en llegar mi momento de huir. Europa, Estados Unidos, Australia. Lejos de ellos y de mis padres. Pero necesitaba lo suficiente para empezar de cero. Así que, hace no mucho, entré en su despacho y me llevé una cantidad inconfesable. Como el muy imbécil sigue enamorado de mí, aún nadie sabe lo que he hecho. Pero ha enviado a esos dos a buscarme. He conseguido ocultarme estos días, pero al final me han encontrado. Y, en respuesta a tu pregunta, claro que conozco a estos salvajes, he pasado muchas horas entre sus paredes.

Se produce otro larguísimo silencio.

El yakuza nos observa como si fuera un tigre hambriento a punto de cazar y nosotras un par de cebras distraídas que juguetean en la selva al atardecer. Me cuesta hablar, pero tengo que hacerle un reproche a esta chica extraña, cada vez más laberíntica:

—¿Y es en esta situación en la que has decidido conocerme y meterme de cabeza?

Ella se avergüenza, su mirada trasluce miedo, pero no abandona la seguridad en sí misma.

—No nos va a pasar nada, Alice, porque las dos nos vamos a levantar ahora, nos vamos a acercar al mueble bar del fondo y nos vamos a servir algo. ¿Ves la puerta que está pegada al carrito? Es la del despacho de Satō. He estado allí cien veces. Por dentro instaló un cerrojo blindado por si atacan el piso durante esta guerra que libran con el clan de los Yamaguchi-Gumi. Y una de las ventanas de dentro da a una discreta escalera metálica que mandó construir para que su despacho no se convirtiese en una ratonera. Esta escalera lleva a la terraza del tejado. Desde allí se puede pasar al edificio de al lado y escapar. Me lo contó una vez en la cama cuando le dije que tenía miedo de que viniesen algún día a matarnos, o que la policía nos atrapase en una redada.

Abre bien sus ojos y me pregunta con decisión:

—¿Estás lista?

Me quedo de piedra. ¿Esta loca pretende que me lance a huir ahora?

Sin darme tiempo a pensar, se acerca al mueble bar. El yakuza levanta la mirada de sus uñas para controlarnos, pero al ver cómo Yuriko se sirve una copa, se relaja y vuelve a su labor. Yuriko me mira con furia, alza las cejas y me indica que la siga.

Dudo unos instantes, pero de esta chica emanan una serenidad y una decisión que me superan. Así que vuelvo a introducirme en este rol de película de aventuras que va a acabar con el personaje secundario muerto: yo. ¿En qué momento me vine a meter en este follón? ¿Estaré soñando? ¿Será una pesadilla? Me levanto y me acerco a ella. Me tiende un vaso con lo que debe de ser *whisky*. Lo sopeso, hago como que bebo. Y, entonces, sin más dilación, se acerca de un salto a la puerta del despacho que me había mencionado, la abre y se mete de golpe. La sigo, no sin antes mirar al yakuza, que tarda menos de dos segundos en reaccionar. Ya estoy dentro, Yuriko tira de mi manga y cierra de un portazo. Justo cuando gira el disco que introduce el perno de acero en el pasador metálico, un fuerte golpe suena del otro lado. Luego otro, y después otro. El chico profiere un grito, furioso.

—Vamos, no hay tiempo que perder.

Yuriko corre a la ventana, la abre. Me acerco a ella cuando ya tiene medio cuerpo fuera.

—Pero —tartamudeo— ¿cómo coño se supone que llegaremos a la terraza?

En el quicio del borde exterior veo unos diminutos tubos atornillados perpendiculares a la fachada. Eso no es una escalera, por Dios. No tendrán más de veinte centímetros de anchura y no hay pasamanos alguno del que asirse. Yuriko pisa el primero, se inclina, agarra con la mano el cuarto de ellos e inicia su escalada sobre un vacío de doce pisos. Once, perdón, porque no hay cuarto. Un resbalón y será el fin. Ha atado la cadena de su bolso de miles de euros con las correas de sus zapatos, aún más caros, que se acaba de quitar, y se ha colgado el conjunto del cuello. Pero tiene agilidad de gato y un aplomo sorprendente. Viéndola hacerlo, no parece tan difícil.

—¡Vamos —se gira y me grita—, no tardarán en tirar la puerta!

Si me hubiesen pedido bajarme de una montaña rusa en marcha no habría tenido tanto miedo. La imito: me quito las Adidas, las anudo entre sí y me las cuelgo del cuello sobre la espalda. Me subo al alféizar y procuro calcar los gestos de Yuriko. Por fortuna, años de saltos en trampolín, a menudo desde sitios peligrosos, me han inmunizado contra el vértigo. La distancia a franquear es corta, tan solo un piso.

«No mirar hacia abajo, no mirar hacia abajo», me repito como un mantra. Lo más difícil es inclinarse para coger con la mano el primer asidero al que llego. Me concentro en cada parte, apoyo bien, controlo las pulsaciones del corazón, el temblor de mis piernas. Las descargas de adrenalina luchan con el mareo que me invade. Otro, y otro más. Despacio. Rápido. Justo antes de que Yuriko sostenga mi muñeca, me atrevo a contemplar el vacío. La calle gris aparece surcada por una selva de cables eléctricos y de teléfono que me invitan a caer sobre ellos como un moscardón en la tela de una araña. Pero consigo agarrarme del borde de hormigón y pasar el tronco por encima con la ayuda de mi amiga. ¿Amiga?

No me otorga un instante de respiro.

Abajo, donde estábamos, retumban los golpes brutales contra la puerta. No va a haber cerrojo que soporte eso.

Corremos por la azotea. Hay hilos de colgar la ropa,

aparatos de aire acondicionado, antenas de televisión por satélite, muchas colillas. Saltamos un murete que nos conduce a la terraza del edificio de al lado que está pegado a este, hasta llegar a un casetón en el otro extremo. Protege el edificio una puerta metálica aparentemente cerrada. Cede bajo la mano de Yuriko, su candado está roto.

—Lo sabía —exclama triunfante—, lo tiene todo bien preparado para escapar el muy cabrón.

Nos lanzamos escalera abajo. Los peldaños de mármol están helados, aún no me he puesto las zapatillas ni Yuriko sus zapatos, que bailan colgados de nuestro cuello. Son muchos pisos. Llegamos al portal. Yuriko abre, mira fuera. No parece haber nadie. Nos calzamos, exhaustas. Con una aplicación, llama a un taxi con toda la tranquilidad del mundo. En menos de un minuto llega uno. Las dos jadeamos aún, más de miedo que de cansancio. La puerta del vehículo se abre sola y saltamos a su interior.

—*Salga a la calle principal y ahora le digo dónde ir.*[29]

El taxi se aleja. Ningún mafioso se asoma, no irrumpen hombres armados para acribillarnos a tiros, nadie diría que acabamos de escapar de una película de acción y, por una vez, la actriz secundaria sigue viva. Me invade una sensación de euforia como no había experimentado en toda mi vida. La energía que busco en mis viajes, en la incertidumbre, en el riesgo, me llena como si me hubiese besado una anguila eléctrica. Tengo ganas de gritar de alegría, de abrazar a Yuriko y al taxista que nos ha salvado. Pero, claro, esta es mi vida, no una puta película, y ese tipo de gestos aquí no resultan apropiados.

---

29. メインストリートに出て。今どこに行くか言います。(*Meinsutorīto ni dete, ima doko ni iku ka iimasu*).

# TERCERA PARTE
## La pecera invertida

*

Entran más hombres. Sigo con el antifaz puesto, pero deduzco que deben de ser cuatro o cinco los que abarrotan ya esta estrecha sala de tortura. Después de lo que he pensado antes, me llega una nueva idea: ¿y si mezclan dos de las tres opciones? ¿Será que todos van a violarme antes de acabar conmigo? Dios, por favor, te lo ruego, haz que me desmaye. Si me van a matar, que sea pronto.

Elevan el tono, uno parece dar órdenes al que está más cerca de mí, quizás el que se había puesto los guantes de goma. Su voz ronca dice que antes de empezar hay que esperar a alguien. Después de unos gruñidos de disconformidad dicen que de acuerdo.

¿Esperar a quién?

Varios de los presentes abandonan la habitación y la puerta se cierra. Oigo el rascar de un mechero y el olor de tabaco se mezcla con el de la fresa y los lubricantes sexuales.

Una mano se apoya en mi tobillo y comienza un lento ascenso por mi pierna. Creo que solo dos hombres se han quedado en el cuarto. Los dedos recorren libidinosos mi anatomía hasta llegar a la cara. Me quita el antifaz. Pestañeo para acostumbrarme a la luz. Él también ha retirado su careta de cuero para poder fumar y la tiene ahora sobre la cabeza. Me sonríe mientras me aplasta las mejillas con la mano, como le haría a un niño travieso. Le dice algo al otro y se agacha como si me fuese a dar un beso, pero tengo la mordaza de bola incrustada en la boca.

Consigo mantener el ritmo de respiración por la nariz que me proporciona apenas el aire necesario. Por un momento, me pregunto si no sería mejor que la angustia se apodere del todo de mí y así poder ahogarme. Intentaría hacerlo sin escándalo, sin que se diesen cuenta; una muerte en silencio que les quite el placer de mis súplicas, una bendición antes de que comience la bacanal de tortura y sexo.

El japonés mira a su alrededor y de una estantería coge un bote de color opaco. Lo abre, lo huele, busca en su compañero con una señal de aprobación, y lo inclina sobre mí. Deja caer una gota justo entre mis pechos desnudos y ateridos. Y otra, y otra más. Están frías. Sacude el recipiente y las siguientes impactan contra mis pezones. Deja el bote sobre la camilla y comienza a restregarme el líquido. Es aceite con olor a almendra. Sin soltar la colilla humeante de la boca, soba mis pechos a conciencia, mientras el otro observa y ríe. Ha encendido también un cigarrillo y disfruta con el espectáculo.

El tono de ambos se vuelve grave, babeante. No entiendo bien lo que dicen, pero el que está a mi lado coge mi mano atada, acerca su cadera a la camilla y me obliga a tocar a través del pantalón la dureza de su entrepierna. El otro corea su gracia.

Envalentonado, el primero se desabrocha el pantalón...

# 九
# 9

La tarde de Kioto desfila con ritmo lento por las ventanillas. Mientras el sol me calienta la cara a través del cristal, el sopor se adueña de mí después de la tensión que he pasado. Siento las yemas de Yuriko acariciar tímidamente mi mano, casi sin tocarla. Cierro los ojos. El roce es tan suave que apenas lo percibo, pero basta para transportarme por el cielo. Mi sentido de la realidad flota en el umbral del sueño. Recorro, sin orden aparente, las imágenes de este extraño día. Por un momento, Alice, has pensado que te iban a degollar, has podido caerte al vacío desde un rascacielos y, sin embargo, ahora te alegras de todo lo que ha pasado.

El peligro sigue vivo, pero después de mordernos nos ha soltado.

El dedo sube y baja, imperceptible, por cada una de mis falanges, se cuela bajo la palma y llega hasta la muñeca. Sin levantar la cabeza, me giro. Yuriko tiene la vista fija en el frente, mira a la calle o al infinito, no sé decirlo. Parece seria, ausente. ¿En qué piensa? Nadie sabe que estoy aquí. Mis padres tienen una vaga noción de que vivo en Kioto, pero desconocen dónde, o si me he mudado a otra ciudad; no hablamos demasiadas veces al año. Si hubiese muerto nadie se preocuparía por mí en mucho tiempo.

A pesar de lo hierático del rostro de Yuriko, de la trampa mortal en la que me ha metido, hay algo en ella que me transmite una enorme confianza. Joder, Alice, has vivido una aventura de las que te gustan, vale; has salido de ella bien parada, bueno, pero desenchóchate de una vez y huye de aquí, coge el primer vuelo que encuentres a donde sea, sal ya de este maldito país. Sabes que por este camino es cuestión de tiempo que la suerte se te acabe.

Vuelvo a cerrar los ojos y me dejo llevar por las sensaciones. Las calles se estrechan y el entorno urbano se hace más humilde. No es que haya barrios pobres en Japón, al estilo de las grandes ciudades de otros países, pero sí noto que la calidad de las edificaciones decae.

Al cabo de un par de minutos el taxi se detiene.

—*Es aquí*[30] —dice el conductor.

Juraría no haber oído que le diésemos dirección alguna. Yuriko paga y nos bajamos del coche. Aún me tiemblan las piernas.

—Nos vamos a esconder aquí un rato, hasta que piense qué hacer —me dice.

El edificio es antiguo, pero parece recién reformado. No muestra ningún cartel por fuera ni nada que lo distinga de cualquier otro de alrededor. La sigo sin preguntar. Entramos por un portalón de cristal con imponentes tiradores de bronce y, tras cruzar el *hall*, nos dirigimos por un pasillo hacia una puerta al fondo. Junto a la manilla hay una pequeña consola con números. Yuriko, tras comprobar un mensaje en su móvil, marca un código y la puerta se desbloquea.

No pregunto. Me deja pasar y cierra. La habitación es pequeña, pero está amueblada con lujo. Pegado a la pared, dormita en la penumbra un sofá estilo chéster de un llamativo color plata metalizado de al menos cinco plazas. Frente a él hay una mesa baja de cristal de patas doradas y sobre las

---

30. ここです。 (*Koko desu*).

paredes cuelgan cuadros de gruesos marcos historiados que representan escenas de desnudos artísticos de mujeres, salvo uno en el que la pintura muestra un bailarín sin ropa ejecutando un paso de danza. No son vulgares, pero sí explícitos.

Yuriko se dirige al fondo, hacia un panel iluminado con el rótulo «Garden Kioto Hotel». La pantalla ofrece fotos de habitaciones.

—Elige una —me pide.

La contemplo sorprendida.

—Pero ¿dónde estamos?

—¿Nunca te han llevado a un *love hotel* en Japón? —Me mira divertida, con las cejas levantadas—. ¿Se te ocurre algún lugar mejor donde descansar un rato?

Dudo, nerviosa. Suena bien, pero no sé si tengo cuerpo para meterme de cabeza en una nueva trampa.

—No. He oído hablar de estos hoteles, pero nunca he estado en uno. No lo parece por fuera.

—Este es uno especial, para encuentros discretos. Por eso no muestra ningún cartel en la calle. No puede venir cualquiera. Le he pedido a un amigo su código para entrar, porque hay que ser socio, de alguna manera. Y, bueno, yo tampoco he venido muchas veces, no te creas —Yuriko esboza una mueca de vergüenza al darse cuenta de mi sorpresa—, solo para desmadrarme con amigas. Una fiesta de vez en cuando, despedidas de soltera; cosas por el estilo. No solo sirven para lo que crees.

—Ah, ¿no? —La miro de soslayo—. ¿Me has traído para hacer una fiesta, entonces?

Yuriko niega, seria, sin saber qué responder.

—Por favor —señala las fotografías—, elige una habitación.

Me inclino entre perpleja y curiosa y analizo la pantalla empotrada en la pared. Hay doce recuadros con imágenes de cuartos, distintos los unos de los otros. Me llama la atención uno en el que aparece una silla de dentista con correas para los pies y las manos. De sus paredes cuelgan látigos, caretas de cuero y cosas por el estilo. Cruza la imagen un rótulo que deduzco que significa «ocupada», porque la luz en ella brilla atenuada.

Se me pone la piel de gallina.

El hecho de que, en este momento, a las dos de la tarde, con el sol de agosto luciendo fuera, mientras familias con niños pasean por la acera de esta misma calle, haya dos o más personas con máscaras de cuero pegando latigazos a alguien desnudo y atado a una silla de dentista me revuelve el estómago. Y me asusto de nuevo.

Sé que los japoneses son engañosos. Por una parte, tímidos, limpios, «nometoques»; y por otra, poseen una capacidad y sofisticación en el vicio que supera en sus rarezas las perversiones de los europeos más depravados.

¿Dónde me mete Yuriko ahora? Adivina mi reticencia. Aunque después de lo que nos ha ocurrido, ¿podría haber más peligros? No es posible.

—Sé que te parecerá una tontería —le digo—, pero ¿no deberíamos ir a la policía?

Me contempla atónita y luego rompe a reír.

—¿Y qué crees que harían cuando una extranjera acompañada de una *exescort* y exnovia de un yakuza, fichada por ellos en varias ocasiones, les cuente que les ha secuestrado un clan del que se han escapado por la ventana? Lo más probable es que llamen al *oyabun* y se lo cuenten todo. No tendrían más que venir a buscarnos con el mismo Mercedes negro y unos alicates para arrancarnos las uñas.

Trago saliva.

—Oye, Alice —se arrepiente de su brusquedad—, perdona. Ya sé que te he metido en este lío, pero no te voy a dejar en la estacada, te lo prometo. Solo necesito un poco más de tiempo. Y no te preocupes por ellos, no nos volverán a encontrar, te lo aseguro. En unos días estaremos las dos a salvo. En este sitio no se les ocurrirá nunca buscarnos. Parece un lugar raro y peligroso, pero no lo es. La mayor parte de las veces la gente que está en estas habitaciones son empleados de cuello blanco o estudiantes que se hacen fotos mientras beben sin parar y se liberan por un rato de sus corsés, desfogándose como adolescentes. Yo no..., no deseo que pienses que te traigo aquí para nada raro. Ya has sufrido bastante. De verdad, si quieres nos vamos.

No quiero ser la típica europea naif, pero percibo sinceridad en sus palabras y mi miedo se desvanece.

—A la mierda —me digo en voz alta—. Vamos a ver.

Vuelvo a escudriñar la pantalla. Hay habitaciones tipo Blancanieves; otras sofisticadas como una nave espacial; una que simula —qué maravilla— un coche del metro de Tokio, con sus asientos, sus barras para agarrarse e incluso un andén; la habitación del señor del castillo, con espadas colgadas y fuego en las chimeneas y todo.

—Quiero esta.

Señalo una en la que en el centro de la habitación hay una cama redonda. La decoración no es extravagante, pero rodean aquel lecho siete maniquíes vestidos, de hombre y de mujer, que miran hacia el centro. Alguno de ellos señala con el dedo.

Yuriko se inclina para ver mejor.

—No, me niego. —Me observa, seria—. Así no puedo, lo siento. Escoge otra.

Obedezco, mientras me carcajeo por dentro.

—Pues la azul.

Yuriko la aprueba.

—Esta sí me gusta.

Aprieta el botón correspondiente a la habitación y se ilumina el precio. Es exorbitante. Voy a protestar, pero ella saca su monedero de Louis Vuitton del bolso de Cartier e introduce una tarjeta de crédito dorada en la ranura. Ay, Dios, pienso, seguro que es dinero de la Yakuza.

—Si quieres te ayudo a pagarlo —digo ofuscada, consciente de que estoy casi sin blanca.

—Gracias, Alice. —Yuriko agradece la propuesta con una leve reverencia y dice que no con la cabeza. No quiere hacerme sentir mal porque va a pagar ella. O algo así de complicado.

El ascensor se activa con el código de confirmación de la compra. Los pasillos están vacíos. No se oye absolutamente nada.

—El hotel está preparado para que no puedas encontrarte con nadie —me explica en voz baja mientras buscamos el número de la habitación—. No hay más empleados que las limpiadoras y una persona que chequea que todo esté correcto. Y nunca los verás. Cuando un cliente anda por los corredores, las demás habitaciones no se pueden abrir y se inactiva el ascensor hasta ese piso. Nos moriríamos de vergüenza si nos encontrásemos a alguien al salir de uno de estos cuartos, y no te digo nada si fuese alguien conocido. —Ríe bajito y se tapa la boca como una colegiala contando un chiste obsceno.

La puerta se abre. La estancia es más pequeña de lo que me había parecido en la pantalla de abajo, pero también mucho más hermosa. El suelo, las paredes y el techo son de cristal, y tras la lámina transparente, en un sándwich de unos veinte centímetros de grosor, nadan infinidad de pequeños peces de colores. Peces reales. La iluminación ha sido diseñada de tal manera que el espacio adquiere más profundidad; recrea con éxito la sensación de estar bajo la superficie de un mar tropical.

—Quítate las zapatillas —me pide Yuriko bastante contrariada al ver que he entrado con ellas. Este detalle irrita de forma especial a los japoneses y siempre se me olvida. Para ellos es, me imagino, como si alguien escupiese en el suelo al entrar en tu casa.

Los muebles apenas están iluminados por unas bombillas led; toda la luz proviene del agua que nos rodea e imprime a los peces rojos, azules y blancos un fantasmagórico aspecto; parece que flotan por encima de nosotras. Nos tumbamos en la cama sin dejar de observar aquel espectáculo.

—Has elegido bien —me dice—, me encanta esta habitación, nunca había estado en ella.

Pulsa un pequeño botón de la mesita de noche donde hay una nota musical dibujada junto a un par de *kanji*. Una melodía empieza a sonar, lejana.

—Voy al baño —digo—. Me muero de pis desde hace una hora.

—No te ahogues en las profundidades —me susurra.

## 10

En el cuarto de baño los muebles son de elegante piedra negra y porosa que absorbe el efecto de la luz en movimiento y acentúa la sensación de profundidad abisal. Me bajo los pantalones y las braguitas y me siento. Tengo que hacer un esfuerzo para distinguir cuál de los botones del váter es el del chorro de agua caliente, este modelo es algo más sofisticado. Hasta que consigo dar con el correcto, sale un flujo de aire caliente, música y una vibración nada desagradable. Me lavo bien porque imagino lo que va a pasar a continuación. También encuentro un pequeño cepillo de dientes con pasta, cortesía del hotel. Bajo el paquete de papel que los contiene, se esconden un par de preciosos sobrecitos rosa brillante. ¿Será posible? ¿Son condones? Los paquetitos muestran dibujos casi infantiles con instrucciones en coloridos caracteres *hiragana*, *katakana* y *kanji*. Me dan ganas de coger uno de recuerdo.

—Sí que tardas —protesta Yuriko, que espera en la puerta su turno para entrar.

—Odio vuestros lavaculos —contesto en broma—. Un día me va a tragar uno.

Me mira incrédula.

—¿Me estás diciendo que prefieres frotarte con un asqueroso papel áspero? No me entra en la cabeza. Los occidentales no habéis salido de la edad de piedra.

—Me has pillado —reconozco—. Si te soy sincera, quiero encontrar uno de estos que me quepa en la maleta para llevármelo a casa.

Cuando sale, Yuriko me coge por los hombros y me da un beso suave en la punta de los labios. Se pone de pie sobre el colchón de un salto y exclama con voz de niña:

—¡Y ahora: vamos a cantar!


Ha pasado media hora. Joder con el karaoke y los asiáticos, son incapaces de pasárselo bien sin cantar antes un rato. Y yo con el calentón que tengo. Se ha bebido dos copas que ha preparado gracias a la excesiva oferta de licores que escondía uno de los armarios. Yo, con la tercera Pepsi en una mano y un micrófono en la otra, me desgañito destrozando *Someone like you*. La novia del yakuza se muere de risa con mis gallos y corea el estribillo de Adele conmigo. De vez en cuando, nos observo en un espejo, contemplo aquella escena surrealista, y me digo que esta mañana, en el *ofuro* del *sentō*, me colé sin darme cuenta por la madriguera del conejo blanco y que estoy en una especie de *Alicia en el país de las maravillas* versión Japón. Pero me encuentro bien. Me encuentro bien, coño. Toshirō, el viaje, la depresión..., a tomar por culo.

Desde que he conocido a Yuriko hace apenas unas horas, el peso que me hundía ha desaparecido. Cuando alguien siente un dolor lo único que desea es dejar de sentirlo. Y esta extraña ha salpicado de colores el gris de mi cielo. Sé que pagaré un precio por ello, no tengo ni idea de cuál; pero de aquí no me voy. Es una de las locuras más grandes que he hecho en mi vida, y está resultando de todo menos aburrida.

La última canción se diluye. Tumbadas, boca arriba en la cama, nuestras manos se enlazan. Qué paz tras el concierto que acabamos de improvisar. No te vas a dormir aquí, ¿no?, me digo.

Me giro y, en posición fetal, observo a mi nueva mejor amiga. La cama es enorme. Yuriko se vuelve también. En aquella penumbra, flota sobre su rostro el reflejo del agua. Las sombras de los peces en movimiento se deslizan por sus mejillas y su frente y cambian cada poco el color de su iris. Apaga el televisor, me quita el micrófono de la mano y lo deja caer sobre la moqueta. Acerca su cara y me clava el bisturí de sus ojos mientras acaricia mi pelo. Pasan los minutos y nada interrumpe este momento mágico.

—No sé cómo los japoneses podéis estar tanto tiempo en silencio.

Yuriko cierra los párpados. Parece feliz.

—¿Quién eres? —continúo—. ¿Por qué me ocurre todo esto? ¿Me vas a hacer daño?

Me enlaza por la cintura y acerca mi cuerpo al suyo.

—Siento estar saltando etapas, pero el tiempo vuela rápido para mí. Quizá no me quede mucho.

De un movimiento, me incorporo sobre el codo.

—¿Cómo? ¿Estás enferma?

—No, no —exclama divertida—, no es eso. Lo he expresado mal, es que en japonés se dice distinto. Lo que quiero decir es que, no sé, me ha asaltado el pensamiento de que esto se va a estropear, o que algo va a pasar —noto que el brillo de su mirada aumenta ligeramente—, y..., y quiero aprovechar lo más posible.

No sé qué contestar. Buceo en lo profundo de sus ojos en busca de alguna pista. Dios, qué guapa es. Al mirarla, mi cerebro se asemeja a la alarma de una fábrica que lanza destellos luminosos por doquier, con la sirena a todo volumen, vociferándome: «Es esta, esta es, no la dejes escapar». El milagro es que parece recíproco; es ella la que ha venido a mí. ¿Desde cuándo he tenido esta suerte en el amor?

Cierro los ojos y froto con suavidad mi nariz contra la

suya. Subo a su frente y desciendo por sus mejillas. Me cuelo en la concavidad de su cuello, no reconozco su perfume, pero es suave y penetrante. Debe de ser carísimo. La beso, casi sin tocarla. Mis labios se arrastran y, mientras mi boca se entierra en su barbilla, deslizo las manos bajo su camisa. Su cuerpo está caliente, pero su piel se eriza por donde paso. Desato el sujetador y le clavo las uñas en la espalda. El fuego me quema con unas ganas locas de arrancarle la ropa, pero sé que si me contengo, si consigo alargarlo, el placer será infinitamente mayor. Muevo la pierna y la coloco entre las suyas. Empujo con suavidad y llego hasta arriba, hasta notar el hueso de su pelvis. Las caderas de Yuriko avanzan para apretarse contra mi muslo. Ella también se abre camino entre mi ropa. Busca con su boca la boca de la escocesa a la que ha raptado. La suavidad lucha con la prisa. Su lengua sabe a la pasta de dientes de menta que yo también he utilizado. Es una brasa caliente, húmeda y tímida; no le voy a dejar descanso.

Para, para, Alice, me digo, déjalo que dure. Pero el cuerpo me pide más, y el de Yuriko aún más. Su pelvis contra la mía inicia ya el camino que me llevaría al orgasmo en breve. Nunca he tenido problemas para alcanzarlo; sola, con un hombre o con una mujer, de cualquier manera. Pero deseo con todas mis fuerzas que aquello se prolongue. Me separo un poco. Aprieto mis dedos contra la carne de mi compañera y la miro fijamente. Yuriko sigue mi ejemplo y se detiene. Respiro con cadencia animal, para que me oiga, para que comprenda que hay que retardarlo.

—Yo también quiero que dure.

Yuriko me entiende a la perfección. Con los hombres esto es más difícil, a menudo imposible; la mayoría solo quieren eyacular cuanto antes.

—Con mis compañeros de piso —digo— teníamos un

chiste. En japonés, cuando uno se corre, dice: «Me voy», ¿no?

—Pues sí, *iku* —contesta divertida.

—En español es igual. Pero en inglés se dice «me vengo», o sea, en sentido opuesto.

—Es verdad, nunca lo había pensado.

—Koji y Fonsi, mis antiguos compañeros de piso, cuando montaban una fiesta, les preguntaban a los invitados antes de entrar: «¿Prefieres irte con un español o un japonés o venirte con una escocesa?».

Yuriko se ríe. Nuestros alientos ya se han calmado. Deseo decirle que es maravillosa, quiero que lea en mi interior las olas que levanta, pero sé que no siempre hay que soltar lo que uno piensa, aunque sea bueno, porque los seres humanos somos paradójicos, complicados, y los japoneses más. Sé que prefiere suponer que oír. Nos soltamos. Me pongo de rodillas y cruzo los brazos para quitarme la camiseta. Me desabrocho el sujetador y lo lanzo al suelo. Hace calor. Yuriko se pone de rodillas también. Contempla mis pechos y luego baja la mirada. Parece que quiere decir algo. Estira el brazo, apoya la punta de sus dedos en mi garganta y desciende poco a poco. Al paso de sus yemas, mi piel se eriza y entre mi canalillo descubre al tacto unas perlas invisibles de sudor. Sus dedos no se detienen; prosiguen la senda por el pecho, sin prisa. Ya llegarán a la cúspide de la montaña, de momento recorren la curva casi circular de su falda.

—Con un pecho tan grande —me dice en un susurro—, no sé cómo todavía no tienes el pliegue debajo de ellos.

Me siento halagada.

—No tardará mucho, antes apuntaban más arriba. Aprovéchate de que aún estén así. Son para ti.

—¿Solo para mí? —pregunta.

Sus ojos negros me miran con ternura.

—Solo para ti.

Se acerca. Hemos hecho bien en parar antes. El contacto tan suave con aquella piel y sus últimas palabras me han mojado mucho más que la pasión inicial. La excitación ha aumentado su círculo de influencia: me arde por encima del ombligo y hasta casi las rodillas. Ahora sopesa uno de mis pechos que se le ofrecen, blanco, ligeramente pecoso. Con la punta de la lengua explora las pequeñas protuberancias de la areola, recorre la base del pezón; corto, redondo y duro. Se separa un poco.

—Doctora —dice—, tengo una pregunta. ¿Cómo se llaman los puntitos estos que te estoy chupando?

Pone cara de alumna empollona. Inspiro profundo y me relajo. Cojo el otro pecho en la mano y levanto la areola.

—¿Estos de aquí?

—Sí, es que me gusta saber cómo se llama lo que como. No lo sé ni en japonés.

—Pues hoy lo vas a aprender. Se llaman glándulas o tubérculos de Morgagni.

—Suena italiano. —Vuelve a pasar su lengua por ellos—. Quizás por eso están tan buenos.

Me hace gracia la ocurrencia. Me he dado cuenta de que tiene un fino sentido del humor y estoy convencida de que debe de ser intuitiva e inteligente. No sé por qué me sorprende; ha estudiado en Harvard. O eso dijo. No es que los japoneses me parezcan tontos, nada más lejos de mi pensamiento. De hecho, estoy convencida de que son uno de los pueblos más inteligentes y trabajadores de la tierra. Pero bajo sus interminables capas de educación, formas e hipocresía, nunca logro percibir en ellos la ironía, la agilidad verbal, el tono pícaro. Son opuestos a los italianos, por ejemplo. Apoyo la mano en su nuca y la empujo hacia mí.

—Tírame suave del pezón, por favor.

Yuriko, obediente, lo pinza entre sus dientes y aspira un poco haciendo vacío. Dibuja sus líneas con la punta de la lengua. Mi respiración vuelve a coger ritmo.

—Quiero ver los tuyos. —Me agacho, cojo los faldones de su camisa y se la saco por arriba mientras estira los brazos. Sus senos se alzan, acompañados en su ascenso por el colgante de la salamandra que le vi en los baños, y vuelven a caer sin apenas rebotar. Son más pequeños que los míos y también se despegan con soberbia apuntando al cielo.

—Los tienes de piedra.

Yuriko asiente, entre tímida y orgullosa.

Ambas nos auscultamos con delicadeza. Con la punta de los dedos recorro el perfil del maravilloso dragón que se enrolla sobre su cuerpo. Sus ojos de fuego me contemplan amenazadores, marcan su territorio con la promesa de abrasarme en su aliento si sigo por ese sendero. Avisada estoy, pero ya he decidido que no hay marcha atrás. Los cuatro pezones de piedra casi duelen. Me inclino para probar los suyos, que son más largos que los míos. Huelen a crema hidratante. Su areola es pequeña, con la excitación se ha retraído tanto que casi ha desaparecido.

La mano de Yuriko se apoya en mi mejilla, quiere mi boca. Existen muchas diferencias entre besar a un hombre y a una mujer. Una es la barba. Por fina que sea, la del hombre siempre se nota. Es un lija dolorosa. No digamos si tiene barba crecida. A algunas les gusta; a mí no. Me raspa, mi piel es delicada y, a menudo, al día siguiente de una sesión apasionada de besos, descubro marcas rojas entre el labio y la barbilla.

Me acuerdo de David, en Londres. Siempre se quejaba de que ya no le besaba con la intensidad de los primeros días, y que incluso los besos de saludo se habían convertido en piquitos de pájaro. Pero es que había cogido aversión a aquellos pinchazos diarios.

Y no solo los hombres pinchan. Recuerdo a más de una cuya cara raspaba igual que la lengua de un gato. ¿Cómo pueden ser las pieles tan distintas? La de Yuriko es sedosa y firme; sus labios almohadillados son carnosos, como una cuna blanda que acolcha la pasión de los míos. Por mucho que apriete, solo encuentro la suavidad del melocotón.

Otra diferencia entre hombres y mujeres es la velocidad y el ritmo. A mí me gusta controlar, mandar en la boca y en la cama, en los besos y en el sexo. Y los hombres, por motivos que solo Dios conoce, tienen la necesidad de dirigir. Incluso aunque no les apetezca; solo porque se supone que son ellos los que tienen que llevar la iniciativa. Puta educación. Convencer a un hombre de que se deje guiar, de que se relaje sin más responsabilidad que la de disfrutar es algo por lo que he tenido que luchar en cada relación; y no siempre lo he conseguido. Especialmente en Japón. No puedo evitar pensar en Toshirō y su obsesión por dominar. Pero bloqueo el pensamiento tan pronto noto el corazón acelerarse por el recuerdo. No, Alice, céntrate en esto, no pienses en nada más.

La mano de Yuriko ha vencido la resistencia de la goma de mis braguitas y quiere abrirse camino. Me acaricia y se desliza pegada a mi cuerpo. Cruza los rizos del vello de mi pubis hasta introducir con suavidad su dedo corazón entre mis labios mayores. Sigue besándome con los ojos cerrados, obedece mis mudas instrucciones como si ambas lenguas pudiesen hablar y jugasen a un juego bien orquestado; se hacen el amor la una a la otra en aquellas dos bocas que ya son una. Casi me avergüenzo de estar tan mojada. Es una de las cosas que nunca sé si le gustan al otro o no, porque en mi caso es algo exagerado. Provoca que se me empapen las bragas; por eso procuro quitármelas pronto cuando me acuesto con alguien.

Ahora, el dedo de Yuriko ha sido engullido y anegado por mi coño carnívoro, me zafo del beso infinito en el que estamos inmersas, me siento hacia atrás en la cama y en un mismo gesto me quito el pantalón y me quedo desnuda. Yuriko se detiene, coge aire, sofocada, con una expresión tenue de sorpresa en su cara al mirar su mano inundada.

—Lo siento —digo a modo de disculpa—, mi vagina es un surtidor.

Yuriko se acerca la mano a la nariz e inspira como si estuviera en una perfumería de lujo.

—Me vuelve loca tu olor —contesta—. Y me da envidia, porque a mí me cuesta mojarme y..., y bueno, eso me ha dado problemas. Disculpa por estar tan seca. Vas a pensar que no me excitas.

—Ven —le digo—, acércate.

Le bajo la cremallera de la minifalda y se la saco por la cabeza. Debajo lleva un tanga negro de encaje precioso. Se lo voy a quitar, pero me lo pienso mejor.

—Me encanta —digo—. Qué bien te sienta.

—Gracias, Alice. —La forma de decir mi nombre, con ese acento japonés, es maravillosa.

—Ponte de pie.

Obedece. La cama bota con suavidad. Detrás de ella, sin inmutarse, nadan los peces a través de la habitación. Sus siluetas ondulan la luz que los atraviesa y, en la penumbra de este nido de amor surrealista, esta recorre nuestra piel con colores serpenteantes. Es como hacer el amor sobre el fondo silencioso de un arrecife de coral.

Poso mis manos sobre las nalgas de Yuriko y beso con suavidad sus muslos, los acaricio con la punta de la lengua y hundo mi nariz entre la costura del tanga y el pubis negro.

Lo ha recortado con cuidado dejando una fina capa de vello con forma de almendra.

—¿Sabes que a los japoneses no les gusta el pubis depilado? —pregunta—. Ni el de los hombres ni el de las mujeres.

—Sí, ya lo he visto, la mayoría van por la vida como les concibió la naturaleza.

—Aquí los hombres tienen cara de niño y apenas vello corporal. Así que la mata del sexo es señal de virilidad, lo que distingue al muchacho del adulto. Y en las mujeres, dicen que si tienen el pelo de allí abajo largo huele más y les encanta. Y que si están completamente depiladas es que son putas.

Me asombra el enésimo detalle sexual desconocido que aprendo. Qué distinta es esta sociedad a la nuestra.

—Pero el tuyo está recortadito.

—Sí —contesta—. Entre los tatuajes y esto, en los *sentō* me miran raro, pero me es igual.

—Lo tienes precioso.

Separo con la punta de mis uñas la tela y la aparto para que penetre la lengua. Jugueteo con la vulva, exploro su textura entre aquellas formas casi adolescentes que guardan sus secretos. Nada que ver con la indiscreción de las mías, que muestran generosas los labios mayores voluptuosos, la capucha del clítoris y el inicio de los labios menores. Vamos, el kit completo. En ella, el tesoro está bien escondido. Apoyo la yema de los dedos y tiro hacia los lados como una abeja en busca del polen. La flor se abre a mí, la fragancia de su vagina se muestra por fin, la piel se despega de la piel, brilla y cambia su tonalidad. Buceo desde el liso blanco de los muslos y, poco a poco, descubro el rosa brillante de sus labios menores, que se abren como una mariposa escondida entre pétalos húmedos. Noto la presión de los dedos de Yuriko en mi nuca; empuja impaciente mi cabeza en su entrepierna, se muere de ganas de frotarse contra mí; pero resisto. Con una suavidad exasperante envío a explorar la punta de mi lengua, de forma casi imperceptible, por el borde de los labios mayores. A pesar de la excitación, me contengo. Solo me permito el roce suavísimo, porque sé que eso la va a volver loca. Aquello lo descubrí curiosamente de un hombre, no de una mujer. Aquel Jack, que parecía tan tímido, tan delicado e inexperto, cuando en mi piso de estudiante yo le impelí a comerme el coño deprisa, con frenesí pornográfico, como siempre había exigido, desbocada de excitación y de ganas de frotarme antes de copular, él me detuvo en seco: «Relájate y déjame, que eres una ansiosa». Yo negaba su autoridad; pensaba que aquel muchacho no sabía follar de verdad, pero él insistía, no quería dejarse llevar. La primera vez me tumbé resignada y me prometí no volver a verlo. Se coló bajo las sábanas y se deslizó boca abajo entre mis piernas. Si aquel chico pensaba que el roce mínimo de su lengua iba a conseguir algo, estaba equivocado. Pero mira tú por dónde, a medida que ascendía desde el perineo arando los labios camino del clítoris, tan lento que parecía que no fuera a llegar nunca el muy hijo de puta, un calor inesperado, unas ganas ansiosas comenzaron a brotar de mis entrañas como nunca antes. Encendió un deseo tan fuerte que, cuando hizo cima, a punto estuve de correrme. Con el mismo procedimiento diabólico de tocar sin tocar, se concentró en mi clítoris. Me iba a venir en su cara. Paraba y volvía a empezar, como un torturador experto, metódico. Cuando por fin me penetró, bastaron dos embestidas para que un orgasmo desconocido me dejase temblando el resto de la noche. Más tarde, fumamos en silencio sentados en la cama. Me disculpé: «Tengo que reconocer que me has descubierto algo nuevo. Gracias, Jack». Dio una calada y me acarició el muslo mientras miraba al techo y se arrebujaba entre las sábanas.

«A mí también me lo enseñó alguien —respondió satisfecho y halagado—. Después de que las pelis guarras me hicieran creer que follar es empotrarse contra la encimera de la cocina como rinocerontes en celo, ese alguien me descubrió que menos es más. ¿Por qué aceptamos la mentira del porno como escuela de sexo?».

—No puedo más —jadea Yuriko.

—Aguanta un poco —la torturo; disminuyo un punto la presión.

Yuriko se separa con un movimiento de cadera. Se pone a mi altura, con las manos apoyadas sobre mis hombros.

—Si sigues se acaba todo.

Respira profundo.

Contemplo aquel cuerpo que hace unas horas no conocía. La blancura de su piel contrasta con el negro de su cabello. Este cae recto sobre sus hombros, como una suave cascada de cristal. Es la japonesa más hermosa que he conocido en estos tres años. Cuando acabe la aventura tendré que analizar a qué debí esta fortuna. Y he de reconocer que me excita el miedo que me producen las circunstancias que la rodean. Como el mar negro de Brighton en el que me metí y que casi me traga aquella noche. Acaricio su cuello y apoyo también las manos sobre sus hombros.

Yuriko sonríe mientras se endereza. Suelta un brazo y lo estira hasta la mesita de noche. Dentro hay paquetes de colores. Revuelve y encuentra lo que busca. Desprecinta un plástico; extrae un pequeño bote rojo, como de champú. Se sirve un gel rojizo sobre la punta de los dedos. Se lo extiende sobre los pezones.

—Acércate.

Abarca mis pechos con sus manos y los frota con los suyos mientras describe pequeños círculos. Aquel gel me produce primero una sensación de frío y al cabo de unos segundos un calor abrasador que pasa a las areolas, sigue por el pecho y se extiende por el abdomen hasta bajar al sexo.

—¡Dioooos! —gimo—. ¿Qué es esto? —Me aprieto más contra ella.

—No lo quieras saber. —Coge con un dedo un poco más del gel de entre los pezones que se frotan casi haciéndonos daño, desciende hasta la entrepierna y lo esparce con un pequeño movimiento de abajo arriba por mi vagina mojada hasta llegar al clítoris. Abro espantada los ojos.

—¿Qué me has hecho, estás loca? —Despierta una quemazón, no del todo agradable, como los polvos pica-pica, pero al cabo de unos instantes el calor se introduce hasta dentro y empieza a escalar por mi vientre. Rompo a sudar.

Yuriko se pega bien contra mí. Su mano izquierda desciende por mi espalda y desliza un dedo hasta la boca del ano, lo introduce lo suficiente como para tener un punto de anclaje, y tira de mí. Noto que transportaba también algo del gel volcánico. Con el índice y el anular separa los pliegues de mi sexo mientras el dedo medio sube y baja, entra y sale de mi vagina, tan mojada que ya empapa sus piernas y las sábanas.

El olor de ambas ha tapado hace rato el aroma de jabones que nos recibió en la habitación. Me embriaga la mezcla del melocotón del gel, el perfume de Yuriko y los efluvios de flujo fresco que se propagan por el cuarto. Me atraviesa fugaz un pensamiento inconexo, de los que se producen durante el sexo y que alivian de tanta intensidad: la cara que pondrá la camarera del hotel cuando en unas horas entre a limpiar. Estará acostumbrada, me digo avergonzada. El dedo de Yuriko se ha introducido un poco más por detrás y parece juntarse con el que me penetra por delante. Me abrazo a ella, jadeo, subo y bajo, me dejo ir.

Nuestras bocas se abandonan a la locura de lamerse,

chuparse, aplastarse mientras nuestros dientes chocan voraces y ambas lenguas bailan frenéticas. Me invade esa contracción particular en la parte superior del pubis, el aviso de que las piernas poco a poco se van a transformar en mantequilla. La ola de calor que de lejos se acercaba ya está aquí. Quiero y no quiero. Quiero que dure, pero al mismo tiempo necesito que me desgarre ya. Los dedos de Yuriko nadan sin descanso.

—Si sigues me voy a correr —la voz me sale de lo más profundo, tan ahogada que no sé si me entiende—, y quiero hacerlo contigo.

Miro hacia abajo. Yuriko se cimbrea bajo los masajes de mi mano con golpes de cadera.

—Cállate y sigue —jadea—, yo hace rato que te espero, imbécil, y no puedo más.

Sonrío por dentro. Las japonesas, por lo que tengo entendido, interpretan el papel de mujer virgen, indefensa en sus relaciones sexuales con los chicos. Simulan un quiero, no quiero, un por favor, ¿qué me estás haciendo?, un ay, madre mía, esta es mi perdición. Por lo visto es lo que más les excita a ellos. No es el caso de esta yakuza tatuada. Quizás porque entre mujeres no haya que representar papel alguno.

Vuelvo a empujar con las caderas. Además de penetrarme por delante y por detrás, la palma de Yuriko hace giros de no sé qué manera sobre mi clítoris. Esta chica sabe más que yo. Los movimientos de ambas se hacen más amplios, las sacudidas más enérgicas, los labios ya no se besan, nuestras caras se aprietan, mi nariz se aplasta contra su pómulo, mi frente rueda pegada a la suya, mis labios le muerden las mejillas.

—¿Vamos? —implora. Este orgasmo me va a doblar por la mitad. Interminables, deliciosos, torturantes minutos de espera contenida para subir desde mi centro de gravedad.

Sin aguardar mi respuesta, se lanza a descontrolados empe-llones y jadeos salvajes. Vía libre.

—*Me voy...*[31] —Estiro el cuello y siento a Yuriko apoyar sus labios bien abiertos sobre mi garganta. La aprieto como si aquella hada se fuese a disolver en el aire tras el milagro. No puedo evitar gritar; mis gemidos acompañan las ondas de placer que ascienden en oleadas. Siento fogonazos de lu-ces detrás de mis párpados cerrados, mi cerebro se queda sin sangre, amenaza con desmayarme. El pico del orgasmo sube hasta lo más alto. Yuriko se desfonda entre mis brazos. Pero yo todavía subo un poco más. Y un poco más. Al final, como una flecha hacia el cielo que se detiene cuando su trayectoria vertical ha terminado, comienzo a caer agotada y me des-plomo sobre la cama y sobre ella. Todo está mojado. Hasta la calle debe de llegar el olor de nuestro sexo. Con las fuer-zas justas, cojo el edredón y, con Yuriko enrollada como un gato alrededor de mi cintura, nos cubro a las dos para no coger frío. Nos apretamos para dejarnos caer en un sopor narcótico.

—¿Estás bien? —logro susurrar antes de desfallecer.

—*Sí.*[32]

---

31. イク...、イク...。 (*I-ku, I-ku*).
32. うん。 (*Un*).

## 11

Yuriko remueve su té; lo mira sin verlo.

—Estás callada. —Mordisqueo un *muffin* que he encontrado en una cestita, mientras la observo. No contesta enseguida. Asiente de forma críptica, hace ademán de responder, pero lo deja en un carraspeo inacabado—. ¿Todo va bien? —insisto.

—Sí, sí. —Procura levantar la cabeza y sonreír un poco—. Es que... lo que ha pasado ha sido muy... muy... —no acaba la frase.

—¡Ha sido increíble! —exclamo. Estiro el brazo para cogérselo, pero lo retira suave con una disculpa—. Lo siento —rectifico.

No sé qué pensar. Acabo de pasar uno de los momentos más tórridos de mi vida y sé que ella también. Algo la carcome por dentro, pero no me lo va a decir. No soy un hombre, no quiero romper la magia con una pregunta inoportuna. Al menos por ahora. Me cuesta no sacudirla y averiguar a gritos qué coño le pasa y que si no se ha dado cuenta de lo que siento por sus huesos, por alguien a quien esta mañana aún no conocía.

—No, perdona tú —contesta—, son estas estúpidas costumbres japonesas de no tocarse en público, y menos las..., bueno, las mujeres. En Boston descubrí que darse la mano o abrazarse en la calle era maravilloso y que nadie te consideraba mal por ello. Pero, desde que he vuelto, las miserias japonesas me consumen de nuevo.

Es mentira. ¿Es ese el problema? ¿Nos iban a matar hace unas horas un puñado de yakuzas y le preocupan las costumbres? Hay algo más. ¿Me va a dejar ahora?

—Tranquila, ya lo sé —le digo—. Es culpa mía, no debería haberlo hecho, sé que te pongo en un compromiso. Pero es que tengo tantas ganas de cogerte, abrazarte, achucharte, acariciarte. —Bajo la voz, estiro el cuello hacia ella y hago una mueca de diablo—. La culpa es del gel ese que me has puesto, que se me ha subido a la cabeza.

Yuriko se sonroja.

—Bueno —tengo que sacar el tema—, ¿y ahora qué? ¿Cuál es el plan?

Toda la opacidad nipona de Yuriko se traiciona por el aumento instantáneo del brillo de sus ojos al oír aquello.

—Lo mejor sería que te fueses ya a Inglaterra —responde al cabo de unos segundos.

Me quedo de piedra. No sé lo que me esperaba, pero no esto.

—Soy escocesa, no inglesa.

Yuriko toma aire.

—Ya has visto lo que ha pasado. Estar conmigo es peligroso.

Se frota las manos, nerviosa, pero no añade nada más.

Siento una ola de frío subir por su espalda. ¿Es la misma chica?

—Sí, me tengo que ir, pero me habría gustado que me pidieses que no lo hiciese, que me gritases que me quede contigo. —Yuriko frunce la barbilla, agacha la cabeza y, aunque no quiera, no puede evitar frotarse los párpados. Se va a echar a llorar—. Espera, no pretendo ser brusca. Lo siento. —Vuelvo a hacer el gesto de estirar la mano para tocarle el codo, pero la retiro rápido. Me siento frustrada—. Las cosas han ido muy deprisa. Y no tengo claro qué ha pasado, eso es todo. Esta mañana me he levantado en un hotel cápsula pensando en qué iba a invertir mis tres últimos días en Kioto, y ahora me encuentro en una cama con una asiática maravillosa aparecida de la nada. —Me tomo un sorbo de café—. Sé que las japonesas sois o terriblemente mojigatas o unas putas locas peligrosas, y aún intento clasificarte en uno de los dos grupos. Porque lo que has hecho conmigo no es normal. Pero tu manera de hablar, tu educación y la forma de mirarme tampoco son los de una loca, aunque estar a tu lado sea arriesgado; eso me ha quedado claro. Así que aquí estoy, acabándome el café y sin saber de qué va la película. Hala, ya está dicho. Ahora ya puedes llorar todo lo que quieras o contarme cómo lo vamos a organizar, porque yo no me voy a ir sin ti.

Yuriko, que se ha burlado de un clan entero de Yakuza, llora sin remedio. Inspiro, agitada. No soy llorona, pero ahora mismo, amenazada por la idea de que esto se termine aquí, siento trepar por el pecho tantos llantos que tengo que apretar el estómago para aprisionarlos y que no suban. Pero necesito las cosas claras. Y sé que me gusta esta chica, pero qué mala suerte he tenido por habérmela encontrado prácticamente en la escalerilla del avión. Y, joder, qué complicadas son siempre las cosas con los japoneses. Y, bueno, con las mujeres en general. Y con los hombres, qué coño. Una no sabe nunca a qué atenerse en el amor. Me estoy cabreando. Lo más razonable, pienso, va a ser despedirme y largarme. No preguntar más, dejar que todo esto quede en un bonito recuerdo. Bonito y muy intenso. En unos días la habré olvidado. O unas semanas. ¡Por el amor de Dios, Alice, si ayer no la conocías! Pero hay algo que me retiene. Sé por experiencia que la compatibilidad con las personas es misteriosa, inesperada. Pocas veces en la vida la he sentido, y no me cabe duda de que esta es una de mis contadas medias naranjas que circulan sobre la tierra. En cualquier otra ocasión me habría agarrado a ella desesperada, habría gritado «por fin» y dado gracias a san Antonio. Pero en estas circunstancias, ¿qué hago?, joder, ¿qué hago?

—Bueno, lo mejor —digo mientras amago el gesto de levantarme para coger el bolso— será que me vaya.

Yuriko estira el brazo como un rayo.

—¡No! —dice tirando de mí. Me siento—. No te vayas. Yo quiero... —Le cuesta expresarlo—. Por favor, sigue conmigo estos dos días. —Me lo dice mientras me mira y un grueso lagrimón resbala por su mejilla.

—Escucha —le contesto—, no creo que... —La mano de Yuriko me aprieta y me detengo. Una japonesa me está haciendo una escena, pidiéndome que me quede, cogidas de la mano. Esto sí que es excepcional—. De acuerdo. Me iba a quedar de todas maneras, imbécil, pero quería que me lo pidieses.

Yuriko, aliviada, se sorbe los mocos con discreción —en Japón está literalmente prohibido sonárselos delante de alguien con un clínex— y me suelta. Mira a su alrededor.

—Solo se me ocurre un lugar al que ir.

—¿Adónde? ¿No podemos quedarnos aquí escondidas, para siempre?

—No, imposible. En Kioto tienen ojos por todas partes. Nos vamos a ocultar en un sitio que conozco donde nunca nos encontrarán. Allí estaremos protegidas, al menos durante un par de días. Luego ya veremos.

Por dentro, el nudo que ahogaba mi alma se ha deshecho, me siento más ligera. Aunque el misterio no está cerrado, confío en que se resuelva solo. Lo importante es que quiere que me quede.

—Vale.

Yuriko cambia de semblante, su rostro se ilumina y vuelve a ser la chica más guapa de Japón. Me alegro de haber tomado la decisión de no levantarme e irme.

—El sitio donde vamos a ir es un *ryokan*. ¿Sabes lo que son?

—Sí, una especie de hoteles rurales en el bosque o la montaña, donde te cobran una fortuna por dormir en el suelo y comer solo japonés, ni hamburguesas ni Coca-Cola.

Yuriko me mira con una mezcla de ternura y picardía. Todavía le queda alguna lágrima en el fondo del ojo.

—Lo has definido a la perfección. Este es un sitio único. Está en la orilla del lago Motosu. Desde allí se puede divisar el monte Fuji, nuestra montaña sagrada. Es un lugar mágico, reservado para unos pocos privilegiados. No te lo puedo explicar con palabras, pero te aseguro que una vez que lo conozcas nunca lo olvidarás. Te voy a comprar y mandar al *e-mail* un billete de tren.

Alzo las cejas. Aquello, por supuesto, me debería haber hecho sospechar.

—Pero ¿no vienes conmigo?

—No, imposible. Antes he de ir a buscar el dinero. Lo tengo escondido en Osaka. Es mucho mejor que vaya sola, sé cómo pasar desapercibida. Tu pecosa cara de inglesa se distingue a kilómetros de distancia.

En eso tiene razón.

—OK. —Me resigno. Un sabor amargo me llega a la garganta. No quiero separarme de ella.

—No tengas miedo. Me sé cuidar bien. Desde allí cogeré el avión a Tokio, luego un taxi, y te estaré esperando en la estación de Minobu. Y luego cenaremos las dos juntas en el *ryokan*. Ya verás como te va a encantar.

—¿Y tan lejos tenemos que ir a escondernos? —digo, otra vez con el angelote detrás de mi oreja que me pregunta dónde demonios me estoy metiendo.

—Sí, porque es un lugar sumamente discreto y distinguido donde ni siquiera la Yakuza puede entrar. Ya te lo explicaré mejor. Tienes que irte con lo puesto, no debes pasar por el hotel cápsula bajo ningún concepto. Sería arriesgado. Toma algo de dinero por si acaso.

Rebusca en su bolso y me da cinco billetes de diez mil yenes. Me quedo estupefacta. Debería protestar, pero dadas las circunstancias lo cojo, lo guardo en el bolsillo y musito:

—No estoy segura de todo esto.

—Ni yo, pero tienes que confiar en mí después de lo que hemos vivido juntas hoy.

Al principio había pensado que Yuriko podía ser una especie de estafadora o algo así. Ahora no tengo idea de cómo clasificarla.

—Gracias.

Se lleva sus manos a la nuca y se quita el colgante de la salamandra de jade.

—No lo pierdas, es muy antiguo —me previene—. Sin mi pequeño dragón no podrías entrar al lugar donde vas. Es una especie de salvoconducto.

Lo sostengo unos segundos y luego me lo cuelgo. Me inclino un poco más de lo normal, en señal de agradecimiento.

Diez minutos después, nos despedimos en la calle. No hay nadie alrededor, así que me acerco a ella para darle un pequeño beso en los labios, pero Yuriko me esquiva avergonzada y se inclina también para despedirse.

—Esta noche nos vemos, Alice. Te lo prometo. Y después de eso no nos separaremos nunca más.

Antes de que se vaya, tengo un impulso. Meto la mano en mi bolso, saco la cartera y extraigo de uno de los bolsillos el amuleto de tela roja que me regaló mi casera, la ancianita. El del amor. El otro, el de color azul, está en mi maleta.

—Yo también tengo algo para ti, Yuriko.

—¡Un *omamori*! —exclama al verlo.

—Me lo han dado para que se lo entregue a alguien especial. Me gustaría que lo tuvieses tú.

Se inclina al recibirlo con las dos manos, la izquierda sostiene la derecha, y noto cómo su voz se quiebra al agradecérmelo, como si aquello fuese un anillo de compromiso. Se ha quedado muy seria.

—Esto significa mucho para mí.


Estoy sola otra vez. Me compro una gorra, una sudadera con capucha en la que escondo mi pelo rubio y una mascarilla. En este país son tan respetuosos con los demás que si tienen una simple tos se cubren la boca varios días. Quiero creer que es imposible que me reconozca ningún yakuza. Además, su cuartel ha quedado bastante lejos. Ahora tengo que ir a la estación, coger un taxi. Pero antes necesito digerir todo lo que ha ocurrido. Emprendo un largo paseo, me pierdo varias veces, mientras le doy vueltas en mi cabeza a cada situación vivida en el día más intenso de mis treinta años. Me siento como una adolescente que vuelve a casa tras su primer beso con el chico de sus sueños y, al mismo tiempo, como la protagonista de una historia de terror que ha escapado de milagro de su asesino. Demasiadas emociones juntas. Camino despacio, valorando la situación. Los japoneses pasan a mi lado como trenes bala, pero nadie me mira. Sopeso el viaje que tengo que hacer a no sé dónde. ¿Realmente tiene sentido?

No seas tonta, me digo. De aquí a la estación no me va a reconocer nadie, es imposible que nos hayan seguido la pista. De lo contrario, ya lo sabría. Y lo de ir a un sitio desconocido... Valoro cuáles son mis opciones. Si vuelvo al hotel cápsula es posible que me estén esperando, a fin de cuentas los Dupond localizaron allí a Yuriko. ¿Me olvido de ella y me voy a otro hotel a la espera de mi avión? Sería lo más prudente. Pero siento un ligero escalofrío, mitad de emoción, mitad de miedo. Es una sensación adictiva. Hace años que no experimento algo parecido. Alice, sabes que no la puedes dejar escapar. No sé por qué le doy tantas vueltas al asunto, si hace ya mucho rato que sé que voy a cumplir lo que me ha pedido a pesar de lo imprudente que resulta. En el riesgo está el placer, he pensado siempre. «Sí —contestaba mi madre cuando le decía esto de adolescente—, pero quien ama el riesgo en él perecerá».

Cierro los ojos y le reclamo a mi memoria una y otra vez mis recuerdos del *love hotel*. Pase lo que pase no lo olvidaré jamás. ¿Cómo se llamará aquel gel? Tengo que averiguarlo e importarlo a Escocia. ¡Me iba a hacer de oro!

# CUARTA PARTE
## Shinkansen

¿Empieza ya la violación? Mi cuerpo agotado se tensa por enésima vez. Oigo la hebilla del cinturón golpear el suelo, pero entonces el otro, el que aún lleva la máscara sadomasoquista, cambia de tono y le pega un grito.

Cabreado, el que está a mi lado se sube los pantalones. Oigo la cremallera cerrarse con rabia. Escupe frustrado algún improperio que hace reír a su compañero. Coge la colilla que sostiene en la comisura y me la acerca al esternón.

Me revuelvo una vez más y ambos disfrutan de mi miedo, burlándose como dos niños que torturan a un insecto. Pero, al final, no cumple su amenaza y se enciende un nuevo cigarrillo con los rescoldos del anterior.

Pasan los minutos. Los dos parecen aburrirse. Se han sentado en sendas banquetas y absortos en sus teléfonos se quejan porque no hay cobertura. De pronto, el del fondo chista pidiendo silencio. Estiran el cuello y, en efecto, se oyen ruidos no muy lejos.

Yo me concentro también.

¿Alguien a quien pedir auxilio?

Pero las voces son gemidos acompasados de una pareja en plena cópula. Suenan golpes rítmicos contra el muro y el susurro inicial de los suspiros sexuales aumenta poco a poco su intensidad y su frecuencia.

Los dos hombres se miran entre sí.

Una mujer grita ahora tras las paredes. Podría ser de sufrimiento.

Uno de mis carceleros se pone en pie. Le dice algo apresurado al otro, se acerca a mí y me indica, con el dedo sobre sus labios, que no emita ruido alguno. Y luego, para reforzar la orden, pasea el pulgar por su cuello indicando que como grite o pida ayuda me lo cortará.

Los dos salen en busca del canto de sirenas que no pueden resistir.

Levanto la cabeza. Han cerrado la puerta, pero no he oído que hayan echado el cerrojo. Dudo unos instantes. No me voy a dejar hacer lo que sea que tengan previsto para mí sin al menos intentar algo. El hombre ha olvidado el bote de aceite sobre la camilla. A base de movimientos de cadera lo aproximo a mi codo y de allí lo empujo hasta acercarlo a mis dedos. Contorsionándome, logro agarrarlo. Lo vierto con cuidado sobre mi antebrazo, buscando que el lubricante empape bien mi muñeca bajo la correa que la sujeta.

Pronto, el conjunto se vuelve resbaladizo. Ahora es el momento de comprobar cuánto. Tiro de la mano, la retuerzo en la atadura, me encojo, me convulsiono de todas las maneras posibles. La piel se desgarra por varios sitios en el forcejeo con el cuero. Hace mucho daño, pero no importa. Visto lo que me espera, si tuviese que arrancarme el brazo de cuajo para huir de allí, no lo dudaría ni un instante.

Por fin, sale.

Lanzo un gemido sordo de alegría. Rápido, Alice, rápido. No es difícil soltar las otras correas, son un simple sistema de pasador de cinturón con su hebilla de doble aguja y su trabilla. Los pies, en cambio, están sujetos por una vuelta de cuero con velcro a uno de los lados.

Ya libre, me giro para bajar de la camilla, pero tan pronto piso el suelo resbalo con el aceite y, sin fuerzas para sostenerme, me desplomo sobre el pavimento helado. Me arrastro hasta la entrada. La bata se ha empapado de olor a almendra.

# 十二

## 12

—*Un café y un sándwich de atún.*[33] —La camarera se inclina mecánica pero solícita al tomar el pedido—. *Y un zumo de naranja, por favor.*[34]

Sentarse en la terraza del mirador central de la estación de tren de Kioto es siempre un espectáculo para los sentidos. Por algún motivo, me recuerda al casco invertido de un barco trasatlántico o a una ballena mecánica. Levanto la vista y la celosía inmensa en forma de semibóveda debe de ser similar a la que veían Pinocho y su padre cuando se los tragó el cetáceo gigante. Nunca me canso de este edificio que me parece una obra de arte, a pesar de que muchos kiotenses lo aborrecen. Acabo de comprar en sus tiendas una mochila, ropa interior, una novela y complementos de aseo para pasar la noche en el *ryokan*. Es un fastidio no poder recoger mis cosas en el hotel, pero mejor ser prudente. Saco mi recién estrenado Murakami y ojeo la introducción; los nervios no me permiten leer. Me acabo el café en dos tragos y vuelvo a comprobar el móvil. Yuriko me ha enviado por teléfono el billete y toda la información necesaria acompañada de emoticonos divertidos. Debo ir al andén 16 y coger el tren con destino a Minobu que sale a las quince y diez. Y luego,

33. コーヒーとツナサンド。 *(Kōhī to tsunasando).*
34. それからオレンジジュースをお願いします。 *(Sorekara orenji jūsu o onegai simasu).*

cuatro horas y media de viaje en un tren bala. En mayúsculas me insiste que no llegue tarde o lo perderé. Incluso me manda la ubicación del sitio donde tengo que comprar mi caja de *bentō*,[35] en la misma estación, porque en el viaje pasaré hambre, dice, y los *ekiben*[36] vendidos en el tren no son tan buenos.

No me queda mucho tiempo. Sigo las indicaciones del navegador y llego a una pequeña tienda llena de cajitas rellenas con comida. Me acerco al mostrador e intento repetir lo que hay escrito en el móvil. Sin embargo, el dependiente, con una sonrisa, me entrega un paquete plano envuelto en papel de seda. En él hay pegada una nota de Yuriko: «¡Disfruta!».

—*Está pagado*[37] —me dice el vendedor.

Me alejo, sorprendida por aquello. Qué chica más detallista.

En el andén, se colocan uno a uno por orden de llegada los pasajeros, en general con maletas impecables. Nunca sé dónde ponerme en las colas de este país, así que prefiero esperar a que la gente suba al tren y entrar la última. Procuro ser siempre cuidadosa con estas cosas, no soporto las discretas miradas de desaprobación de los japoneses. Tan pronto se abren las puertas, me meto en el primer coche que veo y allí busco a un revisor. Uno, muy amable, después de escanear el código que me ha enviado al teléfono Yuriko, me indica mi asiento en la zona *business*. Por el grado de la reverencia del hombre, deduzco que debe de ser carísimo.

Una vez instalada, me distraigo con el discurrir de los

35. Cajita con comida lista para llevar muy utilizada en la sociedad japonesa.
36. Denominación del *bentō* vendido en los trenes y en las estaciones de ferrocarril.
37. お支払済みです。 *(Oshiharai zumi desu).*

pasajeros que van entrando. La mayoría de ellos son «salary man», los *sarariman*, como los llaman aquí; esa inmensa masa gris de ejecutivos de bajo rango cuya vida empieza a las seis de la mañana y que, tras vestirse con su traje oscuro, camisa blanca y corbata lisa —de colores apagados, nada que destaque—, y tomarse un breve desayuno, pasarán más de una hora en el transporte público, dormidos en sus asientos para, varios transbordos después, llegar a sus trabajos. Allí comenzarán con un poco de gimnasia en grupo, repetirán a coro las consignas de la empresa en voz alta y limpiarán su puesto de trabajo. Y, solo entonces, comenzará una jornada interminable de la que saldrán agotados. Con algunos colegas, y quizás sus jefes, irán entonces a un *izakaya*[38] a emborracharse. Si pierden el tren de vuelta a sus casas, dormirán, como yo la noche previa, en un hotel cápsula, para volver a trabajar al día siguiente en esta noria eterna.

Me fijo bien en ellos. La mayoría arrastra una mirada agotada, perdida; sus ojos rasgados apenas se abren para dejar pasar la luz. Me pregunto cómo en uno de los países más ricos del mundo puede vivir la gente en esta semiesclavitud autoimpuesta, aceptada como natural.

Los pasajeros se van sentando con ayuda del revisor y el coche se llena. Con paso apresurado, llega por el pasillo un hombre con el mismo traje y corbata que los demás, y, antes de sentarse a mi lado, se detiene y me dedica una pequeña reverencia de disculpa por molestarme con su presencia. Busca su asiento comprobando alternativamente su billete y el número cosido en los respaldos. No se quita la gabardina caqui arrugada. Debido al calor veraniego, el aire acondicionado hiela el interior del vehículo y pienso

---

38. Tipo de bar en el que se reúnen los oficinistas japoneses después del trabajo.

que quizás no sería mala idea ponerme también algo, pero no tengo jersey.

—¿Americana? —me pregunta en un pastoso inglés mientras limpia meticulosamente su asiento con un pañuelo.

Me giro hacia él. Es francamente feo. Tiene un bigote desproporcionado. Podría ser uno de tantos japoneses anodinos para el ojo extranjero, pero ese mostacho poblado y sus grandes dientes me recuerdan por algún motivo al Mitsuhirato de Tintín. ¿No he visto antes a este hombre? Esta gabardina en pleno verano me suena. Lleva también unas gafas negras redondas y el pelo peinado hacia atrás con abundante gomina. Tendrá ya sus cincuenta y pico, aunque, como la mayoría de los japoneses, se conserva bien. Es larguirucho y delgado. Su cabeza oscila arriba y abajo, dispuesto a dejarme en paz a la mínima que vea que no le hago caso.

—No, no. Escocesa —respondo cortés, aunque procuro poner cara de no querer hablar mucho.

—¿Viaja a Nagoya?

Dudo un momento antes de contestar.

—No, voy a Shizuoka —miento. Nunca se sabe.

Su cabeza no se cansa de oscilar y de su boca salen varios «oh», como breves expresiones de sorpresa ante cada una de mis afirmaciones. Típico japonés. Luego se calla, mira hacia delante y sigue oscilando, para que yo sepa que me ha escuchado y que reflexiona mi respuesta. Se arrellana en su asiento, lo inclina, se vuelve a girar y se disculpa de nuevo:

—Ronco un poco, lo siento.

Después cierra los ojos y al cabo de unos segundos duerme como un bendito.


Mientras el andén de la estación de Kioto, como dotado de vida propia, comienza a desplazarse en silencio, me concentro aún nerviosa en el paisaje que me muestran las ventanas. Los rascacielos de Kioto se mueven veloces hacia atrás y las casas bajas dominan pronto el panorama. El cielo luce con un azul limpio, tranquilo. Hace tiempo que no llueve. Mi mente pasea al ritmo del paisaje. Repaso mi día. A estas alturas ya tendría que estar despidiéndome de mi época de Kioto y pensando en qué voy a hacer a la vuelta, en dónde voy a trabajar, cómo voy a soportar aquella vida que odiaba y que me había expulsado de Escocia. Las imágenes en mi cabeza entremezclan mi barrio de Aberdeen con Yuriko abrazada a mí entre las sábanas, gimiendo mientras me estrecha y se comba como un junco. No la conozco de nada y ahora me estoy haciendo quinientos kilómetros para citarme con ella. ¿Estás segura de que todo esto es una buena idea? ¿No había otra opción mejor que meterse en este tren? Le has hecho caso a una completa desconocida después de haberte escapado de unos mafiosos asesinos a los que te condujo. ¿Estás a tiempo de apearte y esconderte por tu cuenta hasta que salga el avión? Pero qué diablos —pienso resoplando por dentro—, sigue tu instinto, Alice. ¿Qué puedes perder? Antes me habría respondido con despreocupación y una sonrisa de desprecio que solo la vida. Bien valía arriesgarla por una buena aventura. Pero ahora...

Ahora ya no es lo mismo. Irresponsable, inconsecuente, insensata. Apoyo mi mano en el vientre mientras me veo de nuevo trepar por el edificio. Ahora somos dos, estúpida, ¿quieres asimilarlo de una puta vez?

Me desperezo con discreción. Estiro los músculos de mis piernas y brazos, pero sin que se note. Los viajeros que me rodean duermen profundamente en sus asientos; todos menos un niño que juega con un teléfono, callado, concentrado. En Escocia el ruido sería mucho mayor. Y en España, no quiero ni imaginarlo. En Japón, sin embargo, todo es silencio.

Cierro los ojos. No puedo evitar pensar en Toshirō. ¿Por qué me pasa siempre que intento dormir? Toshirō. Malnacido. Con tu traje tan elegante, tu abrigo de cachemira, tus modales europeos, tu Mercedes todoterreno último modelo, tus invitaciones... No me libro del recuerdo de la noche en la que descubrí la verdad. Cenábamos en uno de los restaurantes más caros de Kioto, el Kitcho. Tiene tres espacios para comer en total intimidad, y Toshirō, cada vez que íbamos, reservaba el más amplio para nosotros dos; una sala privada rodeada de jardín, suelo de gravilla y grandes lámparas antiguas de piedra. Se podría haber celebrado una pequeña boda en aquel espacio. Me hacía sentir como una princesa de cuento. Una mesa baja, dos asientos sin patas y el murmullo de la fuente de fuera eran los únicos testigos de aquellas cenas de ensueño.

Había elegido esa noche para anunciarle que estaba embarazada. Por fin había encontrado el coraje para contárselo. Esperaba que no notase mi temblor de manos. ¿Cómo iba a reaccionar? Él daba por sentado que tomaba medidas de protección. Pero yo hacía tiempo que había decidido que el momento era ese. Y Toshirō era el hombre perfecto. Me acariciaba la mano mientras me hablaba y su expresión transmitía algo que estaba convencida de que era amor. Cuando se acercó el camarero, ni siquiera lo miró; pidió sin apartar un instante sus ojos de los míos. En los meses que llevábamos juntos, sin embargo, no había conseguido profundizar en él, saber más cosas sobre su trabajo, su familia, su forma de ser. Al principio pensé que así son los japoneses y punto, que les cuesta mucho compartir su intimidad. Pero, día tras día, me fui dando cuenta de que, después de casi un año, no era normal saber tan poco. Cada vez le preguntaba más, y siempre terminábamos con una bronca por ese motivo. «¿Serías tan discreto con una japonesa —le preguntaba— o es solo porque soy una *gaijin*?».

Me lo tendría que haber olido. Pero era tan dulce, tan generoso. Y tan divertido; no recordaba haber reído así con un hombre o una mujer en mi vida. Me explicaba con detalle las costumbres y las historias más interesantes de su país, con admiración a veces, con burla o vergüenza otras. Incluso sabía cosas de la historia europea que yo desconocía. Y en la cama era maravilloso. Recuerdo aquel viaje a Bali, el más feliz de mi vida. Dos semanas enteras en un hotel de un superlujo como jamás volveré a conocer. Y, sin embargo, ¿cómo se puede enamorar alguien de un hombre que no cuenta sus intimidades, sus secretos, sus pasiones, sus miedos? Pues yo lo hice. A pesar de sus numerosas ausencias, fue un año de ensueño. Era pronto aún, lo sabía, pero fantaseaba con el día en el que me pediría casarme con él, con nuestra gran boda japonesa, en cómo iban a presentarse nuestros padres, la compra de una casa inmensa, luminosa y feliz, la llegada de un japonesito o una japonesita. Esta cena fue hace tan solo hace unas semanas. Ahora me parecen diez años.

Después de degustar una docena de maravillosos platos, mientras esperábamos a que nos trajesen los postres y él me servía de aquella botella de vino maravilloso, decidí que había llegado el momento. Nerviosa, iba a comenzar el discurso que había ensayado varias veces. Era plenamente consciente del papelón que me tocaba jugar. Quedarse embarazada de un hombre que cree que tomas medidas de protección es una estafa, lo mires por donde lo mires. En el fondo, ni yo entendía cómo había tenido el valor de hacerlo, no me reconocía en esa acción. Pero, de alguna manera, mis entrañas habían mandado sobre mi mente; el cuerpo que quería ser madre había ignorado a un cerebro demasiado dubitativo y cobarde, incapaz de tomar la decisión correcta. Sí, era una traición a Toshirō. Sin embargo, él me había impuesto el típico juego de los hombres: meses maravillosos de relación, pero sin querer darme ni la más mínima pista de hacia dónde iba aquello. Como única respuesta a mis preguntas, recibía cariños, silencios, cambios de tema, enfados, vagas promesas de futuro. Con treinta años, llena de amor por él y el deseo de un hijo desde hacía tiempo, de un hijo suyo, había dejado a la naturaleza seguir su proceso. ¿Y por qué simplemente no se lo preguntaste? Sé sincera contigo misma, Alice. Con toda seguridad te habría dicho que no.

—Quiero contarte algo importante, Toshi.

Alzó las cejas, se llevó el vaso a los labios y apoyó su palma en el dorso de la mía mientras su pulgar jugueteaba con el anillo de brillantes que me había regalado.

—Te amo con todo mi ser —continué—, quiero que lo sepas. Y..., bueno..., ha ocurrido algo que...

Entonces, su mano se tensó de forma inesperada, me soltó y volvió a su regazo. La sonrisa de Toshirō se transformó primero en una expresión de sorpresa y luego en una mueca de miedo y de furia. Él estaba sentado de cara a la puerta, por supuesto. En Japón es la norma, heredada de tiempos ancestrales en los que podía entrar alguien a asesinarte y el hombre debía mantenerse vigilante. Sus ojos se habían clavado en el panel corredero del reservado que daba al pasillo por donde llegaban los camareros. Me giré. Bajo el quicio de madera una mujer nos contemplaba fijamente con un rostro sin expresión. Tendría unos treinta y cinco años, más bien fea, pero vestida con gran elegancia. No dijo nada. Permaneció así durante unos segundos, se giró y desapareció. Me volví hacia Toshirō.

—¿Quién es esa mujer? —pregunté. Pero en el fondo, tan pronto vi aquella mirada, supe de quién se trataba.

Toshirō, pálido, no respondió. Hizo un ademán brusco de levantarse, pero se lo pensó y se sentó de nuevo.

—Te he preguntado que quién es esa mujer —repetí temblando.

Se apoderó de mí una profunda onda de angustia que subía desde mis pies hasta la boca, que paraba y aceleraba mi corazón, me helaba los brazos, que tenía descubiertos, bloqueaba mi garganta y me asfixiaba. Toshirō se puso en pie por fin. Con el semblante frío, inició una profunda reverencia, más profunda que cualquiera que le hubiese visto hacer nunca. «Lo siento», murmuró, y se dirigió a la salida. Quise decir algo. Mi vida se caía a pedazos, se disolvía, se esfumaba. Justo antes de eclipsarse tras el quicio de la entrada, la mirada de Toshirō quedó colgada de la mía unos instantes.

Yo había perdido mi voz, mi cabeza daba vueltas, tenía ganas de vomitar. Cuando encontré la fuerza para levantarme, tuve que buscar apoyo en la silla y concentrarme para no caer. No sé el tiempo que transcurrió. Minutos. Quizás mucho más. Al final, un camarero y una camarera aparecieron con mi abrigo, combados en interminables reverencias, como si todo aquello hubiese sido culpa suya. Habían entendido perfectamente la escena y se disculpaban por la horrible vergüenza que yo debía de sentir. Muy japonés. Me escoltaron hasta la salida. Fuera, las hermosas calles de Kioto habían perdido su luz.

Al recordar, tengo que tragar lágrimas que pasan por la garganta antes de llegar a los ojos. Me giro hacia la ventana, lo veo todo turbio. Discretamente me los seco con un pañuelo de papel usado que encuentro en mi bolsillo.

Los días siguientes fueron un verdadero infierno. Koji y Fonsi se turnaban para ser mi paño de lágrimas. Enfermé con una fiebre baja pero constante, que no se iba. Perdí mi trabajo y las ganas de vivir.

No supe nada de él en un tiempo. Hasta que un día me citó en el apartamento. Una bolsa con las cosas que había ido dejando allí me esperaba en la puerta. Él apenas habló.

Fue frío como el bisturí del patólogo en la morgue. Mujer y dos hijas. Hijo de puta. Qué cliché. ¿Son todos los hombres iguales? Cuando ya me iba le tiré el anillo a la cara y le dije que estaba embarazada y que me iba a suicidar. No quise ni ver su reacción. Me volví y entré en el ascensor. No he vuelto a saber de él. Se volatilizó de mi vida como si nunca hubiese existido. Desde entonces le doy vueltas y vueltas en la cabeza a la imagen de aquella mujer que apareció en el restaurante. Su legítima esposa. Qué palabras horrorosas. ¿Y yo quién era? Tan solo un simple divertimento, una exótica *gaijin* con la que distraerse en los ratos libres. ¿Y las noches que habíamos pasado juntos? ¿Y los viajes? ¡Casi un año entero, por Dios! ¿Cómo había podido justificar todo aquello en casa? Pero bien sabía que los japoneses siempre anteponen el trabajo a la familia, y que aquí a nadie le extraña que un hombre duerma en el centro en algún hotel cápsula o incluso en pequeños apartamentos alquilados al efecto debido al exceso de trabajo y a que por la noche no hay metro. Toshirō decía que una mujer en Japón admira al hombre que se mata a trabajar por la familia, aunque no lo vean nunca. Y al revés; desprecian al marido que hace esfuerzos por estar más con su mujer y sus hijos en detrimento de su trabajo. Al principio no lo había creído, pero el tiempo me ha demostrado que es cierto. Hijo de puta, hijo de puta, hijo de puta. Y tú, estúpida por no haberte dado cuenta de nada. Mis compañeros de piso me dijeron que ellos ya lo sospechaban, porque aquella era la forma habitual del japonés rico de tratar a sus amantes, por todo lo alto, pero sin dar explicaciones. «Es típico, y no solo de Japón», dijo Koji en un alarde de falta de sensibilidad rayana en la crueldad. Fonsi le dio un codazo, pero ya era tarde. Furiosa conmigo misma, llegué a pensar que me merecía lo que me había pasado.

No le dije a nadie más lo del embarazo.

# 13

Por la ventana del tren siguen desfilando casas; la ciudad no acaba nunca. O quizás sea ya una nueva localidad; Japón tiene tanta población que muchas urbes se funden las unas con las otras.

Cuando, al cabo de unas semanas anestesiada, se me pasó la fiebre tras la traición de Toshirō, dejé de vomitar y la angustia me permitió pensar con más lucidez. Regresar a casa de mis padres me pareció la única opción posible.

Lo vi claro de pronto. Nunca había estado segura de por qué me encontraba allí, de qué hacía dando clases de inglés a niños, universitarios y ejecutivos japoneses; de a dónde me conducía todo aquello, siempre al borde de la penuria económica, sin un futuro claro. Toshirō había sido durante meses ese futuro que tanto había buscado. ¿Cómo me había podido autoengañar de aquella manera? Al escuchar mi decisión de volver, mi madre fue la primera sorprendida.

«¿Te ha ocurrido algo, cielo?». «No». «¿Seguro?». «Bueno, me ha dejado mi novio japonés y lo estoy pasando mal». Mi madre podía ser comprensiva en estas circunstancias. «Claro que sí, mi amor, vuelve aquí, nosotros te cuidaremos. No sé por qué estás por esos mundos pudiendo vivir tan cómoda con los que más te quieren. No te faltará de nada». Al decirme eso, casi decido no volver a Aberdeen. De golpe, todo lo malo de aquel lugar se me vino a la memoria: la asfixia familiar, el *pub* de los viernes, el cielo siempre gris. Pero necesitaba que me cuidasen, dejarme llevar, no tener que luchar yo sola por sobrevivir. Al menos unos meses, luego ya veríamos.

El camarero del tren me pregunta si quiero comer o beber algo, y muestra el carrito que empuja. Con ruidosas succiones, el señor Mitsuhirato da cuenta de alguna sopa sin que nadie se inmute. En Japón no se puede alzar la voz, pero sí sorber como un camello. Contesto al camarero que no quiero nada y vuelvo a concentrarme en el paisaje. Los recuerdos de la decepción me hacen preguntarme si soportaría un segundo desengaño. Por un momento estoy a punto de coger el teléfono y llamar a Yuriko para decirle que todo esto carece de sentido, que doy media vuelta y me vuelvo a mi nicho-ataúd a la espera de la salida del avión. Lo de Toshirō está demasiado reciente. No puedo arriesgarme de nuevo, volver a pasar por esto. Pero pienso en ella y mi cuerpo me pide más de lo que he probado hasta ahora. Con Toshirō llegué a pensar que no volvería a estar jamás con otra chica, que «me había curado», como habría dicho mi madre. Pero de eso nada. El calor de una mujer, la confianza, la complicidad, son mucho mejor que los de un hombre. ¿Cómo pude volver a caer en brazos de uno? Son falsos, mezquinos, egoístas. Nunca se les entiende del todo y menos si son japoneses. Yuriko también es un misterio, pero siento con ella una confianza plena, como si toda la vida hubiese girado en torno a su búsqueda y ahora por fin la hubiese encontrado.

Cojo el móvil y busco la fotografía que nos ha sacado el camarero en el restaurante, delante del *okonomiyaki*, las dos haciendo la señal de victoria como colegialas. Las últimas fotos que tenía eran con Koji y... Espera. Qué raro. ¿Dónde está la foto? Mi pulgar hace rodar la pantalla hacia delante y detrás. No está. ¿La habré borrado sin querer? La verdad es que no llegué a verla, a lo mejor no la hizo el camarero, pienso. Qué rabia, me habría gustado volver a contemplar los ojos de Yuriko. Decido mandarle un mensaje para pedirle una foto. Recuerdo que ella había hecho un selfi de las dos en el restaurante. Tengo ganas de abrazarla de nuevo. ¡A la mierda los hombres! No vuelvo a liarme con uno en mi vida. Este viaje al *ryokan* me va a venir de perlas. En fin. Me entra un poco de hambre con tanta reflexión. Me levanto y cojo el *bentō* que me ha elegido Yuriko. Lo desenvuelvo con cuidado. Qué obra de arte. Recorro con la vista los pequeños compartimentos de esta caja plana de colores que contiene tantas delicias. La comida que hay en ella no es demasiado japonesa ni demasiado occidental. Para empezar, el arroz, en la esquina de una de las divisiones, ha sido moldeado en forma de conejito, con pajarita de zanahoria y ojos y labios de arroz negro crujiente. Sus orejas son dos finas lonchas de jengibre rosa y a sus pies dos huevos duros con sonrisa de mayonesa me miran divertidos. Y su brazo levantado parece un trozo de tofu. Lo pruebo. Delicioso. Pienso que en los años que llevo en Japón jamás he comido nada que me haya sabido mal. Quizás raro, pero nunca mal. La comida es uno de los milagros de este país. En otro compartimento, hay una tira de pescado frito, de color dorado, con forma de dragón, con sus cuernos de pimiento, sus ojos de aritos de cebolla y, debajo, varios *makis* y California rolls. Del cuello del dragón, como si fuesen rayos, surgen tempuras de varios colores. En la parte de arriba hay dos brochetas de pollo y unas *tiger prawns*. En la esquina superior está el postre, una figura de Hello Kitty hecha de chocolate blanco y negro con dos fresas como peinado. Estoy emocionada. Nunca había visto un *bentō* tan bonito. Me dan ganas de levantarme y pasar por los asientos para enseñárselo a los otros viajeros, o al menos buscar en sus miradas cómplices un gesto que dé a entender que quien me haya comprado aquello debe de quererme mucho, porque es de los más caros, de los de las ocasiones especiales. Mitsuhirato ronca ahora ligeramente, igual que los demás pasajeros. Solo permanece despierto el niño, que, pasando pantallas, parece no haber pestañeado desde que salimos de Kioto. Le tiro una foto al *bentō* y se la mando a mis hermanas. Por lo menos que lo vean ellas. Separo los dos palillos de madera que vienen en una pieza unida por abajo y pruebo la patita del conejo de arroz, acompañada con un *maki*. Qué bueno. Le voy a enviar un mensaje a Yuriko para darle las gracias e incluirle también la foto. Compruebo mi teléfono. Me resulta un poco raro que no me haya contestado al mensaje en el que le he pedido el selfi que nos hicimos, porque en general los japoneses viven tan pegados al móvil que suelen responder enseguida. Abro una pequeña lata de té verde y lo bebo mientras como.

Todavía queda una hora para la estación de Minobu. Rebusco en el internet de mi teléfono los posibles sitios donde voy a ir con Yuriko. Solo me ha dicho que cuando llegue estará allí esperándome y que iremos al *ryokan*. Puede ser cualquiera de estos, tienen todos buena pinta. Ya había oído que aquella zona es espectacular, y que desde muchos sitios se puede, en los días claros, ver el monte Fuji. Busco en el teléfono la guía de los *ryokan* de la zona. Los hay de todo tipo y precio. Algunos son complejos hoteleros de tamaño medio, con bastantes habitaciones y no mucho *glamour*. Una docena de ellos, sin embargo, muestran unas instalaciones termales impresionantes. Y, en el otro extremo, están los más pequeños, de solo dos o tres cuartos gestionados por familias. Se anuncian con fotos de ancianitos con kimono en plena reverencia, mientras con una mano extendida señalan un pequeño pero maravilloso *onsen* humeante con vistas a la montaña nevada. Me estiro de nuevo contra el respaldo del asiento. Nunca he estado en un hotel tradicional y me regodeo con la idea de que voy a experimentarlo con Yuriko. Las aguas termales que salen del interior de la tierra, a una temperatura apenas soportable, en el ambiente zen de decorados de rocas de postal, me parece una de las experiencias más sugestivas del país. ¿Por qué no existe esto en la cultura occidental? Nunca me han dado un masaje en Aberdeen, ni he ido a un *spa* ni nada parecido. Son carísimos. Y seguro que no se pueden ni comparar. Asia ha adoptado muchas cosas de Occidente, pero Occidente de Asia, pocas y mal. Es curioso, pienso, el país más estresado del mundo es el que tiene mayor capacidad para frenar y relajarse. Les basta con meterse en un agua a más de cuarenta grados, completamente desnudos y con una toallita sobre la cabeza. Toshirō nunca me llevó a uno. Aunque tengo que reconocer que Bali tampoco estuvo mal, aun sin *ofuros*. Me acuerdo de un artículo de periódico que leí, de uno de los grandes millonarios de China, que decía que para pensar se metía en una bañera de agua caliente, y que allí se le ocurrían sus ideas más brillantes. Hay que saber parar para avanzar, recomendaba.

Vuelvo a contemplar el paisaje engullido por la velocidad. Ya llega la tarde; me habré pasado casi medio día metida en el tren. Saco mi libro y me pongo a leer. Mientras busco mi página, observo de reojo al señor Mitsuhirato. Se ha despertado de su tercera siesta y teclea en su teléfono sin parar. He sido injusta, no se parece tanto al malo de Tintín, pienso divertida, y me sumerjo en las páginas.

Me sobresalto, a pesar de que tan solo el monótono zumbido del tren y algunos murmullos apagados se atreven a perturbar el silencio. Me he quedado dormida. Por un momento no sé dónde estoy. Busco somnolienta a mi alrededor: los pasajeros se han despertado y comen y hablan, a volumen japonés, por supuesto. El niño es una estatua de piedra, sigue en la misma postura. ¿No le dolerá el cuello? Cojo mi bolso, molesto al siempre ufano Mitsuhirato y me voy al baño. Cruzo el panel de cristal de separación que sisea al deslizarse. Sin embargo, al intentar abrir la puerta del servicio, escucho una voz dentro, así que me detengo. Voy a regresar a mi asiento a esperar cuando me parece oír mi nombre tras el incomprensible diálogo al otro lado. Me acerco un poco. No puede ser. Aguzo el oído, pero el hombre que está dentro tiene un acento fuerte y habla demasiado rápido; no entiendo nada. ¿Era de verdad mi nombre? Arisu. Es así como se dice en japonés Alice. Si solo hubiese sido eso, seguro que se habría tratado de una casualidad. Pero es que ha dicho claramente Kurōsu Arisu; mil veces lo he oído en japonés y lo he tenido que repetir para que lo entiendan. Clowes Alice, Kurōsu Arisu. Sacudo mi cabeza. Me oculto en la esquina del baño con la ventanilla, mirando hacia fuera. Al cabo de un minuto, la puerta se abre. Atisbo de reojo la figura que me da la espalda, mientras se seca las manos en la americana negra, y se me corta la respiración. Identifico de inmediato el cráneo afeitado de uno de los dos yakuzas que empiezo a conocer tan bien. Este abre el acceso de cristal que da a los asientos. Avanza entre ellos. Y, al pasar junto al mío, se detiene al ver el hueco y gira rápido la cabeza a derecha e izquierda, buscándome entre los pasajeros. Sin darme tiempo a reaccionar, vuelve el cuello hacia atrás a gran velocidad y sus ojos rasgados se encuentran con los míos. Es un vistazo breve, pero creo percibir en él una rabia que se convierte en alivio al localizarme. Tan solo dura un segundo. Es entonces cuando descubro que delante de mi butaca está sentado el otro gemelo Dupont. Él también me ha clavado los ojos. ¿Cómo puede ser que no los haya visto antes? ¿Cuándo se han subido? Estúpida de mí. Se me congela el alma. Su compañero se sienta a su lado e intercambian una mirada cómplice. Por instinto, me encierro en el baño un buen rato. Apoyada en el lavabo me contemplo en el espejo. Por una vez no busco arrugas, ni peinarme el pelo. La angustia lo cubre todo. ¿Qué hacer? ¿Me bajo del tren? Marco entonces el teléfono de Yuriko. Sigue apagado. Tengo que buscar ayuda. Lo primero que se me ocurre es llamar a Fonsi y a Koji, las dos únicas personas que moverían un dedo por mí. El español no contesta. Pruebo con el otro. Responde al quinto tono:

—*Moshi, moshi?*[39] —Su respuesta no es tan alegre como de costumbre. Es raro, ha tenido que ver que soy yo la que ha llamado.

—Koji, soy Alice —susurro—. Necesito vuestra ayuda, me he metido en un lío tremendo. Yo...

—*Disculpe mi enfado* —responde en japonés. Su voz suena masculina, fría, profesional, igual que si contestase a una llamada de trabajo. ¿Me parece sentir que tiembla ligeramente?—, *pero el aire acondicionado se rompió hace ya quince días y no han enviado a nadie a repararlo. Le ruego que manden a alguien lo antes posible.*[40]

Me quedo sin voz al oír aquello. Percibo de fondo ruidos, pasos de zapatos sobre el suelo de madera —¡¿zapatos dentro la casa?! ¿Qué está ocurriendo?

—Lo... lo siento, Koji... —me atrevo por fin a decir.

---

39. ¿Dígame?
40. エアコンが壊れてすでに15日経ちますが、まだ誰も修理に来られていません。B一刻も早くどなたかを送っていただけませんか。(*Eakon ga kowarete sudeni 15 nichi tachimasuga, mada daremo syūri ni korareteimasen. Ikkoku mo hayaku donata ka wo okutte itadake mashenka*).

—*Bien* —concluye con energía—, *el martes entonces. Le ruego que no falte a la cita.*[41]

Y cuelga rápido el teléfono sin esperar respuesta.

Me siento en la taza del váter y aun así tengo que apoyarme en la pared de plástico porque el estrecho espacio del baño del tren da vueltas a mi alrededor. ¿Qué significa todo esto?

Me incorporo, levanto la tapa con prisa y vomito de rodillas lo más en silencio que puedo.

No consigo ordenar mis ideas. Y, sin embargo, la situación es evidente. La Yakuza está en casa, con Koji y Fonsi. No hay otra explicación. No son capaces de encontrar a Yuriko y tiran del hilo de la rubia que la acompañaba. ¿Cómo han averiguado mi dirección? Bien fácil, la apunté en el formulario de entrada del hotel cápsula. Y, joder, Alice, son la mafia; esta gente debe de ser más eficiente que la propia policía.

Por fin, al cabo de un par de minutos de angustia, decido salir. Abro la puerta y no miro hacia atrás; me lanzo en dirección contraria. Estaba en primera, mi coche era el segundo detrás de la locomotora del *shinkansen*,[42] tengo casi todo el tren delante de mí para escapar. ¿Y después? Procuro cruzar sin escándalo los pasillos, me vuelvo cada poco para ver si me siguen. Algunos pasajeros me examinan con curiosidad, pero poca. Hay una regla no escrita en este país, donde la intimidad es imposible por estar tan poblado, en el que las paredes de las casas son como papel —a menudo literalmente— y se oye todo: cada uno se ocupa de sus asuntos como si los otros no existieran. Mirar a los ojos es ofensivo, escuchar

41. はい。では月曜日に。必ず来てもらうようにお願いします。(*Hai. Dewa getsu-yōbi ni. Kanarazu kite morau yōni onegai simasu*).
42. Tren de alta velocidad japonés.

las conversaciones de los demás, una desvergüenza, incluso interiormente, incluso sin que nadie lo sepa, solo tú. Los japoneses han conseguido hacer suyas las voluntades del colectivo. Nadie se ocupa de nadie. Culturas como la española, donde los desconocidos se observan entre sí con una intensidad e indiscreción inauditas, chocan al japonés. Y en otros países es peor. En Turquía, las japonesas no pueden despegar la vista del suelo porque les es imposible soportar los ojos negros que las taladran hasta darles miedo. A mí, sin embargo, me gusta mirar y ser mirada.

Al llegar al cuarto coche, localizo por fin al revisor que con su teléfono comprueba los billetes de cada pasajero. Tengo que hablar con él. Cuando le abordo, a pesar de la simpatía que me mostró antes, se le nota molesto. Una extranjera ha interrumpido el sacrosanto orden de su moderno taladro de billetes. Después de estos años en Japón, sé reconocer la casi invisible impertinencia en una sonrisa e, incluso, en una reverencia.

—*¿En qué puedo ayudarla, señorita?*[43]

Me voy a lanzar a hablar, pero, en realidad, ¿qué le quiero decir? Me he precipitado sin pensar.

—*Yo..., esto..., hay dos yakuzas en el asiento de delante.*[44]

Seré gilipollas, pienso al instante. El revisor abre bien grande los ojos, con esa cara de sorpresa casi infantil que solo saben poner los japoneses. Miro a mi alrededor. A pesar de su infinita discreción, varios pares de ojos han oído mi patética frase y se retuercen en sus órbitas para observar a esta estúpida *gaijin* que dice que hay dos yakuzas en su asiento. ¿Y? ¿No sabe esta paleta que los hay a miles en Japón y

---

43. 何がご用件がおありですか。 (*Nani ka goyouken ga oari desuka?*).
44. あ、あの...、前の席にやくざが二人いて。 (*A, ano..., maeno seki ni Yakuza ga futari ite*).

que forman parte de su paisaje urbano? Ha visto demasiadas películas. Surrealista.

El hombre no puede evitar, a pesar de su milenaria educación, ahogar una carcajada que procura controlar con un requiebro de su cabeza. Los viajeros hunden también las frentes en sus móviles para evitarme el bochorno de sus expresiones de sorpresa e hilaridad. Ya recuperada la compostura, el empleado de la compañía de ferrocarriles me hace un amabilísimo gesto para que le siga. ¡Pero yo no quiero volver! Yo lo que necesito es que me saquen de aquí, darle a un botón y encontrarme en la seguridad de mi cama-ataúd en un hotel de aeropuerto de Tokio con mi billete de avión en el bolsillo. ¿Quién me ha pedido a mí meterme en esta situación con lo tranquila que estaba? Pero el revisor me precede con decisión; ya que le he molestado va a hacerme el servicio hasta el final. Menudos son. Le sigo sin aliento y, ahora sí, los pasajeros, que sienten que algo pasa, observan discretos a la rubia embalada tras el hombre de uniforme. Con cada coche que cruzamos, aumenta exponencialmente mi nivel de ansiedad. ¿Qué voy a decir al llegar? Me he comportado como una verdadera imbécil. Quiero detenerme y dar media vuelta, pero cada poco la cabeza del nipón se gira y tira de mí con esa humilde sonrisa asesina. Si dejase de seguirle, me sacaría los ojos con la cliquetadora (seguro que lleva una por si se le estropea el móvil, se le nota ferroviario de raza).

La última puerta de cristal se desliza y ya distingo las pulidas bolas de billar de los sicarios tatuados. Ambos duermen a pierna suelta y su atuendo disimula cualquier rastro de tatuaje. Esa es, de hecho, una de las normas del *tebori*, el doloroso tatuaje de los yakuzas: no debe verse con la ropa puesta. El revisor ni siquiera molesta a aquellos dos pasajeros peladitos que parecen bebés gemelos en el más profundo de sus sueños. Me examina con renovado reproche y, por hacer algo, me pide el billete. Molesto a Mitsuhirato, que también duerme —otra vez—, abro mi bolso que había abandonado y se lo muestro. Se inclina entonces y, sin hacer referencia alguna a mi angustia, se marcha enfadado a toda velocidad para intentar recuperar el tiempo perdido. Solo me resta sentarme tensa en mi asiento y, roja de vergüenza, mirar por la ventana.

¿Qué hacer, Dios mío?

Cuando me baje en la estación, estos dos gánsteres apretarán el paso tras de mí y me empujarán en una furgoneta para torturarme con hierros candentes o me ahogarán en la taza de un váter turco para que confiese dónde está Yuriko. Pero ¿cuánto dinero les debe esta mujer para que se tomen tantas molestias? Se me ocurre que quizás podría ponerme ahora mismo a gritar como una loca. Así, sin duda, lograría que la policía me aguardase en la siguiente estación. ¿Encontraría el valor de hacer semejante locura aquí?

Por el pasillo circulan personas que me miran curiosas por el numerito con el revisor: dos jóvenes serios con trajes impecables, con ese pelo liso mal cortado que tanto gusta a los adolescentes japoneses porque les tapa la mirada; un hombre grande y gordo que me observa con reproche, tanto a la ida al baño como de vuelta a su asiento; una mujer con un niño en brazos que habla por teléfono y se detiene para ver también a la *gaijin* que da la nota.

Me atrevo a mirar a los dos de delante. No creo que duerman de verdad. Qué bien fingen. Dicen entonces algo por los altavoces. ¡Es Minobu, mi estación! Eso quiere decir que Yuriko estará fuera, esperándome. ¿Qué coño vas a hacer, Alice? No, no; no puedo bajarme aquí. Estos armarios empotrados me seguirían y sería como servir a mi amiga en bandeja. Decido quedarme y que ocurra lo que tenga que ocurrir.

El tren frena poco a poco y, entonces, sucede algo extraño. Extrañísimo, de hecho. A causa del leve empellón de la deceleración, el cráneo de uno de mis seguidores se desliza y golpea la ventana con cierta fuerza. No excesiva, pero sí la suficiente como para que cualquiera se despierte. Y, a continuación, su compañero, que por lo visto se apoyaba en el primero, cae también, lento, como un salivazo viscoso que se escurre por la pared. El tren se ha detenido. Mi sentido común grita que aproveche para huir. Me pongo en pie, apoyo las manos en los respaldos, salto con agilidad sobre Mitsuhirato, que ni se entera, cojo mi bolso de arriba y... no puedo evitar mirar a los yakuzas al salir. Espera. Me detengo. En efecto, su postura es anormal. Mucha gente se ha levantado y me apremian en la fila mientras bajan su equipaje de los maleteros. Joder, ¿qué hago, qué hago? Si salgo, pierdo la protección del tren y sus pasajeros. ¿No es lo más prudente quedarme aquí?

El convoy se detiene y los que me preceden comienzan a apearse. Yo no me muevo, petrificada ante la indecisión. Detrás de mí, con la educación y la firmeza japonesa, empiezan a empujar. Me desplazo hacia la puerta corredera. Bajar. No bajar. Bajar. No bajar. Un pitido avisa de la salida, así que no puedo detenerme. Salgo al descansillo y de allí salto al andén. Los que vienen detrás de mí protestan en susurros por la estúpida rubia que bloquea el paso. Y no puedo evitarlo, mal hecho, lo sé; pero me acerco entonces a la ventanilla y contemplo espantada al gánster que se ha estrellado en su sueño contra el cristal. Sus ojos muertos están fijos en mí a través de la luna del coche. Pero no me enfocan directamente, lo hacen al vacío. El tren cierra sus puertas y reanuda lentamente su marcha. El cráneo pelado se bambolea un poco, inerte, como queriendo decir algo, como riñéndome en un último gesto por haberme escapado.

Mi primera decisión es la de aparcar el miedo y la sorpresa que me devoran y centrarme en buscar a Yuriko, escapar de allí y, ya tranquilas, preguntarle de qué coño va todo esto.

Sin embargo, después de buscar un rato con el corazón en un puño, la decepción me golpea como si otro convoy en sentido contrario impactase contra mi frente. Yuriko no está. ¿Por qué no ha venido? ¿Será que le ha pasado algo malo? La estación de Minobu es pequeña y anodina, y está vacía. Resulta desconcertante. Avanzo prudente hacia el vestíbulo. Nada. Por lo menos no hay un equipo de yakuzas esperándome.

Saco el teléfono para marcar su número cuando un hombre se me acerca diciendo algo. Es un japonés, pequeño y encorvado, que roza los sesenta. Este no viene a matarme. Se inclina en una profunda reverencia y me muestra un papel. Tardo un poco en descifrar mi propio nombre escrito allí, porque la A es rara y la E casi parece una O. Me da a entender que le han pedido que vaya a buscar a alguien con ese nombre. Al confirmarle que soy yo, demuestra su alegría con violentos cabeceos. Me indica con la mano que vayamos a su taxi, aparcado a la entrada de la estación.

El vehículo es viejo y pequeño. Me da miedo subirme. Le pregunto varias veces al hombrecito si es Yuriko quien le envía, y él me hace repetidos gestos afirmativos con una sonrisa atornillada a la cara. Pero sé que si le hubiese preguntado si era el emperador de Japón quien le enviaba o que me llevase a Pekín, él habría respondido de la misma manera. La mayoría de los japoneses al toparse con un extranjero, si este les intenta hablar en su idioma, se bloquean y son incapaces de entenderle, aunque lo haga bastante bien o incluso con maestría. Lo he comprobado a menudo. Una especie de miedo a no entender —y por lo tanto a hacer perder la cara al otro— les invade, les impide hacer el esfuerzo de comprensión. Es más, cuando el extranjero habla un japonés intachable y al nipón no le queda más remedio que entenderle perfectamente, aun así, no acaba de asimilarlo y responde a su vez como quien habla a un niño. Esto pone frenéticos a los europeos que dominan el idioma. Recuerdo los gritos de Amélie, mi amiga belga criada en Kōbe, cogiendo por las solapas a un chico que había conocido: «¡Que me hables normal, *putain*, que no necesito que lo hagas como si fuese tonta, que pronuncio el japonés mejor que tú!». Nada que hacer. Bloqueo.

Dejo que el taxista guarde mi mochila y me siento en la parte de atrás. Subirse con un extraño no es buena idea, me habría dicho mi madre, pero esto es Japón, aquel hombre ha aparecido con mi nombre escrito y, además, inspira confianza. Así que me relajo después de lo de hoy; los criminales ya sé la cara que tienen.

Minobu es una ciudad pequeña, más bien un pueblo grande, limpio y bonito. En pocos minutos lo abandonamos y el taxi se adentra en la carretera comarcal. A medida que avanzamos, las construcciones escasean y la vegetación se torna más densa.

—¿*Qué río es este?*[45] —pregunto al conductor señalando por la ventanilla.

45. この川の名前は? (*Kono kawa no namae wa?*).

El taxista tarda en comprender, pero enseguida comienza a mover la cabeza de arriba abajo, mostrando de nuevo sus dientes torcidos.

—*Fujikawa, Fujikawa!*[46]

Río Fuji —pienso para mí—. Claro, me lo tenía que haber imaginado. Este, que baja con un fuerte caudal, en algunos puntos se ensancha con islas de piedras en su centro y zonas donde pequeños rápidos harán las delicias de los amantes de las canoas. El conductor ha encendido la radio, pero con un volumen razonable. Una chica canta una dulce tonada en japonés. Debe de estar de moda, porque no es la primera vez que escucho esta canción. Me habría gustado entender la letra, porque la música es preciosa y la voz me llama a viajar, a amar. Mientras tanto, doy vueltas a todo lo ocurrido. ¿Estaban de verdad muertos los yakuzas del tren? Que sí, joder, Alice, fiambre total. Has visto muchos cadáveres en la facultad, eres casi médico, esa mirada no engaña. Pero entonces... alguien los ha matado. Sin embargo, eso es imposible. En mitad del tren, rodeados de gente. Pero recuerdo de pronto la cara de terror del niño del videojuego al apearme de la estación. Con el susto que tenía no lo había procesado hasta ahora. Me miraba con miedo. ¿Habría visto algo? Intento ahuyentar estos pensamientos, carece de sentido regodearme en ello. Céntrate en el ahora, Alice. Me doy cuenta de que tengo ganas de ir al baño desde hace tiempo, pero el terror en mi cerebro ha bloqueado las señales de urgencia de mi cuerpo.

Hago un esfuerzo y me contemplo desde fuera, como si fuese otra persona. Aquí, en un pueblo perdido de Japón, a punto de anochecer, con un conductor desconocido, en dirección a no sé dónde, para encontrarme en un sitio miste-

46. 富士川!

rioso con una chica maravillosa que ayer ni sabía quién era. Qué locura. Vamos en sentido contrario a la corriente del río. Seguro que un japonés habría sacado alguna conclusión de este hecho, pero yo no. Céntrate, Alice. Olvida lo del tren. Lo has soñado. No eran yakuzas, no están muertos. Sigues en la pesadilla de Alicia en el país de las maravillas, que es eso, solo una pesadilla. En realidad, no hay reina de corazones, ni conejo, ni te van a cortar la cabeza.

Esta mezcla de viaje, incertidumbre, amor; este río precioso que fluye a mi lado; la melodía tan hermosa en la radio... Con lo segura que estaba de mi partida hace unos días, y ahora no tengo ni idea de qué va a pasar. «*Let it be, let it be*», tarareo la canción en mi cabeza. Todo está bien. No ha ocurrido nada. Poco a poco la carretera se vuelve más montañosa y estrecha. Anchos muros sostienen a lo largo del camino los taludes boscosos. Llegamos a un pequeño pueblo, cruzamos un puente sobre el río y este nos dice adiós y desaparece; pasa el relevo a la vegetación y a las cada vez más pronunciadas curvas como única compañía. El flujo de coches disminuye. La presencia del bosque poco a poco lo ocupa todo. De cuando en cuando se perfila una casa o el comienzo de algún estrecho desvío que se pierde en la montaña escondido entre los árboles. El taxista consulta nervioso un mapa. Lo miro sorprendida desde atrás. ¿Necesita un mapa alguien de la zona para ir a un sitio que se supone más o menos reputado? ¿No me dio a entender eso Yuriko? Me tenso un poco. El conductor sube y baja la mirada, de la carretera al mapa, del mapa a la carretera. Decelera y pone el intermitente. Miro por ambas ventanillas. Pero ¿a dónde va? La estrecha senda, por la que apenas caben dos coches, inicia una pronunciada curva a la derecha y, justo al acabar la misma, descubre un camino de tierra que se interna en el bosque. El taxista duda, inspecciona otras posibilidades, refunfuña y se adentra a disgusto por aquel sendero casi invisible. Ningún cartel señala nada, y no será porque en Japón no le pongan letreros a todo. Parece una pista de mantenimiento forestal. Aunque estrecha y salvaje, debe de haber sido cuidada para que no se estropee un coche al pasar, porque no hay baches y en algunas curvas se nota que han ampliado su anchura con esmero. El único motivo por el que no me asusto de verdad ante aquel bosque que nos traga como en una película de terror es la actitud del conductor. O es buen actor o realmente no está nada contento de haber tenido que meterse por allí. Luego no es un secuestro. Comienza a hablar solo, en voz baja; un sonido grave, gutural, sale de su boca en forma de juramentos incomprensibles. Cada vez que una piedra pequeña salta y golpea los bajos del vehículo, el hombre se retuerce irritado. Transcurren así al menos veinte largos minutos. El bosque poco a poco se abre de nuevo, la vereda se ensancha y, no mucho después, muere de golpe en una gran verja que nos corta el paso. Sí, allí, en medio de la nada.

El taxista estira el cuello perplejo y deja salir un ronco interrogante de su garganta. Aquella cancela de gran tamaño no es una verja cualquiera. Parece la entrada de Moulinsart, la mansión de Tintín. Alta, elegante, con volutas metálicas en sus finas barras que culminan en flores de lis puntiagudas. A ambos lados, nace un hermoso y señorial muro de piedra que se pierde entre los árboles del bosque. El conductor se apea y me murmura algo. Intenta abrir los batientes enrejados. Nada. Rebusca entonces y descubre un pequeño interfono justo donde la celosía metálica se funde con el paramento de mampostería. Llama y una voz femenina responde. Todo esto es surrealista. ¿Cómo puede haber un hotel tan escondido y solitario en un bosque? ¿Cómo puede estar tan mal comunicado y nada señalizado? Hablan durante unos segundos. Reconozco las palabras «taxi» y «camino». El señor niega con la cabeza mientras protesta. Me mira y me hace una señal de acercarme. Me bajo y me aproximo a él. Al llegar al interfono, veo que este muestra el negro y brillante ojo de una cámara. La voz de la mujer chirría lejana en el aparato. No entiendo lo que dice. El taxista, harto, se aleja enfadado hasta el coche. Sospecho que esta aventura va a terminar aquí. Yuriko, ¿dónde me has metido? Entonces, la voz me habla en inglés, con un fuerte acento.

—¿Tiene algo para enseñarme? —pregunta.

Al principio no comprendo, pero insiste:

—¿No tiene, quizás, algún animal para mostrarme?

Tras unos instantes de desconcierto, me acuerdo de la pequeña salamandra de jade que me ha regalado Yuriko. La saco de debajo de mi camiseta y se la muestro a través de la cámara.

—¿Esto?

—Bienvenida a la Salamandra.—escucho.

Y la verja se abre.

# QUINTA PARTE
## La Salamandra

*

¡Bien! Mis torturadores no han cerrado con llave. ¿Para qué, si deben de haber ido a una habitación próxima? ¿Qué peligro hay de que me escape? Abro con cuidado. Un pasillo sin final se hunde en la oscuridad por ambos lados. Los lamentos de la mujer proceden de la izquierda, así que me dirijo a la derecha. ¿Qué clase de sótano del terror es este? Paso frente a varias puertas como las que habría en el largo corredor de un hotel. No intento abrirlas, tengo que poner la mayor distancia posible entre estos asesinos y yo. Pero la suerte no está de mi parte. Los japoneses, por algún motivo, no han podido unirse a la fiesta y regresan a mi celda. Veo el fulgor de la ceniza incandescente del fumador acercarse por el fondo. Acelero el paso, doblo un recodo a la derecha. Justo a tiempo, porque empiezan a sonar los gritos de mis guardianes. Ya está, me quedan pocos segundos antes de que me encuentren. Entonces, veo una puerta abierta de la que sale luz. Me la juego, no me queda otra. Me deslizo en silencio hasta ella y miro con cuidado, no vaya a ser que salte de la sartén para caer en las brasas. Se trata de una sala idéntica, en ella hay un potro a medio ángulo, también con correas para atar a una persona. De sus paredes cuelgan, igual que en la mía, todo tipo de máscaras, látigos y demás complementos sadomaso. Sin embargo, en vez de encontrarme una escena de violación o de tortura, a quien veo es a un hombrecito pequeño, de fino bigote y piel tostada limpiando con una esponja y un aerosol los restos de los anteriores ocupantes de la celda: sangre, sudor, semen... El señor levanta la cabeza y esboza un gesto de sorpresa y amabilidad. Parece de raza malaya, quizás filipino, uno más de los miles que pueblan Asia y Oriente Medio, desplazados de su país de origen para trabajar en semiesclavitud para sus vecinos más ricos. Se agacha en una profunda reverencia, como disculpándose por haberme visto, pero su rostro se contrae del susto cuando, en vez de seguir mi camino, entro y cierro con cuidado tras de mí. Ahora sí que se percata de mi aspecto lastimoso. Ve las magulladuras, la sangre, mi cuerpo desnudo bajo la bata sucia y mi pelo que debe de estar como después de un cotillón de nochevieja en Aberdeen. Ya los gritos inundan el pasillo. No son los dos de antes, son muchos más los que me buscan. Deben de haber avisado a sus compinches. Temblando, me escondo como puedo detrás de una cesta. El malayo me observa embobado, quieto como un pajarillo asustado, no sabe qué cara poner. Están llamando a todas las puertas. Abriéndolas, tirándolas abajo. Una a una, van llegando hasta la mía. Miro al hombre a los ojos. Estoy llorando de miedo. Por favor, por favor, le suplica mi mirada, no diga nada. Él se inclina varias veces, dice que sí con la cabeza, quizás comprendiendo lo que ocurre. Estoy salvada. Me acurruco aún más. Unos nudillos de acero aporrean la puerta. Esta se abre de golpe. No puedo ver el exterior desde donde estoy, escondida por la propia cancela y la cesta de las toallas que me tapa por completo. Alguien se asoma y mira sin entrar. Oigo el grito de mi carcelero que interroga con furia al pobre limpiador, que aún sostiene su esponja. Este titubea, sonríe sumiso y, como buen empleado que es, me señala con el dedo.

十五

# 15

Tras una vibración metálica, las dos hojas majestuosas se separan con parsimonia empujadas por un motor invisible. Vuelvo al taxi. El hombrecito se inclina repetidas veces, murmura *lo siento*, dando a entender claramente que él no va a entrar allí. Abre el maletero con prisa y deposita la mochila a mi lado. Parece asustado. Yo le miro, desconcertada, no sé qué hacer. ¿Regreso con él? Saco el monedero para pagarle, pero el hombre mueve las manos indicando que no, entre enfadado y educado. Murmura que ya ha cobrado. Se despide y, al cabo de un par de maniobras, el bosque se lo traga.

La madre que te parió, Yuriko —pienso—, ¿en qué lío me has metido ahora?

Miro hacia atrás. Tendría que haber vuelto con él. No me imagino andando una hora por este bosque frondoso, arrastrando mis pies por la tierra y, al llegar a la carretera, intentar detener un coche. Saco el móvil para llamar a mi amiga. Son las ocho y media y el atardecer se escurre sin pausa hacia la tierra. Cobertura cero. Me enfado conmigo misma, tendría que haber localizado a Yuriko antes de iniciar la aventura con el taxista. ¿Quizás era otra persona a la que esperaba y la ha confundido conmigo? No, imposible, si he mostrado la salamandra. Un escalofrío me sube por la espalda, soy cada vez más consciente de la peligrosa situación en la que me encuentro; plantada en mitad de un bosque en no sé dónde del corazón de Japón, sin posibilidad de llamar ni de pedir auxilio. Si saliese un lobo de entre esta espesura nadie oiría mis gritos. ¿Habrá lobos en Japón? Y, con semejante pensamiento, la verja comienza a cerrarse. Vacilo, ¿entro? La idea de los lobos me da mucho miedo y ya casi es de noche. Cojo mi mochila y me cuelo a toda prisa antes de que se cierre del todo.

Una vez en el recinto, el camino ya cambia. La tierra se convierte en gravilla rodeada de fino césped. A medida que avanzo, el terreno natural cede paso a una finca bien cuidada. Reconozco cerezos y otros árboles frutales diseminados en un amplio terreno diáfano. Asciendo una breve ladera y al llegar arriba me llevo una sorpresa. Frente a mí, al final del bosquecillo que se abre a mi derecha, se esconde un enorme lago que reluce bajo los últimos rayos del sol. Me detengo a contemplarlo maravillada por su belleza. Su brillo atraviesa las ramas que se mecen al viento. No hay ni un alma a la vista. Mi miedo y mi cansancio se desvanecen al ver aquello. Voy a reemprender la marcha, cuando desde un camino lateral surge ligero un pequeño cochecito de golf blanco al que siguen al trote tres perros inmensos. Al llegar a mi altura se baja de él una japonesa de mediana edad vestida con un elegante kimono.

—Señorita, lamento mucho que esté por aquí cargando con su equipaje. ¿Solo ha traído esa bolsa? ¿Por qué no nos ha dicho que el taxi se ha ido? Habríamos enviado nuestro coche a buscarla. ¡Qué hombre más maleducado! —Su inglés es casi perfecto.

—Yo... Este..., no se preocupe. Creo que...

Los perros nos olfatean a mí y a mi mochila sin agresividad, pero a conciencia, como parte de su trabajo rutinario. Su ama les hace un gesto y estos se marchan en formación, tan marciales y ordenados como han llegado. La mujer me quita con suavidad el macuto de las manos, lo carga en el vehículo y me indica que suba. El carrito se desliza por la explanada, pero tras unos metros se adentra de nuevo en el bosque y avanza por un camino de tablas integrado en el paisaje.

Al cabo de cinco minutos llegamos a un sencillo estanque artificial en cuyo centro se yergue una casita de piedra y madera. Su forma y su estructura me recuerdan a los palacios tradicionales japoneses, pero con algún detalle occidental que le otorga un toque de diseño moderno con mucha clase. Está rodeada de bosque por los cuatro costados. Así camuflada, no se la distinguiría a cien metros de distancia. El carrito cruza el pequeño puente que conduce a la entrada y se detiene. La mujer disfruta de mi cara de pasmo al maravillarme por la hermosura de la construcción, inesperada en este entorno salvaje, y me pide que entre. Me descalzo y cruzo el recibidor. Es oscuro y espacioso, está cubierto de largos listones de madera de barniz mate que me dirigen a un inmenso salón en cuyo centro hay una roca negra iluminada, detrás de la cual se contorsiona un árbol. ¡Dentro de la propia casa! Invisibles muros de cristal que permiten contemplar el bosque desde cualquier ángulo envuelven la estancia. Me quedo estupefacta admirándolo. Qué hermosura.

—Por ese hueco transparente que ve en el techo, la lluvia llega al corazón de la casa y riega el árbol, para que uno se sienta parte de la naturaleza —me explica mi anfitriona.

A mi izquierda, en un gran recibidor de lujo, me espera otra mujer. Su kimono largo es precioso y ella muy guapa. No tendrá más de cuarenta años y sus rasgos denotan algo de sangre occidental en sus venas.

—¿Ha hecho un buen viaje, señorita?

Quiero ser agradable, pero necesito más información para sentirme tranquila.

—Todo esto es precioso, pero ¿dónde estoy? —pregunto sin contestar.

—Oh, sí, disculpe. Creí que ya le habían hablado del sitio.

—No. Y no aparece ni en el mapa, ni en el Trip Advisor. Me ha extrañado.

Ambas japonesas se miran, se ríen, y tapan, claro, su boca.

—Sí, sí —confirma la mayor—. Es que somos un lugar exclusivo. Solo se puede acceder por invitación de un socio, mostrando la salamandra de jade que lleva usted colgada. E, incluso así, no se acepta a cualquiera. —Su mirada me da a entender que soy una persona importante—. ¿Me permite su figura, por favor?

Tras dudar unos segundos, me quito el colgante. Mi anfitriona coge una pequeña lupa que cuelga de un cordón blanco en su cuello y observa mi salamandra de cerca.

—Es auténtica, por supuesto. —Me la devuelve con las dos manos extendidas mientras realiza una nueva reverencia—. Gracias. Le ruego que se la deje puesta durante su estancia. Pero habrá de devolverla al abandonar el lugar. Que será cuando usted desee, desde luego.

Me disgusto al oírlo.

—¿Y por qué, si puedo saberlo?

—Creí que se lo habían dicho. Las salamandras sirven para una sola invitación de nuestros socios. Si quieren invitar a alguien más o que vuelva usted de nuevo, debe pedir otra salamandra. Ya se puede imaginar que hay pocas. En este lugar cuidamos la intimidad del cliente.

Me quedo pensativa mientras me la vuelvo a colgar.

—¿Y tienen que pagar mucho por pedirla? —Me arrepiento al instante de haber hecho aquella pregunta. Siempre serás una paleta, Alice, me digo enfadada.

La japonesa dirige con educación la mirada al suelo. Su falta de respuesta deja claro lo que piensa de mi inapropiada y bochornosa curiosidad.

—Si quiere seguirme le voy a enseñar su habitación.

—Muchas gracias, pero lo primero que querría es saludar a Yuriko, mi amiga, que me estará esperando. La he intentado llamar por teléfono, pero aquí no hay cobertura.

La japonesa esboza cara de sorpresa.

—Oh, por favor, nada de nombres. No he oído el de su amiga. —Parece apurada, se inclina dos veces seguidas—. Lo siento. Este sitio es extremadamente discreto, tanto que no existe, no sé si me entiende. Y, en efecto, no hay cobertura alguna en el conjunto del recinto. Tengo que pedirle además que me entregue su teléfono móvil. En este lugar de reposo están desterrados por el bien de nuestros huéspedes.

¿Entregar mi móvil? ¿Está loca? A pesar de mi reticencia, lo saco del bolso y compruebo que Yuriko no me ha llamado. Y es verdad, no hay cobertura alguna, ni tan siquiera la sombra de una raya solitaria. Así que lo deposito en sus manos, más bien contrariada. ¿No voy a poder hacer ni una foto?, me pregunto.

—¿Podría llamarla desde un teléfono fijo, entonces?

La japonesa se muestra turbada y comienza a inclinarse más de lo habitual, con el tono nacional de disculpa:

—*Lo siento*, una de las reglas de oro de este lugar es que no se puede contactar con el exterior, ni hacer fotos, ni llevarse nada. Somos muy rigurosos al respecto. La discreción es sagrada en la Salamandra. No puede usted, además, abandonar el recinto sola mientras dure su estancia. Es por su seguridad. Estamos rodeados de bosque por todas partes y se perdería.

—Pero ¿qué es esto? —pregunto algo alarmada—, ¿una clínica de desconexión?

—No, no. —La japonesa, en apariencia, no se ofende por mi pregunta, pero sufre para encontrar la respuesta correcta—. Digamos que aquí se ofrece una vuelta al pasado, de alguna manera. La persona que le haya dado su pequeña salamandra le ha hecho a usted un regalo de mucho valor y sin duda desea que lo aproveche como es debido. Su amiga se lo explicará mejor cuando se vean. Déjese usted guiar, por favor, y no se preocupe; no se arrepentirá. Le ruego que deje aquí su bolsa y su calzado, se lo llevarán a la habitación. Sígame.

Nos adentramos en un largo pasillo. El suelo de madera clara cruje y se hunde de manera imperceptible a cada paso. Una música suave se desliza por entre las paredes de papel procedente de algún lugar indefinido. No parece una grabación, sino más bien alguien que la interpreta no lejos de allí. ¿Es posible? A lo largo del camino nos cruzamos con numerosas puertas correderas de bambú. Antes de llegar al fondo del pasillo, torcemos a la izquierda, donde empieza otro largo corredor. Unos metros más adelante mi guía llama discretamente a una puerta antes de abrirla. En la estancia, una mujer, ya entrada en la sesentena, con un traje japonés historiado, toca un instrumento antiguo, como una tabla de planchar sin patas y con muchas cuerdas. Ya lo había visto alguna vez. Creo que se llama *koto*. Detiene la ejecución de su melodía, me sonríe, inclina la cabeza y regresa a su partitura. Cruzamos la sala y pasamos a través de otras dos puertas deslizantes. Esto es laberíntico, pienso. ¿Qué tipo de hotel será? No se ve a nadie. Se asemeja más bien a una casa particular inmensa —¡pero inmensa!—, llena de corredores y puertas. Adoro el crujido de este suelo. Y el olor a caña seca y a algún incienso maravilloso que impregna con discreción el ambiente. Creo reconocer eucalipto en él. Mi anfitriona se detiene y abre una puerta de cristal. Me deja pasar delante con una inclinación.

—Esta será su morada durante el tiempo que se quede con nosotros.

Entro y no puedo evitar emitir un inapropiado silbido, maravillada del tamaño y la suntuosidad que se ofrecen frente a mí.

—Pero —me atrevo a decir sorprendida— esto es enorme. ¿Es solo para una persona?

De nuevo me doy cuenta de que actúo como una paleta, igual que un niño que va por primera vez a un hotel y descubre con pasmo que hay botellitas de champú gratis. Qué rabia. Pero la promesa de lo que viene sofoca la vergüenza.

—No se preocupe —disculpa mi extrañeza—, todos, más o menos, se desconciertan al conocer nuestras instalaciones. En especial en este país, donde el espacio es el mayor de los lujos.

—¿El resto de las habitaciones son así?

La japonesa contesta, entre risueña y misteriosa:

—¿Quién ha dicho que haya más habitaciones?

Me quedo muda.

—Pero...

Se inclina satisfecha.

—Permítanos sorprenderla. Ahora es usted una salamandra de jade.

# 十六

# 16

Al cabo de unas cuantas reverencias, me deja sola. Recorro la estancia boquiabierta. La planta baja es monumental y en ella solo hay un gran armario tradicional japonés y una mesa circular negra de madera. Sé que en los *ryokan* los futones están escondidos y te los preparan antes de acostarte. Desde esta pieza se puede ver el primer piso porque está abalconado sobre ella. Arriba, una barandilla circular acristalada domina el salón. Subo por las escaleras. Los muebles son de una exquisita mezcla oriental y occidental. En el centro, una columna hueca de cristal alberga una chimenea encendida. Las llamas bailan elegantes entre el vidrio y el mármol que las contiene.

Llego hasta el fondo y la sorpresa me corta el aliento. La habitación termina en un balcón que flota sobre el bosque.

Desde una de las esquinas se puede contemplar, escondido entre los árboles, el maravilloso lago que he visto antes. Las copas, enjoyadas de hojas rojizas, parecen querer entrar en la casa. Pero lo más sorprendente es una no tan pequeña piscina integrada en el suelo del primer piso, construida entera en cristal y volada sobre el jardín. A través de ella, se puede disfrutar de la naturaleza que se mece debajo. Da un poco de vértigo.

Vuelvo a bajar y salgo al patio interior detrás de la casa. Como respuesta a un deseo no expresado, encuentro junto al muro de piedra unas sandalias de paja para caminar fuera. En el exterior, dos pájaros conversan de forma animada. Los busco en las ramas, pero no consigo distinguirlos. Me adentro en el jardín trasero, que consiste en un tapizado de piedras bien rastrillado, rodeado de pequeños macizos de plantas y flores. Todo ello forma un conjunto geométrico perfecto. Y en su centro, reina una roca que resulta ser una bañera excavada en piedra natural. En uno de sus lados, de un bambú apoyado en ella, brota agua de forma continua. Me acerco y meto la mano. El chorro emerge acompañado de vapor de algún manantial subterráneo y desborda por uno de los lados. Me dejo quemar los dedos fríos mientras me embriago de la belleza de todo aquello.

¿Qué lugar es este al que me ha traído Yuriko? Ni en sueños habría imaginado un sitio tan increíble. Pero ¿dónde está ella? Me siento mortificada por no poder compartir expresiones de admiración con alguien. Disfrutar de algo tan extraordinario en soledad me entristece. Me habría gustado enseñárselo a mis padres, a mis hermanas, a Fonsi y a Koji. Voy a sacar el teléfono de mi bolso para hincharme a hacer fotos y recuerdo que me lo han quitado. Qué sensación más extraña es la de no tener el móvil encima. Pero ahora no me parece mal; de alguna manera siento que es parte del origen del estrés que experimento en mi día a día.

Vuelvo a observar la decoración de casa de multimillonario y me fijo en que uno de los cuadros que cuelga de la pared, justo enfrente de los sofás, es un televisor inmenso y enmarcado como un lienzo que muestra pinturas famosas en bucle. No pega mucho encender la televisión en un paraíso como este. Pero ¿y si en las noticias dicen algo del tren? Localizo el mando minimalista en el centro de la mesa baja. La enciendo y zapeo a lo largo de las docenas de cadenas de la NHK, la televisión pública. Un programa de cocina, otro de entrevistas. Me de-

tengo en alguno de los infinitos concursos absurdos e histrió-
nicos que tanto me hipnotizan desde que llegué a Japón. Parecen destinados a los niños, pero todo el país cena absorto
contemplándolos desde el sofá. Gente disfrazada de superhé-
roe que corre por un pasillo y se lo traga un suelo de papel
bajo el que le espera un pozo lleno de colchones; una chica a
la que momifican si no responde correctamente; un joven al
que le caen seguidos ciento veinte tartazos de nata en la cara
hasta que casi se ahoga; una carrera de tres hombres vestidos
con un enorme traje de sumo en gomaespuma sobre un suelo
jabonoso inclinado mientras mujeres vestidas de colegiala corean sus nombres a gritos —madre mía, este se ha tenido que
partir el brazo—; otro que debe activar una trampa de rato-
nes con la lengua... Pienso en la televisión británica y tampoco su nivel intelectual es mayor, pero al menos aquí no sopor-
tan a obscenos contertulios que se gritan llenos de odio.

Por fin encuentro un canal de veinticuatro horas de
noticias. Silencio el volumen; el monótono soniquete de la
presentadora japonesa es molesto y no encaja en un lugar
como este. En el pie de la imagen desfilan a gran velocidad
las cotizaciones de bolsa. Cuentan algo de Estados Unidos. Luego llega el consabido parte meteorológico; estamos en plena época de tifones y el sur, Kyūshū, los sufre
con especial virulencia este año. Entonces, anuncian una
noticia de última hora, vuelve a aparecer la hierática locu-
tora y, a su izquierda, un recuadro con la imagen de un
tren rodeado de policías. Siento una descarga eléctrica. Lo
sabía, tenía que salir. Subo un poco el volumen y distingo
las palabras «Yakuza», «cuchillo» y «extranjera»: *gaikokujin*.[47] El plano cambia y me invade una profunda náusea. La
pantalla muestra fotografías en baja calidad de mi salida

47. 外国人。

apresurada del tren rodeada de gente. Y, a continuación, durante un breve instante, mi figura ampliada y desdibujada contempla embobada los dos cadáveres desde el andén, con sus rostros distorsionados. Y nada más. La imagen hace *zoom* sobre mi silueta. Solo aparezco de espaldas, en ningún momento se me ve la cara, pero es evidente que no se trata de una japonesa. Además lo repiten: «*Gaikokujin, gaikokujin*». Cambian de noticia. Siguen con la Yakuza, pero esta vez enumeran los muertos que se acumulan desde que comenzó el conflicto entre los diferentes clanes.

Apago la televisión. Me siento al borde del ataque de pánico a reflexionar sobre todo lo que ha ocurrido. Hago un esfuerzo para no desmoronarme. ¿Qué tengo que hacer ahora? Si conservase algo de cordura tendría que llamar a la policía. Pero, por experiencia, sé cómo es la policía en Japón. Me asalta la memoria aquella vez que me detuvieron con Fonsi, Koji y Mariko por escándalo público —no recuerdo quién se había desnudado en medio de la discoteca—; los gritos, la larga noche en la celda, el olor. Nos trataron como a escoria. Allí comprobé cómo los extranjeros y los gais no gozamos de gran predicamento en las comisarías niponas. ¿Y ahora? ¿Con un doble asesinato de por medio? Ya han encontrado a los yakuzas muertos; sabrán por el revisor del palo metido por el culo que le fui con el cuento de que había dos mafiosos molestándome. Me interrogarán, averiguarán tarde o temprano que me he liado con la novia del jefe de uno de los clanes, que he entrado en una de sus guaridas mafiosas. Me encerrarán durante días hasta que estén convencidos de que yo no tengo nada que ver con ellos. Y eso si lo averiguan. No, no; nada de policía, Alice. No seas imbécil. En tres días aterrizas en Heathrow y toda esta locura quedará atrás. Mi decisión está tomada.

Mientras busco la mochila —¿dónde me la han escondido?— descubro que mi sudadera cuelga ordenada del armario antiguo y que han guardado con primor mi ropa interior y mis zapatillas en diversos cajones.

De pronto, suena una especie de gong en un sitio indeterminado de la casa. ¿De dónde llega el sonido? Vuelvo a escucharlo. Mis calcetines se deslizan por el suelo de tablas mientras noto el suave crujido a cada paso. Es en la puerta de entrada donde llaman. La misma japonesa de antes me espera en el umbral. Ya estaba inclinada en una reverencia al abrir la puerta.

—Queremos ofrecerle un té de bienvenida, señorita —me dice juzgando mi atuendo inhabitual para este lugar de millonarios—. ¿Me permite? —Entra en la habitación y se dirige a un armario. De allí saca una prenda doblada y unas chancletas también de paja, pero con cordón de terciopelo. Me las tiende—. Le ruego que se lo ponga, estará mucho más cómoda así. La espero fuera.

Y sale discreta tras entornar la puerta. Querría decirle que no, que me voy, que me largo, que por favor me llame a un taxi. ¿Qué hacer, Alice, qué coño hacer? Me vuelvo a sentar en la cama. Estoy nerviosísima. ¿Y si me voy ya al aeropuerto y pido cambiar el billete para mañana mismo? Imposible. La policía no sabe aún quién soy, pero sí puede detectar compras y cambios de última hora. Me detendrán en la fila de embarque, como en las películas. Eso demostrará que soy sospechosa y que quería huir. En el vídeo no se veía mi cara, y el billete de tren me lo compró Yuriko y no iba a mi nombre. Hay muchas extranjeras que viajan desde Kioto. Si me pillan, yo hago como que no sé nada, que una amiga me ha invitado a este sitio, donde además parece que no me va a controlar nadie porque es el *summum* de la discreción. Ella dará las explicaciones. ¿Y si me preguntan a mí? ¿Qué voy a saber yo del tema? Pobre de mí, si a Yuriko no la conocía ayer. Si nos ponemos en lo peor, gritaré entre lágrimas que una japonesa de la mafia me ha engañado y me ha metido en este lío. ¿Qué pueden hacerme? Pero no va a pasar nada, Alice. Vas a ir al aeropuerto, te vas a subir a ese puto avión y ya está. Toallita caliente, *whisky*, antifaz y si te he visto no me acuerdo. Sí, sí. Eso es lo que voy a hacer. Relájate, déjate llevar, sonríe. Inspiro con fuerza. Practico expresiones faciales de «como si nada». Me imagino la cara que voy a poner cuando me pare la policía en la terminal; cara de tonta, de inocente, de burda escocesa que no tiene ni idea de lo que ha pasado.

Busco el baño. Tengo que usarlo antes de ir a donde sea que me lleven. Al encender la luz, descubro una pieza amplia, con las paredes recubiertas de un mineral negro como el carbón, con un ligero brillo que destaca sus formas irregulares, como si acabasen de sacarlo de una cantera de piedra volcánica. Los focos iluminan un enorme espejo rodeado por pinturas de grandes dimensiones. Una de ellas representa a una mujer japonesa desnudándose. La otra es una selva oscura, con grandes hojas verdes y negras mojadas por alguna lluvia tropical. Busco el váter. Dentro del propio baño hay un cubículo de cristal negro. Me asomo. Lo he encontrado. Está algo oscuro, pero al sentarme se ilumina y suena una suave música. Me sorprendo al comprobar que desde dentro se puede ver el baño completo. Al salir lo miro por fuera, pero no se distingue nada. El cristal solo deja pasar la imagen en una dirección. Qué detallistas. Qué lujo todo. Desdoblo rápida la prenda que me han dado. Es un exquisito kimono japonés de flores. Me desnudo y me lo pongo. Me miro al espejo. Parezco guapa y todo con él. ¿Me lo podré llevar al final? Seguro que cuesta una fortuna. A lo mejor, si lo escondo en la mochila no se dan cuenta.

Ya fuera, sigo a pasos cortos a la japonesa. Nos adentramos en el bosque por un camino que hay detrás de la casa. La luz de las lámparas de pergamino que bordean el sendero proyecta sombras chinescas en nuestras ropas mientras avanzamos. La japonesa da pasos cortos y cuando su calzado golpea una piedra suena a madera. Me fijo mejor; lleva puestos los *geta*, que son las antiguas sandalias de madera, con dos salientes por la parte de abajo. Los había visto en fotos, pero nunca en los pies de alguien. Llegamos a un pequeño claro donde nos espera una sencilla construcción con forma de templo. A su alrededor hay un estanque y piedra rastrillada. Mi guía me pide esperar un segundo. Coge un cuenco de cerámica y vierte el agua que contiene sobre el camino. A continuación, me invita a que enjuague mi boca y lave mis manos bajo el chorro del surtidor de piedra que me señala. Obedezco, por supuesto.

—La ceremonia requiere que limpie su mente antes de entrar. Nuestra maestra de té la espera. Tenemos que dejar los *zōri* en la puerta, y debe ponerse los *tabi*[48] blancos que encontrará en el banquito y acceder de rodillas. Si sigue usted la tradición su energía lo agradecerá.

Cumplo sus indicaciones al pie de la letra. Abandono mis calcetines en una cesta que me ofrece. Entramos. La pequeña sala del interior es diáfana, con una mesa negra baja y algunos cojines. Me siento de rodillas sobre uno de ellos. A ver cuánto tiempo aguanto en esta postura. Enfrente hay una pared de cristal que da a un jardín de piedra negra delineada en formas geométricas, con vasijas de cerámica llenas de agua y peces de colores arremolinados en un pequeño

48. Los *tabi* son calcetines japoneses con el dedo gordo del pie separado del resto, de forma que se puedan encajar con mayor comodidad en los *zori* o en los *geta*, zapatos tradicionales del país.

estanque. ¿Cuánto le habrá costado esto a Yuriko? Una angustia me cruza el corazón. ¿Y si no se presenta y tengo que pagar yo la factura? Será mejor que no me detenga a pensar en ello.

Curioseo el escaso contenido de la habitación. Me fijo en una modesta estantería donde descansan diversos instrumentos; bocales de cristal, un cuenco lleno de agujas, aceites y, en el centro, la figura en madera que representa un extraño ser. Tiene una vaga forma humana, así, sentado en el suelo. Su cabeza parece la de una rana, pero con el morro acabado en pico. Su cuerpo es rugoso, como la piel de un lagarto; en su espalda porta un caparazón de tortuga y sus manos terminan en garras. Lo más curioso es su coronilla. Como la de un monje, con una calva en el centro rodeada de pelo.

—¿Le gusta nuestro pequeño *kappa*?

—¿Es un animal mitológico? —pregunto.

—Pues sí —contesta la mujer y me alcanza la figura—. Aunque no son pocos los que aseguran haberlos visto en ríos y lagos al atardecer. En especial cuando hay niños a su alrededor. Para comérselos.

Lo dice seria, aunque sus ojos escrutan los míos en busca de mi reacción.

—¿Para comérselos? —Debe de ser la pregunta habitual de los extranjeros.

—En Japón hay cientos de deidades y personajes mitológicos imaginados desde la noche de los tiempos con nombres diferentes según la región. El *kappa* o *kawatarō*, que significa «niño de río», es uno de los *yōkai* más importantes de nuestra cultura.

—Los *yōkai* son demonios, ¿no? —pregunto.

—Eso es. En el sintoísmo, el *kappa* es considerado una deidad del agua. Sus leyendas, dicen los estudiosos, están basadas en el *hanzaki* u *ōsanshōuo*,[49] la salamandra gigante que seguro que conocerá. Está en peligro de extinción.

—No, no me suena.

—Vive en los ríos y lagos y puede alcanzar hasta un metro y medio de longitud y llegar a pesar cuarenta kilos. Son preciosas, parecen salidas del lejano pasado. De hecho, la salamandra que lleva en su cuello, y que es el símbolo de este lugar, sigue el modelo de estos animales antediluvianos. Mire.

Coge mi colgante y me lo muestra. Aunque la luz es escasa, en efecto, me fijo en que tiene una gran cabeza redondeada, no el pequeño cráneo de las salamandras comunes.

—Posee unas poderosas mandíbulas —prosigue con su descripción— y, según una antigua tradición, los fetos que habían nacido muertos eran subidos a pequeñas barcas de pesca y lanzados a los *hanzaki* como ofrenda, con la esperanza de que su magia ayudase a la madre a concebir uno que naciese vivo la próxima vez.

Me da un escalofrío al imaginármelo y pienso de forma instintiva en mi lentejita.

—Los padres japoneses asustan a sus hijos con la voracidad de los *kappa*, les cuentan que se comen a los niños que no saben nadar. También se dice que roban en los huertos y son famosos mirones; les encanta espiar a las chicas jóvenes mientras se quitan la ropa. Tenga cuidado, estoy segura de que aquí, en nuestro lago Motosu, rondan unos cuantos.

Tuerzo el cuello hacia atrás y la contemplo con ojos bien abiertos. Mi piel se eriza.

—Solo hay dos formas de evitar su ataque.

—Ah —suspiro aliviada—, menos mal.

—Si les da un pepino la dejarán en paz. Eso o hacer una profunda reverencia si se le acerca uno.

---

49. オオサンショウウオ。 Pez pimienta gigante.

—¿Una reverencia?

—Sí. A pesar de comerse a los niños, son educados y seguidores estrictos de los códigos de conducta japoneses. Si usted les hace una reverencia, ellos se la devolverán sin falta. Si se fija —me señala el lugar en la figura de madera— en el cráneo, tienen un hueco, una calva en su coronilla rodeada de pelo. Ese espacio es preceptivo que esté siempre cubierto de agua, también si abandonan el lago o el río. Al obligarles a inclinarse se les cae esa agua, se quedan indefensos y deben volver a toda costa a su medio natural.

—Qué rica es la mitología japonesa —pienso en voz alta.

—Cuando ande por el bosque o se bañe en el lago, mire bien a su alrededor, quizás tenga la suerte de descubrir alguno.

Me río, espantada.

—Espero que no.

—No piense que todo en el *kappa* es malo. Estas deidades siempre tienen su lado positivo; el bien y el mal están en la naturaleza de cada uno: dioses, demonios..., y hombres también. Uno de los beneficios que nos aportan es el de curar cualquier dolor de espalda. Y deduzco, por lo que siento en su columna —sin previo aviso, estira su brazo y sus dedos recorren mis vértebras una a una, como un ciego leyendo en braille—, que usted debe de andar necesitada de uno.

—Pues sí —reconozco—, he competido en natación muchos años y he forzado demasiado. Sobre todo los hombros.

—Tranquila, aquí nos ocuparemos de usted.

Terminada la explicación, se despide con una reverencia. Le respondo con una pequeña inclinación a su vez. Entonces, una puerta de pergamino se cierra. Me giro asustada. ¿Cómo hacen los japoneses para ser tan silenciosos? Me inclino en respuesta a su reverencia. Es una mujer de unos setenta años.

—*Soy la maestra del té* —dice sin más introducción, pero con lentitud, para que la entienda, e invitándome con un gesto a comer unos dulces que hay en un platito—, *para la ceremonia tenemos sobre la mesa los cinco elementos que representan el mundo material del taoísmo: el metal de la tetera, la tierra de la cerámica, la madera del carbón que quemamos en el fogón* —lo señala a su lado—, *el fuego y el agua.*[50]

Su kimono, de tono rosa palo y motivos de pájaros de vivos colores, es precioso. Con un pañuelo rojo —«sabaki», explica al sacarlo— limpia los utensilios con lentitud y parsimonia. A continuación, coge un bol y con una cuchara de palo sirve un poco de té macha en forma de pequeñas hebras de hojas verdes. Llena un cacito de madera de mango largo y fino con el agua humeante de la cazoleta metálica y lo vierte con mucho cuidado en el bol. Finalmente, con una especie de brocha de barbero lo remueve con energía y me lo sirve. El cuenco cerámico, de color beis, está decorado con el dibujo de unos pájaros por un lado. Lo gira sobre la palma de la mano de forma que los sitúa mirándome a mí. Este gesto me hace recordar las enseñanzas de Koji, que siempre me dice que, en la caja del supermercado, al ordenar la compra sobre la cinta, es de exigida educación colocar el código de barras de forma que quede frente al lector, para facilitar el trabajo de la cajera. Siempre se me olvida.

Cuando creo que es el momento, cojo el bol para beber, pero la mujer me detiene con una disculpa.

—*Lo siento. Tiene que beber por el lado donde no hay pájaros,*

50. お茶会では，道教において万物を成す五種類の元素を五行棚に置きます。木の棚、金の釜、土の土風炉、火の炭、水の湯です。*(Ocha-kai dewa, dōkyō ni oite bannbutsu o nasu go-shurui no genso o gogyo-dana ni okimasu. Moku no tana, gon no kama, do no dofuro, ka no sumi, sui no yu desu).*

*donde la loza es lisa. Y decir: «Otemae chodai itashimasu», que*
*significa gracias por hacer el té; y despúes inclinarse.*[51]

Obedezco. En Japón no es ofensivo acatar la infinidad de
indicaciones que dan cada día por lo que haces mal, porque
nunca son un reproche; siempre las acompañan de una expresión amable, como si fuese culpa suya. Incluso si te has
vestido de forma inapropiada, te harán un comentario positivo sobre la prenda discordante, para que te des cuenta de
que traerla ha sido desacertado. Giro el cuenco y bebo. El té
macha no es mi té preferido, pero quizás por este entorno de
ensueño me sabe a gloria. Me inclino de nuevo. La maestra
me devuelve la cortesía. Se despide en silencio. Me quedo
sola con mis pensamientos mientras contemplo el jardín en
miniatura que se abre frente a mí.

51. すみません。鳥が描かれていない、陶器の淵が滑らかな側からお召
し上がりください。そして、「お点前頂戴いたします。」といいます。これ
は、お茶を点てて頂きありがとう、という意味です。そして、お辞儀をしま
す。 *(Sumimasen, tori ga egakarete inai, tōki no fuchi ga namerakana gawa*
*kara omeshiagari kudasai. Soshite, «Otemae Chōdai itashimasu» to iimasu.*
*Kore wa ocha o tatete itadaite arigatō to iu imidesu. Soshite, ojigi o shimasu).*

Cierro los ojos y me recreo en los sentidos. Desde fuera me llega un olor dulce a incienso quemado. Pasa un minuto. Quizás sean cinco. Estoy bien aquí, en soledad. Las células de mi cuerpo pesan como piedras, me clavan al suelo. Casi no necesito respirar. Durante este tiempo logro alejar la angustia del asesinato, la Yakuza y las noticias de la televisión.

Alguien golpea de forma imperceptible el panel translúcido de la puerta corredera y esta se desliza de nuevo por donde salió la maestra de té. Es un joven japonés de unos veinticinco años. Alto y guapo, exageradamente guapo si es que se puede serlo; parece salido de una película. Tiene el pelo suelto, largo y brillante.

—Buenos días. Espero que haya disfrutado de la ceremonia.

—Sí, mucho —contesto agradecida.

—Mi nombre es Keitaro. Vengo a lavarla antes de acostarse.

—A... ¿lavarme?

—Sí, es costumbre en el proceso de purificación inicial al llegar a la Salamandra.

—Claro, claro —contesto.

Me pongo en guardia. ¿Qué es esto de purificación? Me imagino lo peor. ¿Podría con este chico si me intentase inmovilizar? Decido mantenerme alerta.

—Pase por aquí, por favor.

Me incorporo. Intento que no se note que se me han dormido las piernas y que tiemblan al pedirles de nuevo que me sostengan. Recorremos un pasillo estrecho. Una de las habitaciones abiertas debe de ser el almacén de té porque escapa de ella un perfume vegetal. Llegamos hasta el fondo y cruzamos una puerta que Keitaro cierra tras de sí. Un espacio estrecho, como un recibidor, comunica con dos estancias abiertas. A la izquierda se abre una sala de baño con suelo y paredes de mármol negro mate. En el suelo se ordenan cubos de madera.

Keitaro realiza una pequeña reverencia después de apoyar las manos sobre sus muslos.

—Le ruego que se quite la ropa, si le parece bien.

Me sorprendo, pero los japoneses se lavan siempre antes de emprender casi cualquier actividad. Con mucha timidez, y sin perderlo de vista, me quito la *yukata*, la cuelgo y me quedo en ropa interior. Aún llevo los *tabi* blancos. Permanezco quieta, a la espera de que el japonés salga y me deje algo de intimidad. Pero, en vez de eso, se inclina de nuevo y se acerca.

—Permítame, por favor.

Su gracioso inglés con acento susurra las palabras al hablar. Me indica un pequeño taburete donde me siento. Entonces, se arrodilla frente a mí y me quita los *tabi*, que ordena con cuidado en una pequeña estantería. Sus movimientos son lentos, cadenciosos, como un baile ensayado. Luego se levanta, se coloca detrás, desabrocha con cuidado el cierre de mi sujetador, me lo quita y lo guarda en una cesta. No me lo esperaba. Se me eriza la piel y me tapo con los brazos.

—Necesitaré sus braguitas —dice Keitaro con expresión de niño travieso.

Me levanto, dudosa, me pongo colorada y obedezco otra vez. Mi cuerpo se tensa, contraído de vergüenza. Pero a estas alturas ya sé que me dejaré llevar. El japonés me cubre con una toalla, me indica que pase a la zona de baño y me sigue. Enciende un grifo y del centro de la pared surge una lámina plana de agua. Coloca el pequeño taburete de madera bajo el chorro y me pide que me dé la vuelta. Recoge entonces mi pelo y, con gran destreza y una goma, me anuda un sencillo moño detrás.

—Siéntese, por favor.

Mide la temperatura del agua. Esta cae como una cascada sobre mi espalda. Está caliente, justo al límite. Keitaro se acerca a la pared y se despoja de su *yukata* azul cielo. Debajo está desnudo. Al levantar los brazos para ponerse a su vez una goma en el pelo, contemplo por el rabillo del ojo su fina musculatura, pálida y sólida como el mármol que nos rodea. Es hermoso. Su piel se tensa sobre su cuerpo atlético. Su pubis está impecablemente recortado y en una esquina muestra tatuada una salamandra azul y negra. Sonríe al descubrir mi mirada indiscreta.

—Es mi pequeña salamandra.

—Me gusta. —No sé por qué he dicho esto, pero ya lo he hecho.

Él pasa orgulloso la punta de sus dedos sobre ella. Luego coge un cuenco de la estantería y una esponja exfoliante mientras llena una palangana con el agua caliente que cae sobre mí. Todo es de madera o cerámica. Empapa la esponja en el cuenco, que despierta un suave aroma a lavanda, y empieza a frotarme la espalda. Raspa, pero no demasiado, y sale espuma. Me dejo llevar. Pienso en Yuriko, que sigue sin llegar. Ella es la que me ha enviado a este paraíso, debe de saber todo lo que pasa dentro. Incluido esto. ¿Habrá invitado antes a más personas? ¿Tiene más de una salamandra? Cierro los ojos, la sensación es agradable. Más que eso. Un completo desconocido me acaricia con dulzura, con ternura. Es como si fuera un sueño, va despacio. Poco a poco comienza a bajar, recorre sin prisa el resto de mi cuerpo. La nuca, los hombros, los costados. Se arrodilla a mi lado, me pide que levante los brazos y recorre las axilas con suavidad, mi vientre, mi costado, mi pecho. Luego se sitúa delante de mí. Me separa las piernas con cuidado y frota primero mis muslos, después las rodillas y las pantorrillas. Le miro. ¿Esto es normal? Mi decencia, mi recato y mis escrúpulos exigen cortar aquello antes de que se nos vaya de las manos, pero pierden la votación de forma abrumadora contra el resto de mi concupiscencia en llamas. Por una parte quiero detenerlo, pero por otra el cuerpo me pide más.

—¿No le hago daño?

Con los brazos inertes a ambos lados, niego con la cabeza.

La situación, surrealista, ha despertado mi libido de forma salvaje. Intento ocultarlo y creo que él lo nota. ¿Qué te pasa, Alice? Todo arde dentro de mí. Nunca me he dejado llevar así, con tanto placer, como un objeto precioso en manos expertas.

Keitaro observa mis pezones en estado de piedra, eleva su palma jabonosa y los recorre despacio. Estos se endurecen aún más. Me fascina cómo me toca. Ni siquiera intento un movimiento para taparme; vuelvo a cerrar los ojos y me dejo hacer abandonada a sus manos.

—Los pezones grandes y duros son una señal de salud en Japón —dice admirándolos—, con unos pechos así sus hijos estarán bien alimentados.

Me encanta la ocurrencia. Pienso en mi niño. Cuando crezca le diré que nunca le tema al deseo y al goce. El placer debería estar más y mejor valorado.

Vuelvo a abrir los ojos. La tentación de ese cuerpo puede más que mi vergüenza. Sus pezones pequeños se inclinan hacia abajo, apenas un dedo por encima de la curva inferior de sus pectorales. Keitaro coge mis manos y las atrae hacia su cuerpo. Mis dedos acarician su piel suave, siento bajo mis yemas su elástica dureza, su calidez empapada por el chorro de agua que cae sobre ambos. Ni en su rostro ni en su actitud intuyo expresión alguna de provocación.

—Eres perfecto —digo temblando como un cordero desvalido.

El calor me sube entre las piernas y mi corazón galopa desde hace rato.

—Póngase de pie —me dice con naturalidad—, y agárrese aquí.

A la altura de la cabeza, anclada a la pared, hay una barra horizontal de acero inoxidable. Me giro y me agarro a ella. Keitaro unta todo mi cuerpo con una crema exfoliante. Siento la fina textura de los granos de arena que contiene. Y luego, con otra esponja, frota con suavidad liberando mi piel muerta. Llega a las nalgas. Me separa bien las piernas y las fricciona por detrás y por los lados. Su mano y su brazo rozan una y otra vez la entrada de mi vagina cuando, al pasar la esponja entre mis muslos, sube desde atrás hacia el ombligo. El suave antebrazo va y viene. Sigue, Keitaro, sigue. Mi flujo vaginal se mezcla con el jabón; me pica un poco. La otra mano se introduce entre mis nalgas y retira la espuma que aún queda. Aprieto fuerte la barra de la que me agarro, mientras mi respiración sube y baja al ritmo. Keitaro nota que mi carne se contrae entre sus manos y desciende en dirección a las pantorrillas. Luego se pone en pie, con un movimiento me hace soltar la barra y me indica que me gire hacia él. Actúa con la inocencia de un mayordomo solícito, como si no ocurriese nada especial, igual que un modisto tomándome medidas para un vestido. ¿No hay ni un atisbo de picardía en sus ojos? Salgo de dudas cuando me atrevo a

196

echar un vistazo hacia abajo: arquea ligeramente el cuerpo para que su pene en erección no me toque.

—Puede mirarlo cuanto quiera, señorita. Aquí no sentimos ni vergüenza ni pecado por nuestros cuerpos. Están a su disposición.

Le hago caso. Alargo la mano y rodeo con mis dedos el largo y grueso tallo que me apunta, húmedo, algo más oscuro que el resto de la piel del cuerpo. La envoltura de su prepucio se retira poco a poco con la erección y está a punto de abandonar el glande que se muestra desnudo y brillante. Me acerco. Sostengo sus testículos unos instantes y luego deslizo la palma hasta la salamandra de su pubis.

—Espire a fondo e inspire luego hasta llenar las tres cavidades de sus pulmones —me dice. Con delicadeza, desprende mi mano de su miembro y me vuelve a levantar los brazos que se agarran de nuevo a la barra—. Esta excitación sexual que siente es energía que quiere salir de su cuerpo. Hay que dominarla, hacerla fluir desde aquí —apoya la mano en mis ingles, coloca su dedo medio entre mis labios— hasta aquí —y sube la otra mano poco a poco por mi vientre hasta llegar al plexo solar—. Deje que el aire la penetre, note cómo se le hincha el pecho y se llena con la energía que surge de su *chitsu*. Eso es.

Debo reconocer cierta decepción. Otra cosa querría que me penetrase. Mientras lo dice, busca mis manos y las apoya en su pecho. Cierro los ojos y le hago caso, a pesar de que quiero lanzarme a su cuello, besarle, adelantar mis caderas, frotarme contra él, coger su pene y clavármelo en las entrañas como en un suicidio samurái. Pero como soy británica y disciplinada, acato su orden e intento acompasar mi hálito desbocado con el suyo. Más que nada porque me da vergüenza, porque en ningún momento este mago de la tortura que es Keitaro ha dado a entender que esto sea un juego sexual. Pero claro que lo es. Resulta evidente. Soy un volcán. ¿Por qué a algunas mujeres nos cohíbe dar el primer paso? Como la libido de los hombres suele darle luz verde a la nuestra, nos hemos acostumbrado a esperar, porque sabemos que llega tarde o temprano, y nos gusta hacerles sufrir mientras explotan por dentro. Pero este nipón me rompe las reglas de juego, porque, salvo por su enorme erección, no da muestras de deseo. Será hijo de puta. Pero no quiero ofenderle, e ignoro de qué van estas prácticas lujuriosas en un lugar como este, así que cumplo mi papel y me retengo. Cómo cuesta. Respiro lo más hondo que puedo, intento hacer lo que me pide y mentalmente circulo la energía que me quema. Qué fácil es decirlo. Me apoyo contra la pared. La excitación, en efecto, se reduce de forma paulatina. El pecho de Keitaro sube y baja tranquilo. Mis piernas tiemblan, pero noto claramente cómo una corriente nace de entre ellas y se reparte por mi anatomía. Debo de estar sugestionada. O quizás me han echado algo en el té. Keitaro arrastra mi mano hasta su abdomen y, a medida que lo llena de aire, este sube hacia el tórax. Al espirar, las dos manos vuelven a bajar y rehacen el ciclo una y otra vez, sin prisa, como un mecanismo automático que va y que viene. El calor y la humedad de mi cuerpo se han repartido por todos sus puntos a la vez, desde los pies a la espalda, desde los hombros a la nuca. Miro un instante su pene; cae y se reduce como un globo deshinchado. Al cabo de un rato, suspendida en el tiempo pero sin consciencia del mismo, ya no siento nada. Cuando por fin abro los ojos, me encuentro sentada en el banquito de madera. Un lejano zumbido de abeja relaja mi cerebro. Keitaro se ha cubierto con su *yukata* y me seca como una madre a una niña con una toalla que huele a sándalo.

—¿Cómo se encuentra? —me pregunta con una cortesía

que no le abandona mientras enrolla una toalla pequeña alrededor de mi pelo.

No sé qué responder. Me lo ha preguntado con amabilidad y humildad, sin rastro de malicia después de los tocamientos entre ambos, como si aquello fuese tan normal, con el mismo tono de una peluquera que me acabase de hacer la permanente y me pidiese mi opinión.

—Eh…, bien. Me siento ligera, con mucha energía. —Es la primera estupidez que se me ocurre, una respuesta zen estándar. ¿Qué voy a decir?

El japonés inclina la cabeza en señal de agradecimiento.

—La respiración es fundamental para repartir el vigor sexual del cuerpo. Este derrame vital hay que aprender a canalizarlo porque es beneficioso. Lo desperdiciamos a menudo.

No entiendo del todo el concepto, pero suena bien. Recupera mis *tabi* y me los coloca. Salimos juntos y entramos en otra habitación. En ella me espera un sillón que da a otro jardín en miniatura. En su centro veo una fuente de la que mana un hilo de agua que produce un sonido agradable al caer en el estanque que hay debajo. Peces anaranjados y negros flotan mansos alrededor de la corriente que se forma. Keitaro me ofrece un té. Esta vez sin ceremonia. Lo acepto de la misma manera que me lo ofrece, con las dos manos y una ligera inclinación de cabeza. Esta noche no sé cómo voy a dormir con tanta cafeína.

—Té verde depurativo —me explica—, y unos *wagashi* para que lo acompañe. Ha desprendido mucha energía y debe recuperarla. —Me acerca el plato que los contiene para enseñármelos con detalle—. Estos son *amanattō* —señala una especie de dátiles cubiertos de azúcar—, hechos con judías *azuki*. Estos bollitos son *anpans* rellenos de *anko*, y estos últimos son *monaka*. —Me parecen *macarons* franceses por su forma—. Yo me voy. —Se inclina—. Confío en que haya disfrutado de su purificación.

Y, a continuación, abandona la estancia y me deja sola con aquellos pastelitos deliciosos y mi nuevo estado energético. Ahora bien, sigo bastante caliente.

Pasa el rato y nadie me viene a buscar. No sé si soy yo la que tengo que salir y avisar. Son tan educados en este sitio que es posible. Y eso que debe de ser tarde. Aguardo un par de minutos más y me pongo en pie. Anudo bien el cordón de mi kimono de flores y deslizo el panel que me separa del pasillo. Qué raro, está todo oscuro. Aguzo el oído. Nada de nada, la música también ha cesado. ¿Qué hago, me quedo? ¿Tenía que volver yo sola a mi cuarto? No creo. Pero seguro que esta gente se querrá acostar y me están esperando. Decido marcharme. ¿Qué es lo peor que me puede pasar? Además, con tantas emociones tengo un sueño que me caigo. Me encamino hacia la derecha mientras hago memoria. ¿Es por este lado por donde vine? Me adentro por el pasillo oscuro. Debería alzar la voz y llamar, pero en este paraíso de silencio y quietud debe de ser un sacrilegio. Qué laberinto. Paso media docena de habitaciones cerradas y doblo a la derecha. Mis *tabi* apenas hacen crujir el suelo. Por fortuna, un pequeño farol de papel ilumina el resto del pasillo. Avanzo por él hasta el final y solo me deja torcer a la izquierda. Me digo que ya me he alejado demasiado de la habitación en la que estaba, cuando veo que al fondo del corredor hay una estancia encendida. Por fin. Acelero mi paso, pero de forma que no parezca que tengo prisa. Espero ver salir a alguien y no quiero que piensen que me escapo de algún sitio. Al llegar al quicio de la puerta, toco con los nudillos en el marco y me asomo con discreción —no vaya a ser que estén lavando también allí a algún cliente o haciéndole otras cosas—, pero el cuarto está vacío. Debería volver hacia atrás, pero la curiosidad me puede. Entro, pregunto en susurros, nadie contesta. Me sudan las manos. Decido que ya está bien, que voy a regresar, paciente, a la sala donde me dejaron, cuando mis ojos se posan sobre un tablero de corcho suspendido en la pared. Y, más precisamente, en una fotografía ensartada por alfileres de cabeza roja que cuelga de él. Por un momento se me aflojan las piernas. Esa de la foto soy yo.

Miro hacia los lados, escucho por si acaso, pero el silencio solo se rompe por mi respiración. Avanzo entonces y me acerco al tablón. Descansa sobre una mesa de madera cubierta en parte por papeles ordenados. ¿De dónde sale esta foto mía que no conozco? Y no soy la única. A izquierda y derecha acompañan a mi retrato otros rostros desconocidos; hombres y mujeres de todas las edades que han sido fotografiados, al igual que yo, sin su conocimiento. Ninguno mira al frente, al objetivo. Algunas parecen haber sido hechas por cámaras de seguridad, otras mientras cerraban los ojos tumbados en una camilla.

Repuesta de la sorpresa, busco más pistas. Debajo de cada foto, también clavados con las chinchetas de colores, se ordenan folios escritos a mano. Voy a hacer el esfuerzo para intentar traducir algo, pero al acercarme más por la escasa luz me doy cuenta de que están escritos en coreano. Reconozco con facilidad esta escritura que no tiene nada que ver con el japonés; sus caracteres son mucho más sencillos: círculos y palitos bien ordenados que, a pesar de ello, me son completamente incomprensibles. Lo único que puedo deducir es que debe de tratarse de una ficha con datos, y que los míos aparecen vacíos, mientras que los de los otros están en su mayoría completos. Aquella colección de caras que miran a ninguna parte tienen algo de terrorífico. Voy a seguir investigando, cuando el silencio se rompe por el suave deslizar de calcetines que llega en mi dirección por el pasillo. Solo en ese momento asumo lo que estoy haciendo; he engañado a mis anfitriones, me he escapado de donde tan amablemente me habían dejado descansar, para descubrir espiando que tienen un dosier en coreano con mi foto y a saber qué datos míos. Miro aterrada a mi alrededor. Hay un biombo al fondo del cuarto del que cuelgan una toalla y un albornoz. A grandes pasos amortiguados, como los de ave zancuda, me escondo detrás de él.

Entran. Son voces de un hombre y una mujer. No es que susurren, pero claramente hablan bajo. Y sí, son coreanos ambos. Uno de los dos se ha sentado en la silla frente al tablón de las fotos, comentan algo y pronuncian mi nombre. En coreano suena a «Krouuse Eliise», con una i larga. Recuerdo a Mi-Suk, mi alumna de Busan que estaba desplazada a la sede central de Tokio, intentando pronunciarlo bien.

La conversación no se alarga demasiado. Apagan la luz y salen dejándome en la oscuridad total durante los largos minutos en los que no me atrevo a moverme. ¿Qué significa todo esto? ¿Por qué tienen allí nuestras fotos y qué dicen esos informes? ¿Y por qué están en coreano? Por fin, me armo de valor, salgo de mi escondite y, tras abandonar la habitación a tientas, con mucho cuidado de no tropezarme con nada, regreso por el pasillo siguiendo el débil fulgor de la lámpara de papel y madera. Cuando llego al cuarto que había abandonado me encuentro de frente con las dos japonesas.

—Estábamos preocupadas —dice la mayor. Intenta ser amable, pero no puede evitar traslucir su enfado—, la hemos buscado por todas partes.

—Eh…, he salido al cuarto de baño —excusa de película barata— y me he perdido un poco.

—El baño está aquí —añade la otra mientras abre la puerta del fondo.

—Ah...

No sé qué cara poner, así que sonrío y me agacho con el consabido *sumimasen* que en este país, en general, lo suele arreglar todo.

Mientras me sirven la comida, pienso en la sorprendente mañana que me ha ofrecido la Salamandra. Después del lavado «purificador» de mi cuerpo la tarde anterior, del descubrimiento de mi ficha policial coreana, de la muda bronca que me echaron por haberme escapado y de una sencilla cena en mi habitación, me acosté y me dormí al instante.

Cuando la llamada en la puerta me despierta, aún es de noche. Cinco de la mañana. Una chica india, vestida con un sencillo albornoz rojo, me espera en el quicio de la puerta. «Buenos días, Alice-san. Si nos damos prisa podremos ver el amanecer desde el lago». Solo tras conocer a Denali alcanzo a comprender la naturaleza de este sitio.

Durante la siguiente hora, me dirige en una sesión de yoga para mí sola, al borde del agua. Comenzamos en una oscuridad casi absoluta, hasta que el leve resplandor del alba se anuncia por el horizonte. Me ayuda a estirar mis músculos y a corregir mis posturas, mostrándome cómo hacerlo con su flexibilidad increíble a la que por supuesto nunca llegaré ni por asomo.

—El alba se acerca —me dice al finalizar—, vamos a contemplarlo desde la plataforma.

Sin esperar mi respuesta, se desnuda por completo y se lanza al agua helada. A pesar de ser verano, bañarse a esta hora de la madrugada constituye sin duda una extravagante locura, pero me despojo de mi ropa, la sigo y nadamos hasta una plataforma de madera que flota a un centenar de metros. Allí se coloca en la postura del loto y me anima a hacer lo mismo. La silueta de su cuerpo oscuro se recorta contra los pálidos tonos morados del amanecer.

—Deja que la naturaleza entre en ti y prepárate para que el sol te llene con su energía.

Así dicho, en otro lugar aquello me habría parecido una cursilería. Sin embargo, cuando el disco anaranjado asoma su primera curva sobre el lejano horizonte del agua, rodeadas como estamos del bosque negro y de los cantos de los pájaros que saludan al nuevo día, el espectáculo resulta el colmo de la belleza; incluso creo experimentar un momento trascendente. Más rápido de lo que esperas, la perezosa yema asciende delimitando los rebordes de las tinieblas, revelando ramas, montañas y prados lejanos.

—Allí, fíjate —susurra Denali.

Intuyo una sombra que se desliza por la hierba tras emerger de la protección del bosque. ¿Está aquello preparado? ¿Puede resultar aún más perfecto? Un zorrito soñoliento se acerca con un trote ligero al borde del lago. Otea a izquierda y derecha y comienza a beber. Denali se levanta entonces. El animal la divisa sorprendido, pero no huye. El perfil desnudo de la india se recorta perfecto contra el sol recién nacido. Se sitúa detrás de mí y, tras volver a sentarse, me abraza con sus piernas. Sus brazos me rodean por la cintura, siento su pecho duro contra mi espalda y su barbilla apoyarse en mi hombro. Nuestros cuerpos mojados forman uno solo en este lago japonés tan distante de mi tierra, tan lejano de todo; solitario y maravilloso.

Envuelve con sus manos mi pecho y sus dedos recorren mi piel de gallina.

—¿Tienes frío?

Niego con la cabeza.

—Respira conmigo, deja que *Sūrya*[52] nos bañe con su ímpetu y con su amor.

Después de ducharme en mi habitación, cuando creo que me van a traer el desayuno o a llamarme para ir a algún sitio a tomarlo, una de las chicas del *ryokan* me viene a buscar y por otro discreto caminito en el bosque me lleva hasta una cabaña. Allí me espera un hombre que roza la cuarentena. Tan pronto lo veo, sé que es el coreano de anoche. Todas las alarmas se me disparan. Después de tres años en Japón, he aprendido a distinguir a japoneses de chinos y coreanos. Los párpados de estos últimos apuntan hacia arriba, mientras que los de los japoneses son más horizontales, y el rostro coreano es más anguloso que el chino. Pero puedo estar equivocada.

Me pongo en guardia, sobre todo porque sus brazos están completamente tatuados y adivino tras la camiseta blanca que el torso también. Ya está, es uno de los yakuzas que me ha encontrado y ahora me va a romper el cuello. Pero, sin inmutarse, tras saludarme y pedirme que me desnude salvo el tanga —definitivamente este no es un sitio para alguien inseguro con sus formas—, me hace tumbar en un futón, boca abajo. Como si yo no estuviese, en completo silencio comienza a palpar mi anatomía, con cierta rudeza incluso. Repasa cada vértebra desde la nuca al coxis, y por tres veces sujeta mi tórax entre sus brazos, me estrecha contra él y con un giro brusco hace crujir mi espalda. Cada vez que me enlaza, mi cuerpo quiere excitarse, pero la presión de sus dedos es tan fuerte que el miedo a romperme con cada ajus-

52. Divinidad solar del hinduismo.

te al que me somete me hunde la libido de golpe. Sus pulgares se clavan en mis lumbares, en mis nalgas, llegando hasta el hueso, y siguen por mis muslos y pies. Luego me hace sentarme en una camilla. Sus manos enormes doblan mis piernas, las tuerce con golpes secos que remueven toda mi osamenta. No muestra signo alguno de que cualquiera de sus tocamientos tenga otro objetivo que no sea el médico. Me pide a continuación que me tumbe boca arriba. Vierte unas gotas de aceite sobre las palmas de sus manos y las frota entre sí con energía. Empieza en el esternón y baja poco a poco. Mira al techo mientras lo hace, creo que con los ojos cerrados, como si buscase algo en el tacto de mi cuerpo. Se desliza hasta mi abdomen, me palpa por dentro como nunca me han hecho; hígado, estómago, páncreas.

—Hígado grande —farfulla en un inglés casi incomprensible—. ¿Beber mucho?

—Pues... —Me muerdo el labio—. Un poco, sí.

—Debe dejar descansar. Beber menos. ¿Comprende?

Afirmo con la cabeza, mortificada. Qué razón tiene. Sus manos reanudan su camino, ahora describen círculos en el sentido de las agujas del reloj recorriendo mis intestinos. Procuro relajar mi vientre para permitirle tocar hasta el fondo, pero no me resulta fácil; esta intromisión visceral es novedosa para mí. Desciende hasta rozar mi vello púbico y, sin preguntar, me baja el tanga unos centímetros. Apoya sus manos a ambos lados de mi monte de Venus cortando el flujo de sangre de mis arterias ilíacas. Se mantiene casi treinta segundos así, siempre dirigida la mirada al techo, deteniendo el riego de mis órganos sexuales. Yo no protesto y me dejo hacer, aunque la presencia de sus dedos entre mis muslos me está llevando a tal estado de excitación que siento el deseo de lanzarme sobre él. Después de lo de Keitaro anoche, mi cuerpo bulle de energía sexual deseando salir.

Gira entonces la cara hacia mí y me quedo de piedra; ¿es ciego? De la cuenca de su ojo izquierdo surge una sombra blanquecina, desprovista de pupila. Y el derecho mira en otra dirección. Afloja, y el torrente de sangre retenida vuelve a inundarme en una marea de calor sexual. Vierte algo más de aceite en sus manos, las frota entre sí con fuerza y separa mis piernas. Ay, Dios mío, aquí viene. Me relajo y dejo que sus dedos se introduzcan con suavidad dentro de mí, más y más adentro. Espero el momento en el que me arranque el resto de la ropa y me tome con frenesí sobre la camilla. Pero, en vez de eso, extrae sus dedos y dice:

—Embarazo va bien. Yo creer que viene niño.

Toma ya.

Mientras me visto, él ha abierto una carpeta sobre la mesa de madera y de ella extrae la foto y la ficha misteriosas que colgaban del tablón la noche anterior. Saca entonces una lupa de su bata, la posa sobre el papel y acerca su cara hasta casi tocarlo. No está ciego, pero casi. Con un bolígrafo va rellenando —en coreano— los espacios vacíos; describirá sin duda mi hepatopatía alcohólica, mi exceso de grasa, mi desviación de espalda y... mi embarazo. Se me encienden las alarmas. ¿Podría llegar este informe de alguna manera hasta Yuriko antes de que se lo cuente yo? El terapeuta se lava sin prisa las manos y me sonríe con una tímida inclinación de cabeza.

Después de una maravillosa gelatina de café de postre, salgo a pasear por el recorrido que me ha aconsejado la mujer que me recibió ayer, a través del bosque y colina arriba. Me previene que no salga del sendero. Japón no merece la fama de superpoblado que tiene. Desde que he llegado aquí no he visto a nadie que no sea empleado del *ryokan*. Ni clientes, ni gente de fuera. Es extraño. Inquietante. ¿Será este monte entero del complejo? La subida es suave, voy cargada solo con un botellín de agua. Esta soledad absoluta desde que he puesto los pies aquí me sume en un estado de tranquilidad y melancolía. Soy consciente de que todo esto no es más que un espejismo, un oasis en el camino, en el desierto de mi vida en el que me he perdido Y no sé qué dirección tomar. Por otra parte, las experiencias que he tenido con Keitaro, Denali y el silencioso coreano me han parecido extraordinarias, pero al mismo tiempo me han deprimido un poco. Una especie de efecto rebote, pienso. Como un mendigo al que alojan durante una semana en un hotel de lujo, pero que sabe a ciencia cierta que después, cuando despierte del sueño, volverá bajo el puente. Siempre añoramos el placer, pero cuando nos llega a borbotones al final no es para tanto. Lo que importa es lo que llevas en la mochila; la familia, el amor, el trabajo que te hace feliz.

¿Dónde estará Yuriko? Joder. Necesito verla ya.

Me detengo unos instantes para contemplar el lago desde un mirador natural elevado. En media hora he ascendido mucho. ¿Cuánto faltará para la cima? Desde esta atalaya diviso casi toda la extensión del monte Yae en Motosu. Me rodean ondulaciones cubiertas de densa vegetación allá donde mire. No se distingue construcción humana alguna. Reanudo mi camino y me salgo solo un poco del sendero para sentirme por un momento parte del bosque salvaje.

Al cabo de un rato mi cuerpo dice basta. Decido que ya es tiempo de volver y emprendo el camino de regreso. ¿Era por aquí? ¿Mi proverbial falta de orientación me va a jugar otra mala pasada? Tenía que haberme fijado mejor por dónde subía. Qué raro, de todas maneras, que no haya carteles. En Escocia cada piedra, cada cruce, están señalizados como Dios manda, pero estos japoneses con la manía que tienen de dejar la naturaleza tal y como está... Encuentro por fin la vereda que desciende. Aliviada, la enfilo con cierta prisa, no vaya a ser que me estén buscando. El camino me guía cuesta abajo a través del bosque. Tras diez minutos me asalta el convencimiento de que me he perdido. No es la primera vez que me pasa. Vamos, Alice, estás en un sitio seguro. Justo en el momento en el que voy a desandar la senda, percibo entre las ramas la techumbre de una cabaña. Casi no se distingue entre los árboles por su color oscuro y lo bien que está integrada en la maleza. Al igual que la casa que me han asignado, esta también está cerca del lago. Me acerco con prudencia y procuro no hacer ruido. Me sorprende comprobar que la senda no entra en el recinto del refugio, sino que llega hasta una valla de madera, se aleja y vuelve a hundirse en el bosque. Deduzco que es un camino de servicio, quizás utilizado por el personal de limpieza para no coincidir con los invitados de la Salamandra.

¿Qué hago? ¿Sigo para ver a dónde conduce? ¿O me meto aquí a pedir ayuda? Mejor la segunda opción. Quizás no haya nadie y pueda bordear el linde del lago hasta alguna zona conocida. Me cuelo por entre los troncos horizontales de la valla y, pegada a la pared de la casita, me dirijo hacia el jardín que tiene delante. Me detengo en seco. Junto al lago hay tres hombres desnudos. Practican algo parecido al yoga. Han adoptado la misma postura y estiran sus cuerpos con lentitud acompañados por una música tipo *new age*. Decido interrumpirlos, apurada, cuando uno de los tres se levanta, se acerca a otro de ellos y comienza a gritar, colérico. Ha cogido una fina vara del suelo, se aproxima por detrás y se lanza a flagelarles las nalgas. Los dos hombres, bastante mayores que el primero, corrigen su postura mientras ponen cara compungida. Los latigazos de la vara se intensifican, y los dos castigados hacen como que lloran, imploran perdón, pero sin resultado. Entonces, el baqueteo cesa, el joven se arrodilla entre los otros dos, les agarra al mismo tiempo de los testículos y con graves gritos de reproche empieza a tirar de ellos con fuerza a la vez que los retuerce. Los dos sufridores gritan muchos *lo siento* a su torturador. Es evidente que mi intención de pedir indicaciones se ha desvanecido. Doy un paso atrás con mucho cuidado para que no me oigan y me alejo del lugar con torpeza. Qué bochorno. Me descoloca lo que he visto, quizás he entendido mal el concepto de la Salamandra. Me vuelvo a internar en el bosque por el camino y encuentro algunos carritos de mantenimiento que permanecen ordenados en pequeños claros entre los árboles que se han acondicionado al efecto. El sendero se interna de nuevo en la espesura y vuelve a descender siguiendo el mismo patrón hasta otra construcción bastante más grande y lujosa que la anterior, incluso mayor que la mía. ¿Será esta el centro de mantenimiento que busco? Salto igual que antes las empalizadas de madera y me asomo. El lago está a cien metros y el panorama es maravilloso, pero esta vez lo estropea la presencia de dos vehículos grandes. Son todoterrenos blancos. No me da la impresión de que puedan pertenecer a la Salamandra, son demasiado ostentosos. En el jardín hay una piscina y dos *jacuzzis* que, por su zumbido, deduzco que burbujean a pleno rendimiento. Y, repartidas bajo los árboles, cuento seis camillas de masaje separadas por biombos. Suenan ruidos dentro de la casa. Estoy justo al lado de una ventana, así que me asomo con mucho cuidado. Un visillo de encaje la cubre, pero me deja libre una esquina para fisgar en el interior. Cinco japoneses charlan y bromean mientras deshacen maletas. Todos ataviados igual, con ropa deportiva vistosa de algún equipo, y varios llevan una gorra de béisbol en la cabeza. En ese momento oigo ruidos fuera y veo llegar dos carritos eléctricos similares al que me transportó cuando llegué. En ellos hay varias mujeres vestidas con kimono y la japonesa mayor que me recibió, la que me pidió la salamandra en la entrada. Los hombres salen fuera para recibirlas. Se ríen y dan codazos, se susurran al oído. Las chicas se apean y se ordenan en una hilera, sonríen y realizan casi a la vez una profunda reverencia. Son guapísimas y se tapan la boca al reír como es debido. A una orden de la mujer, las chicas se quitan el kimono y se quedan como Dios las trajo al mundo. Hacen como que se tapan, pero sin grandes esfuerzos. Todos ríen alegres.

Regreso rápido al camino. Ahora entiendo por qué me dijeron que no se podía salir del recinto sin estar acompañada. Los espectáculos que se ven por aquí no son para todos los públicos. Me cuesta vencer mi curiosidad y no quedarme a observar la continuación, pero me da miedo que me pillen. Además, no resulta difícil de imaginar. Por tercera vez, me lanzo a la búsqueda del centro de mantenimiento que supongo debe de estar al final. El sendero asciende, baja, amaga con desaparecer, llego a otra casa similar a la anterior. Este lugar no tiene fin. ¿Qué hago? ¿Me vuelvo a asomar? La necesidad vence a la prudencia y repito la misma operación. En el jardín, de similares características, distingo a tres mujeres y a seis hombres. Ellos son verdaderos adonis, tres asiáticos, dos caucásicos y un mulato. Parecen estatuas de Miguel Ángel. Cubren sus cuerpos musculosos con un pequeño delantal semitransparente que apenas los tapa. Las tres japonesas están acostadas en sendas tumbonas, desnudas, y parlotean alegres. Ninguna debe de tener menos de cincuenta años. Una recibe un masaje en los pies, otra en los hombros, mientras los otros les sirven bebidas en sus vasos de cóctel y les ofrecen comida en una bandeja. Pero me fijo mejor. En uno de los *jacuzzis*, lejos, bajo un árbol cerca del lago, sobresalen dos cabezas. Son también un joven y una mujer madura. Aunque están lejos, puedo apreciar cómo ella se sienta en el regazo de él, dándole la espalda, mientras su cuerpo se eleva y desciende en un movimiento rítmico.

Vaya sitio. Me pregunto si en Escocia existirá algún lugar así, pero es harto improbable. Quizás para hombres sí, prostíbulos al uso para millonarios. Pero ¿y para mujeres? ¿Y con este nivel de sofisticación y lujo, en este entorno increíble? Y, además, ¿quién se desnuda en Escocia al aire libre, aun en verano?

Una de las señoras mira en mi dirección y se incorpora ligeramente. Le dice algo a uno de los japoneses que prepara las bebidas y este también me busca con los ojos. Doy varios pasos hacia atrás y me parapeto contra la pared mientras me recorre una descarga de adrenalina. Luego corro en dirección al cercado, lo salto y decido retroceder. No voy a cotillear en todos estos chalets porque al final me van a descubrir. Estoy cansada y sudo bajo el sol de agosto, pero no me detengo. Paso con disimulo a la altura de la casa de los seis hombres y dejo atrás la cabaña de los del yoga y los latigazos en las nalgas. Al cabo de unos minutos, me vuelvo a encontrar en el punto en el que abandoné el sendero. Salvada. Recupero el aliento.

Comienzo a descender, oigo a lo lejos unos pasos que corren en mi dirección. Me asusto. ¿Serán los adonis del delantal, que me han seguido? No sé si esconderme. Decido camuflarme en la espesura para evitar el encuentro. Me siento en un tronco caído desde donde puedo vigilar el camino sin ser vista. Dejo de respirar. Los pasos ya no se oyen, solo el batir de mi corazón en el pecho. Sea quien sea quien esté subiendo, se ha detenido. Esto no me gusta nada. Entonces, oigo un crujido detrás de mí. Una ola de terror me recorre de pies a cabeza. Me giro a la espera de lo peor y, a mi espalda, con la boca tapada mientras se muere de risa en silencio, está Yuriko.

—¡Por Dios, qué susto me has dado! Casi me matas.

Yuriko se sujeta el vientre mientras se desternilla. Siento en mi corazón una extraña mezcla de infarto y alegría inmensa. La miro bien. Es mucho más guapa de lo que la recordaba. Y eso que hace solo un día que no nos vemos. Reconozco de inmediato el dulce escalofrío que produce el flechazo del amor cuando uno acaba de convencerse de que esa persona es realmente especial, pero duda después de unos días sin verla.

—¡Malvada japonesa! —La golpeo en el hombro con cariño, ya repuesta del sobresalto.

Dudamos un instante ambas, apenas unos microsegundos, pero nos abalanzamos la una en los brazos de la otra, para, a continuación, sin soltarnos, mirarnos a los ojos y besarnos con ansia.

—¿Dónde estabas? Te he echado mucho de menos, sinvergüenza.

—Bueno —su expresión cambia un poco, se empaña—, recuperar el dinero no era tan rápido. Ya te lo contaré. —Luego recobra su alegría—. Y, además, quería que experimentases esto tú sola al principio, sin coartarte con mi presencia, para que pudieses disfrutar y descubrirte a ti misma. Me han dicho que te encontraría de paseo por aquí. ¿Te gusta la Salamandra?

—Yuriko —la alegría del reencuentro se oscurece al regresar a la realidad de lo que ha ocurrido. La agarro por los brazos—, ¿no has visto la televisión? En el tren —cierro los ojos e inspiro profundo— me sorprendieron los dos yakuzas y alguien los mató. Por suerte conseguí bajar antes de que llegase la policía, pero ha salido mi imagen en todas partes.

Nos sentamos y le cuento con detalle cómo se sentaron delante de mí, cómo intenté huir de ellos sin éxito por culpa del revisor que me trajo de vuelta; sus caras muertas que me contemplaban a través del cristal.

Ella sostiene a su vez mis antebrazos y me obliga a mirarla.

—Lo he visto en las noticias, Alice. Pero te juro que no debes preocuparte en absoluto. No se te reconoce y además no tiene nada que ver contigo. Ni conmigo. Hay una guerra de clanes y sin querer nos hemos encontrado en medio. —Me abraza. Con su cabeza sobre mi hombro me insiste entre susurros—: Todos los días aparecen en las noticias las barbaridades que hace esta gente. Le dan una paliza a alguien por no pagarles su porcentaje, entran en un bar y lo destrozan a palos, le disparan a otro a la salida de un restaurante; se matan entre sí y a los pocos días se descubren cadáveres en un contenedor o que flotan en un lago. Pero no tengas miedo, rara vez se meten con la gente de la calle y jamás con un extranjero, no quieren publicidad de ese tipo. Estás a salvo, te lo prometo. Y aquí más que en cualquier lugar.

Yo no acabo de tranquilizarme.

—Pasado mañana te llevo al aeropuerto —insiste— y cuando estés sentada en el avión te podrás olvidar de todo esto, ¿vale? —Sus palabras y la seguridad con la que las dice me reconfortan—. ¿Has conseguido ver el monte Fuji?

Niego resignada con la cabeza.

—Rara vez se deja ver —observa—. Es muy tímido. Yo solo lo he conseguido en un par de ocasiones en mi vida.

Las dos descendemos entre animadas confidencias hacia el lago. Conoce bien el camino y llegamos enseguida.

En la Salamandra descubro que Yuriko ha colocado sus cosas en mi habitación, junto a las mías. Se sirve un té. Nos tumbamos en la cama. Se produce un largo silencio. No me queda más remedio que romperlo.

—No me has dicho dónde has estado.

—¿Te has sentido sola? —me responde con otra pregunta.

—Bueno, sola... no. —La miro de reojo—. Este sitio es... un poco extremo, ¿no?

Le cuesta unos instantes regresar de su preocupación. Termina su vaso y los músculos de su rostro se relajan.

—La primera vez que vine aquí —me susurra al oído, como contando una confidencia— me quedé muda de asombro, entre escandalizada y maravillada. Me trajo Akiyama. Su padre es uno de los discretos, y secretos, socios de este lugar. Disfrutamos mucho. Como los dos somos homosexuales no hubo ningún malentendido entre ambos. Para él los chicos y para mí las chicas. Creían que éramos novios, unos novios liberales —añade con sorna—. Uno de los motivos de volver a Osaka ha sido pedirle otra salamandra para entrar aquí contigo.

La saca de debajo de su camiseta. Es diferente a la que me dio. Me quito la mía y las comparamos. La suya se parece más a una salamandra común, las de cabeza pequeña.

—¿Son todas diferentes?

—Sí. Se seleccionan de forma individual para cada cliente, así se sabe de quién es, o quién es la persona que te ha invitado. Para cobrarle inmediatamente, claro —ríe.

—Será prohibitivo, ¿no?

Vaya pregunta. A veces soy lenta para entender lo obvio. E indiscreta.

—Ni te lo imaginas. Y tú siempre estás preocupada por el dinero. Se nota que eres escocesa. —Se burla y me vuelve a dar un beso al decir esto—. El caso es que el *ryokan* de la Salamandra intenta colmar hasta el más íntimo de tus deseos, sea cual sea. Y si eres un invitado de Akiyama te dan un tratamiento especial. —Yuriko me acaricia con sus ojos negros y con las yemas de sus dedos—. Venga, quiero detalles de tu experiencia. ¿Has conocido a Keitaro? ¿Y a Denali?

Dudo, pero me decido, a pesar de la vergüenza.

—Después de tomar el té en una ceremonia preciosa y de averiguar lo que es el *kappa*, nuestro común amigo Keitaro me desnudó y me bañó entera, y cuando digo entera es entera. Y esta mañana Denali me ha invitado a contemplar el amanecer entre sus brazos y un coreano me ha metido mano... en el hígado. Bueno, y en otro sitio.

Lo suelto así, de golpe. ¿Para qué mentir? Si no le gusta, que no me hubiese traído aquí. Por un segundo me pregunto si antes de encontrarnos alguien de aquí le habrá contado lo de mi embarazo. No parece.

Yuriko abre los ojos en un gesto de sorpresa. Justo cuando me voy a arrepentir de mi sinceridad, se relaja y con un lento movimiento felino se agacha y me pasa la lengua por los labios.

—¿Y te ha gustado?

—Pues... sí. —Me sonrojo—. La experiencia me está resultando..., eh..., instructiva. Yo... No me imaginaba que un lugar así pudiese existir. ¿No estás celosa?

Yuriko retrocede un poco y se queda pensativa.

—Pues si lo pienso bien, sí —hace un gesto de desagrado con los labios—, pero yo quería ofrecerte este placer que a mí me resultó tan maravilloso. Es un regalo que te hago porque... en algún lugar tenía que esconderte y..., bueno, porque significas mucho para mí.

Siento algo que se enciende en mi interior, como una bombilla que destella debido a una subida de tensión.

—Además —continúa—, y espero que no me malinterpretes, creo que hemos venido a este puto mundo también a disfrutar, no todo va a ser sufrir. Los occidentales evitáis los goces del cuerpo por un mal entendido sacrificio a vuestras castrantes divinidades. ¿Por qué no es compatible el placer corporal con otra persona de esta manera, sin interacción emocional con la vida de pareja?

—Para ser una japonesa eres muy sincera. Y muy liberal.

Yuriko se levanta y se sirve otro té.

—La Salamandra está basada en una concepción holística de la vida; hedonista y al mismo tiempo espiritual. Busca una plena comprensión de la necesidad sensual del ser humano. A mí me ha servido varias veces para encontrarme después de haberme perdido. Y ya sé que puede resultar un poco chocante, pero pienso que nuestra existencia es demasiado corta como para no probar las grandes experiencias que te pueden regalar el cuerpo y la mente. Aquí se goza sin límite de la sexualidad, la naturaleza, el silencio, la música, la comida, la soledad, el bosque y el lago, el calor que nos regalan la tierra y su agua termal... Todo menos las drogas. Si te quedas el tiempo suficiente, puedes colmarte con todas las delicias del mundo para, a continuación, ya sin deseos, buscarte a ti misma.

Con la taza en la mano, se acerca al largo muro de cristal y contempla el bosque mecido por el viento. Creo que va a seguir hablando, pero guarda un amable silencio japonés para dejarme reflexionar sobre el tema. Esperará lo que haga falta. Cierro los ojos y obedezco la muda sugerencia. Pienso que es cierto que el goce voluptuoso y erótico del cuerpo se castiga desde que el ser humano despertó en el edén. ¿Por qué? ¿Qué hipócrita y retorcido proceso mental nos ha conducido a ello? ¿Tiene alguna finalidad? Seguro que se trata de una ventaja evolutiva que logra soldar con más fuerza a la pareja en pos de la solidez de la familia y por lo tanto de la descendencia. Pero ¿cuánto placer se pierde en esta imposición genética? ¿Resulta incongruente con nuestra naturaleza desear que el fusible de la fidelidad no salte si el cuerpo disfruta de goces puramente físicos? Y, sin embargo, tal y como estamos programados ahora, si es tu pareja la que pide para sí estos goces sexuales, seguro que no lo justificas igual. ¿Por qué deseamos tanto lo que no estamos dispuestos a conceder a aquel al que amamos? Si esta tarde Yuriko me pide hacer el amor con otra mujer, ¿qué debo pensar? ¿Qué debo sentir? Los segundos pasan, el tiempo de reflexión se acaba. No acierto a dar con la respuesta.

Me levanto en silencio, poso mi barbilla en su hombro y la abrazo desde atrás. Al cabo de un largo minuto, me pregunta:

—¿Vamos?

—¿Adónde?

—Al *rotenburo* de fuera. ¿No lo has probado aún?


En el exterior hace calor y el sol ilumina el tapiz azul por el que se deslizan pequeñas nubes blancas, errantes y solitarias. Tan solo con nuestros kimonos y calzadas con los *zōri* salimos de la cabaña. No sé por qué, pero pienso en mi móvil. Hace años que no pasaba tantas horas sin él. Yo creo que desde que existen. Yuriko me ha cogido de la mano y nos introducimos de nuevo en el bosque.

—Vas a ver qué bonito, este sitio me encanta. Aquí me encuentro siempre en el cielo —dice mientras trota feliz y habla sin parar. Parece española.

Tira de mí y somos como dos niñas que van de una atracción de feria a otra. Yo río también y me detengo a besarla cada pocos árboles. Pronto llegamos de nuevo al lago. Todos los caminos conducen al lago, pienso, pero desde ningún sitio se ve nada de los demás, tan escondidos como están cada uno en la naturaleza. En este caso, sin embargo, el lindero del bosque termina en el mismo borde del agua. Tan camuflada que no la distingo al principio, hay una pequeña formación de rocas que configuran una piscina natural de apenas cuatro o cinco metros de anchura. Del agua ascienden, como trepando por lianas invisibles, finos hilos de vapor.

—Vamos a entrar con cuidado, está ardiendo. —Yuriko se desnuda y cuelga su kimono de una rama—. El olor que notas es de los componentes químicos naturales de estas aguas termales, por eso tiene color oscuro. Es una maravilla para la piel y los bronquios.

Yo me desprendo de mi ropa también. Algunas trazas de aceite brillan aún en mi costado y en uno de mis pechos. De nuevo, el estar desnuda en medio de la naturaleza me produce una sensación extraña: por una parte, de desprotección absoluta; por otra, la de pensar que soy un animal salvaje que trota libre por el bosque tal y como nació. Sentir el viento en mi pecho, en mi pubis, en las nalgas es algo nuevo, maravilloso. Siempre he pensado mal de los nudistas y ahora empiezo a comprender lo que me he perdido en la vida. Me agacho y pruebo con la mano aquella agua humeante.

—No pretenderás que me meta yo aquí, ¿no? —Yuriko ya ha introducido medio cuerpo. Parece lava que brotase del mismo centro de la tierra—. ¿Quieres que me disuelva?

Después de unos gritos y algunos suspiros, las dos descansamos sumergidas hasta el cuello, apoyadas las nucas sobre la redondez de las piedras. Nuestros brazos se enlazan. Pasamos unos instantes en silencio. Mi instinto me dice que ahora viene algo importante. No sé el qué, pero lo intuyo. Al cabo de un minuto llega:

—Me voy contigo a Europa —dice mirando al cielo.

Me giro, sorprendida. No asimilo el significado de su frase. O sí, pero me da miedo verbalizarlo.

—¿Cómo que te vas conmigo?

—He comprado un billete para mí en tu vuelo. Y otro para ti, pero en primera clase, a mi lado.

Su voz duda ante la trascendencia de lo que me propone. Más que exponerlo, lo suplica. No le pega a una chica con tanto orgullo.

Elevo las cejas y siento mi corazón latir mientras asimilo que es verdad, que no desea separarse de mí. Observa con aprensión mi cara de sorpresa.

—Salvo que tú... no quieras, por supuesto.

—¡Claro que quiero! —exclamo con alegría—. Pero ¿estás segura? Es un paso enorme.

A Yuriko le cuesta un esfuerzo tanta sinceridad.

—Mira, yo... —Se pega a mí y sus manos me sujetan por la cintura. Tiro de ella. Mis dedos se deslizan por su cadera, sus nalgas, atraigo hacia mí ese cuerpo que ya se me hace indispensable. Sus piernas enlazan mi cintura.

—No digas nada. Yo también —susurro.

Nos besamos. Si existen los besos de pasión y los besos de amor, este es nuestro primer beso de amor. Por primera vez la siento como mi pareja.

—Pero ¿y tu familia? —pregunto—. ¿Saben que te quieres ir? ¿Y con una bollera blancucha? ¿Se lo has dicho ya?

Yuriko agacha la cabeza y niega.

—Hay todavía muchas cosas que no te he contado. —Su cara se ensombrece—. Bueno, de hecho, no te he contado casi nada. Pero, por favor, confía en mí. Cuando estemos lejos de aquí, yo...

Se detiene, parece que quiere añadir algo, pero las palabras no salen de su boca. Yo espero, expectante.

—No te preocupes, Yuriko. No te pido explicaciones.

Pienso entonces en la sinceridad que yo sí le debo antes de que emprendamos este camino juntas. Tienes que hacerlo ya, Alice. Pero me cuesta tanto...

Nos apretamos, apoyando cada una la cabeza en el hombro de la otra durante un buen rato. Susurro:

—Qué bien estoy aquí. Qué bien estoy contigo. —Le acaricio el pelo—. Me gustaría que durara para siempre.

Noto una pequeña sacudida. Me echo hacia atrás y veo que Yuriko llora.

—Pero ¿qué...?

Va a contestar, pero se envara, se separa un poco. Su mirada se ha dirigido hacia el bosque. Una mujer baja con una cestita y unas toallas colgadas bajo el brazo. La interrupción me descoloca. Después de algunos *lo siento*, tomamos el té y mordisqueamos sin salir del agua los *mochigashi* que nos han traído. Voy a sacar de nuevo el tema, pero Yuriko exclama:

—Y ahora, ¡a buscar salamandras!

Dicho esto, sale del agua ardiente, en un par de pasos llega a la orilla del lago, mete las piernas hasta las rodillas y, con un chillido, se zambulle entre las plantas que crecen con las raíces sumergidas.

Qué pereza. Estos putos japoneses están locos. Otra vez a sufrir. Salgo reacia del *rotenburo*. El lago está tan frío como por la mañana, con la diferencia de que mi cuerpo hierve y el contraste va a ser aún mayor. Vamos, que no se diga, que eres medio vikinga. Entro poco a poco, rodeo como puedo mi cuerpo con los brazos. Yuriko ya se aleja con movimientos tranquilos. Tengo una idea. Inspiro dos o tres veces a fondo, me agacho bajo el agua y me impulso tras clavar los dedos de los pies en el fango elástico. El agua está limpia y clara. Buceo unas brazadas hasta distinguir las piernas de mi amiga.

—¡Ahhhhh! —Su grito ha debido de llegar hasta Tokio. La rodeo, la envuelvo, tiro de ella y pierde el equilibrio.

—¡Soy el *kappa* y vengo a devorarte... —Yuriko me salpica como venganza, intenta zafarse de mi lazo. Mi voz se suaviza—, pero a besos!

Nos abrazamos y me mira directa a los ojos. Seria. Me susurra:

—Tú eres la que ha caído en mi red, tonta; he cazado una escurridiza y pálida salamandra desnuda. No se te ocurra escaparte porque te atraparé tarde o temprano.

Minutos después, las dos flotamos boca arriba y en silencio con las manos unidas. Contemplamos el cielo azul en busca de formas de amor en el contorno de las nubes.


Más tarde, listas para la cena, ya duchadas y con nuestro kimono recién planchado y calentito, entran tres mujeres cargadas de bandejas con comida humeante. Tras posarlas en la mesita baja, me dirijo a una de ellas:

—¿No me podrían traer una hamburguesa con queso y una Coca-Cola?

Yuriko tuerce el gesto y profiere un ¡oh! Habla en japonés, le dice a la camarera que todo está bien, que gracias. No hay manera.

—Vas a tener que acostumbrarte a este tipo de delicias —me advierte—, porque yo, en Escocia, hamburguesas no te voy a cocinar.

Acaricio la frase y su significado.

—Ah, ¿pero tú cocinas?

Al final de la cena nos sirven el té. Durante todo el tiempo, entre plato y plato, le he dado vueltas a lo que me ha dicho de venirse conmigo. Hace rato que el calor me sube desde dentro hacia la cabeza y me mareo. Tengo que lanzar mi confesión ahora; cada segundo que pasa aumenta la mentira, y no puedo permitir que cambie su vida por mí si no sabe toda la verdad.

—Yuriko, tengo que decirte algo importante.

La japonesa asiente, aún con la alegría en su rostro.

Vacilo, miro hacia un lado algo avergonzada. Siento un fuerte amargor en el estómago, no sé si por la comida, por la bebida o por lo que le voy a contar. ¿Cómo se lo va a tomar? Bebo temblando un trago de agua y junto todo mi valor.

# 20

—Antes de que demos un paso hacia delante, ahora que vas a cambiar tu vida por mí..., necesito confesarte un secreto. No quiero engañarte y que lo descubras cuando ya sea demasiado tarde.

Yuriko no contesta; ladea la cabeza y su mirada adquiere interés. Me invade la vaga impresión de que sus parpadeos traicionan un nerviosismo interno.

—Hace once meses conocí a alguien. Ya te había dicho algo. —Respiro hondo; no va a ser fácil contárselo—. Es un hombre que vive entre Osaka y Kioto. Bueno, en realidad, por todo Japón. Sus negocios le obligan a viajar a menudo. Hace un año, más o menos, buscó a una profesora de inglés para mejorar su nivel. Preguntó en el English Council y le dieron mi teléfono. Comenzamos a quedar los lunes y miércoles en una cafetería simplemente para conversar. Tenía muchos conocimientos de gramática, pero quería mejorar su acento. Era tres o cuatro años mayor que yo y, aunque al principio había cierta distancia entre ambos, pronto comenzamos a coger confianza. Me dijo que, en vez de quedar en aquel bar, quería enseñarme los mejores sitios de Kioto y Osaka, así sería la clase más divertida. Dos veces por semana conocí los lugares más exclusivos de la ciudad. Ya no tomábamos solo un té, me invitaba a cenar, a comer a veces. Íbamos a locales increíbles, de los que no salen en las guías para turistas. Hablábamos mucho de las diferencias culturales entre japoneses y anglosajones. Aprendí muchísimo de él, creo que bastante más que él de mí. Y... ocurrió lo que tenía que ocurrir. Una noche, en una discoteca para extranjeros y gente rara japonesa, me cogió de la mano y nos besamos. Acabamos en su apartamento y... nos acostamos.

Yuriko me mira extrañada. Ya sabe que también he estado con chicos, seguro que se pregunta que por qué le cuento este caso en particular.

—Fueron unos meses maravillosos. Los dos o tres días por semana que pasábamos juntos resultaron muy..., bueno, muy apasionados. —Me sonrojo—. Un día me pidió que le acompañase en algunos de sus viajes de trabajo, y conocí Kōbe, Sapporo, Hiroshima. Nunca comprendí del todo a qué se dedicaba, no hablaba apenas de sus negocios. Algo de editoriales, entre otras muchas cosas. Creo que trabajaba también para empresas de automatización, robótica.

Mientras hablo, Yuriko se sirve un sake tras otro y se los bebe despacio, sin dejar de observarme. Su expresión es neutra, no dice nada, no afirma, no niega.

—Lo más maravilloso fue el largo viaje al extranjero que hicimos. Se tenía que ir tres semanas para hablar con los clientes de la región y me propuso ir con él. Ya llevábamos ocho meses juntos. En Singapur, Hanói, Bangkok, Pekín y Yakarta organizaba reuniones y cenas, y varias noches se tuvo que ir de karaoke con los clientes, la mayoría del gobierno, por lo que me contó. Pero el resto del tiempo fue una verdadera luna de miel. Nos quedábamos en los hoteles más lujosos de cada sitio. Ni en mis mejores sueños pensé que existían lugares así. Volví con tres maletas de ropa y de recuerdos; me lo pagaba todo. Y lo mejor fue la guinda final, diez días en Bali. Nunca me había sentido tan feliz en mi vida, tan querida y cuidada. Estaba loca por él. Y él por mí. Y volvimos a Kioto. Se fue una semana a Osaka, para poner en orden el trabajo que había realizado durante el viaje. A su vuelta me invitó al mejor restaurante de Kioto, no sé si te suena, el Kitcho —Yuriko asiente con gravedad—, y allí, en medio de la cena más romántica que te puedes imaginar, adivina quién apareció.

Yuriko niega de forma casi imperceptible con la cabeza.

—Su mujer —digo.

Dejo pasar los segundos, pero Yuriko, en vez de sobresaltarse, de compartir mi historia con emoción, se muestra seria y reservada.

—Se asomó —continúo— por una de las puertas correderas. Lo miró, me miró unos instantes y se fue. —Bajo la cabeza. Los recuerdos me duelen, pero quiero que Yuriko lo sepa todo—. He reflexionado mucho desde entonces. Supuse que algún detective contratado por la esposa le seguía desde hacía tiempo. Tan pronto volvimos de Bali lo cazó. Nos cazó, porque para mí significó el fin.

Me detengo a la espera de alguna reacción, pero su semblante adquiere la rigidez del acero; soy incapaz de deducir lo que le pasa por la mente.

—¿Has terminado? —me pregunta en un tono neutro.

Niego con la cabeza.

—No. Sé que carece de sentido compartir contigo mis anteriores historias de amor, encima si son con hombres. Pero ahora viene lo que de verdad quiero contarte. No te aburriría con esta introducción si no fuese importante. Sé que te habrá parecido de mal gusto.

—Sigue entonces.

Cojo fuerzas.

—El caso es que... Bueno, te lo voy a decir sin ambages: No tomaba precauciones con Toshirō.

Yuriko arquea mucho las cejas y abre apenas la boca. Yo hundo la mirada con vergüenza; cada vez adopto más las dinámicas del cuerpo de los japoneses, sus inclinaciones, sus muestras de humildad y modestia, sus cabezas humilladas. Mi plato oscila, me mareo. Mi confesión puede tener graves repercusiones en mi relación con Yuriko. Pero me fuerzo a seguir, es inútil y estúpido esconder por más tiempo lo que pronto será evidente. Bebo un poco más de agua, mi boca está más seca que las placas de paja prensada sobre las que nos sentamos.

—Al principio sí que usaba la píldora —continúo—. Pero un día me dije que tenía treinta años y que anhelaba un niño desde que era adolescente. Sí, Yuriko. Siempre lo he anhelado por encima de todo. Mi sueño de ser madre supera lo demás. Pero la vida... Ya sabes. Mis novias nunca quisieron ni oír hablar del tema, y los hombres con los que había estado, la verdad, no me ofrecían la seguridad que necesitaba para dar el paso. A pesar de mi deseo, concebir o adoptar un niño junto con mi pareja era una posibilidad que casi había descartado. Incluso contemplaba ir a un banco de esperma y tenerlo yo sola.

Me gustaría que Yuriko dijese algo, pero guarda un silencio atronador. No tengo ni idea de cuál va a ser su reacción, aunque por su cara auguro lo peor. Pero tengo que llegar hasta el final. Me siento aliviada al contárselo; con cada palabra, el peso de la mentira que oprimía mi corazón vuela por entre las copas de los árboles que veo desde aquí. Interrumpen de nuevo las camareras, detengo mi historia y espero a que salgan.

—Cuando Toshirō entró en escena se convirtió en el candidato ideal. Un hombre guapísimo, sano, perfecto y maravilloso en todos los sentidos. Y me enamoré de él perdidamente. Desearía tanto que lo pudieses entender, Yuriko, incluso que lo hubieses conocido. Hasta a ti te gustaría. Me dije que, aunque Toshirō no quisiese al niño, me lo quedaría a pesar de ello. Él tenía que ser el padre de mi hijo. Porque le amaba, porque deseaba con toda mi alma que mi hijo fuese fruto del amor. Y porque quizás era mi último tren. Mi última oportunidad de tenerlo con alguien a quien amase de esa manera. Es cierto, no le pregunté su opinión. En el fondo, sabía que aquello era un engaño. Estaba convencida de que me amaba también, pero de allí a que alguien de su posición quisiera formar una familia conmigo, con una extranjera... Hice lo que hacen las malas mujeres, algo feo y traidor: dejé de tomar medidas sin decírselo. Él se fiaba de mí. Y en Bali me quedé embarazada. O quizás fue en Hanói. No lo sé.

Los ojos de Yuriko se llenan de lágrimas. Se deslizan por sus mejillas sin que un solo músculo de su rostro se inmute. Quiero parar, cogerle la mano y llorar con ella. Pero tengo que concluir, todo debe quedar dicho.

—Me encontré con un niño dentro de mí y enfrente un hombre casado. El suelo se abrió bajo mis pies como en un terremoto de los de aquí, de los fuertes. Tras su abandono, lloré sin consuelo una semana, furiosa, perdida, desesperada. No confesé mi embarazo ni a mis compañeros de piso ni a mis padres ni a nadie.

No puedo detener las lágrimas y me salto la más básica de las normas de educación: me limpio las gotas que caen de mi nariz con la delicada servilleta de lino con la salamandra bordada.

—La frialdad de sus palabras fue lo peor de todo. La confianza tejida entre ambos se quebró como el cristal. Aquel no era mi Toshirō. Fue incluso cruel. Me dijo que, en efecto, estaba casado, que tenía dos hijas, que su mujer lo había descubierto y que amenazaba con un gran escándalo. El detective llevaba tiempo detrás de nosotros y ella guardaba pruebas de sobra. Si aquello salía a la luz supondría un gran descrédito para él, su familia y su negocio. Añadió que lo sentía mucho, y que nuestra relación terminaba allí. Quise abalanzarme sobre él, para abrazarlo o para matarlo, para preguntarle que dónde estaba el Toshirō que yo había conocido. Él temblaba también, pero no mostraba ningún arrepentimiento ni vergüenza. Claro, yo era una *gaijin*, casi lo había olvidado. Sin fuerzas para gritar, cogí mi bolsa y, todo lo tranquila que pude, le dije que estaba embarazada. Y que me iba a suicidar.

—¿A suicidar? —La voz de Yuriko suena rota, como una fina cuerda de violín desafinada.

—Sí. No sé por qué le solté aquello. Supongo que al ser japonés pensé que quizás se lo creería. Vosotros concebís el suicido por honor como algo más que posible, y yo lo sabía. Luego me arrepentí de decirlo; seguro que hasta se hubiese alegrado de mi suicidio, le habría evitado muchos quebraderos de cabeza.

Me detengo para coger aliento. Lo he conseguido. He llegado hasta el final de la historia sin romperme. Cojo aire, me siento vacía. Tengo ganas de vomitar. Busco alguna reacción en Yuriko más allá de sus lágrimas. Pero de momento nada.

—Así que ahora ya lo sabes todo de mí. —Con mis palillos remuevo sin hambre los restos de comida que desde hace media hora esperan fríos en el plato—. Mi intención era coger un vuelo de vuelta a mi casa y olvidar el último año. Pero con el corazón hecho añicos y, casi con un pie en el avión, apareces tú, me agarras de la mano y me sacas de mi pozo de miseria y angustia. Como una experta en *kintsugi*.[53]

53. Técnica japonesa para reparar roturas en la cerámica que a menudo utiliza oro en el proceso y que propugna que las cicatrices de la reparación se muestren como parte de la historia del objeto.

Pero antes de que esto llegase a más, necesitaba que conocieses toda la verdad: que estás con una mujer embarazada de casi dos meses y medio y que voy a tener el niño ocurra lo que ocurra. Nunca sabrá quién fue su padre y a pesar de ello seremos felices. Y... hasta aquí la historia.

Se produce un largo silencio. La miro a ella, luego al suelo; vuelvo a mirarla. Estoy agotada por el esfuerzo, vacía, resignada a lo peor. No fui honesta con Toshirō, pero sí he logrado serlo con Yuriko. El silencio es demasiado largo. Entra sigilosamente otra camarera con una fuente en las manos. Entonces Yuriko, por sorpresa, grita algo a la mujer de forma violenta, autoritaria, furiosa. A pesar de no comprender, esta se deshace en disculpas, y sale a pequeños pasos rápidos, marcha atrás, y cierra tras de sí la puerta corredera. Vuelvo la vista asombrada. Yuriko ha mudado de expresión.

—¿Por qué no me lo habías contado antes? —Apoya sus manos sobre la mesa—. ¡Mírame!

Estoy aterrorizada. No la reconozco con esa mirada desencajada. Sus ojos me enfocan de manera extraña. La angustia del momento, la sorpresa de su reacción me hacen sentir como en un barco que sube por la panza de una ola inmensa y vuelve a caer a plomo. Una gran náusea se apodera de mí. «No, Yuriko, no, tú no, por favor».

## 21

Sin previo aviso, se levanta como un resorte.

—¡Coge tus cosas y lárgate de aquí enseguida!

Mi cerebro ni tan siquiera registra si lo ha dicho en japonés o en inglés, pero su significado me golpea con la misma contundencia.

Me levanto a tientas desde la posición de rodillas. Me tambaleo y estoy a punto de caer. Esta furia inesperada me coge desprevenida. Ha hundido su cabeza entre los hombros y se tapa el rostro con las manos. Aguardo un eterno minuto a la espera de alguna reacción que no llega, una mirada que me pida que me quede. Pero nada. Todo ha acabado. Me giro bruscamente y salgo de allí, necesito con urgencia un baño para vomitar. Recorro los estrechos pasillos, apenas me sostengo con ambas manos sobre las paredes de bambú. Creo que era la tercera puerta. Sí. Me arrodillo frente al váter. Entre arcada y arcada de angustia, me pregunto si he hecho bien confesando. ¿Había otra manera más suave de contarlo? Su reacción me ha superado, jamás pensé que se lo tomaría así. Solo me queda empaquetar la maleta —¿qué maleta?—. Tiro de la cadena, con cuidado de no equivocarme de botón, porque puedo encontrarme con un chorro en la cara. Cuando cesa el ruido de la cisterna..., ¿qué es eso que oigo? ¿Son gritos? Me enjuago la boca. Giro el cuello para oír mejor.

Sí, son gritos. Y golpes.

Deslizo la puerta con cuidado y un aullido ensordecedor llena el edificio de madera.

Gente que corre en todas direcciones; más golpes. Quiero volver a la salita donde comíamos, pero el instinto me empuja en sentido contrario, hacia las escaleras que llevan a mi habitación. No llego; al girar una esquina encuentro a Keitaro muerto en el suelo. ¡Joder! El tatami está lleno de sangre, al igual que su ropa blanca.

Permanezco paralizada. ¿Qué ocurre? ¿Dónde se ha metido Yuriko? Antes siquiera de que pueda reaccionar, nuevos gritos me llegan del comedor.

—*¿Dónde está la inglesa?*[54]

Se oye un impacto sordo y un gemido.

—*¡Es escocesa!*[55]

Ahí está, ahora la veo. Menos mal. Es Yuriko la que grita. Un rugido que comienza con furia, luego se transforma en dolor y, finalmente, en una agonía que me rompe el alma.

Debería huir, pero vuelvo sobre mis pasos. Tengo que ayudarla. Cuando entro en la sala donde cenamos, el espectáculo es dantesco. Cinco japoneses con katanas y cuchillos ensangrentados me contemplan como lobos en un bosque de nieve roja. Los reconozco al instante. Son los cinco hombres vestidos con equipación deportiva que acogían alborozados a las chicas en kimono esta mañana en la casa con los *jacuzzis*. Sus rostros feroces de ahora nada tienen que ver con los que mostraban mientras decidían entre risas qué acompañante iba a escoger cada uno.

La imagen que descubro es la más espantosa que he visto hasta entonces: en el suelo yacen sobre un charco de sangre Yuriko y las tres mujeres que nos servían.

---

54. イギリス人はどこだ *(Girisu-jin wa doko da?)*.
55. スコットランド人よ！*(Sukotto rando jin yo!)*.

De pronto lo entiendo: me quedan escasos segundos de vida. Pero ninguno de los hombres se lanza sobre mí como esperaba. Aguardan la llegada de algo, y ese algo es alguien que surge por detrás, casi sin hacer ruido. Me giro y, antes de que pueda reaccionar, recibo una bofetada terrible que me dobla las rodillas. Con la mano en la mejilla intento recobrar mi aliento mientras busco el origen del golpe. Un hombre se agacha a mi lado. Yo retrocedo arrastrándome con dificultad. Tranquilo, pequeño, risueño, aparece el señor Mitsuhirato por entre las puertas deslizantes apergaminadas. Muestra la misma sonrisa beatífica que cuando lo encontré en el tren, la misma cara de japonés anodino y amable del que nunca recordaría el rostro en otro contexto.

—Nos ha costado encontrarla, señorita Clowes —dice—, y sobre todo conseguir las seis salamandras para entrar aquí. Una verdadera fortuna. Pero nuestro esfuerzo habrá merecido la pena.

Luego se dirige a sus hombres:

—*Buen trabajo.*[56] —Se inclina contento sobre mí—. *Y ahora hay que terminarlo.*[57]

Uno de los matones, el que limpiaba con un pañuelo su sable mojado de sangre, se mueve hacia mí con pasos casi inaudibles sobre el tatami. Pero no lo miro. Estiro rápido el brazo en dirección a Yuriko. Le cojo la mano. La aprieto con fuerza y cierro los ojos.

---

56. よくやった。 *(Yoku yatta).*
57. あとは始末するだけだ。 *(Atowa shimatsu suru dakeda).*

# SEXTA PARTE
## El kappa

=+=
## 22

Después de morir, ¿abriremos los ojos en algún lugar? Y si es así, al hacerlo, ¿será como salir de un largo sueño de recuerdos confusos? Si hay un más allá, ¿en qué instante nos daremos cuenta de que estamos muertos?

Nada de todo esto lo pienso al despertar. Si es que es esta la palabra correcta para salir del agujero profundo, más parecido al coma que al sueño, en el que regreso a la vida.

Los primeros minutos —¿o son horas?— no sé dónde me encuentro, ni qué ha pasado. Poco a poco las imágenes en mi cabeza adquieren consistencia y la sorpresa por estar aún con vida se torna en desesperación. ¿Cómo puede ser que todavía respire? Me duele mucho la cabeza y tengo el estómago revuelto.

Calma. Calma. Calma. Lo principal es estar tranquila. No pensar en Yuriko. No. ¡No, Alice! No pienses en Yuriko o enloquecerás. He decidido que quiero vivir, ya sufriré cuando muera. No pensar.

Al descubrir que estoy atada, tiro con todas mis fuerzas, pero las correas están bien ceñidas. ¿Por qué me desmayé? La boca me sabe rara, como a medicina rancia. Me viene a la memoria el olor del pañuelo que me apretaron contra la cara. Así que eso fue: me durmieron. ¿Por qué? Ah, sí, Mitsuhirato. ¿Todo esto era por mí? Pero si no valgo nada para nadie. Yuriko, Dios mío, ¿qué me van a hacer?

Transcurre así una eternidad. Eso me pasa por irme con alguien desconocido, me diría mi madre. No. No llames a Yuriko desconocida. Pero era tan diferente, tan seductora, tan guapa, y parecía tan sincera. Joder, ¿a quién se le ocurre irse, al día siguiente de conocer a alguien, a un prostíbulo de lujo a kilómetros de donde tienes los amigos, las maletas, el hotel? Tonta. Estúpida. ¿A que jamás habrías cometido este error con un hombre? Jamás. Señor, irse con un hombre desconocido, el primer día, llegar y que no esté... No, imposible. ¿Y entonces? ¿Por qué te fuiste con ella? No lo sé, no lo sé. Me duele todo, no puedo detener el flujo de lágrimas. O sí lo sé. Una mujer te inspira confianza, no piensas que por ella te vayan a engañar, a robar o a matar. Y Yuriko era maravillosa. Tan hermosa, tan sensible y delicada. Tenía una educación universitaria, un inglés excelente. Una entre mil. ¿Por qué hablas de ella en pasado? Porque está muerta. Trago saliva, desfallezco. Siento que me desmayo de nuevo. No podía dejarla escapar, acepté el improbable milagro de que alguien así se fijase en mí. ¿Cómo iba a pensar que...? La trampa perfecta. ¿Cómo no me he dado cuenta? Imbécil, imbécil, mil veces imbécil. Como un ratón en un cepo. Me estremezco. Y nadie sabe que estoy aquí. Nadie, ni mis padres, ni Fonsi, ni Koji, a los que no se lo he podido decir y que quizás corren peligro por mi culpa. Cuando me maten y me entierren no me encontrarán jamás. Pero no me enterrarán, me quemarán. Tiro de nuevo de mis ligaduras hasta hacerme daño. Me ahogo de angustia. Por favor, por favor, sollozo bajito, que alguien me saque de aquí. No lo volveré a hacer, no me iré jamás con una desconocida. Perdóname, Señor, no pecaré nunca más.

Al cabo de un rato logro calmarme. Aguzo el oído, intento percibir cualquier sonido que me pueda aportar alguna pista del lugar en el que me encuentro, de cómo escapar, de cómo pedir ayuda. Nada. Todo permanece en el más completo silencio. La calma me trae a la mente una idea terrible: creo entender lo que ocurre. Se van a cobrar el dinero que les debía Yuriko con la venta de mi cuerpo. ¿Quién va a echar de menos a una *gaijin*? Ella era el cebo y he venido hasta aquí por mi propia voluntad. Me han quitado el móvil, el bolso, las tarjetas, el dinero, el billete de avión. Todo. Basta con que alguien coja el vuelo por mí y luego desaparezca para que piensen que me fui de Japón y luego lavarse las manos en cualquier investigación. Y ahora me han atado para abrirme y quitarme los órganos. Estoy perdida. Voy a morir. Las oleadas de adrenalina suben y bajan desorientadas por mi cuerpo agotado. Me refugio en el sueño. Cierro los ojos, decidida a no pensar, a desconectarme, me fuerzo a dormir.

Un ruido me desvela; me sobresalto, desfallecida. Toso con arcadas, aunque no vomito. No sé cuánto tiempo ha transcurrido cuando oigo pasos en el exterior. Tras el roce de unas llaves, se abre la puerta, una luz violenta invade la habitación y me obliga a cerrar instintivamente los párpados. Dos hombres entran mientras hablan en voz baja. Giro la cabeza y me fijo en la pared. Un sudor frío me recorre el cuerpo. De un gancho cuelga una máscara de cuero con agujeros para los ojos y la boca. Está bordada con puntas metálicas. Junto a ella penden unos delantales, también de piel negra, y unas batas blancas y verdes, como de médico. Veo incluso una pequeña cofia de enfermera y un estetoscopio. Pero lo que más miedo me produce son los látigos. Todos clasificados por orden de tamaño: los hay cortos, medianos y largos, con púas o rematados con pequeñas bolas de acero. Los recién llegados se acercan y me observan en silencio. No distingo sus caras; ambos las cubren con una capucha que solo permite entrever su mirada viciosa y sus labios, carnosos y húmedos.

—*¿Qué quieren de mí?*[58] —balbuceo aterrada.

Se hace la luz en mi interior, ahora entiendo dónde estoy. Lo he visto en el cine; esta es una de esas salas sadomasoquistas de las películas de terror. Mi cuerpo se contrae con toda la violencia de la que son capaces mis músculos dormidos. Grito de nuevo. Oigo una voz ronca, grave, susurrar con enfado a otra que, más calmada, le contesta. Son ambos japoneses. Una mano me levanta la cabeza y me coloca una cinta en la nuca mientras me introduce al mismo tiempo una bola dura en la boca. Duele, aunque no lo hace con brutalidad. Ya no puedo gritar con esta mordaza pornográfica. Huele a fresa. Sabe a fresa. Tengo que hacer esfuerzos para respirar por la nariz. Atisbo el rostro del hombre. Me ciega con un antifaz. Los dos discuten en voz baja. Hablan rápido y me cuesta concentrarme. Solo capto: «Doctor», «llamar», «inglesa». «Noche». Uno de ellos palpa mi ropa, deshace el cinturón y aparta la tela. Por la sencillez del movimiento y por el frío que me invade, deduzco que no llevo puesto más que una bata. Y quizá mi tanga. Mi cuerpo aterrorizado quiere volver en sí, la anestesia se disipa.

Aun sin verla, siento el peso de la mirada y el ronco resuello del hombre que me observa desnuda. Su mano toca mi pecho y lo sostiene, lo sopesa. Me tenso, gimo al tirar con todo mi empeño de las ligaduras. Un dedo se introduce bajo la goma de mis braguitas, las estira, y oigo el ruido de unas tijeras cortando su cinta elástica. Me combo con furia, pero ellos ni se inmutan y me desnudan del todo. Estoy helada. Oigo aterrada cómo se abre un maletín. Luego reconozco un sonido metálico y alguien que se enfunda unos guantes de goma. Me dispongo a recibir dolor, mucho do-

---

58. 何をするんですか。(*Nani wo surun desuka?*).

240

lor. El miedo y la bola en mi boca me ahogan y el aire apenas encuentra espacio por las ventanillas de mi nariz.

Yuriko, ¿por qué me has hecho esto? ¿Por qué has tenido que morir? Pienso en mis padres, en mi vida fracasada, en el largo camino que me ha llevado hasta este cuarto de horror en Japón.

Me llamo Alice Clowes, tengo treinta años, y mi vida termina aquí.

## 23

Estoy atada de nuevo. No sé cuántas horas han pasado desde mi fallida fuga del cuarto. Al encontrarme detrás de la puerta, el yakuza dio un grito de victoria, me agarró por el pelo, me soltó un par de bofetadas y comenzó a gritarme con una furia terrible. Dos compañeros suyos entraron después. El pobre malayo seguía como una estatua de piedra en su sitio, no había ni respirado desde que entraron. Uno de los hombres se acercó con amabilidad hasta él, le dio las gracias y, cuando ya se volvía, con un gesto brusco le clavó un cuchillo en el corazón. El discreto limpiador no emitió ni un quejido.

Entran entonces otro hombre y dos mujeres. Ellas cubren su rostro con una mascarilla y van vestidas con ropa verde de quirófano. No dicen nada. Sus expresiones de porcelana no muestran sentimiento alguno. Volteo el cuello lo que me permiten las ataduras. El hombre que las acompaña es el señor Mitsuhirato.

Se acerca. Su aliento apesta. Los japoneses siempre sonríen, siempre se inclinan, siempre se disculpan, ya sea para pedirte paso, hacerte un regalo o para matarte.

—*Lo siento* —no falla—. Es usted una mujer particularmente molesta, Clowes-san. Se me escapó en la estación de Minobu y no ha sido fácil dar con su pista. ¿Creía sinceramente que solo dos guardaespaldas de la Yamaguchi-Gumi iban a impedir que llegásemos hasta usted?

Me vuelve la imagen de los dos cráneos rapados del tren, de la mirada muerta del yakuza en la ventanilla.

—¿Venían conmigo para protegerme?

—Poco la protegieron, como ve.

—Usted los mató.

Hace una reverencia que acompaña de un gruñido de placer.

—No era un trabajo fácil. Pero siempre llevo mis..., ¿cómo se dice en inglés *jeringuillas*?[59]

—Jeringuilla.

—Son instantáneas. Parecen bolígrafos a simple vista. Fabricación rusa. Muy eficientes. Y muy caras, por supuesto.

Vuelve a mostrar sus enormes paletos mientras sus párpados se cierran de satisfacción.

—Todo el que se acerca a usted muere. ¿Qué había hecho el pobre malayo? Tan solo el conocerla le ha costado la vida. ¿No le da a usted vergüenza intentar escapar?

Pienso en el hombrecito de la piel aceitunada.

—¿Y Yuriko? —me atrevo por fin a preguntar.

La cara del hombre se contrae en un espasmo.

—Un quebradero de cabeza esa chica. Qué escurridiza. Gracias a usted pudimos por fin encontrarla y eliminarla.

Suelta una risa nerviosa mientras mi alma se arruga como un papel que se quema. Se acerca y asiente levemente mientras me mira los pechos. Parece que va a decir algo más cuando la puerta vuelve a abrirse con un sonido metálico. Todos se tensan y se echan a un lado para permitir el paso al recién llegado. Mitsuhirato apenas tiene tiempo de apartarse. En mi campo de visión se materializa una mujer elegantemente vestida. Reconozco el traje de Chanel y el bolso de Bulgari. Alrededor de su cuello cuelga un fabuloso collar de perlas.

59. シリンジ 。(*Shirinji*).

Incluso en la situación en la que me encuentro no puedo dejar de admirar el conjunto. Se coloca a mi lado mientras se solidifica un silencio pesado en esta habitación tan pequeña; los demás ni respiran en su presencia. Me giro un poco para verle la cara. Aunque conserva la tez de una jovencita, noto que es mayor que yo. Me recorre sin prisa. Pasa su mano por mi pelo, casi con cariño. Y entonces, solo entonces, la reconozco. Es la mujer de Toshirō.

—Sabes quién soy, ¿verdad? —No podré olvidar jamás aquella mirada del restaurante. Su inglés es perfecto, mejor que el de Yuriko. Con acento de Londres, incluso—. ¿Pensaste que te ibas a follar a mi marido y escapar después? ¿De mí, de Tezuka Harumi? ¿Así de fácil?

Mi cuerpo se crispa aún más. Toda la Yakuza detrás de mí y de Yuriko por el dinero que le robó al *oyabun*. ¿Y resulta que quien aparece es esta mujer? ¿Qué clase de rompecabezas es este?

Sus dedos recorren las bolsas bajo mis ojos, la curva de mi nariz, mis labios. No aparenta enfado. De hecho, no muestra emoción alguna. Parece pensar en algo, como si buscase una respuesta en mi rostro. Al igual que los demás, abre mi bata y me contempla. Su perfume es maravilloso. Todo en ella lo es, salvo sus facciones poco agraciadas. Su brazo se estira con la palma abierta hacia arriba y susurra:

—*Tantō*.

No sé lo que significa, pero alguien que no veo se desliza detrás de ella y posa en su mano un cuchillo. Reconozco la funda de madera y el mango de la espada japonesa, pero en más corto. Me mira a los ojos y desenfunda la hoja con mucha lentitud. Otra mano recoge la vaina del acero. La mujer, sin soltar el hilo que une nuestras pupilas, apoya la cuchilla en el hueco de mi cuello. Ya está, pienso; no me mataron antes porque debía hacerlo en persona la mujer cuyo hombre arrebaté.

—Mi marido siempre ha tenido buen gusto para elegir a sus putas. No entiendo qué pudo ver en usted. —El aguijón del acero descansa sobre mi piel solo con la presión de su propio peso. Pero está muy afilado. Inicia su descenso sin prisa y delinea con su filo una línea roja a su paso de la que apenas aflora sangre—. Y, sin embargo, es con la que más tiempo ha estado, con quien más molestias se ha tomado. —El surco rojo cruza ya mi canalillo y se encuentra con el colgante de la salamandra. Harumi apoya un poco más; ahogo un gemido. El cordón de cuero que sujeta mi último recuerdo de Yuriko se divide en dos bajo su filo hundido en mi carne—. ¿Será por estas enormes mamas de vaca inglesa? —Se gira y estudia mi sexo. Agarra mi vello púbico y tira de él con saña descubriendo mis genitales—. ¿O será por este vulgar coño de zorra, abierto y obsceno, que seguro que ha fornicado con lo más sucio de los barrios bajos?

La escupo con rabia. Mi saliva apenas si llega a su manga. Le complace haber logrado una reacción de mi parte.

—¡Yo no sabía que estaba casado! —grito con furia, con el brutal acto reflejo con el que habría respondido tras beberme tres copas en un *pub* de Aberdeen—. Pero después de conocerla a usted entiendo perfectamente que buscase otras mujeres con las que disfrutar de la vida.

Detiene su cuchillo y ríe tapándose los dientes con la mano. Que no falte la educación. La punta del pequeño sable se endereza y se apoya con más fuerza en la concavidad de mi esternón; noto cómo llega al hueso y ahogo un grito entre mis dientes apretados.

—¿Me quiere hacer creer que pensaba que un hombre de su edad, de su riqueza y posición, iba a estar soltero? ¿A la espera de alguien como usted? —Su risa es perversa, pero contiene unas notas de furia y de tristeza; percibo el odio profundo que siente por mí y seguro que por Toshirō. La humillación es el peor de los infiernos para un japonés. El cuchillo ha reiniciado su descenso. Levanto con dificultad la cabeza, no puedo evitar seguir el recorrido de sus aristas—. Tenía reservado este *tantō* para una ocasión especial. —Ha cambiado de tono—. Tiene trescientos años de antigüedad y se va a hundir en usted hasta la empuñadura. Y luego, como en el harakiri, se abrirá camino hacia ambos lados para seccionar sus tripas inglesas. —El filo ya llega al ombligo. Varias gotas de sangre han vencido la gravedad y se deslizan con lentitud a ambos lados de mi pecho y mi abdomen trazando líneas rectas. La salamandra, bocarriba, como muerta, mezcla su verde mate con mi rojo brillante—. O quizás —mira hacia abajo, el acero cruza ya mi pubis en dirección a mi vagina y corta a su paso hilitos de vello—, sería más correcto para la ocasión introducirlo en el agujero del pecado.

Veo la hoja desaparecer entre mis piernas. La ha colocado paralela a la mesa y apunta ahora directamente a la entrada de mi sexo. Intento levantar la cadera para protegerme, pero cuatro manos como garras acuden a sostener mis piernas y las separan aún más para dejar paso libre a la hoja. No quiero pensar en el dolor. Solo en Yuriko. Y en mis padres. El cuchillo separa mis labios allí abajo. Está helado. Pero ¿qué importa ya? Me preparo para el impacto en mis entrañas; vuelvo a escuchar su risa. Su rostro se encuentra a menos de un palmo del mío. Es ella la que me escupe ahora. Se detiene.

—¿No creerás, sucia *gaijin*, que voy a manchar mis manos con tu sangre, no?

E, irguiéndose, comienza a abofetearme las mejillas, rabiosa. Una vez, y otra vez. Y otra más. Con cada golpe me obligo a enderezar la cara y mirarla a los ojos. Ya que voy a morir, quiero que se lleve el recuerdo de una mujer fuerte.

Al cabo de no sé cuántas bofetadas, se detiene. Jadea, lanza un grito de cólera y blande de nuevo el puñal sobre mí. Duda mientras lo mantiene en el aire, para, finalmente, relajarse y entregárselo a alguien. Se gira sin una palabra y abandona la estancia precedida por Mitsuhirato. En Japón el hombre cortés siempre sale primero de las habitaciones por si algún arquero aguarda fuera escondido para asestar un flechazo.

La puerta se cierra. Los que quedan en el cuartucho, dos hombres y una mujer, pertrechados de cirujanos de arriba abajo, se ayudan mutuamente a terminar de vestirse. Uno de ellos se acerca, se agacha detrás de mí y, tras manipular la camilla a la que estoy atada, la hace pivotar de forma que mis pies quedan más altos que mi cabeza. Comprueba luego que mis piernas están bien sujetas. Son mis últimos instantes.

—¡Por favor, por favor —ahora ya puedo sollozar, no aguanto más la tortura—, no me maten, por Dios, no me maten!

Intento decirlo en japonés, pero no me salen las palabras. La enfermera se acerca y me tapa la boca con una toalla. El médico, sin prisa, ajusta bien sus guantes. Me coge el brazo y, con suavidad profesional, me clava una aguja en el antebrazo. Sangro un poco. Acerca a continuación un gotero que han traído y conecta una vía a la aguja que me ha insertado. ¿Al final sí que van a aprovechar mis órganos? El médico —sus gestos profesionales lo delatan— se queda mirándome. No veo sus facciones, pero sus ojos me recuerdan a los de un batracio: grandes, húmedos y globulosos. Su cara es ancha, así como su mandíbula. Casi no le cabe la mascarilla. Es una rana embozada. ¿Estoy delirando? Me acaricia el pelo, como si fuese una niña. Mi vista se empieza a nublar.

—*No se preocupe* —dice. Parece haber una expresión amable detrás de aquella gasa sobre la boca—, *tranquila. ¿Es usted religiosa? Rece, rece a su dios.*[60]

En susurros me despido de la vida. Es el fin, aquí acaba todo. Pienso en mi madre, mi padre, mis hermanas, los baños en el mar frío. Pienso en Jenny. Pienso en Yuriko, pienso en mi bebé, en su existencia entera borrada de golpe. El hombre enarbola un bisturí entre sus dedos. Está nervioso, pero dice en japonés con una gran risotada a los otros:

—*¡La inglesa cree que vamos a matarla!*[61] —Sus secuaces ríen a coro, también nerviosos. Se dirige a mí, ya en inglés—: Tranquila, señorita, soy médico. Si hubiesen querido matarla lo habrían hecho hace mucho tiempo. No es nuestra voluntad hacerle daño. Solo vamos a extraerle a su hijo.

Mi pensamiento se disuelve con esta frase. Justo en el instante en el que me hundo en el fango negro de la inconsciencia, descubro que, al final, el *kappa* sí me ha encontrado.

60. ご心配なさらず。何かご信仰がおありですか。あなたの神様にお祈りなさい。 *(Goshinpai nasarazu. Nani ka goshinkō ga oari desuka. Anata no kamisama ni oinori nasai).*
61. イギリス人は俺たちから殺されると思ってるよ! *(Igirisu-jin wa oretachi kara korosareru to omotteruyo!).*

# 二十四

## 24

La comezón en el brazo me arranca del sueño. No es la primera vez que me despierto, pero de las anteriores vigilias no recuerdo casi nada. Tal y como me prometió el médico, estoy viva y mis córneas y mi hígado siguen en su sitio. Me palpo el vientre, el pecho. Una línea de apósitos recorre el camino que aró el cuchillo, pero por lo demás no hay vendajes, no me duele nada. Me incorporo, ya no estoy atada. Toco a mi alrededor, me encuentro tendida en una colchoneta sobre el suelo, bajo una manta. Aún me mareo, pero un agradable cosquilleo recorre mi cuerpo, parece que floto. Me siento casi feliz. Busco a tientas la luz y no tardo en localizarla. Una bombilla amarillenta se enciende en el techo. Recorro con la vista la pequeña estancia. Es diferente a la anterior; no tiene más muebles que mi mísero lecho y una silla. Sobre ella reposa impecablemente doblada mi ropa. Llevo puesto un pijama blanco que no conozco. Y mi salamandra ha desaparecido, claro. Me levanto con dificultad. El picor en el brazo no cesa, alzo mi manga y veo que tengo una gasa pegada. Me duele. La despego con cuidado, apretando los dientes hasta que rechinan por el dolor, y descubro horrorizada una nube de pinchazos en la sangradura. ¿Pero qué...? Parece el brazo de un yonqui. Luego recuerdo de golpe las risotadas del médico, lo que dijo. Me apoyo la mano en el vientre. Una inmensa sensación de pena y de angustia me embarga. ¿Mi bebé ya no está? Contraigo con cuidado mi músculo pubocoxígeo para buscar algún dolor. Siento un agudo pinchazo, y lo relajo, asustada. Me tapo la cara y lloro durante mucho tiempo.


Me despierto. ¿Cuánto ha pasado? ¿Horas? ¿Días? Tengo hambre. Las dos botellas de agua que hay a mi lado están vacías. No recuerdo haber bebido. ¿Y ahora qué?, me digo. No me han matado, pero ¿qué van a hacer conmigo? Y ¿por qué me han quitado a mi niño? ¿Por qué, Dios mío, por qué? Pienso en Harumi y su cuchillo. Al final sí que mató el fruto de mi pecado. Me siento desfallecer.

Al cabo de una eternidad, se abre la puerta. Un chico entra con una bandeja. Lo reconozco, es uno de los hombres de Mitsuhirato. Sentada sobre la cama, me crispo, me pego a la pared, asustada. Sin embargo, el japonés, amable, deposita la comida a mi lado con gesto profesional y afable, acompañado incluso de una inclinación. No lo haría mejor en un hotel de cinco estrellas.

—Coma usted tranquila —me dice en un inglés de preescolar—, dentro de un rato vendré a recoger la bandeja. Se sentirá débil, pero no es grave, pronto se le pasará. Le voy a poner un poco más de heroína. No se preocupe —dice al ver mi cara—, la dosis es pequeña y está diluida. Es la justa para que la detecte la policía.

Se arrodilla a mi lado y de una riñonera extrae una jeringuilla, una aguja y una cápsula de cristal. Con pericia, coloca la punta metálica y rellena el cilindro milimetrado. A continuación, la clava en mi brazo, junto a los otros pinchazos. Me dejo hacer. Siento la ola de calor y bienestar invadirme. Sé que tengo el tiempo justo antes de que esta nube de felicidad inutilice mi cuerpo.

Hago amago de levantarme, pero me doblo sobre mí

misma, como aquejada por un gran dolor. Grito como si se me desgarrasen las entrañas. El japonés, que está a punto de salir, se detiene sorprendido. Hace una pausa, me observa y se acerca de nuevo mientras saca un teléfono del bolsillo. Solo un par de segundos de distracción. Estiro los brazos con presteza, agarro del suelo la bandeja metálica e, invocando las pocas fuerzas que me quedan y la furia que me carcome, la levanto y le lanzo su contenido a la cara. No lo ve venir. Apenas tiene tiempo para protegerse de la lluvia de sopa, arroz y pescado. Pasa la mano por sus ojos y no puede detener la bandeja rabiosa que se dirige hacia él. Le golpeo con el canto en el centro del cuello, justo en la nuez. Mientras retrocede, ahogado, recibe un tremendo impacto en los testículos. Apoyo mi mano entonces contra su frente mojada, doy un paso a su lado y, aprovechando la inercia de mi cuerpo, lanzo su cabeza contra la pared, con el mismo gesto de los lanzadores de peso: torso hacia delante e impulsión brutal del brazo en flexión. Agradezco el atletismo y las muchas pesas en mis tiempos de competición en piscina. El efecto es superior al esperado. Con un ruido sordo, la cabeza se estrella, rebota contra la pared y cae al suelo junto con el resto del cuerpo. Con un poco de suerte lo habré matado. De la furia me he mordido por dentro la boca y la rabia adquiere sabor a sangre.

Sal de aquí, corre, huye, busca un teléfono. Cojo el móvil del japonés, pero pide una clave. Lo tiro al suelo y lo reviento a pisotones. Salgo por la puerta, no sin antes cerrarla por fuera. Me doy cuenta de que tenía que haberme vestido. ¿A dónde voy con un pijama blanco?

No vuelvas, Alice. Rápido, huir de allí. Atravieso el pasillo aturdida. Espero ver surgir de cada esquina a matones armados para acabar conmigo. Pero nada ni nadie me retiene, el lugar está desierto. Encuentro una escalera que sube y otra que baja. Decido descender. Un piso más abajo hay una salida. Disminuyo mi marcha. Presiono el picaporte con cuidado. Me sorprendo, pensaba que luciría el sol, pero ya anochece. ¿O es el amanecer? ¿Qué hago? ¿Dónde estoy?

Fuera, el entorno me confirma que sigo en los dominios de la Salamandra: los árboles, el terreno, la forma del edificio. Pero no reconozco nada. En cualquier caso, tengo que alejarme de aquí. Me encamino hacia el bosque, lejos. No se ve a nadie, pero eso es lo habitual en este sitio. Sigo un sendero de los muchos que recorren el laberinto arbolado. El goteo de sangre intermitente no cesa desde que me desperté, acompañado de un dolor como de regla. Intento amortiguar el silbido de mis jadeos. Aún me mareo, tengo náuseas y me siento débil, pero la adrenalina fluye con fuerza y me sostiene. No te venció el mar de Brighton, me digo, no te van a vencer ahora un aborto y cuatro pinchazos. Aguanta.

Mis pasos me conducen por el lindero del bosque hasta llegar al lago. La maraña de sendas desemboca siempre en el agua. Debería bordear la orilla. A algún sitio llegaré, algún sitio que no pertenezca a este maldito complejo. La noche es ya casi cerrada. Amanecí con Denali recibiendo los poderes del alba y ahora en el ocaso la muerte me ha mordido y me pisa los talones. Me fijo a lo lejos. El cielo está despejado y, por primera vez en días, muestra el Fujiyama en todo su esplendor. A buenas horas. Mi impulso inicial es el de odiar aquella montaña que aparece en el momento más terrible de mi vida. Pero luego me doy cuenta de que, en realidad, el reflejo de la luna en su ladera nevada me va a servir como faro guía, porque la noche se cierra y dentro de poco el único punto visible va a ser su cumbre albina.

Decido bordear el lago por la izquierda. Intuyo que todo lo que he conocido hasta ahora, la vivienda donde me alojaba, la recepción, los *bungalows* de masajes, están hacia la derecha. Tengo que dirigirme al sitio opuesto, segura de que habrá algún muro que saltar, o quizás una valla. Troto con cuidado de no caerme. Por fortuna, el borde del lago es de hierba lisa. De vez en cuando, mis pies descalzos se hunden en el barro. Tiro de ellos desesperada. Me detengo para recuperar el aliento. Creo oír ruidos detrás de mí, pero lejanos. Sigo avanzando. Al otro lado del lago distingo las luces de una ciudad. Si hubiese mirado un poco el mapa antes de salir de Kioto sabría de cuál se trata, pero estoy desorientada. Si pudiese llamar a la policía apenas sabría explicar dónde me encuentro. Y este pijama... Con él se me debe de ver a kilómetros. Estoy a punto de quitármelo y correr desnuda. Aún no. Al cabo de lo que me parece una eterna media hora de avanzar a través de las tinieblas, percibo una luz entre los árboles al otro lado de una curva del lago, a unos doscientos metros delante de mí. ¿Será parte del complejo? Seguro que sí, no he apreciado ninguna separación. Decido acercarme a ver. A cierta distancia, bailan unos haces de linternas que proceden del bosque. Me tiro al suelo. Mi corazón se dispara.

¿Qué hago, vuelvo hacia atrás? Agachada como estoy no veo bien, pero sé que si deshago el camino me van a encontrar. El dolor de la vagina se atenúa con el miedo, pero cuando me detengo se me clava como la mordedura de un animal. Creo que los efectos de la heroína se disipan, porque siento escalofríos, náuseas y punzadas en la cabeza. La dosis debía de estar muy diluida. Yo he presenciado en Aberdeen las verdaderas consecuencias de un chute normal y no son estas.

Las luces bordean el lago, en mi dirección. No demasiado lejos, en el lado opuesto, veo un edificio iluminado. Tengo que llegar a él como sea, buscar ropa, esconderme, encontrar un teléfono. Me armo de valor, me arrastro como una salamandra —triste analogía—, apoyo las manos en la hierba y el barro, y me introduzco en el lago. El agua está helada, pero después de los baños con Denali y con Yuriko puedo medir mi resistencia al frío. Me sumerjo con cuidado, en silencio, y buceo unos metros para alcanzar profundidad. Cuando el agua me llega al cuello me quito el pijama, busco una piedra en la opacidad del fondo, envuelvo las prendas con ella y las hundo. La oscuridad mezclada con el silencio es sobrecogedora. Completamente desnuda me dirijo semisumergida hacia la luz de la lejana edificación. Salgo a coger aire con mucho cuidado. El agua negra no te asusta, Alice, me digo. Pero todo en mí tiembla. Mi cuerpo herido en ayunas, el recuerdo de lo que ha pasado y la idea de lo que ocurrirá si me cogen amartillan de forma angustiosa mis escasas fuerzas. La adrenalina es lo que me mantiene en vilo. ¿Y el *kappa*?, me pregunto. En cualquier otra situación me habría reído de mí por albergar este pensamiento infantil, pero en el estado mental en el que me encuentro todo me parece posible. Ya me han quitado al niño. ¿Vendrá a buscarme también a mí con su cráneo tonsurado para llevarme al más allá? El corazón se me encoge aún más bajo el agua; ya no tengo nada que este *yōkai* pueda querer. Al final, la leyenda negra se ha cumplido; en aquel lugar donde un espíritu maligno roba niños, a mí me ha tocado conocerlo, descubrir su rostro de muerte cara a cara.

La cumbre del Fuji, como un triángulo divino, observa mis movimientos en silencio, sin traicionarme. Me detengo con los ojos a ras del agua igual que un cocodrilo. Los haces de luz que me persiguen ya están a la altura de donde me metí en el agua, y otros nuevos, supongo que procedentes del lugar del que me he escapado, se unen a ellos. No me atrevo a moverme; el mínimo ruido me delataría, no están muy lejos. Los susurros que me trae el viento suben de tono. Puedo percibir desde aquí la furia de uno de ellos. Quizá sea el médico, quizá el señor Mitsuhirato. Estoy helada. Tras unos minutos que me parecen horas, las luces se internan hacia el bosque, como luciérnagas en pos de algún sendero invisible para mí. Celebro mi decisión de haber entrado en el lago. Espero un poco y reanudo, todo lo silenciosa que puedo, mi camino hacia la claridad del otro lado.

Salgo del agua aterida, contraída sobre mí misma. Termino de arrancarme de mi pecho y de mi vientre los apósitos empapados. No siento los dedos de manos y pies y se ha levantado una brisa que me corta la piel. Vigilante, dirijo mis pasos hacia la luz que se escurre por entre los árboles. No se ve ni un alma. Al igual que las construcciones del otro lado, esta está a poca distancia del lago, casi invisible tras el denso manto del bosque.

El edificio es mucho mayor que en el que me he alojado; tiene tres pisos y el final de su corpachón de madera desaparece, se camufla entre los árboles más lejanos. En la oscuridad percibo, apenas iluminadas, cornisas de madera como en los antiguos templos japoneses. ¿Qué hago? ¿Me meto dentro? ¿Y si es la boca del lobo otra vez? ¿Estarán todos compinchados? Quizás no, pero no voy preguntar. Tengo que llegar a la policía por mis medios, sin hablar con nadie. Sécate, busca algo de ropa, escóndete hasta mañana y localiza una salida. Me encuentro cada vez peor. Las náuseas del hambre se recrudecen mientras las rozaduras de las muñecas, los cortes del pecho, la angustia y un dolor sordo en mi interior me castigan. Rodeo la construcción. En uno de los laterales, en el primer piso, descubro una puerta discreta. Puedo llegar hasta ella por unas escaleras de madera. Subo los peldaños y pruebo suerte. La manilla gira y ante mí se abre un pasillo largo, apenas iluminado. Voces chillonas llegan por el fondo y un fuerte olor a comida japonesa me golpea. Joder, qué hambre tengo. Con cuidado, para que los crujidos de la madera bajo mis pies no me delaten, me dirijo hacia el fondo, en busca de alguna puerta abierta.

Me llega ruido de todas partes, el edificio bulle de actividad como bajo una gran piedra del bosque cuando la levantas. Un panel se desliza al fondo. Me escondo justo a tiempo en una estancia vacía. Cierro detrás. ¿Dónde estoy? Se trata de una habitación profunda, con suelo de madera y piedra. La iluminación es difusa, proviene de docenas de velas colocadas sobre el pavimento. Qué sitio más bonito, pienso. A pesar de mis infortunios, no puedo dejar de admirar la estética de la puesta en escena japonesa. De la pared surge una pequeña cascada que parece natural y al fondo un *ofuro* suelta penachos de vapor. Junto a él hay un *jacuzzi* normal, occidental, en el que el agua borbotea caliente. Y a su lado, una mesa con delicados relieves recubierta de botellas de alcohol, vasos y bandejas de canapés. Se oyen ruidos fuera. Tengo que hacerme invisible. Me interno un poco en la sala. Las voces del pasillo tienen un tono violento. ¿Serán los que me buscan?

—La esperábamos con impaciencia, no sea tímida.

Doy un salto, aterrada. Debido a la oscuridad no había percibido la presencia de dos personas metidas en la gran bañera de madera. Es una voz de hombre la que me ha hablado en inglés, con un fuerte acento eslavo. Mi mente trabaja a toda velocidad. Fuera me van a encontrar, seguro. Y las palabras de los de la gran tina de agua no me han sonado amenazadoras. Así que me dirijo hacia ellos. Estoy tan helada que apenas consigo descontraer los brazos. Sin pensarlo, intento entrar en el agua con dignidad. Se podría hervir una langosta en ella, pero mi cuerpo lo agradece, y de qué manera. Junto al hombre hay una mujer. Contemplan extrañados y con una risa floja mis movimientos tan poco sensuales. Es evidente que van colocados. Por suerte, en la penumbra no se aprecia el recuerdo que me ha dejado la mujer de Toshirō.

La chica no es japonesa. A pesar de la poca iluminación, deduzco que debe de ser de Europa del Este, como él. No puedo permitirme que llamen a nadie. El calor del agua en contacto con mi piel es una bendición divina. Aunque, por contraste, miles de pequeñas agujas pinchan mis pies, mis piernas, mis nalgas, el cuerpo entero. La sangre vuelve a circular por fin. Qué placer. Pero no puedo relajarme.

—Me llamo Randy —contesto. No sé por qué se me ha pasado este nombre por la cabeza. Es el de una chica a la que odiaba en el instituto.

La pareja me examina de arriba abajo. Él protesta en un inglés espantoso:

—Hola, Randy. Eres preciosa, pero nosotros habíamos pedido un caballero. Y japonés.

Piensa, Alice, piensa.

—No es un error. Yo solo soy el aperitivo; el *zensai*.

—Esta palabra sí me la sé.

El hombre asiente, satisfecho. La mujer calla, pero me da la impresión de que me recorre con ojos de deseo. Llegan hasta nosotros voces desordenadas. Están justo al otro lado de la puerta. Con lo que se respeta el silencio en este lugar, tienen que ser los que me buscan, si no, no armarían este escándalo. Me acerco a la mujer y, sin mediar palabra, la beso con pasión. Una de mis manos se va directa a su entrepierna y la otra la poso en el pene flácido de él. Este, encantado, apoya su brazo en mi espalda y nos atrae a mí y a su acompañante hacia sí. La puerta abre. Los japoneses que acababan de entrar se acercan a mirar. Reconozco de inmediato el falso equipo de béisbol. Entierro mi cara en el cuello del hombre.

—¿Qué significa esto? —grita el eslavo sorprendido.

Mis perseguidores se inclinan como margaritas bajo un zapato.

—*Lo sentimos, lo sentimos* —corean al unísono y abandonan a continuación la estancia caminando hacia atrás, cual cangrejos, pero sin dejar de rebuscar por todos los lados.

La chica a la que he besado —que me imagino que será la amante porque tendrá treinta años menos que él— se agarra a mí y acaricia con su mano los huecos de esta desconocida que no esperaban. El hombre ya tiene el pene erecto y, satisfecho, disfruta del espectáculo al tiempo que apoya la espalda sobre el borde del *ofuro*. Mientras la rubia me soba, yo tengo la mente en otro lugar, trabajando a toda velocidad. ¿Qué hacer ahora? ¿Cómo salir de allí? ¿A dónde ir? La puerta se vuelve a abrir y a cerrar de nuevo. Con el ruido de las burbujas del *jacuzzi* de al lado no oigo nada. Me tenso. Con cierto esfuerzo me despego de la mujer, que protesta un poco, y miro hacia atrás. Un japonés, grande y musculado, se ha quitado su *yukata*, se vierte agua de un cazo de madera y se frota con un jabón. La eslava agarra mis pechos por detrás y me chupa el cuello. Yo, mientras, le acaricio el clítoris bajo el agua, con cuidado de no rozarla demasiado. El recién llegado saluda en la semioscuridad con una inclinación y entra en la inmensa bañera. Se dirige al hombre con lentitud. Este desprende con suavidad mi mano, que aún le acaricia los testículos, y hace una señal al musculitos para que deje en paz a las damas y se dedique a él. El japonés prostituto es perfecto; ni salido de un manga, pienso. Hunde su cuerpo en el agua y se pega al cliente.

Se me ocurre una idea.

—Voy a preparar unas bebidas. —Me despego sin brusquedad, le planto un piquito a la eslava y salgo del agua.

La chica estira el brazo y me pide que me quede. Se gira hacia su compañero, para protestar, para que me diga algo, pero él está concentrado en algún juego subacuático con el adonis. Salgo, me seco con cuidado con una toalla y en la penumbra me pongo la bata de ella. Me acerco a la mesa y anuncio:

—Falta hielo, voy a buscar.

Antes de salir me bebo un largo trago de *whisky* —ahora puedo— y cojo al azar unos canapés de la bandeja.

Hago una breve reverencia, por si acaso. La chica muestra la boca abierta y cara de sorpresa y de reproche, observa desolada cómo la abandono, caliente como está, mientras los dos hombres siguen a lo suyo.

Bueno, ¿y ahora, qué? Ya he entrado en calor y devoro a dos carrillos los cinco deliciosos *nems* que he robado. Pasada la tensión, el dolor entre las piernas vuelve a exigir mi atención, pero la adrenalina por el miedo a que me encuentren me hace olvidar lo demás. ¿Me tendría que haber quedado? Quizás ese *ofuro* sea ahora el sitio más seguro de todo el *ryokan*. Pero ¿y luego? Me imagino en aquella pequeña orgía a cuatro, bajo la mirada interrogativa del gigantón japonés al descubrir que no soy parte de la clientela. No es buena idea volver. Tengo que encontrar ropa de calle y escapar de aquí. Nadie va a dar la voz de alarma. Permito entrar, solo durante un momento, la tristeza que me pincha las entrañas. No puedo quitarme de la cabeza la muerte de Yuriko, lo que me acaban de hacer, lo que he perdido. ¿Me habrán arrancado también la posibilidad de tener hijos en el futuro? El deseo de matarlos a todos devora mi alma.

Me alejo a paso vivo hacia el fondo. Debo encontrar una salida por allí, pero por la única puerta por la que da la impresión de que puedo escabullirme salen olores de comida, gritos y un escándalo de cubiertos y platos. No voy a cruzar la cocina. En las películas funciona, pero es demasiado arriesgado. Doy marcha atrás y me topo con unas lujosas escaleras que conducen al piso superior. Pero, si subo, ¿cómo voy a salir después? Pasos rápidos y ruido de paneles que se abren me impulsan a ascender de dos en dos los escalones de madera, descalza como me encuentro. Al llegar al rellano me sorprendo al ver que la planta de este piso no guarda nada en común con la del anterior. A mi derecha, intento forzar una puerta cerrada que no se deja abrir. Hacia la izquierda, un muro, y al frente, una pasarela que cruza un patio abierto lleno de plantas y flores elegantemente iluminadas. Es larga y parece adentrarse desde la penumbra de la noche hasta el otro lado del edificio. Pienso en saltar a aquel vergel, pero sé por experiencia que muchos jardines japoneses están cerrados en sí mismos, y que me resultaría difícil volver a subir si no hay salida. Por lo tanto, decido adentrarme en el largo pasillo colgante, procurando pegarme a la pared para pasar desapercibida.

Tardo casi un minuto en recorrer el lateral ciego del edificio. Al final, me cierra el paso una imponente puerta labrada de gran envergadura. Está cubierta por escenas de batallas de la época de los *shōgun*.[62] Busco otro camino, pero no lo hay. Así que abro aquella obra de arte con cuidado. Por fortuna, y a pesar de su tamaño, no opone dificultad; ni cruje ni chirría. Dentro, de nuevo en las sombras, recorro con la mirada una sala amplia, como un recibidor, con sillones de cuero lujoso, cuadros que representan escenas que a primera vista pueden parecer abstractas, pero que después de observarlas con cierto detenimiento veo que muestran de forma velada escenas eróticas al óleo de gran belleza; cuerpos desnudos en posturas sexuales imposibles, anatomías íntimas reflejadas al estilo impresionista. El último de ellos está casi por completo cubierto de un rojo sangre sobre algo semejante a una cara. Me estremezco. ¿Qué lugar es este? Pero no me puedo detener ni un segundo; me llega el sonido de pasos que se acercan. No hay lugar donde esconderse, así que me precipito por otra puerta que abro sobre una oscuridad absoluta. Me interno con cuidado, guiándome por la poca luz que se cuela de la estancia anterior, y me topo con unas espesas cortinas de terciopelo. Con un rápido gesto, abro una rendija en ellas y me escondo detrás. Justo a tiempo, porque entra alguien y enciende la luz.

62. Antiguo rango militar y aristocrático por debajo del emperador y por encima de los *damyos* y los samuráis.

# 26

—*¿Hay alguien?*[63]

Muevo mis pies hacia atrás para pegarlos bien a la pared y que no sobresalgan. La persona que ha entrado está sola. Escucho el ruido de un mechero encenderse varias veces. Al cabo de un rato la luz se apaga y el hombre sale. Pero la oscuridad total no vuelve. Creyéndome sola, con prudencia para que no me pase lo de antes, asomo la cabeza entre las cortinas. Estas son gruesas y pesadas y no me traicionarán con facilidad. Abro los ojos con asombro. Me encuentro en la esquina de un salón de grandes dimensiones. Sobre las lujosas paredes de madera se hallan clavadas algunas antorchas encendidas que imprimen a la majestuosa estancia un ambiente medieval, a la vez que íntimo y tétrico. Una chimenea de tamaño de castillo español chisporrotea al fondo. Parece un decorado de película. La luz sumada de todos los fuegos no bastaría para leer un libro. Tengo que largarme de aquí. Sin pensármelo mucho, me dirijo a una puerta que creo percibir al otro lado del salón. Al llegar a ella tiro del pomo, pero está cerrada. Se oyen voces. ¿Es que nadie duerme en este puto puticlub de lujo?, me pregunto furiosa. Corro hacia el otro extremo. La puerta por la que me he colado se abre y por ella comienza a entrar gente. Justo a tiempo, unas cortinas idénticas a las anteriores me sirven otra vez de

---

63. 誰かいるのか。 (*Dare ka iruno ka?*).

refugio. Como estoy lejos de la entrada y apenas si hay luz, me atrevo a asomarme con cuidado. No puedo creer lo que veo. Intento aguzar la vista. Pero sí, no es un sueño. Las figuras fantasmagóricas que hacen su aparición están vestidas con un kimono y portan, sin excepción, una careta sobre la cara. Son muchos. A medida que entran, los primeros se acercan a mi escondite y puedo observarlos mejor. Se muestran callados, tímidos. Escucho una risita nerviosa y luego un comentario. No me cabe duda, ¡es inglés de Liverpool! Me quedo petrificada. Una inglesa allí. ¿Qué hago, salgo y pido ayuda? No, Alice, prudencia. Prefiero esperar.

Me fijo un poco más en las máscaras. Son de gran calidad. Muchas reproducen la fisonomía pintada típica del teatro *noh* clásico de Japón. Algunas con fondo blanco; otras, color piel, representan un viejo, una joven, un diablo con cuernos, una geisha, una divinidad perversa, un gordo feliz. Dos mujeres se sientan en uno de los largos sofás de cuero a un lado del salón. Una coge un instrumento musical en el que no me había fijado antes y comienza a tañerlo. Son una *biwa* y un *shamisen*. Recuerdo que este último está recubierto con piel de perro o de gato y que se toca con un dedal hecho de cuerno de búfalo. ¿Quién me lo contó? Fonsi, creo, que adora la antigua cultura japonesa. Una de las chicas, la que toca la *biwa*, empieza a cantar con tono suave. Me ha parecido por sus gestos que se mueven como ciegas. Sí, sus máscaras carecen del agujero de los ojos. Se me pone la carne de gallina. ¿Qué clase de sitio es este?

La zona en la que he estado estos días permanecía siempre desierta. Esta, sin duda, pertenece también al mismo complejo de la Salamandra —la reflexión me hace sentir una nueva punzada de angustia—, pero debe de estar destinada para grupos. Alguien da dos palmadas. Todos callan y ocupan de forma ordenada el espacio del salón. Habrá una treintena de personas. Dos de aquellos fantasmas de cara cubierta se colocan a tan solo un metro de mí. Oigo una voz de mujer que dice en inglés primero y en japonés después:

—Todo está permitido, siempre y cuando el otro acceda. Recuerden que las señoritas y los jóvenes de máscara de animal están a su total disposición. Los demás, con la careta de rostro humano, son clientes como ustedes. Por favor, si van a utilizar prácticas violentas entren en los pequeños salones que encontrarán detrás de las cortinas. Deseamos atender cualquier tipo de deseos, pero sin incomodar a los que no los compartan.

La mujer descorre uno de los telones traslúcidos y muestra un cubículo con iluminación rojo sangre. Luego descubre otro en cuyo interior hay un potro con correas para manos y pies. De las paredes cuelgan látigos y otros instrumentos de tortura. Hace tan solo horas me tuvieron a mí atada en una habitación similar. Creí que iba a morir. Me parece que han pasado días desde aquello.

Varios de los presentes miran de un lado a otro, expectantes, nerviosos. La anfitriona muestra con una mano una barra de bar de mármol negro, al fondo, donde un hombre con máscara de zorro se inclina dispuesto a servir las bebidas que le pidan. A una señal, los instrumentos y la suave voz vuelven a sonar. Veo entrar discretamente a dos hombres por una puerta lateral. Empujan un carrito que sujeta una especie de equis inclinada a cuarenta y cinco grados donde está atada una mujer cubierta por una sábana. La colocan en el centro de la habitación. Ambos hombres se quitan los kimonos, descubriendo su cuerpo desnudo. Sus caretas representan un mono y un tigre. Uno de ellos tira con cierta teatralidad de la tela y descubre a... ¡Es Denali!, la monitora india de yoga. Su rostro también está tapado, por una cara de búho, pero reconozco el tono oscuro de su piel y su anatomía, a la vez musculada pero generosa. La sombra de una Salamandra se enrosca en su pubis. Su cuerpo, aceitunado y brillante, me trae imágenes de la plataforma flotante. Su piel fulgura cubierta de aceite, sus miembros atados al potro bailan al compás del movimiento de las llamas que iluminan el salón. Uno de los hombres empieza a acariciarla. El otro se dirige a los espectadores y, con una ligera reverencia, comienza a desabrochar sus kimonos y se los retira con suavidad. Los otros animales hacen lo mismo con los de caretas humanas. Uno a uno muestran los cuerpos desnudos de hombres y mujeres. Intento aguzar la vista en busca de alguna paliducha inglesa, pero en esta penumbra es casi imposible distinguir nada. Bajo los antifaces oscilan en el caso de ellas pechos grandes, pequeños, caídos, enhiestos; culos de todos los tamaños y dimensiones; y en ellos, barrigas planas, cerveceras, peludas o depiladas, torsos fuertes o blandos, penes minúsculos, grandes, flácidos o ya medio erectos, cuerpos viejos y jóvenes.

Las anatomías mejor dotadas son las que portan las máscaras animales, los que en este aquelarre tienen el papel de íncubos y súcubos. Los hombres son altos, delgados, con una musculatura fina y bien definida. Sus penes, que ya empiezan a entrar en erección, son de un tamaño considerable, de vello cuidado y testículos rasurados, coronados por la figura de la salamandra. Los cuerpos de las mujeres siguen el mismo estilo. Esbeltas, atléticas, grandes pechos de pezones erectos y la misma figurita ondulante sobre el impecable pubis recortado; la marca indeleble de su pertenencia a este lugar. Aunque supongo que bastaría con que se dejasen de nuevo crecer el vello púbico para camuflarla. ¿Será una secta? No son todas japonesas. Aparte de Denali, dos de ellas son negras, o más bien una negra y la otra mulata. Y otras tres muestran una melena rubia. Otra tiene el pelo corto.

Como nadie se mueve, quizás fruto de la timidez, los que portan las máscaras de animal rompen el hielo: se acercan a quien tienen a su lado y comienzan a acariciarlo. Varios de los cuerpos fantasmagóricos se aproximan al hombre pegado a mi yogui india. Este frota su cuerpo con el de ella, y Denali culebrea de éxtasis. El falo del tentador, de una longitud y grosor tan desproporcionados como no recuerdo haber visto ni tan siquiera por internet, roza arriba y abajo la vagina mojada que se le ofrece a medida que ella apoya y separa sus piernas contra el vientre de él. Los espectadores, ante aquella visión, se cogen el pene, lo masturban lentamente, de delante hacia atrás como absortos autómatas, o dejan que alguna compañera a su lado lo haga por ellos. Otros y otras ya tantean cuerpos vecinos en busca de formas, curvas y cuevas. El ambiente se caldea. Camareros desnudos de neutra máscara blanca comienzan a servir y varios de los invitados prefieren mezclar el alcohol con el voyerismo de los cuerpos que se les brindan, al menos de momento. La barra del bar, iluminada en nadir, desde abajo, refleja los vivos colores de las bebidas sobre las caretas y los depilados cuerpos, otorgándoles un aire terrorífico.

Observo que los clientes lucen, atada al tobillo, una pequeña cinta roja de la que cuelga una figura: una salamandra. Qué sorpresa. Quizás sea la forma de salir de aquí, pienso. Me duelen las piernas, la espalda, el coño por fuera y por dentro y me taladran el hambre y la sed, pero no me atrevo a moverme. Esta bonita orgía multicultural tiene pinta de que va a durar el resto de la noche. Las parejas, los reducidos grupos que se forman, poco a poco se enzarzan en tocamientos cada vez más atrevidos y pronto se dirigen a las zonas discretas tras las cortinas. Al fondo, apoyados en la pared a ambos lados del salón, dos hombres vigilan todo lo que ocurre. La desmesurada anchura de sus hombros y las manos cruzadas sobre sus miembros viriles me hace pensar que no están allí para pasarlo bien. Una mujer se acerca a uno de ellos e intenta tocarle, pero este se disculpa con una reverencia, le susurra algo, y esta se aleja decepcionada. Llego a la conclusión de que su misión es controlar que aquello no se desmande. De entre los que sí disfrutan de la fiesta, varios prescinden ya de las máscaras para besar, lamer, chupar. Al cabo de unos minutos nadie se preocupa demasiado por nada. De hecho, con tan poca luz, tampoco es mucho lo que se puede distinguir. Entonces, en gran parte por el agotamiento —no aguantaré varias horas hasta que todos se sacien y se vayan—, decido jugármela.

Y, además, tengo un plan.

Con cuidado, para que nadie lo note, en especial los dos cancerberos, me quito la bata que robé a la eslava y la dejo caer al suelo. A un metro apenas de mi cortina, una pareja se besa con pasión; ambos con sus antifaces girados hacia la nuca. Él es japonés, ella, caucásica; él es humano, ella, un panda, y luce, por supuesto, la salamandra en el pubis. Sin pensarlo dos veces, salgo de detrás de la cortina, me acerco al hombre, le agarro del brazo, le pego un lengüetazo en el cuello y lo arrastro hacia uno de los salones pequeños que aún está vacío. Este, un poco sorprendido al principio, se deja llevar. Me he jugado todas las cartas a que la chica no conozca a los integrantes de la orgía. Nos deja irnos, sin decir nada, a fin de cuentas, los clientes mandan. Respiro aliviada. Pero necesito una mujer-cliente para mi plan. Sobre un sofá hay otra pareja. Él le lame los pezones. Ninguno es animal. Me acerco a ellos con el japonés de la mano y con un gesto les pido que se unan a nosotros. Si mi madre me viese. Mi acompañante está encantado, bromea mientras sujeta con alegría su pequeño y asombrosamente peludo miembro a media asta. La pareja se lo piensa un poco, pero el hombre —moreno, con bigote, por su acento diría que brasileño, quizás portugués, sesenta y pico—, en la contemplación de mi cuerpo voluptuoso y mi cara de extranjera, se anima enseguida y arrastra a su compañera, que aún tiene la máscara puesta. Una vez en el interior del cubículo, mi japonés cierra la cortina. La oscuridad es casi total, solo una pequeña luz roja ayuda a no perderse y desvela la situación del sofá, una especie de reclinatorio de psicólogo, y la de un banco acolchado sin respaldo. Los dos hombres se dirigen ansiosos hacia mí, pero me las arreglo para sentarme en el sofá y echarme a la chica encima. Uno de ellos le arranca la careta. Es japonesa, de treinta y pico años. Al peludo se le escapa una expresión de decepción. Quiere algo exótico, no una local, que de esas ya ha catado muchas. En ese momento, otras tres figuras entran de la mano, bien pegadas entre besos y caricias, y se encaminan hacia otro de los sofás. Ahora, me digo. Con cuidado, me zafo de la cabeza nipona que busca mis huecos y pivoto hasta que la inocente dama cae a mi lado. Parece muy viciosa. Aprovecho para acariciarla y le quito la banda elástica del tobillo en la que cuelga la pequeña salamandra. Es sencilla, blanda para no molestar, y cede con facilidad. Uno de los dos hombres la embiste por detrás y ella, con falsa cara de sufrimiento, no se ha enterado de mi jugada.

—Necesito hacer pipí —digo en inglés.

El japonés protesta, hace ya un rato que arde en deseos de hacer algo conmigo. Al levantarme, me acerco a los otros tres y les pido que se unan a mi grupo. Estos aplauden la propuesta y se dirigen prestos hacia la miniorgía que les ofrezco. Pronto ya nadie pensará en si me he ido o no. Cojo con rapidez una careta del suelo, me la pongo mientras coloco la pulsera robada en mi tobillo y salgo del reservado. Fuera, el espectáculo es previsible. Por doquier suenan gritos, gemidos y risas en varios idiomas. Todos los sofás están ocupados y de los reservados con cortinas entran y salen solícitos camareros y camareras en cueros con bebidas, cigarrillos, condones y toallas en las manos. Me dirijo hacia la puerta. Uno de los vigilantes me bloquea el paso.

—¿Puedo ayudarla? —me pregunta en perfecto inglés y voz profunda.

Con la poca sangre fría que me queda en las venas le respondo:

—Sí, por favor, busco el baño y quiero coger un vibrador que tengo en el bolso.

El japonés duda, pero se inclina mecánicamente y me abre paso hacia el doble portón por el que han entrado antes los invitados.

Ya estoy fuera, y sola. Me siento aliviada, pero la fuga no ha terminado. El lugar está lleno de puertas que flanquean un oscuro pasillo, con números sobre ellas, como en un hotel. Este sitio no tiene fin, pienso. Examino la salamandra que he robado. En la cinta está marcado el número seis. Busco y lo localizo sobre una de las puertas. Intento abrir, pero está cerrada. Carece de hueco para la llave; en el lugar donde debería estar la cerradura hay una placa metálica con una salamandra dibujada en relieve. Piensa, Alice. Acerco la joya y arrimo una pequeña protuberancia metálica que sobresale de su superficie, como un garbancito casi imperceptible. ¡Eureka! La puerta se abre con un chasquido. Qué moderno. Me encuentro en un pequeño baño completo, de estilo europeo y nipón. Hay un banquito de madera para lavarse, pero también un bidé. Me doy una ducha fugaz que dura varios segundos; a pesar del peligro que corro necesito quitarme la pátina de suciedad que se me ha quedado pegada tras sobarme con esa piara viciosa. Después de secarme, inspecciono la ropa que cuelga ordenada en unas perchas. Había acertado, la mujer era más o menos de mi talla. No me puedo creer mi suerte, tiene compresas. Con cierto asco me pongo las braguitas y me visto con su ropa. No me cabe duda de que es de clase alta; todas las prendas son de marca y el bolso debe de costar una fortuna. Lo inspecciono con detalle y encuentro en su interior una llave con el símbolo de Mercedes. Me peino con cuidado y, cuando voy a salir por donde he entrado, descubro que hay otra puerta al fondo. La salamandra vuelve a funcionar con esta también. Tras ella, me espera otra gran sorpresa: se abre directamente a un diminuto garaje de una plaza, donde un flamante Mercedes todoterreno de último modelo descansa a la espera de que su dueña se haya follado a unos cuantos.

Las matrículas trasera y delantera están tapadas con sendas fundas de tela. Joder, aquí no se deja nada al azar. Me subo al vehículo. Valiente madre de familia: detrás hay una sillita de bebé. No quiero mirarla, se me encoge la tripa al descubrirla en el retrovisor. Inserto la llave. Con el primer movimiento del coche la puerta del garaje se abre de forma automática. Nunca he conducido en Japón, pero por fortuna el volante está donde tiene que estar: en el lado derecho. Salgo marcha atrás a un nuevo garaje mucho más grande, vacío, limpio y brillante, con las columnas forradas de madera y el techo decorado con pinturas. Un garaje privado dentro de un garaje de lujo. Seguro que nadie puede salir de su cubículo si, en ese momento, alguien lo hace de otro aparcamiento. La discreción total. Este sitio no deja de sorprenderme. En un minuto me encuentro recorriendo la gravilla de salida del complejo. Unos cien metros más adelante, justo en el linde del bosque negro, tan denso como el que me encontré al llegar, otra barrera me impide el paso. Ahora es cuando me paran y se acaba la aventura. Pero tengo una intuición. Desde el principio he creído comprender que la gente que viene a esta parte del prostíbulo no quiere ser reconocida; desea intimidad total, alberga la esperanza de que nadie vaya a verle la cara. En el portón de entrada no hay más que una pequeña columna metálica, como la que tienen los *parkings* para salir tras introducir en ella su tarjeta. Pero esta muestra un agujero más amplio, en forma de recipiente. Acerco la salamandra, la muevo arriba y abajo, pero nada. Tras pensar unos segundos, recuerdo lo que me dijo la mujer que me recibió: que la salamandra solo servía para una vez. Así que suelto la pulsera dentro del agujero. Oigo el ruido que hace al caer al fondo de la columna de metal.

Tras un bip digital, el portón se abre. Piso con suavidad el acelerador y cruzo la noche en dirección a la libertad.

# SÉPTIMA PARTE
## Kamogawa

# 二十八
# 28

Llevo veinte minutos parada. No sé dónde estoy. He conducido una hora a ciegas, he cruzado la noche, bordeado la montaña e intentado dirigirme hacia Tokio, que no andará lejos; calculo que a dos o tres horas. Pero estoy agotada y me duelen mucho las entrañas de donde me han arrancado a mi hijo. Debería ir a un hospital, pero tal y como está la situación todo me da miedo. Me he detenido en una zona de descanso de carretera, lo más alejada posible del resto de coches. El GPS está en japonés. Aunque no parece complicado, no me he sentido con ánimos de ponerlo en funcionamiento. El reloj del coche dice que son las cuatro de la mañana. Echo el asiento hacia atrás hasta casi tumbarlo y me recuesto echa un ovillo. Duerme, duerme, Alice; luego pensarás qué hacer.

Al despertar doy un respingo; un movimiento instintivo de protección. He dormido profundamente, pero rodeada de pesadillas. ¿Dónde estoy? Tardo en recordar. La zona de descanso. El alba asoma por entre las montañas. Permanezco aún un rato en esta posición fetal. Necesito ir al baño con urgencia, pero me angustia pensar en la sangre que va a salir de mi interior. Pongo el coche en marcha y me lanzo en busca de una gasolinera. Sigo por carreteras secundarias; cruzo pequeños pueblos por los que veo caminar a paso lento ancianos y niños. ¿Qué día es hoy? No llevo encima ni reloj, ni móvil, ni dinero, ni tarjetas, ni absolutamente nada que sea mío. Tengo que volver a casa. Volver a casa, volver a casa, volver a casa, me repito. Al cabo de unos minutos llego a una estación de servicio, pequeña, demasiado iluminada. Detengo el vehículo. Nunca he echado gasolina en Japón, pero, solícito, se acerca un empleado. Se sorprende al descubrir que no soy japonesa.

—*Buenas noches, señorita. ¿Cuánto le sirvo?*[64] —me pregunta.

Rebusco en el bolso que he cogido de la mujer. Extraigo el gran monedero de piel. Qué pijo. Abro la zona de billetes y, como era de esperar, está repleta. Menos mal.

—*Lleno, por favor.*[65]

Me llena el depósito, pago y aparco junto a una pequeña cafetería adosada a la gasolinera. A estas horas está vacía. Voy al baño. Tiemblo al mirar la compresa empapada en sangre. La cambio. Me siento en el último banco y encargo a una mujer mayor un café y unos bollitos que no tienen pinta demasiado rara; no me apetece probar nuevos sabores. Me bebo el café de un trago y pido otro.

Ahora que estoy tranquila, lejos de la Salamandra, siento que el nudo que me atenazaba se suelta poco a poco. Las lágrimas comienzan a aflorar abundantes. El camarero resulta ser el hombrecito de la gasolina. Es un señor mayor, casi anciano; al traerme el segundo café me mira con sorpresa. Se inclina, discreto. Su cabeza, como la de un pájaro que no sabe si comerse eso tan raro que le ha lanzado un niño, oscila dudosa sin atreverse a preguntar. En Londres no se habrían inmutado, pero aquí el corazón del viejecito no concibe dejarme en este estado. Fuerzo una sonrisa tranquiliza-

---

64. こんばんは、お嬢さん。いくら入れますか。(*Konbanwa ojyōsan. Ikura iremasu ka?*).
65. 満タンでお願いします。(*Mantan de onegaisimasu*).

dora y le doy a entender que no pasa nada, que todo está bien. Pone cara de pena y ladea de nuevo la cabeza ofreciendo su comprensión. Por fin, me deja sola.

Vamos a recapitular, Alice. Mi pequeña Alice. ¿Qué te ha pasado? Yo me iba a volver a Aberdeen. Y de pronto me topo con una desconocida a la que deseo conocer a fondo en un solo día, pero de la que en realidad no sé nada. Por Dios, Alice, si es una japonesa. ¿Qué extranjero llega a conocer, a comprender, siquiera superficialmente, a un japonés? Ni después de años de convivencia debe de ser fácil. Y esta chica, con cara y cuerpo de modelo y tatuajes de criminal, que me seduce en unos baños públicos, no logra evitar que nos rapte un clan de mafiosos, escapo con ella por una azotea jugándome el tipo, para finalmente llevarme a un *love hotel* y echarme el polvo de mi vida. Mientras, me inunda de señales para que me enamore de ella. Luego me invita a una especie de club maravilloso, que resulta ser un sitio de..., ¿de qué? No sé ni cómo definirlo. ¿Un sofisticado prostíbulo paradisíaco para millonarios? No, sería injusto llamarlo así. Un sitio como no debe de haber muchos en el mundo, dedicado a disfrutar de verdad del cuerpo, de la mente, de uno mismo. Al menos en los pabellones que conocía, porque esta última zona en la que he estado parece más consagrada para orgías y similares. Las dos pasamos horas maravillosas juntas. Habría jurado que sus ojos me miraban con amor. ¿Me ha engañado como lo haría un hombre? Y eso que yo creía poder leer en las mujeres. Pero Yuriko era distinta. Y a ella la han matado. No entiendo nada. ¿La había contratado la mujer de Toshirō para llevarme allí y cayó también en su propia trampa? ¿Por qué dijo Mitsuhirato que era escurridiza? ¿La buscaban a ella o a mí? ¿Qué tiene que ver la mujer de Toshirō con el novio yakuza de Yuriko? ¿Y era necesario que esa puta loca me arrancase mi bebé? Si yo me iba a ir a

Escocia y jamás habrían sabido de mí. ¿Tiene algún papel Toshirō en todo esto?

Me tapo la cara. Mis lágrimas se convierten en sollozos ahogados que intento disimular. Yuriko y mi bebé. ¿Por qué me los habéis quitado a los dos? El niño era lo que más quería en el mundo. No quería pareja, no quería dinero, solo quería a mi niño, el niño de Toshirō, de ese malnacido. Seguro que, fuese chico o chica, habría tenido esos ojos maravillosos, esa forma de observarme en silencio a través de las finas rendijas de sus párpados que me derretía; sus rasgos hermosos, su manera de hablar, pícara y dulce al mismo tiempo.

Me acabo el café y me seco las lágrimas con una servilleta de papel. Dejo vagar la mirada por la cristalera. El día se levanta gris. ¿Y ahora qué hago? Tengo que acudir a la policía de inmediato. Sin perder un minuto. No, al hospital primero. Pienso en esto mientras aprieto los músculos del perineo. Noto el dolor y la humedad de la sangre. Dios mío, espero que al menos haya sido un aborto bien hecho. Que pueda volver a tener hijos, Virgen María, por favor, que no me hayan dejado estéril. Vuelvo a sentir una angustia profunda, acompañada de una soledad absoluta. ¿A quién tengo aquí para ayudarme? Piensa, piensa. Realmente a nadie. A nadie. Seguro que Fonsi y Koji aún tienen sentados en su salón a cuatro armarios vestidos de negro, esperando a que llame o me presente allí. Dios mío, que no les haya pasado nada. Si algún día los vuelvo a ver, me dirán que soy imbécil, que cómo se me ocurrió seguir a una chica tatuada, que con las cosas de la Yakuza jamás se juega. Este ha sido el premio de mi inconsciencia, liarme con un japonés con dinero y con una desconocida después. Bastante arriesgado es viajar sola, vivir al otro lado del mundo sin alguien de confianza cerca; pero ya irte con la primera que pasa y sin avisar a algún amigo que te pueda seguir el rastro... Nunca más, nunca más. Me clavo con rabia las uñas en la mano. Me duele mucho allí abajo. Me tengo que ir de aquí. Policía, hospital y avión a Heathrow. Mañana, pasado, ¡ya! ¿Y si no voy a la policía? Me recorro el brazo. Los pinchazos están allí. Si es cierto que me han puesto heroína lo van a averiguar enseguida. Aquí en Japón las drogas son un delito gravísimo. Me meterán en la cárcel. Una puta *gaijin* heroinómana que ha abortado, eso dirán que soy. ¿A quién voy a denunciar en este estado? Lo ha urdido bien la mujer de Toshirō. Parecía inteligente. Bueno, pues ya está. Me cojo el primer avión y ya iré al hospital en casa. Veintipico horas de viaje sangrando mientras cruzo medio mundo. ¿Me moriré? Tampoco sangra tanto. Puede que haya un vuelo hoy mismo. ¿Y qué le voy a decir a mis padres? Pienso en ellos. ¿Les contaré todo lo que me ha pasado? ¿Lo podré superar sin su ayuda? Sí, es lo que tengo que hacer. El tomar esta decisión me da fuerzas. Seco mis lágrimas. Este es el plan: paso por el hotel cápsula, recojo mi pasaporte y el resto de mis cosas en la taquilla, y con un taxi me marcho rápido al aeropuerto. Me quedo en la terminal hasta que consiga vuelo, el primero que salga para Europa. Desde cualquier sitio se puede rebotar a Londres. Me he dejado el bolso con las tarjetas en la Salamandra, pero llamaré a papá y pagará con la suya. Aguantaré lo que haga falta, aunque tenga que dormir dos días en la sala de espera. Sin embargo, el alivio de haber por fin ordenado mis ideas y de haber tomado la decisión de irme de inmediato, se mezcla con otra sensación amarga. Irme sin venganza, sin denunciarlo a la policía. Toshirō. Toshirō es la única persona que sabía y que quería que este niño no existiese. ¿Estará también detrás de todo esto? No seas estúpida, Alice. No estás en condiciones de vengarte de nada. Huye y olvídate.

Pago la consumición e intento poner buena cara para el preocupado camarero. Le pregunto cómo ir a Tokio. Este saca un mapa y me indica amablemente, más por gestos que con palabras, dónde estamos, qué carretera tengo que coger y cuáles son los desvíos y las direcciones. Cuando vuelvo al coche me encuentro mejor. Me siento, introduzco la llave, giro el contacto y entonces este no solo no arranca, sino que una espantosa alarma escondida en las entrañas de su carrocería comienza a aullar. Todas las luces del vehículo se encienden y apagan y el claxon retumba loco con vida propia. No, por favor, ahora no. Mi corazón se encoge de nuevo. Abro la puerta y veo, nada más poner el pie en el suelo, aparcados enfrente, dos coches de policía estacionados. No me había percatado de su llegada. Detrás de uno de los surtidores distingo a un agente semiescondido. Otro se acerca a lo largo de la fachada, despacio, con la mano en la pistola y sus ojos fijos en los míos. El tercero aparece justo detrás de mí.

# 二十九
# 29

—*Pueden quitarle las esposas*[66] —o algo así dice en japonés el que supongo de mayor edad o rango—. Soy el inspector Tomizawa. —No entiendo bien su nombre—. ¿Por qué ha robado el coche y a dónde quería ir, señorita Clowes? —pregunta en un inglés casi tan complicado de descifrar como su japonés.

Me froto las muñecas. Después de tres horas en el asiento de atrás de un coche patrulla y otras dos sola en una habitación cerrada, por fin se digna alguien a dirigirse a mí en esta comisaría de Tokio. Una agente y un doctor me han tomado muestras. He intentado razonar, relatarles lo ocurrido, explicarles que me han realizado un aborto ilegal, pero ellos, con malos modos, me han contestado que no me entienden. «Más tarde, más tarde», repetían ambos.

—He sido raptada y... me han arrancado a mi niño.

—¿Arrancado? —el inspector no entiende. Cuando decidí no acudir a la policía tenía razón. Suponía que esto iba a ser así y no me equivocaba.

—¿No me pueden traer un intérprete para algo tan serio, por favor?

El japonés tuerce el gesto. Tiene una cara antipática, paciente pero desagradable. No quiero hablar en japonés, estoy demasiado agotada para ello.

66. 手錠をはずしてやれ。 *(Tejō o hazushite yare)*.

—Señorita, la hemos detenido al volante de un Mercedes robado, y sus análisis de sangre y orina indican que ha consumido heroína en los últimos días. Su situación no es como para pedir nada. Le exijo que nos cuente por qué lo ha robado y dónde lo ha hecho.

La puta heroína. Qué bien me han cerrado la trampa.

—No le entiendo —le replico—, ¿cómo que dónde? Pues en el *ryokan* de la Salamandra. Ya se lo he explicado tres veces.

Me abro la camisa como puedo y le enseño la fina costra de sangre vertical que me recorre de arriba abajo y el agujero más profundo del esternón.

—¿Cree que esto me lo he hecho yo sola?

El inspector me observa con los ojos entreabiertos. Tose con fuerza, molesto. Con un grito brusco le ordena a su subordinado que salga de allí. Luego se dirige a un espejo grande que hay en una de las paredes, grita algo que no entiendo haciendo un gesto circular con la mano. Debe de haber gente detrás grabando el paripé. O quizás he visto demasiadas películas.

—Venga conmigo.

Nos trasladamos a un despacho que supongo que es el suyo. Cierra la puerta y me hace sentar. Manda un mensaje por el móvil. Me ofrece un botellín de agua.

—Inspector, yo —lo abro y lo bebo con avidez— le aseguro que...

—Tranquila. —Parece haberse calmado, aunque se le ve nervioso—. Cuénteme otra vez lo que le ha pasado, pero sin prisa, para que pueda entenderla. —Y a continuación descuelga el teléfono fijo, posa el auricular en la mesa y se arrellana en su asiento.

No sé por dónde empezar.

—Yo estaba..., estaba a punto de emprender mi viaje de vuelta casa, a Escocia, cuando conocí a Yuriko.

Desgrano entonces mi odisea, aunque procuro, eso sí, obviar los pasajes eróticos con mi amiga. El inspector japonés me escucha atento, sin tomar ningún tipo de notas, solo afirma con la cabeza o pide explicaciones cuando no entiende alguna palabra. «Más despacio, más despacio», repite. A medida que mi relato avanza, me doy cuenta de que algo no cuadra. No es que conozca los protocolos de las comisarías de policía japonesas, y menos aún los de un interrogatorio, pero la actitud de aquel hombre es extraña. Parece disfrutar de mi historia, como si de una película se tratase. Se regodea en las preguntas relacionadas con las instalaciones, se relame con disimulado aire libidinoso al llegar a los pasajes más picantes, sobre todo en la última parte, la orgía del gran salón. Incluso suelta alguna carcajada.

—¡Igual que en *ayswaidshat*! —dice entusiasmado. Tardo en comprender que se refiere a la película *Eyes Wide Shut*.

Al terminar, me pregunta si la ropa que llevo es la que he robado a la japonesa del Mercedes.

—Pues claro —respondo—, ¿no se lo ha contado ella?

El japonés no me contesta, pero niega impaciente.

—¿Incluso la ropa interior que tiene ahora?

Me pongo colorada.

—Sí, no tenía otra que ponerme, allí en el *ryokan* se quedaron con todo lo mío.

—Bien, bien —me contesta el policía—, qué interesante.

Empiezo a preocuparme. Al principio tenía miedo de que pensasen que estaba loca, que me lo inventaba todo. Pero está claro que el japonés me cree a pies juntillas.

—Le exijo que vayamos ahora mismo a detener al médico que me hizo la operación. ¡Y a la mujer de Toshirō! Han matado a Yuriko y a mi niño —subo la voz—, ¡antes de que se escapen! Eran muchos.

—¿Sabe usted cómo se apellidaba su amiga? —me pregunta.

—Sí, Kāto. Compruébelo en el hotel cápsula donde la conocí, allí estará su registro.

El policía se queda pensativo. Rebusca en el ordenador y coge el teléfono. Después de hablar unos minutos y de citar dos veces el nombre de Yuriko, cuelga.

A continuación, me observa, callado. Le pregunto si ha averiguado algo, pero este permanece en silencio, imperturbable. Rumia, resopla, masculla en voz baja, casi furioso. De pronto se vuelve hacia mí, muy desagradable:

—Mire, señorita. Le voy a poner las cosas claras, escuche bien. Ha sido usted sorprendida en un coche robado. Es cierto que la dueña no ha querido denunciar el delito; si la encontramos fue porque el propio coche lanzó una señal de alarma a nuestra central que activó ella con el teléfono móvil. Sostiene que se lo prestó y que no quiere contar ningún detalle del tema. Ya me puedo imaginar por qué. En cualquier caso, se ha hallado heroína en su sangre y hemos visto sus pinchazos en el antebrazo. La condena por robo es de cinco años y por drogadicción mucho más. Y si se demuestra que ha traficado con heroína la pena es de muerte.

Me quedo pálida.

—Pero..., pero lo que le he contado... Usted, ¿usted me ha creído, verdad?

—El que yo la crea o no carece de importancia en este momento. Va a pasarse usted la vida en una cárcel japonesa.

El suelo de feo y viejo gresite parece hundirse bajo mis pies. Tengo que controlar una arcada para no vomitar de angustia. Su teléfono suena. No puedo creer lo que se me viene encima. Papá, mamá... Dios mío. Me arrebujo en mi asiento, las lágrimas vuelven de nuevo a mis ojos. De fondo oigo sin escuchar al policía, repetir una y otra vez «Hai,

hai», mientras pone cara de circunstancias y ensombrece aún más su rostro. Finalmente cuelga el teléfono y permanece en silencio. Tengo ganas de correr y tirarme por su ventana abierta. Aunque recuerdo que estamos en una planta baja. No podría soportar, después de perder a mi bebé, ir a una cárcel japonesa. Me han arrebatado al niño, y ahora me confiscan la vida. Yuriko, ¿qué coño me has hecho?

—Hay otra opción. —El japonés se inclina hacia mí y me clava los ojos. Deja pasar unos segundos. Alzo la mirada con esperanza—. Si coge usted el primer avión a Londres y me jura que no vuelve a poner los pies en Japón, la dejo ir. —Espera mi reacción y alza sus pobladas cejas, interrogativo. Luego las frunce, saca un paquete de cigarrillos del cajón y se enciende uno inclinándose hacia fuera por la ventana abierta.

Estoy atónita. La sangre vuelve a circular por mi cuerpo. En mi interior lucha la esperanza con la injusticia. Ambas pugnan con la misma fuerza. Por una parte, volver a casa tal y como he deseado con tanta intensidad, en estas circunstancias más que nunca. Por otra, vengarme.

—Pero, inspector, ahora que ya se lo he contado todo, deben ir al *ryokan* a detenerlos, tienen que hacerles pagar por lo que me han hecho. Y Yuriko ha sido asesinada; ¿qué clase de policía es esta?

—¿Qué *ryokan*? —me pregunta el inspector exasperado.

La ceniza de su cigarrillo desafía la ley de la gravedad. Me quedo atónita. Creo no haber entendido bien.

—¿Cómo que qué *ryokan*? Pues el *ryokan* de la Salamandra, eh... ¿Me toma por una imbécil?

El japonés apaga con parsimonia la colilla en un cenicero que esconde por la parte de fuera de la ventana, y la cierra. Se acerca a mí a pequeños pasos y se sienta a mi lado. Su aliento a tabaco aumenta mis náuseas.

—Veo que no ha entendido nada de nada, pequeña inglesa estúpida. —Su voz suena contenida pero furiosa—. El *ryokan* no existe. Lo que usted cree haber vivido no ha tenido lugar, nunca ha estado en ese sitio, no le ha robado a ninguna japonesa su Mercedes porque usted no ha coincidido jamás con esa mujer. La chica que usted dice conocer, la tal Kāto Yuriko, no consta en ningún sitio y asuma que tampoco existe. Y usted va a terminar su interesante estancia en nuestro maravilloso país subida, mañana a lo más tardar, en un avión con destino a su casa. —Me señala con el dedo y acerca su cara a la mía, demasiado cerca para un japonés—. ¡¡Y si se le ocurre poner alguna denuncia, tanto aquí como allá, tenemos el registro de su análisis de sangre empapada de heroína y la declaración de los policías que la detuvieron con un coche robado, un bolso con tarjetas que no era suyo e incluso la ropa de otra mujer puesta y el ADN de su coño impreso en sus bragas de encaje!! Suficiente como para que la metan en la cárcel en cualquier país de la Commonwealth si pedimos orden de captura.

El japonés suelta esto de un tirón, amenazador, irónico, suplicante; todo al mismo tiempo. Estoy profundamente confundida, anonadada, como si me hubiesen regalado una sesión de bofetadas.

—Y además —añade—, no puedo garantizar su seguridad si se queda, ni siquiera si la encerramos en una celda.

Siento el frío del peligro real que me recuerda el inspector, y que he olvidado; los que me perseguían en la Salamandra, el cuchillo helado entre mis piernas.

—¿No debería hablar con un abogado? ¿Con el cónsul?

¿Por qué no lo he pensado antes? Debería haber llamado a mi consulado. ¿Cómo se me ocurre ahora? Resulta que sí soy una estúpida. ¿Es que no ves películas?

El policía se calma. Respira hondo.

—Usted no quiere un abogado. —Se levanta, frustrado

porque no agacho la testuz y acepto sus condiciones—. Si repite esta historia a cualquier otra persona, utilizaremos todo lo que tenemos contra usted.

—¿Por qué no lo hacen entonces? —le desafío—. No entiendo por qué me quieren soltar.

El policía da media vuelta al despacho y se apoya en mi respaldo seguro de su victoria, ha rebajado el tono.

—Sí que lo sabe, o al menos lo intuye. No me haga explicárselo. Usted es inteligente.

Dudo durante largos segundos. Él deja que me cueza en mi jugo. Está claro que no quiere que salga a la luz la existencia del *ryokan*. Lo comprendo sin dificultad. En Escocia también hay prostíbulos de lujo. Si a un rico, político o famoso le robasen el coche en un sitio así, seguro que tampoco lo denunciaría, con más razón si lo recupera al día siguiente. Y no hablemos de la presencia de la Yakuza. Dentro de mi nerviosismo y desesperación empiezo a comprender dónde me he metido. Corrijo: dónde me metió Yuriko. Pero ¿por qué?, pienso. ¿Era necesario esto para robarme a mi bebé? Nunca lo sabré.

—No tengo dinero para el avión.

—¿Dónde están sus cosas?

—Siguen en el *ryokan*, ese que dice usted que no existe. No me queda más que una maleta de ropa y mi pasaporte en una taquilla en mi hotel de Kioto.

En ese momento se abre la puerta de sopetón e irrumpe un japonés enorme. Rondará el metro noventa y la ropa le queda demasiado ajustada entre lo gordo y fuerte que está. Carece de cuello y suda copiosamente, se nota que acaba de llegar con prisa. El inspector se levanta de golpe y se inclina como un tentetieso. Si alguna ventaja tiene la ciencia de las reverencias en este país es que deja clara la jerarquía y el escalón al que uno pertenece en ella según cómo te inclines y cómo se inclinen ante ti. Este debe de ser un pez gordo gordísimo, tamaño ballena. Y no solo en sentido figurado.

Nada más entrar, cierra con un portazo y me mira igual que a una rata muerta en el borde de una alcantarilla.

—*¿Es ella?*[67] —pregunta.

—*Sí*[68] —contesta Tomizawa.

El gigante se sienta en su silla, saca un caramelo de su bolsillo, lo desdobla con delicadeza y se lo mete en la boca.

—*Continúe.*[69]

El inspector, entonces, tras contestar que sí e inclinarse de nuevo, retoma la conversación donde la dejamos.

—Le pagaremos el billete de tren a Kioto y el de avión a Londres de los fondos para deportaciones. Y le voy a dar una cantidad de dinero de bolsillo para que compre lo que pueda necesitar hasta entonces. ¿Estamos de acuerdo?

Hace rato que me he rendido. El inspector lo sabe y yo sé que lo sabe. Los dos hombres se contemplan ya más tranquilos. El gigante balbucea algo con tono satisfecho, me otea desde su altura, se levanta y sale del despacho mientras el inspector se dobla, solícito, por la mitad. Yo insisto:

—¿No pueden ustedes, al menos, ir al *ryokan* a buscar mis cosas?

El japonés no contesta, se pregunta sin duda si esa extranjera está loca o es decididamente imbécil.

—Ah —continúo con una mueca—, es verdad, la Salamandra no existe.

—Y devuélvanos la ropa que lleva puesta. —El inspector parece aliviado—. Le daremos una nueva limpia, no tan lujosa, pero más acorde a alguien como usted.

---

67. この女か。 (*Kono onna ka?*).

68. はい。 (*Hai*).

69. 続けろ。 (*Tsuzukero*).

Cuatro horas después, me deslizo en un silencioso *shinkan-sen* hacia Kioto. Todo ha resultado demasiado sencillo. Tenían mucha prisa por que me fuese. Tengo en una carpeta las tarjetas de embarque de mi vuelo a Londres vía Dubái de mañana por la mañana y en mi bolsillo un sobre con cincuenta mil yenes, lo suficiente para pagar lo que debo del hotel, comer y comprar algún recuerdo para mi familia, como me ha dicho el inspector sin disimulado sarcasmo al despedirse de mí. Y aún me va a sobrar.

Me encuentro aniquilada, destrozada por fuera y por dentro. Solo quiero una cosa: olvidar. Olvidar a Toshirō, olvidar a Yuriko, olvidar que iba a tener un niño, olvidar el dolor entre mis piernas, olvidar Japón, olvidar mi vida sin dirección. Me doy cuenta de que hasta ahora me he dejado guiar por algún viento caprichoso que me lleva a volar por sitios lejanos y que este último ha sido especialmente nefasto. Necesito echar raíces, encontrar un trabajo, empezar de cero, quedar con las amigas, con las casadas y con las divorciadas. Tendré que soportar el desdén de las primeras y salir a beber a los *pubs* con las segundas. Escuchar sus historias de niños después de haber perdido al mío, entrar de nuevo en los círculos de lesbianas que tanta pereza me dan y sentir otra vez las miradas de desaprobación en aquella ciudad pequeña donde todos están cortados por el mismo patrón. Quizás debería pensar en regresar a

Londres. O a España. Volver al sur, al calor. Pero no, de momento no. Ahora necesito con desesperación a mi familia, llorar y contarles todo lo que me ha pasado. O casi todo. ¿Les confesaré que me quedé embarazada? ¿Y que perdí al bebé? Les contaré que fue un aborto natural. Pero tengo que llorar a mi niño o niña con alguien o enloqueceré. El cuerpo me implora hablar, expulsar la tristeza que siento por dentro, y solo en casa tengo a alguien para hacerlo. Esto era la soledad, pienso. La soledad absoluta en un país de ciento treinta millones de personas. No he sido capaz de atar a mí a ningún ser humano. Miro por la ventana sin ver los campos y las casas pasar a gran velocidad. Aún no he tocado mi caja de *bentō*.


La estación de Kioto me espera igual que la dejé. Pero cuando salí me parecía maravillosa y ahora la encuentro inmensa, fría y metálica, insensible ante mi tragedia. Me cruzo con cientos de personas, a ninguna le importa mi drama. El ser humano es una mierda.

Me dirijo a la parada del metro.

Y entonces lo veo. O creo verlo. No estoy segura. En el reflejo de una tienda de tés en la que me he detenido, reconozco la cara de Mitsuhirato. ¿Cómo poder olvidarla? Me giro como mordida por un tábano, con el corazón paralizado, y lo busco entre la multitud. Detrás de mí, la corriente incesante de seres humanos fluye ordenada al igual que un río caudaloso. No puedo distinguir a nadie que se le parezca. ¿Me he vuelto paranoica? De alguna manera he creído que estaba bajo la protección de la policía y que eso eliminaba el riesgo de que me siguiesen mis captores de la Salamandra. Pero ¿por qué iba a ser así? Me doy cuenta de que he sido una estúpida.

Por primera vez se me ocurre analizar qué iban a hacer conmigo después de arrancarme el niño y drogarme. Si no me iban a matar y me inyectaban heroína para que no fuese a la policía... Quizás su única intención era la de soltarme en un avión y enviarme también a casa. ¿Qué otros motivos podrían tener? Le doy vueltas en la cabeza. No se me ocurre una tercera opción. Los órganos no me los han quitado y no creo que me fuesen a enviar a un harén de Arabia Saudí. A lo mejor todo habría sido tan fácil como dejarse acompañar por la Yakuza al aeropuerto y fin de la historia. Pero ahora, al haberme escapado, seguro que piensan que esta inglesa se va a ir de cabeza a la policía o al consulado a denunciar y se arrepienten de haberme dejado con vida. No sé si alguno de estos razonamientos es correcto, pero por si acaso lo mejor es no darles la oportunidad de encontrarme y largarme de este país a toda prisa.

Dirijo mis pasos hacia la boca del metro. ¿Y si la propia policía me ha soltado para que ellos me cojan y me maten? ¿No me debería haber acompañado alguien? Un maremoto de emociones y de miedos se desploma como una montaña sobre mí; pierdo la respiración. ¿Dónde metí el teléfono del inspector?, ¿cómo se llamaba? Tengo que llegar rápido al hotel, coger mis cosas, subir a un taxi, ir al aeropuerto y quedarme allí incluso toda la noche. Sí, el aeropuerto tiene que ser un lugar seguro. Si logro franquear el control de equipajes, nadie me perseguirá en la zona de embarque. ¿O sí?

Al cabo de media hora salgo del metro; más que andar, corro. La entrada del hotel cápsula está tranquila. La señora mayor de la recepción me saluda con amabilidad y ladea la cabeza, como indagando dónde he estado. Me pregunta si quiero dormir aquí esta noche. Digo que no, pago la cuenta y recupero la maleta y el pasaporte tras meter el código de la taquilla electrónica.

—*Voy un momento al baño a cambiarme.*[70]

—*Claro, el tiempo que necesite* —responde la mujer con una sonrisa—. *Lávese y relájese tranquila si quiere.*[71]

Asiento agradecida. Después de lo que he pasado, no viene mal una voz amable. Reúno mis pertenencias y cojo el ascensor hasta la última planta. A esa hora el *sentō* estará vacío. Me asomo a la zona de baños. Desierta, como había imaginado. Aquí conocí a Yuriko, aquí empezó todo. ¿Hace cuántos días? Me parecen semanas. Siento de nuevo la tristeza apoderarse de mí, pero me la sacudo rápido; la adrenalina del riesgo inminente no me permite regodearme en la melancolía. Abro mi maleta y me cambio, tiro a una papelera la ropa que me ha dado la policía. No quiero llevarla. Pienso en ducharme, pero, si en efecto es el señor Mitsuhirato el que he creído ver en la estación, puedo estar en serio peligro.

Hay un ventanuco en el *sentō*. Me subo a la taza y lo abro con cuidado. Da a la terraza del edificio, desde un lateral. Me cuelo por ella mientras me muerdo el labio para soportar el dolor del aborto. Creo que está infectado, porque al orinar sigue saliendo sangre y huele raro. Ya estoy en la terraza. Me acerco agachada a la barandilla y me asomo. El *shock* es inmediato. Veo, desde arriba, en la acera de enfrente, a Mitsuhirato. El malvado de Tintín, que procura disimularse frente a la puerta de mi hotel cápsula, habla por teléfono. Al cabo de un momento se acerca a una furgoneta negra grande, aparcada cerca, se inclina por la ventanilla y habla con alguien. ¿Qué hago ahora, joder? ¿Cuándo acabará esta pesadilla? Pienso en llamar a la policía, pero no tengo móvil. ¿Y con quién pediría hablar? ¿Con el inspector de Tokio? Seguro

---

70. ちょっとバスルームで着替えてきます。 *(Chotto basurūmu de kigaete kimasu).*
71. はいもちろん、ごゆっくり。お風呂に入って、リラックスしてくださいね。 *(Hai mochiron, goyukkuri. Ofuro ni haitte, rirakkusu shite kudai ne).*

que es él el que les ha dicho en qué tren regresaba y a qué hora me encontrarían en el hotel cápsula. Y no quiero volver a telefonear a mis amigos, ya están en suficiente peligro. Yo me voy, pero ellos se quedan. Vuelvo a observar, prudente. El señor Mitsuhirato parece nervioso. Otra vez la angustia y el miedo. ¿Hasta qué punto va a aguantar mi cuerpo esta gimnasia? ¿No hay forma de huir? Una puerta, al fondo del patio, conduce a la terraza del edificio pegado a este, y allí, como en tantas construcciones japonesas, hay unas escaleras metálicas exteriores que conectan con otra terraza. Emprendo mi ascenso por ellas con cuidado, están oxidadas y tienen aspecto de inestables. A punto estoy de mandar a la mierda la maleta. Arriba, un chico japonés, un adolescente de no más de dieciséis años, fuma apoyado en el quicio de una ventana que da a la terraza. Un desproporcionado flequillo rubio cae sobre sus ojos, coronado por unos enormes auriculares blancos. Su cabeza se menea al ritmo de alguna música. No lo dudo. Me acerco a él mientras saco el sobre con dinero que me dio el inspector. El joven da un respingo al ver a esa chica rubia correr hacia él. Pero le hago señales con la mano para tranquilizarle. Al llegar a su altura, saco un billete de diez mil yenes y le digo en inglés que quiero salir por su casa. El chico me mira con cara de absoluto embobamiento. Ni abre la boca. Contempla el dinero, alza los hombros y afirma con la cabeza. Le pongo el billete en la mano y, casi a empujones, logro que me abra paso por su ventana. Me conduce a través de un piso minúsculo y cochambroso. Mi maleta tropieza con cada mueble. Al pasar por la cocina nos cruzamos con otros dos chavales de su edad absortos en sus teléfonos móviles, rodeados de platos y olor a cocina sucia que me recuerda a mis años en mi piso de estudiante. Ni me ven, tan concentrados como están. Yo creo que me podría haber ahorrado el billete, no se habría dado cuenta ninguno. El chico abre la puerta de entrada y me deja salir. Su expresión bobalicona no ha cambiado un ápice.

En un minuto estoy fuera del edificio. Inspecciono cada lado. La furgoneta estaba a la vuelta del bloque, no pueden verme desde allí. Tan solo circula gente que pasea indiferente. No voy a esperar a que pase un taxi, pero recuerdo que hay una parada al otro lado del puente del Kamogawa, y está cerca. Cada segundo cuenta. Me agacho, abro la Samsonite, saco mi gorra y me la calo bien sobre las cejas. Tenía una mascarilla de tela que usé cuando estaba constipada. Aquí está. Qué arrugada. Vamos allá, me digo para infundirme valor, en nada estaré del otro lado y en una hora en el aeropuerto. Doy un pequeño rodeo para no entrar en el campo de visión de Mitsuhirato. En dos minutos llego al puente. Está, como siempre, abarrotado de gente, japoneses y extranjeros mezclados entre sí. Agacho la cabeza, me pego a la barandilla y comienzo a cruzar. De vez en cuando me choco con algún turista, me disculpo. Ya falta menos. El día es caluroso, pero mi cuerpo está helado. El ruido que hacen las ruedas de mi maleta sobre el suelo me pone los nervios de punta, casi tengo ganas de levantarla en vilo, pero me duele mucho allí abajo, no quiero empeorarlo.

Y entonces, ocurre.

Al llegar a la mitad del puente, escucho una frenada y la bocina histérica de un coche. Me sobresalto, pero disimulo. Me han descubierto, estoy perdida. Alguien grita mi nombre. Todo es ruido alrededor, pero me da la impresión como si aquella voz que me llama rasgase el silencio más absoluto. No puedo evitar girarme. Un todoterreno Volvo, blanco, enorme, se ha detenido del otro lado de la calzada y de él emerge un espejismo, un fantasma, alguien que vuelve de entre los muertos. Es ella.

# 31

Suelto la maleta y me detengo, petrificada. Corre hacia mí sin mirar atrás. Ha abandonado el coche en medio del tráfico, no ha cerrado ni la puerta, y los conductores, al percatarse, pitan con furia. La gente se aparta, asustada; ven a una japonesa en mitad del puente que corre hacia una extranjera. La ropa de su compatriota, elegante y cara, contrasta con el atuendo deportivo de la pálida *gai-jin*. Sin duda, deducen que esta última le ha robado algo y que la otra se precipita para recuperarlo. Pero la extranjera no huye. Se apoya, desfallecida, sobre el borde del puente.

—Yuriko... —murmuro. El aire no me llega.

En ese mismo instante, el chirrido de un freno desvía de nuevo la atención de los paseantes y conductores de mi lado de la calzada. A escasos metros, una lujosa furgoneta negra Mercedes invade con aparatosa violencia la acera hasta tocar el pretil del puente para bloquear el paso de los viandantes. Su puerta corredera se abre con ruido metálico y saltan de ella cuatro hombres que se lanzan contra la rubia mal vestida. El público presente cree comprender que están en el bando de la japonesa que llega desde el otro lado. Han pillado a la ladrona, piensan muchos.

En dos pasos, los hombres atrapan a la extranjera. Apenas puede realizar movimiento alguno, pocas fuerzas le que-

dan para defenderse. La escena se desarrolla a gran velocidad. La inmovilizan con particular crueldad, tiran de ella
con saña, retuercen sus brazos, la levantan en vilo y la llevan
a la furgoneta. Algunos de los espectadores huyen despavo-
ridos, han visto asomar los tatuajes y saben lo que esto significa. Otros mantienen la distancia, pero permanecen quietos
para no perder detalle de la escena. Ya saborean los titulares
de los periódicos del día siguiente: «Un secuestro yakuza en
pleno puente del Kamogawa». La pálida forastera patalea y
grita, pero son matones profesionales. Los golpes de ella se
estrellan inútiles contra músculos de hierro. Ahora llega
hasta ellos la japonesa que ha cruzado el puente. ¿Qué pretende?

Me da tiempo a mirarla bien; no muestra marca alguna
de cuchillo ni nada que se le parezca. Y no me importa lo
que acontece a mi alrededor. La observo, fuera de mí, inmovilizada en el tiempo; me recreo en su belleza, en sus movimientos, en sus ojos negros. No se detiene. Acelera y, tras
un salto felino, hunde el canto de su pie en la cara de uno de
los que me sujeta. Este cae al suelo. Los esbirros no se lo
esperaban. El que aún me retiene redobla su esfuerzo por
meterme en el vehículo. Los otros dos se enfrentan a Yuriko. Esta se pone en posición de defensa, gira sobre sí misma
y lanza dos patadas muy rápidas. Una impacta en el abdomen del más bajito, que cae doblado. El otro retrocede. Yo
golpeo a mi captor, pero es mucho más fuerte, no tengo
nada que hacer contra él. Yuriko está fuera de sí. Su rostro
de rabia, los jadeos que la ahogan y sus *kiai* de kárate al golpear son terribles. No podía imaginar furor semejante en
alguien tan dulce. Se dirige hacia mí para liberarme, pero,
justo en el momento en el que va a atacar de nuevo, se abre
la puerta de delante y se asoma el señor Mitsuhirato con una
pistola apuntada a mi cabeza.

—*Lárguese de aquí, señorita. Puedo llevarme a la inglesa viva o muerta. Si no se aparta, la mato.*[72]

Con el ruido y la tensión apenas lo entiendo, pero reconozco las palabras «la mato».

Hace una señal al otro, que ayuda a levantarse a su compañero doblado por la patada, y le ordena que me empuje de una vez en el furgón.

Yuriko da un paso atrás, como un oso furioso que duda ante la amenaza del fuego. Yo, arrastrada por aquellos brazos de culturista, ya tengo medio cuerpo dentro del vehículo negro. Entonces, Yuriko, de un brinco, se encarama al pretil del puente. Mitsuhirato y sus cuatro secuaces la contemplan atónitos. Yuriko llora de rabia, la palidez de su cara ha tornado a bermellón y sus ojos parecen salirse de las órbitas. Así, en equilibrio sobre el río, ruge a pleno pulmón:

—*¡Sabéis que soy hija de Ōtomo Ishiro y hermana de Ōtomo Toshirō! ¡Esta chica es mi hermana también! ¡Si no la soltáis, salto aquí mismo!*[73]

Todos se quedan petrificados. Ha hablado con la misma voz profunda de los samuráis de las películas, con voz yakuza, terrible, desafiante, definitiva. El hombre que me sujeta duda, relaja su presa. Yo ya no lucho. ¿Hermana de Toshirō, ha dicho? Yuriko grita aún con más rabia:

---

72. お嬢さん、よしなさい。このイギリス人が生きていようと死んでいようと構わないんです。そこをどかないなら、殺しますよ。(*Ojōsan, yoshi nasai. Kono igirisu-jin ga ikite iyō to shinde iyō to kamawanai ndesu. Dokanai nara Koroshi masuyo*).

73. 私が大友一郎の娘、大友利郎の妹だとご存じでしょう！この女性もわたしの妹同然です。彼女を離さないのなら、ここから飛び降ります！(*Watashi ga Ōtomo Ichirō no musume, Ōtomo Toshirō no imōto dato gozonji deshou! Kono jyosei mo watashi no imōto dōzen desu. Kanojo o hanasanai nara, koko kara tobiori masu!*).

*—¡Si salto, mi muerte caerá sobre vosotros y moriréis asesinados por mi padre, y lo sabéis!*[74]

Sus facciones transmiten una locura furiosa, nadie puede dudar de la verdad de lo que dice, porque se tambalea sobre el vacío sin prudencia alguna. Además, se ha quitado los zapatos y los ha lanzado al agua, señal inequívoca en Japón de que se va a suicidar —nadie quiere presentarse en el otro mundo trayendo suciedad de este, igual que para entrar en las casas—. Del otro lado del puente, aúllan sirenas de policía que se acercan a través del monumental atasco que se ha formado.

Mitsuhirato se abalanza sobre Yuriko para sujetarla. Todo sucede muy rápido. El japonés salta con demasiado impulso y la agarra, o quizás es ella la que lo agarra a él para no caer, empujada al vacío por el ímpetu del otro. ¿Tenía realmente la intención de matarse, o era solo una amenaza? En cualquier caso, el cuerpo de Yuriko desaparece por detrás del antepecho grisáceo mientras Mitsuhirato estira los brazos, impotente, y la ve caer.

En un primer instante, el silencio es absoluto. Las docenas de viandantes que se han agolpado alrededor de nosotros permanecen congelados de estupor, clavados en sus sitios. Sin embargo, pronto comienzan las llamadas de auxilio. Los hombres de negro, que intuyen que su cabeza peligra, se acercan al pretil junto a su jefe para mirar abajo. La gente se agolpa también contra la barandilla y señalan con el dedo en dirección al agua. Me dejan libre, ya no importo. Mi captor, horrorizado, se tambalea mientras emite aullidos guturales. El mundo de la Yakuza no perdonará este

74. 私が死ねば、責任はあなたたちに降りかかり、あなたたちは父に殺される。それくらい知っているでしょう！ (*Watashi ga shineba, sekinin ha anatatachi ni furikakari, anatatachi wa chichi ni korosareru. Sore kurai shitteiru deshou!*).

error; Yuriko ha gritado que su muerte provocará la suya y sabe que es cierto. Por mi parte, en vez de correr hacia la libertad, quedo tan traspuesta como ellos. No solo porque Yuriko ha caído al vacío, no solo porque me es imposible comprender nada de lo que ocurre, no solo porque se ha enfrentado a mis captores, no solo porque ha anunciado que es hermana de Toshirō. Sino, por encima de todo ello, porque me he dado cuenta al verla luchar por mí, al oírla gritar para protegerme con aquella furia de tigresa que defiende a sus cachorros, que me ama y que la amo con todas mis fuerzas, que la química que he sentido por ella desde que la he conocido se ha multiplicado y repartido por cada poro de mi cuerpo. Y esta información, estas conclusiones instantáneas y brutales estallan en mi cabeza como mil fuegos artificiales atrapados entre sus paredes.

No es el cerebro, sino la médula espinal, que siempre reacciona antes que este, la que transmite a mi aparato locomotor que Yuriko no puede morir otra vez. Vocifero desesperada para no permitir que mi sentido común y el miedo se apoderen de mí, chillo para ensordecerlos y distraer su atención los escasos cinco segundos que necesito. Todos se giran al oírme: yakuzas, turistas, japoneses. Se ha vuelto loca. Ven a aquella chica rubia, vestida con un chándal gris y negro, salir disparada de la parte de atrás de la furgoneta, cruzar la calzada en la otra dirección, sortear coches y personas que se apartan, para saltar de cabeza por encima del pasamanos de hormigón del otro lado del puente. Sin tan siquiera rozarlo.

# OCTAVA PARTE
## Yubitsume

# 三十二

# 32

El agua se acerca como un camión a gran velocidad lanzado sin frenos contra mí. El impacto me despierta con una brutal sacudida. Los primeros instantes no respiro, todo el aire escapa de mis pulmones. Me ahogo.

Tardo unos segundos en darme cuenta de que estoy en una cama. Me duele terriblemente el pie derecho. Lo saco de debajo de la sábana cubierto de vendas. Sé por qué está así. Tras un giro en el aire, entré con él torcido en el agua, a pesar de haberme intentado estirar como una plancha. Ya no tengo tan frescos los saltos de trampolín.

Me encuentro casi a oscuras. Tanteo a mi lado y enciendo la luz de una mesita de noche occidental. La habitación, en especial su tamaño, me sorprende. Hace tiempo que no veo estas dimensiones en un cuarto japonés. Y este lujo. Está forrada de madera, decorada con óleos de gran envergadura que representan estampas del Japón antiguo y con muebles de madera maciza de aspecto imponente, pero al mismo tiempo minimalista. Me levanto con dificultad. Pruebo a apoyar el pie en el suelo. Bien, no me duele demasiado, no está roto.

En ese momento, alguien llama discretamente al otro lado.

—Pase —digo.

La pesada puerta gira sobre sus goznes.

—He visto luz y me he atrevido a llamar —dice una mujer de unos sesenta años, elegante, vestida al estilo occidental. Su inglés es pésimo—. ¿Puedo pasar?

Inclino la cabeza para corresponder a su saludo. No sé dónde estoy, no sé cómo actuar. La señora se acerca hasta mí. Su rostro es serio, contenido.

—Siéntese en la cama, por favor —me pide—. Le debe de doler mucho.

Obedezco y me dejo caer hacia atrás. La mujer se arrodilla delante de mí y con exquisita suavidad me sostiene el pie vendado. Yo me crispo, me siento incómoda; tocarme así es inusual, demasiado familiar. Allí, arrodillada, se arruga sobre sí misma y agacha la cabeza hasta rozar los vendajes con su frente. Apenas emite sonido alguno, pero su cuerpo da pequeñas sacudidas contenidas. Yo me agacho y la sostengo por los antebrazos para que se levante. Qué situación más violenta. Cuando se alza, su cara está bañada en lágrimas.

—Pensar —solloza—, pensar que... No viviré suficientes años para agradecerle su gesto. —Coge aire porque se ahoga. Rebusca entre su inglés oxidado para encontrar las palabras justas—. Ha bajado usted al *Yomi no kuni*,[75] ha arriesgado su vida y me ha traído a mi hija de entre los muertos.

Ahora entiendo. Es la madre de Yuriko. Aunque lo debería haber sospechado desde el primer momento; su parecido con Toshirō es evidente.

—No quiero ni pensar —continúa— lo que habrá sufrido usted, por lo que habrá pasado. No acabo de entender toda la historia y Yuriko no quiere hablar, está aún débil y furiosa.

—¿Se pondrá bien? —pregunto esperanzada.

—¡Sí! —A la madre se le ilumina la cara, mientras con

75. 黄泉の国。Reino de los infiernos.

304

delicadeza tiro de sus codos para que se siente junto a mí—. Se ha roto el brazo y ha sufrido una fuerte conmoción, pero los doctores aseguran que no le quedarán secuelas.

Siento un gran alivio y a su vez noto las lágrimas subir por mi garganta. Sabía que había salvado la vida de mi amiga, pero no cómo había quedado después de caer desde tanta altura. Me veo a cámara lenta volando desde el puente, con los brazos sobre el pecho, la cabeza bien recta, la mirada al frente y los pies en punta. He saltado desde sitios más altos. Aquella roca de Dubrovnik, madre mía. Pero el Kamogawa me ha tratado bien. El *kappa* esta vez no ha querido de mí. La corriente iba en la dirección correcta y, cuando me sumergí en el río por el otro lado, Yuriko se encontraba a tan solo unos metros. Mientras caía pude localizar su espalda. El resto se lo tragaba el agua. Fue fácil, aunque nunca le había salvado la vida a nadie. Quizás sea una compensación por lo de Jenny, pienso. Nos rescataron a ambas, pero Yuriko parecía muerta cuando la saqué del agua. Luego las ambulancias... Habré dormido desde entonces.

—¿Puedo cogerle la mano, por favor? —Sus sentimientos deben de estar desbordados para tocar a una *gaijin* de esta forma. Será su manera de mostrarme la magnitud de su agradecimiento.

Sonrío mientras me seco las lágrimas. La madre vuelve a llorar de nuevo y ambas nos apretamos las manos sentadas en aquella cama. Quiero abrazarla, y quizás ella a mí, pero ya sería demasiado.

—Usted es ahora mi hija —balbucea sollozando. Mezcla el japonés con el inglés; habla para ella misma, casi no la entiendo. Tira de mí con pequeñas sacudidas—. He recibido de usted más de lo que nadie me ha dado nunca; al devolverme a mi hija ha salvado mi propia vida, porque si Yuriko hubiese muerto yo habría muerto con ella.

Se calla, intenta seguir, pero no puede decir más, la voz se le quiebra entre murmullos en japonés. Qué diablos, me salto el protocolo y la abrazo. Permanecemos así un rato. Me siento cómoda en sus brazos, huele a un perfume suave. Quizás me recuerde al abrazo de mi madre que tanto he echado de menos estos días. Y la sinceridad y humildad de esta mujer, a pesar de la riqueza que debe de tener y del desprecio que sin duda siente por los extranjeros, es harto inusual. Se endereza y recupera la compostura. De pie parece mucho más joven. Se seca los ojos con un pañuelo y me pasa otro.

—¿Quiere usted verla? —me pregunta.


La casa es inmensa. Para llegar a la habitación donde está su hija tenemos que subir al piso superior a través de un ascensor dorado *art déco* que bien podría estar en un museo.

Yuriko está tumbada en la cama, estirada en una postura forzada y con un collarín. Por lo demás, pienso que su cara muestra una tristeza gris y densa. La madre me indica que me siente en la silla, a su lado. Dice unas palabras en japonés, se inclina y sale con discreción cerrando la puerta tras de sí.

Nos contemplamos largo rato, quietas, sin movernos.

—Quiero preguntarte una cosa —dice por fin mientras se reacomoda en el lecho con una expresión de dolor—: ¿Por qué, a pesar de haberte mentido, has querido dar tu vida por mí?

Me quedo pensativa. Estiro la mano y cojo la suya.

—Tú también te tiraste del puente por salvarme a mí.

—No es cierto —protesta—, era tan solo una amenaza para que te soltasen. Hice el amago de saltar, pero fue el imbécil de Hashimoto el que provocó la caída al intentar retenerme.

—Así que Mitsuhirato se llamaba Hashimoto —reflexiono en voz baja.

Regresa a mi recuerdo aquel hombre que me siguió en el tren, que ejecutó a los gemelos con sus jeringuillas rusas, que me ató a la camilla, que fue sin duda el que lo organizó todo para matar a mi hijo y quizás a mí.

—Bueno, ¿me voy o me lo vas a contar todo, hermana de Toshirō?

Yuriko se remueve de nuevo, frunce los labios en señal de vergüenza. Me muero de ganas de abrazarla, pero necesito saber primero si no he sufrido un gigantesco engaño por su parte. Así que permanezco fría.

—En efecto, mi vergonzoso secreto ha quedado al descubierto. —Me mira fugazmente—. Toshirō es mi hermano mellizo. Y sí, te lo voy a contar todo. Pero para ello tengo que empezar desde el principio.

—Yo siempre había sido la oveja negra. —Yuriko hace
fuerza con los brazos para lograr una postura más cómoda;
yo la ayudo—. Cuando mis padres me comprometieron
con el hijo del clan de Ninkyō Yamaguchi-Gumi (¿te acuer-
das, Akiyama, el chico gay que vino a cenar a casa con sus
padres?), el eterno ambiente irrespirable en mi familia se
distendió. Sospechaban que no acabaría bien, pero se nega-
ban a aceptarlo. Sabían que tenía demasiado carácter para
embarcarme en un matrimonio concertado. Si hubiese ocurrido una generación antes no me habría quedado más remedio que asumir mi destino, pero en esta época los jóvenes ya no respetamos las formas, las costumbres, la tradición.
Ya sabes. «¡Incluso presumen de ser homosexuales!», le
gritaba mi padre a mi madre las noches en las que discutían
del asunto. Ella callaba, llorosa. Solo de vez en cuando protestaba: «Pero es nuestra pequeña Yuriko», «es nuestra
única hija», «en el fondo qué importa». Mi padre, entonces, se ponía aún más furioso. «Menos mal que nuestro hijo
ha salido normal, triunfador, inteligente, y que no me va a
avergonzar jamás».

»Ōtomo Ichiro, así se llama mi padre, es hijo del que
fue el gran *oyabun* del Yamaguchi-Gumi, el clan de Yakuza
de Japón más importante, con más de 40.000 hombres. De
hecho, ha sido el mayor grupo mafioso de la tierra quizás en
toda la historia.

—O sea, que aquel cuento de que te habías liado con el jefe de un clan al que robabas dinero...

Yuriko agacha la cabeza y asiente.

—Todo mentira, Alice. Lo siento. Pero déjame seguir, ya llegaré a eso.

Balanceo la cabeza y dirijo la mirada hacia el fabuloso artesonado del techo. Al cabo de unos instantes vuelvo a ella.

—Bueno, continúa.

—Las luchas de poder y la constante presión de la policía y el estado habían debilitado la estructura del clan y este, tras traiciones y movimientos internos, se escindió en tres. Dos clanes nuevos surgieron en la región de Kansai, de la que forman parte Kioto, Osaka y Kōbe; la Kōbe Yamaguchi-Gumi y la Ninkyō Yamaguchi-Gumi. El gobierno se frotó las manos. Aumentó la presión sobre los clanes, encarceló a muchos de sus miembros y reforzó las leyes que nos perseguían. Era evidente que, si seguían dividiéndose y peleando, no solo en la región, sino en todo Japón, la Yakuza acabaría por desaparecer. Muchos clanes del país se disuelven hoy por falta de jóvenes que estén dispuestos a recoger la antorcha de sus mayores. Mi padre, consciente de ello, mucho más pragmático que ambicioso o violento, propuso a sus dos rivales enterrar el hacha de guerra de una forma novedosa. O quizás no tan novedosa, pero jamás se había utilizado en la Yakuza: casar a sus miembros para crear entre los bandos lazos de sangre. Una solución medieval para una crisis moderna, decía. Para ello ofreció casar a Toshirō, mi hermano, con Harumi, la hija del *oyabun* de la Kōbe Yamaguchi-Gumi, y a mí con Akiyama, el hijo gay del *oyabun* de la Ninkyō Yamaguchi-Gumi. Toshirō, consciente del poder que adquiriría cuando le cediesen el testigo su padre y su suegro, aceptó encantado casarse con aquella mujer, sin importarle ni su belleza ni su forma de ser. Por el contrario, yo, a pesar de que consideraba a Akiyama un buen chico y le quería mucho como amigo, me negué en redondo a hipotecar mi vida por un asunto político. En mi adolescencia había admirado a mi padre y a la organización que representaba (de hecho, me tatué el cuerpo porque quería sentirme una verdadera yakuza, orgullosa de mi origen; qué estúpida), pero al hacerme mayor me di cuenta de que no deseaba chantajear, extorsionar o asesinar a nadie. Ni por todo el poder yakuza del mundo. Y, lo que era más extraordinario, Akiyama, el amable chico gay con el que querían emparejarme, mucho menos. Odiaba cualquier cosa que tuviese que ver con la violencia. Nuestros respectivos padres, desesperados, ya no sabían qué hacer para convencernos; el futuro de la unificación de los tres clanes reposaba sobre la indomable voluntad de una *rezubian*[76] y de un *homosekushuaru*.[77]

»Mi hermano Toshirō, en cambio, había sido desde el principio el prototipo del macho alfa. Primero de la clase y, además, el más fuerte de sus compañeros. Guapo como un diablo y listo como una serpiente, decían de él; enseguida vio el camino que le trazaban la vida y mi padre, y lo emprendió con entusiasmo. Podría haberse convertido en uno de esos niños ricos, flojos e inútiles o, peor aún, en uno violento y derrochador de la fortuna de su familia (la de mi padre es inmensa, Alice; sí, inmensa). Pero mi hermano decidió multiplicarla, engrandecerla. Y tenía todas las virtudes necesarias para ello. Aconsejado por nuestro padre, llegó a superar a este en capacidad de trabajo y sacrificio, en pragmatismo y crueldad, en asertividad y lucidez de decisión. Se decidió que Toshirō se dedicaría a los negocios internacio-

76. Lesbiana.
77. Homosexual.

nales y mi padre seguiría mientras al frente de la familia hasta que el shogunato de los clanes le fuese entregado a Toshirō cuando los dos consuegros se retirasen. Entre los dos, decidieron que mi joven hermano no se tatuase. Los negocios de la familia con Europa, Australia y los Estados Unidos eran cada vez más importantes, y revelar de manera tan obvia que formaba parte de la mafia japonesa no era buena idea. Toshirō se mostró reacio al principio, porque los tatuajes son el símbolo fundamental de pertenencia a la Yakuza, pero al final aceptó aquella visión a largo plazo. Además, los tatuajes poco a poco se van convirtiendo ya en algo del pasado. La policía, en la última década, ha prohibido la entrada de los hombres tatuados en multitud de sitios. No solo en los baños públicos, también en la administración, en puestos políticos y hasta en la mayoría de clubes de golf. Mi padre y mi hermano se repartieron las dos caras de la moneda; Toshirō se movía entre alcaldes, banqueros y empresarios internacionales (habla razonablemente bien el inglés, el chino, el francés y el alemán) y mi padre mantiene la estructura de uno de los clanes más importantes del país con base en Osaka. ¿Me sigues?

Mi mente intenta conjugar la versión que conozco de su hermano con la que Yuriko me describe. Me es imposible admitir que ambos son la misma persona; no me encaja el desenfadado Toshirō, que me hacía suave el amor en el *jacuzzi* privado de la habitación de Bali, vulnerable, cariñoso, distraído, con el tiburón que me describe su hermana.

—Sigue, por favor —le pido.

Yuriko gime, dolorida, y mira al techo mientras continúa con la historia del hombre al que creía conocer.

—Toshirō es inteligente, resolutivo y brutalmente seguro de sí mismo. Nuestro padre no podía estar más orgulloso de él. Aunque, a veces, sin embargo, llegaba a asustarse un poco cuando mi hermano le proponía emprender una acción demasiado arriesgada o bien le contaba sus estrategias para hundir a sus enemigos y rivales. Pero mejor era eso que alguien blando y sentimental que llevase a la ruina lo que tanto le había costado construir. Mientras los ingresos por extorsión, prostitución y juego disminuían al ritmo de la desintegración de los clanes, Toshirō lograba aumentar de manera exponencial los beneficios de la familia en el sector de importación de minerales de Australia y de China, microchips de Taiwán, vino de Francia y maquinaria hospitalaria de Alemania. Logró hacerse también con grandes paquetes de acciones en dos acerías, en una de las mayores empresas de electrónica del país, en varias cadenas de hoteles, tres editoriales y un importante negocio de alquiler de maquinaria de construcción.

—Ahí no me mintió —añado con tristeza—, me contó que dirigía una editorial. Una editorial... Me gustaba pensar que era un intelectual.

—Posee, además, inmuebles repartidos por todo Japón y el extranjero: Shanghái, Singapur, Australia, Tailandia, Londres y Nueva York. Tantos que es incapaz de decir siquiera un número aproximado. Él ya no se dedica a esas cosas. Después de la universidad, donde se licenció en Derecho y Económicas, y de una estancia de tres años en Londres, mi padre le regaló una casa de ensueño, no muy lejos de aquí, en la mejor zona de Osaka.

—¿De Osaka? ¿Estamos en Osaka?

—Estabas sedada cuando nos trajo la ambulancia. Ya te dije que era de Osaka.

Suspiro y asiento con la cabeza. ¿Qué más da dónde estemos? Le pido que siga.

—Antes de que cumpliese los treinta, los miles de empleados del conglomerado empresarial ya se inclinaban hasta el ángulo recto cuando se cruzaban con mi hermano, el próximo gran *oyabun*, futuro reunificador del antiguo imperio Yakuza de la Yamaguchi-Gumi y heredero omnipotente. Y lo más importante es que los políticos y la policía le dejan hacer; no ven en él al peligroso yakuza que hay que controlar. Al contrario, lo consideran un pacificador en las constantes guerras de clanes; es un empresario, un pilar de la economía japonesa, un prometedor político que quién sabe a dónde llegará cuando, sin duda, pise esa arena en el futuro.

Aunque me cuesta creerlo, en el fondo sé que todo encaja. Las fortunas que gastaba, las mil reverencias que le hacían, su educación y sensibilidad, aquellos hombres con aspecto fiero que veía a lo lejos y que ahora comprendo que eran sus guardaespaldas.

—Vaya partido me ligué —digo con ironía.

—Si tenía éxito con el dinero, todavía era mayor el que gozaba con las mujeres. Ha nacido atractivo, alto, seductor...

—Igual que su hermana.

Sonríe.

—Hecho sorprendente, puesto que mis padres son ambos bastante bajitos. Debe de venir de la rama de mi abuela. Y..., bueno, muchas chicas han llorado por él. Se desfogó bien en su juventud, perdona que te lo diga, para finalmente casarse como tenía previsto, a los veintinueve años, con la heredera de la Kōbe Yamuguchi-Gumi. Por supuesto, nunca la ha querido y yo jamás he congeniado con ella. Es una imbécil, un monstruo malcriado. La dulce Harumi se ha sentido desde niña por encima de todo y de todos. No deseaba tampoco este enlace con Toshirō, pero ella sí que obedeció a sus padres, no como yo; se casó con él y cumplió con su papel unificador.

»En los cuatro primeros años de matrimonio le dio dos

niñas. Pocos lo saben, pero después de la segunda tuvieron que ligarle las trompas tras un parto terrible. Toshirō, que siempre había deseado un niño, se volvió aún más hosco y desagradable con ella desde entonces. No ve a Harumi ni a sus hijas más que algunos fines de semana porque se pasa el día viajando por trabajo. Todos dimos por hecho, nada más casarse, y en especial después de nacer mi segunda sobrina, que por su vida se movían numerosas amantes. Su mujer lo sufría en silencio, pero ni siquiera antes de conocerlo pensó que podría ser de otra manera. Ya habrás oído hablar del *gaman*; soportar lo insoportable, aceptar con resignación la infidelidad y callar. Mi padre engaña a mi madre, mi abuelo engañaba a mi abuela (con bochornosa indiscreción) y a Toshirō y a mí nos inculcaron desde pequeños que esto es lo normal, incluso positivo, para la estabilidad del matrimonio.

—Qué gran verdad. —Hago una mueca.

—Así que Harumi se ha contentado con criar a sus hijas sin buscar para sí misma amantes ni nada parecido. Como compensación, gasta fortunas en infinitos caprichos y realiza costosísimos viajes por todo el mundo con las niñas. Han visitado los cinco continentes, siempre con el máximo lujo. La amargura en el matrimonio es bien palpable. Toshirō deseaba con fervor un vástago varón que fuese para él lo que él había sido para nuestro padre, para moldearlo a su imagen y semejanza. Tanto dinero, tanto poder, y no ser capaz de transmitirlo a la siguiente generación lo alejó definitivamente de ella.

»Harumi, Tezuka Harumi, sometida, pero no tonta, contrató a Hashimoto, un hombre fuera de su clan de la Yakuza (el que mató a Keitaro, a las mujeres del *ryokan* y me golpeó hasta hacerme perder el sentido) para que siguiese a su marido. Este hombre, en apariencia inofensivo, fue expulsado del clan hace años por su excesiva violencia. Los desterrados *hamonjo* tienen terminantemente prohibido volver a tener relaciones de ningún tipo con el clan. Harumi se saltó esta prohibición. De esto me acabo de enterar, me lo ha contado mi madre.

Me cuesta acomodar semejante diluvio de información en mi mente no es fácil encajar tantas piezas nuevas en este rompecabezas del que tenía tan poca información.

—Debía ser alguien externo a las familias Yakuza; el padre de Harumi jamás habría aceptado poner en peligro la futura unión de clanes por un vulgar asunto de cuernos. Hashimoto, desde hacía ya varios años, le entregaba de forma discreta y puntual todas las pruebas sobre las infidelidades continuas de su marido: vídeos, fotografías, grabaciones de voz. Harumi no tenía intención de airearlo; eso habría destruido su reputación y la de la familia; lo guardaba para el caso en el que Toshirō quisiese abandonarla por otra. Esta es una práctica bastante común entre las mujeres de los hombres de negocios importantes y, así como las correrías de los maridos son aceptadas, el juego de cubrirse las espaldas con pruebas contra ellos, también. Ten en cuenta que lo importante en este tipo de matrimonios no es el amor, sino el honor, la imagen, el puesto en la sociedad y la seguridad económica.

»Hasta que ocurrió. En una de las grabaciones de Toshirō con una de sus amantes, una mujer extranjera, con la voz rota de tristeza, esta le decía que estaba embarazada. Toshirō, en la cinta, por lo visto no se inmutaba, pero tampoco lo negaba. Se había cansado de ti (lo siento, Alice, te lo tengo que decir, aunque supongo que ya te lo imaginabas) y por aquella época ya estaba con una modelo que había conocido en su último viaje de negocios a Tailandia.

Aprieto los dientes. No debería importarme a estas alturas, pero duele. Me siento como Harumi; hasta podría llegar a entender lo que ha hecho.

—Qué hijo de puta —susurro, triste.

—Mi hermano es una de las peores personas que he conocido en mi vida. No sé cómo pudiste enamorarte de él.

Compruebo en sus ojos que lo odia, como solo se puede odiar a un hermano, alguien muy cercano al que se conoce demasiado bien.

—En realidad me engañó mucho más que a su mujer. Me hizo creer que era una buena persona.

—Harumi —continúa— debió de escuchar el archivo de audio y llegó a la conclusión de que había una seria posibilidad de que, en efecto, esa británica estuviese embarazada, porque vuestra relación había durado muchos meses. Y, de ser cierto, eso arrojaba un cincuenta por ciento de posibilidades de que tu hijo fuese varón.

Una punzada de dolor me muerde el alma. Quiero gritarle que no hable de mi niño muerto, pero no tengo fuerzas.

—El dragón que había crecido en el estómago de mi cuñada, alimentado con celos, rabia y humillación, salió en aquel momento a la superficie. Decidió matarte. Sin embargo, el padre de Harumi, también enterado de todo por el propio Hashimoto...

—¿Se lo contaba a su padre?

—Pues claro. ¿Cómo puedes imaginar que ese vulgar esbirro tuviese el valor de no informar al gran *oyabun* de la Kōbe Yamaguchi-Gumi? Tendría que haber estado loco. El padre, por supuesto, y a espaldas de su furiosa hija, al conocer su plan, vetó aquella decisión de matarte. Primero por el enfrentamiento que supondría con su yerno y futuro gran *oyabun*. Y segundo, porque los yakuzas no son tontos, los asesinatos solo tienen lugar cuando son estrictamente necesarios. En especial a una súbdita británica, porque la publicidad que atraería tu asesinato solo podría perjudicar sus negocios. La policía tolera a la Yakuza. Entre otras cosas porque estos, de alguna manera, son capaces de mantener cierto orden y llegar hasta donde las fuerzas de la ley no alcanzan. Gracias a nosotros no entran en Japón mafias rusas o chinas, que te aseguro que son mucho peores, y el tráfico de drogas existe, por supuesto, pero está férreamente controlado. ¿Por qué crees que estamos en uno de los países más seguros del mundo? —Lo dice orgullosa; compruebo sorprendida que sí se siente Yakuza a pesar de su aparente rechazo—. Y, en este ambiente, matar a un extranjero es una línea roja, rara vez franqueada.

—Creía que los *gaijines* no tenían ninguna consideración aquí.

—Bueno, sí, depende. Si eres un inmigrante indio o de Malasia, tu muerte pasará desapercibida. —Pienso en el pobre malayo—. Pero no es lo mismo que tener un conflicto diplomático con Francia o el Reino Unido. Hay un *statu quo* con la policía; os dejamos hasta aquí, pero sin pasaros. A diferencia del resto de países del mundo, donde los criminales hacen lo imposible por volverse invisibles a la sociedad, aquí todos saben quiénes son los Yakuza. Existe un registro con sus nombres y apellidos al que están orgullosos de pertenecer. Y las sedes de sus empresas figuran perfectamente identificadas.

—Me parece increíble. Bueno, más bien incomprensible, como todo en estas malditas islas.

Yuriko afirma lentamente, la mirada clavada en el vacío.

—Japón es Japón. No tenemos nada que ver con cualquier otro país del mundo.

—Tú lo has dicho.

—Este enredo sentimental —prosigue Yuriko— no habría tenido mayor importancia si no nos hubiésemos encontrado en el comienzo de lo que puede ser una guerra entre clanes. La época de las familias gigantes se acabó. La Yamaguchi-Gumi que controlaba mi abuelo, como ya te he contado, se desmembró en tres, y aun así estas estructuras son demasiado grandes, se resquebrajan sin remedio por dentro. Los jefes locales, lejos de la central, quieren formar sus propias familias. Es un proceso irreversible al que, sin embargo, se resisten mi padre, el padre de Harumi y el padre de Akiyama.

—La vieja guardia.

—En efecto. Los tres quieren sujetar las riendas, pero los asesinatos y ajustes de cuentas comienzan a ser cada vez más frecuentes. Por lo tanto, han de unir sus fuerzas y no dividirlas por los celos de una simple mujer, aunque sea la hija de uno de los grandes dragones.

—Entiendo.

—Pero claro, el honor también es importante. Un japonés no debe jamás perder la cara, *lose the face*, *mentsu wo ushinau*..., ya sabes.

—Lo sé, es algo que se aprende desde el principio aquí. La humillación es el peor crimen que se puede cometer.

—Eso es. El padre de Harumi no quería empeorar la posición de poder de los grandes, pero tampoco perder la cara con el desaire sufrido por su hija.

—Por una puta escocesa. Qué inconveniente.

—Y no hablemos de la posible furia de Toshirō al descubrir que te habían matado. A él sí que no lo pararía nadie. No dudaría en entrar en una guerra total si fuese necesario. No le conoces cuando está verdaderamente colérico, es de una violencia increíble. Yo lo he visto así. Pocas veces, pero es de temer.

—No. No lo habría imaginado. Bueno, alguna vez lo oí gritar por teléfono, pero se había alejado y no hice mucho caso.

—El padre de Harumi habló con su hija y la convenció, a pesar de sus desesperadas protestas, para que averiguase si la *gaijin* estaba embarazada y que, si era cierto, la forzasen a abortar. Por dinero o a la fuerza. Pero que eso era todo. Nada de matarte.

—Tendré que escribirle para agradecérselo.

# 34

—Aquella misma noche, el padre de Harumi habló con el mío de la manera más discreta. Le dijo que había atado en corto a su hija, pero que no se fiaba del todo. Le sugirió que protegiese a esa británica que se había presumiblemente dejado embarazar por su hijo, porque su asesinato no iba a beneficiar a nadie. Por supuesto, si se confirmaba lo del embarazo, habría que acabar con el niño. Ambos *oyabun* eran conscientes de que un bebé varón supondría el final de su bien planeada fusión de reinos y no se lo podían permitir.

»Pero mi padre, sin confesarlo, tenía miedo de su propio hijo. Mi hermano, ajeno a todo este lío, ya había asumido *de facto* el control de la mayor parte de los negocios y quizás no se tomaría bien lo de abortar el fruto de su pecado contigo. Tenía tantas ganas de un vástago heredero que, aunque improbable, entraba dentro de lo posible que se saltase todos los pactos por tener tu hipotético hijo varón tan deseado. El divorcio subsiguiente arrastraría consecuencias fatales para el frágil equilibrio de los clanes. Acordaron no decirle nada y resolver por su cuenta lo del aborto. Por aquella época, Toshirō cerraba acuerdos en la costa este de Estados Unidos con docenas de empresas tecnológicas. Mi padre le dio muchas vueltas al asunto; no quería confiar una tarea tan delicada a sus hombres, brillantes en el arte de la extorsión, pero poco sutiles para una labor de orfebrería como aquella. Conociste a los gemelos y a algún otro en la sede. Como ves, no resultaron eficaces.

—Y que lo digas.

—Así que se puso en manos de su hija lesbiana, a pesar del enfado que tenía con ella por el matrimonio que rechazaba. Era la primera vez que mi padre me hablaba con tanta sinceridad y he de reconocer que me sentí honrada por ello y esperanzada de obtener su cariño de nuevo sin pasar por aquella propuesta de matrimonio concertado que aborrecía. Además, por una vez no era yo la oveja negra, sino mi perfecto hermano.

»Mi padre me pidió que, por el honor de la familia, fuese al encuentro de la *gaijin* (la había localizado enseguida, gracias a sus contactos con la policía, que son muchos y bien pagados), me la llevase de donde estuviese antes de que la encontrara Harumi o Hashimoto, y averiguase la verdad: si estaba embarazada o no. Y, para protegerme, para protegernos, envió también a dos de sus hombres para hacerme compañía. Pero yo no quería ni ver a esos dos macacos de cráneo afeitado y modales de búfalo. Su presencia era una molestia y un peligro porque te iban a espantar, pero no tuve más remedio que tolerarlos. Eso sí, a la primera ocasión les di esquinazo, aunque ellos persistieron obcecadamente en el cometido que les había encomendado mi padre.

»Así pues, acepté de buen grado la misión. No debía de ser tan complicado conocer a una extranjera e indagar si estaba embarazada. Te seguí durante varios días. Me pareciste preciosa. Tengo el mismo gusto que mi hermano, pensé. Me hizo gracia esta idea. Una vez, me senté detrás de ti en un restaurante. Habías quedado con tus amigos. Seguí atenta la conversación y te observé de reojo durante toda la noche.

Yuriko hace una pausa para cambiar de postura, pero no suelta mi mano.

—Y aquí vino el gran problema. —Me mira al fondo de los ojos—. Me quedé embelesada. Tu forma de hablar, tu simpatía, tu manera escandalosa de echar hacia atrás la cabeza al reír mientras enseñabas los dientes sin taparlos, el cariño con el que tratabas a la pareja de gais que te acompañaba. Luego fuisteis a Osaka de fiesta y os seguí hasta el Waa-Gwaan. Y allí me esperaba una nueva sorpresa: resultó que eras lesbiana. Bueno, bisexual, ya que habías estado con To-shirō. Después de observarte actuar en la discoteca Frenz Frenzy, no me cupo duda alguna. Vaya con el ligue de mi hermano, pensé, le gustan también las chicas. Eso facilitaría las cosas. Aquella noche tomé la decisión de intentar seducir-te a la mañana siguiente y así obtener la información del embarazo. Pan comido; sé el efecto que produzco en las mujeres. Descubrí que en pocos días volvías a Europa. Cuando ya lo tuve claro, me presenté en el hotel cápsula y pedí una cama. Tenía que darme prisa. Además, no me fiaba de las garras de Harumi, a pesar de la prohibición de su padre. La conozco bien y sabía que no se iba a quedar quieta. Seguro que estaba a punto de averiguar dónde te alojabas, si no lo había hecho ya. Era una carrera contrarreloj. El abordaje debía ser cuidadoso pero rápido; necesitaba obtener tu confianza con la mayor premura posible. El hecho de que me gustases me lo iba a poner mucho más fácil. Y, en efecto, todo fue como la seda. Aquella inglesa maravillosa (que resultó ser escocesa) se dejó seducir y siguió sin protestar el rastro de miguitas con el que sembré su camino. Te hice creer que los dos esbirros de mi padre me seguían a mí, para que no te asustases. Cuando nos capturaron te conté una gran mentira, la primera que se me ocurrió sobre la marcha; que había huido de casa, que me había vuelto poco menos que una prostituta, que había enamorado a uno de los jefes de la Yakuza, que me había vuelto medio mafiosa, que harta de aquel juego le había robado al *oyabun* muchísimo dinero para escapar a Europa. Siento haberte mentido, Alice. No se me ocurrió nada mejor para tapar la verdad; tienes que entender que no podía contarte que en realidad era la hija del gran *oyabun* de la Kōbe Yamaguchi-Gumi y, lo que jamás debías averiguar, que era la hermana melliza de Toshirō, tu amante durante largos meses y padre de un hipotético hijo que quizás portabas en tu vientre. Contar tantas mentiras a alguien de quien me estaba enamorando de aquella manera me quemaba por dentro, pero peor habría sido que hubieses descubierto la verdad. Si no hubiésemos escapado por los tejados de las oficinas de la Yakuza, habría sido mi padre quien habría aparecido, nos habrían separado y también te habrían hecho abortar; con sobornos o por la fuerza. Y a estas alturas aquello era algo que no podía permitir, porque de pronto me importabas. Ya ves, el cazador cazado. Ya en el *love hotel*, hice los primeros esfuerzos para desentrañar lo del embarazo. Tú no soltabas prenda, a pesar de que sacaba el tema.

—Me daba mucho miedo que descubrieses mi estado. Estaba convencida de que eso te asustaría y te largarías al averiguarlo. De hecho, me dijiste que no querías hijos.

Yuriko asiente, pensativa.

—Rebusqué en tu bolso. No tenías compresas, pero eso podía solo querer decir que habías tenido tu regla hacía poco. Me avisaron de que unos hombres, sin duda los enviados por Harumi, habían preguntado por ti en el hotel cápsula. Me entró el miedo. Decidí que tenía que esconderte hasta resolver qué hacer contigo. Sentía por ti algo inesperado, inapropiado, inconveniente; fuera de lugar en aquella situación tan delicada. Y, entonces, se me encendió la bombilla. Iba a esconderte en el *ryokan* de la Salamandra, un sitio donde nunca pensarían en buscarte y donde no podrían entrar porque es muy restringido.

Afirmo con la cabeza.

—Creo que me quedó bien claro. Los ricos van a *spas* de lujo, los muy muy ricos van a la Salamandra —contesto.

Yuriko afirma con la cabeza.

—Más o menos así es. Es un lugar de placer sin restricciones. Busca cumplir las fantasías de sus clientes, sean cuales sean. Está controlado por el clan Sumiyoshi-Kai de Tokio, con quien mi clan tiene una tensa pero de momento pacífica relación. Harumi, en el hipotético caso de que te encontrase, no se atrevería a hacer nada allí; la Salamandra se considera un santuario. Pensé que, protegidas en aquel recinto, podríamos conocernos mejor y después ayudarte a huir. Te pediría que, si era cierto que estabas encinta, tuvieses tu hijo en Europa y nunca más volvieses a Japón. Yo contaría a todo el mundo que no estabas embarazada, que te había llegado la regla estando juntas. Ambos clanes me creerían. ¿Por qué habría de mentir en un asunto tan importante que no me concernía? Luego me iría contigo a Europa. Te di mi salamandra de jade y te prometí que llegaría enseguida.

»A continuación, corrí a casa de mi padre a decirle que la británica no estaba encinta, y que te volvías a Europa. Pero él estaba furioso por nuestra huida de su despacho y porque te había dejado sola. Por suerte, sus dos gorilas de confianza habían llamado para informar de que te habían encontrado en el tren. Volvió a despreciarme, como siempre. Hice mi equipaje más decidida que nunca a irnos juntas a Escocia o a donde quisieses, cogí mucho dinero y me fui a toda prisa a la Salamandra. Por el camino me enteré de que los dos sabuesos de mi padre habían sido asesinados. Me temía lo peor, así que respiré aliviada al encontrarte con vida. Estaba convencida de que allí estábamos seguras. Aun así decidí meterte en un avión al día siguiente. Pero no había contado con la maquiavélica capacidad de Harumi para contactar y convencer a la Sumiyoshi-Kai de Tokio de que venía en nombre de su padre, y que les pedía el favor de permitir la entrada de sus asesinos a la Salamandra para una sencilla operación contra una *gaijin*; un asunto de robo de drogas por parte de una extranjera que se había escondido allí y que debía ser resuelto. Por supuesto, todo ello a cambio de una nada despreciable suma de dinero. El clan tokiota no dudó en realizar un favor tan sencillo a sus hermanos de Kōbe. Hacer favores siempre es una buena idea en Japón; ya se lo cobrarían en el futuro. Jamás dudaron de la palabra de Harumi, la hija de un gran *oyabun*, a la que por supuesto conocían.

»Creyéndonos bien escondidas, durante la cena por fin me enteré de que, en efecto, estabas embarazada. Me enfadé contigo por no habérmelo dicho antes y conmigo misma por no haber sido más sincera desde el principio. Quizás nos habríamos ahorrado todo esto. Pero ya era demasiado tarde. Los secuaces de Harumi nos habían encontrado. Qué animales, su padre tenía razón. Mataron al personal del *ryokan* y casi acaban conmigo. Menos mal que Hashimoto me reconoció y lo impidió. Le habría costado la vida. No pudo, sin embargo, impedir que me golpeasen. Perdí el conocimiento. Desperté, empapada en la sangre de mi querido Keitaro, en una habitación acompañada del médico, que me aplicaba una bolsa de hielo en la nuca. Lo conocía bien. Era un pobre desgraciado que había perdido su licencia por violar a una paciente. Lo solían llamar cuando uno de la Yakuza resultaba herido. Trabajaba para todos. Lo había contratado Harumi por una fuerte suma para realizar un aborto allí mismo. Me sorprendí al escucharlo. Creí que buscaban matarte, que ya lo habían hecho. Pero supongo que la mujer de Toshirō finalmente no se atrevió a desobedecer a su padre ni a arriesgarse a la furia de mi hermano si te asesinaba. Le bastaba con hacer desaparecer a su hijo. Aquel médico abortista, que por supuesto no sabía de qué iba el tema, me dijo al despertar que estuviese tranquila, que el golpe no era grave y que no tendría ninguna consecuencia. Le pregunté por ti, angustiada. Me contestó con toda su inocencia que con la extranjera iba a ser distinto. Después del aborto te trufarían de heroína durante unos días para que ni se te ocurriese ir a la policía y te mandarían en un avión lejos de aquí.

Suspiro. Recordar todo esto me hace daño, pero al menos logro por fin entender toda la historia.

—Aquel pobre imbécil no tenía ni idea de quién era yo, Ōtomo Yuriko, hija de Ōtomo Ichiro. Al principio él pensaba que era una prostituta de lujo, acompañante de una rica británica (en el *ryokan* nunca se traiciona la identidad de los invitados y Harumi no le había explicado nada de la historia). Entonces, delante de los esbirros, me la jugué y di por supuesto que el médico hablaba inglés y que los brutales secuaces de Harumi no, y le susurré: «Soy la hija del jefe del clan Yamaguchi-Gumi, Ōtomo Ichiro. Si realiza usted un aborto a mi amiga británica, la semana que viene morirá entre atroces dolores. Sé que estos hombres le matarán si no lo hace, así que simúlelo de alguna manera y yo misma meteré a mi amiga en un avión mañana hacia Londres, de donde no volverá jamás. Y su cuenta engordará en veinte millones de yenes». El corrupto médico se quedó de piedra, pero comprendió al instante el riesgo y el premio que se jugaba. Interponerse entre dos clanes de Yakuza era como intentar detener dos trenes que chocan de frente entre sí.

»Decidió obedecer ciegamente, claro, no tenía muchas más opciones si quería salir con vida de aquello. Una hora después, me contó, aún asustado, que Harumi había acudido en persona, que había creído que te iba a matar allí mismo.

326

Cuando se fue, hizo un poco de teatro como que llevaba a cabo el aborto, pero en realidad te realizó un corte dentro de la vagina para que sangrases, sintieses dolores y fuese todo más creíble a ojos de la Yakuza, sin por ello hacer daño alguno al feto.

En ese momento de su historia la detengo y me pongo en pie, con tanta brutalidad que la silla cae con estrépito detrás de mí. Mi corazón ha dejado de latir en el pecho.

—Después de sacarte del río, nuestros médicos te cosieron mientras estabas sedada. Tenías una infección bastante fea. Te han trufado de antibióticos. Habrás notado...

—No puede ser —la interrumpo, ahogada—. Quieres decir que...

Yuriko se endereza un poco más y me mira. Frunce el entrecejo, sin comprender, hasta que un relámpago de duda cruza su rostro.

—Pero... Pues claro, Alice. —Estira su brazo, me atrae hacia ella y posa su mano sobre mi abdomen—. Tu hijo sigue aquí dentro. ¿No te lo dijo el médico?

Mi grito resuena, se estrella y se quiebra con cada esquina de la estancia de madera. Me levanto, me alejo, me tapo la cara mientras me doblo por la mitad y caigo de rodillas al suelo. Yuriko, horrorizada, vislumbra de pronto el calvario por el que he tenido que pasar, en parte por su culpa, se cubre la boca con las manos y rompe a llorar.

# 35

Una brutal oleada de sensaciones asciende desde mis pies a la cabeza. No sé si saltar, correr o si golpearme la frente contra la pared. No lo puedo creer. ¿Es otra broma del destino? Observo mi vientre y apoyo los dedos sobre el ombligo. ¿Será posible que sigas aquí, mi bebé? Llego hasta la puerta y me sujeto temblorosa en ella. Yuriko me escucha desolada, es mi turno de sollozar como una niña, pero en mi llanto se mezclan a partes iguales el horror y una felicidad inmensa.

—Lo siento, lo siento, Alice. —Yuriko intenta levantarse, estira sus brazos hacia mí—. Ven, por favor, ven, déjame abrazarte. —Vuelvo a su lado y me fundo con ella. Pero me ahogo, quiero irme de allí, intento desprenderme de su cuerpo, pero es más fuerte; me susurra—: Por favor, por favor, perdóname. Tendría que haber encontrado la manera de comunicarme contigo, mi amor, pero... —vacila—, pero no había forma de hacerlo. Cuando por fin volví a la Salamandra dos días después con los hombres de mi padre, ya habías desaparecido. ¡Te escapaste como una agente secreta! Los esbirros de Harumi debieron de olerse algo. No entendían por qué escapabas si ellos lo que querían era meterte en un avión de vuelta. Dedujeron que el doctor los había traicionado. Unas horas después nos llamó el médico para pedirnos ayuda, creía que sospechaban de él. Al llegar a su apartamento ya no estaba. Aún no hemos conseguido localizarlo. Nos tememos lo peor.

Seco mis lágrimas en su regazo y me aprieto a ella.

—¿Y la policía? ¿Por qué no hizo nada?

Yuriko suspira.

—El *ryokan* es un sitio secreto. Pocos han oído hablar de él y la policía tiene prohibido actuar en su recinto. Es un lugar especial, solo para socios con muchísimo dinero y extranjeros millonarios. Las cosas que se hacen allí están a veces fuera de la ley. La policía lo sabe, pero hay políticos dentro, jefes de la Yakuza, cantantes y actores, altos cargos, algunos de los mayores empresarios. Es como una zona franca. La única regla es no hablar del sitio cuando se sale de él, nunca contar lo que se ha vivido dentro. La violencia en su recinto está totalmente prohibida. Harumi ha cometido un gran sacrilegio al atacar allí. No te puedo dar más detalles, porque tampoco yo los conozco demasiado ni quiero conocerlos. Por allí ha pasado gente que ni te imaginarías.

—Sí... —contesto al recordar el gran salón de los enmascarados.

—Por eso la policía quería meterte en un avión de vuelta enseguida, porque, si te hubiesen encerrado, habrían surgido abogados, el cónsul, más policías. Ya sabes que la discreción es una de las grandes virtudes de nuestro país.

—En Aberdeen un secreto así no habría durado ni dos horas.

No puedo evitar lanzar una carcajada nerviosa. Mis sentidos, aún sacudidos por la noticia de mi niño, oscilan distraídos sin escuchar demasiado. Ahora lo que me importa está dentro de mí. Me incorporo. Me asaltan las dudas.

—No me puedo creer que el bebé siga aquí. ¿Estás segura?

Pienso en el salto al río. Aunque entré bien, el golpe fue bastante violento. Yuriko lee mis pensamientos.

—No te preocupes. A la vez que nuestro ginecólogo te cosía (es el mejor del país) te hizo una ecografía. Tenemos una sala de operaciones en el sótano más equipada que la del mejor hospital. Ya te puedes imaginar que cada poco hay que salvarle la vida a uno de los nuestros. Quédate tranquila, el feto está perfectamente. Ahí sigue, bien agarrado. Y eso quiere decir que voy a ser tía.

Lo dice nerviosa, agotada, mientras seca sus lágrimas. La recuesto, me tumbo a su lado y las dos nos abrazamos durante mucho tiempo.

En la puerta suenan al cabo de varios minutos unos golpecitos y esta se abre sin esperar respuesta. Esta vez, acompaña a la madre el señor Ōtomo. Y detrás de él, Toshirō. Me quedo de piedra. No me había hecho a la idea de que también es la casa de sus padres. Sigo sin relacionar de forma consciente a la hermana con el hermano. De alguna manera, había pensado que jamás lo vería otra vez, que él no pertenecía al capítulo de Yuriko, que vivían en mundos aparte. Volver a estar en su presencia, y en aquellas circunstancias, es como mínimo surrealista.

Se acercan a nosotras en silencio. La madre sonríe con expresión maternal. Pienso que debe de ser una buena persona. Tras dar un paso al frente, padre e hijo se doblan ante mí. Me levanto, tímida, y bosquejo una reverencia como respuesta, aunque no sé si el grado de inclinación ha sido suficiente. A continuación, acercan tres sillas y se sientan al otro lado de la cama. El padre, impertérrito, muestra ese perfecto rostro de cerámica lacada que los japoneses utilizan cuando no quieren desvelar sus pensamientos. Observa a su hija y a esta extranjera que se ha colado en la vida de su familia de una forma tan catastrófica. Es un hombre sólido, pienso, cuadrado, de un bloque. Más bien bajo. Pero sus facciones, entre las que se esconden unos ojos apenas visibles, perfilan a la vez un aspecto de crueldad y de sabiduría. Toshirō, a su lado, está irreconocible. No abre la boca, mira al suelo. Él, que me parecía el amo del universo, al menos de mi corazón, es ahora un ser anulado por la figura de su padre.

—Miss Clowes —carraspea el patriarca; su inglés arrastra un fuerte acento—, nuestra deuda con usted nunca podrá ser saldada. —Sus manos se agarran la una a la otra; no gesticula, no pestañea, es un ser de piedra que habla—. No sé cómo se puede pagar a alguien que ha salvado de morir a una hija. No hay compensación que lo cubra. Si el precio fuese mi vida, se la daría ahora mismo. —En cualquier otra persona esta habría sido una frase hueca, pero a él le creo a pies juntillas. Este hombre tiene el aspecto de ser de los que se harían el harakiri tras una reflexión de diez segundos, como los antiguos samuráis—. Lamento profundamente lo ocurrido, los culpables pagarán con creces, si es que la venganza le sirve de algún consuelo. Yo —hace una pausa— solo puedo prometerle que estaré siempre, lo que me queda de vida, y mis descendientes también —se gira hacia Toshirō, que confirma rotundo con la cabeza la promesa del padre—, pendiente de cualquier necesidad que tenga, ya sea ahora o dentro de cincuenta años. Si está en nuestras manos resolverla, lo haremos.

Me inclino en mi silla en señal de agradecimiento. Esto sí que no me lo esperaba.

—Gracias, señor —respondo impresionada—. Pero no tiene que agradecerme nada. Yuriko —la miro—, de alguna manera, también me ha salvado la vida.

Voy a añadir algo más: que quiero a su hija, que estoy enamorada de ella, que ya no le guardo rencor al monstruo de su hijo, que todo está bien, que nuestro bebé aún vive a pesar de todo. Pero prefiero callar. A estas alturas, sé que confesar los sentimientos en esta tierra extraña siempre está fuera de lugar.

—Sin embargo —hace una especie de gesto circular con la cabeza—, quiero pedirle un inmenso y último favor.

Saca del bolsillo interior de su kimono una pequeña muñeca de madera y me la tiende. La sostengo con las dos manos y me inclino. Las conozco bien, se llaman *kokeshi* y las venden en muchas tiendas. Una vez me dijeron que servían para sustituir a un niño muerto. Otros me lo negaron. Las hay con brazos y sin ellos. Esta los tiene; dos triángulos sobre el pecho representan las mangas del traje tradicional que viste. Entre ellas sostiene un sobre de tela.

—Dentro de esa bolsita encontrará una tarjeta de crédito que podrá usar en cualquier lugar del mundo. Va cargada a una cuenta de tres millones de libras esterlinas que estarán a su nombre tan pronto...

Se produce un largo silencio. El japonés cierra los ojos. Yuriko, alarmada, se incorpora con dificultad y frunce el ceño.

Ay, Dios, pienso.

—Por el bien de todos —prosigue el señor Ōtomo—, el niño que lleva usted dentro no debe nacer. —Siento que me traspasa una espada helada—. Estoy convencido de que lo entenderá perfectamente. Mi hijo está casado y tiene dos hijas. Por supuesto contará usted con los mejores médicos. Aquí mismo tenemos las instalaciones necesarias.

Se produce un largo silencio.

La madre gira su cabeza sin mover el cuerpo; contempla atónita y con la boca semiabierta a su marido. Toshirō continúa con los ojos clavados en el suelo. Yo ya ni puedo responder. ¿Quitarme a mi bebé? ¿Otra vez? Me levanto de la silla, despacio. Y con todas las fuerzas de mi maltrecho cuerpo, lanzo la muñeca en dirección a la biblioteca que hay a mi izquierda. La figura impacta contra un retrato que reposa sobre una de las estanterías y lo revienta. Muñeca, marco, foto y cristales caen al suelo con estrépito. La madre pega un grito. La adrenalina y el odio han vuelto a colmar cada poro de mi cuerpo exhausto. Miro a mi alrededor en busca de algo contundente con lo que franquearme el paso a golpes en esta mansión, lo que no va a ser nada sencillo. La puerta se va a abrir y los secuaces tatuados del señor Ōtomo van a entrar para arrancarme de nuevo a mi hijo.

Sin embargo, Yuriko reacciona por mí. Ignorando sus dolores, se pone en pie y se interpone como un muro protector.

—¿¡*Te has vuelto loco!?*[78] —pregunta con furia.

Su voz y el tono de su asombro no me sorprenden después de presenciar cómo me defendió en el puente. Aprieta los puños y se inclina hacia delante. Jamás un hombre me protegió así. El terror por el grito que acaba de lanzar contra su sacrosanto padre se mezcla con el agradecimiento y el amor que siento por ella en este momento. Nadie se dirige así a un *oyabun* de la Yakuza, y mucho menos en presencia de una extraña.

A partir de allí, vocifera tan rápido y de tal forma que apenas entiendo nada de lo que dice. Es un largo monólogo. Su furia acompañada de lágrimas vuela como saetas hacia su progenitor. Se dirige también a su madre y a su hermano. Ninguno contesta. Ni respiran. Al menos hasta que su padre, harto, se levanta e interrumpe a su hija con un bramido

78. 気でも狂ったの！？ (*Ki demo kurutta no!?*).

terrible, esta vez profundo, grave, potente. Estoy en una película de Kurosawa, siento su poder hasta la médula. Alguno de los muebles ha tenido que estremecerse ante aquel terremoto. Yuriko calla en seco. Sus labios pálidos tiemblan mientras se los muerde con los dientes. El padre se dirige a la puerta. Se acabó la discusión. Su hijo le sigue. Pero cuando ya traspasan el umbral, Yuriko, con voz mortecina, casi neutra, lejos ya del tono violento de antes, pero alta y clara, le dice, y en inglés para que yo lo entienda:

—Si no dejas irse a Alice a su casa, con el niño dentro de ella, yo me cortaré el cuello en el mismo instante que el bebé muera.

El padre se gira, furibundo:

—¡Cállate![79]

—Sabes de sobra que soy capaz —murmura agotada.

Ahora es la madre la que profiere un grito. Se abalanza sobre la hija y le tapa la boca con la mano. Su cuerpo tiembla, parece que se vaya a derrumbar. Es una escena muy teatral, tanto que me pregunto hasta dónde en esta sociedad todo son repeticiones de movimientos ensayados hasta la saciedad, como en las artes marciales.

Yuriko le retira sin rudeza la mano.

Va a añadir algo más, pero el padre, con otro sonido sordo de samurái, la detiene en seco. Él y su hijo abandonan la habitación. Toshirō me mira por última vez.

79. 黙れ! (Damare!).

Una mujer menudita y ceremoniosa me acompaña de vuelta a mi cuarto. No puedo evitar acostarme en la cama y buscar un desesperado refugio en el sueño para huir de todo aquello, escapar durante un rato de esta pesadilla sin fin. Me duermo con la mano sobre el vientre.

Al despertar, no sé si es por la mañana, por la tarde o por la noche. Unos minutos después, la señora de antes se asoma por el quicio de la puerta y me lo aclara: «*¿Desea cenar algo en especial?*».[80] Le contesto que no tengo hambre. A pesar de ello, al cabo de un rato vuelve flanqueada de una chica joven y depositan en una mesa antigua una fuente con saquitos de tofu rellenos de arroz y pollo, *edamame* y finos *yakitoris* humeantes. En otra bandeja hay *mochis* de varios colores, una jarra de agua y una tetera llena. Se despiden como juncos bajo el viento y se retiran tan silenciosas que parecen flotar.

Al día siguiente, la mañana se me antoja eterna. No me han prohibido salir de mi aposento, pero no se me ocurre hacerlo. Yuriko me ha dicho que espere allí y que sea paciente. Sin embargo, al descorrer las cortinas descubro unas puertas de cristal que se abren a un jardín interior. Deslizo con cuidado las mamparas y asomo la cabeza con precaución. No hay nadie fuera y decido salir. Una fuente borbotea tranquila en el centro de un estanque. En torno a él, hay planta-

---

80. 何か召し上がりますか (*Nani ka meshiagari masu ka?*).

dos parterres de flores y dos cerezos grandes llenos de frutos. Miro a mi alrededor. Otras tres habitaciones confluyen en aquel lugar, pero las venecianas están echadas, no debe de haber nadie. Así que me atrevo a coger unas cuantas cerezas y a sentarme en un banco junto al estanque. El pie me duele, pero la alegría de saber que mi lentejita sigue viva y creciendo supera cualquier dolor. Las cerezas están deliciosas y voy guardando las semillas en mi otra mano. Cierro los ojos y me dejo llevar por el sonido del agua. Mi pequeño está vivo, pero ¿vamos a conseguir salir de aquí? Inspiro para ahuyentar la angustia y rememoro lo que ha pasado desde que aquella desconocida tatuada se metió en la bañera conmigo. Parece que hace un siglo que ocurrió y solo han transcurrido unos días. Ahora estaría tranquilamente en el vuelo a Escocia, o puede incluso que ya en mi casa, con mis padres. Pero, en vez de eso, estoy prisionera en un avispero de mafia japonesa. ¿Es por causa de Yuriko que todo esto ha ocurrido, o, por el contrario, sin ella estaría ahora muerta o sin niño? ¿Es Toshirō entonces el culpable? Me como otra cereza. Una rana pega un salto y se sumerge en el agua. Deja de jugar al gato y al ratón y de mentirte a ti misma, Alice. Te engañas desde hace tiempo. Eres plenamente consciente de que la chispa que inició este incendio la prendiste tú. Sé sincera: Toshirō sí te preguntó en más de una ocasión si tomabas la píldora. «Que sí, tonto, que sí —le decías—. ¿Tú crees que voy a querer un hijo de ojos rasgados y malvados como los tuyos?». Él no sabía si reírse o enfadarse. Y luego hacíamos el amor. Y cuando le sentía contraerse dentro de mí, pegaba mi cadera a él con desesperación, rezando para que su semilla se agarrase a mi cuerpo como un garfio, como una enredadera que me cubriese con su vida. Y lo conseguí. Reconócelo, Alice, tú eres la única responsable de lo que ha pasado. Con Toshirō o sin Toshirō, querías a este bebé por encima de todo y de todos. Eres una inconsciente. Y si hubieses sabido que engendrabas a un hijo de la Yakuza, que por tu culpa se recrudecería una guerra con muertos, que pondrías en peligro tu vida, la de Toshirō, la de Yuriko... Habrías hecho lo mismo. Eres un monstruo, una egoísta.

Levanto la vista y mi corazón se detiene. En una de las ventanas me observa como un fantasma un rostro que conozco bien. Es Harumi, la esposa de Toshirō. Viste un kimono negro digno de la mujer de un *shōgun*. Es estrecho y lo sostiene una faja crema en el centro. El reflejo del cristal no me permite distinguir con nitidez su expresión. Me quedo congelada en el sitio sin poder despegar mis ojos de los suyos. Al igual que los interminables silencios en las conversaciones con los japoneses, tan difíciles de soportar para los occidentales, la mirada hierática de Harumi se eterniza. Procuro sostenerla, pero al final desvío los ojos hacia la fuente. Cuando, al cabo de unos segundos, avergonzada por mi cobardía, vuelvo a mirar, en su lugar solo queda un opaco visillo. ¿Qué hace aquí esta mujer? ¿Ha venido a matarme o solo a acompañar a Toshirō? ¿Sabrá ya que el niño de su marido late aún en mis entrañas? ¿Viene para arrebatármelo de nuevo? Me vuelvo rápido a mi habitación, me tumbo en la cama y me enrosco en mí misma bajo el edredón. Solo quiero volver a casa.

Poco a poco se ha hecho de noche y no me he dado cuenta. Oigo ruidos de vehículos al otro lado del muro que rodea la propiedad. Me sobresalto cuando la puerta de cristal de mi balcón se abre. Es Yuriko. Entre los dedos conservo aún los corazones de cereza, granates y pegajosos. Se sienta a mi lado y me acaricia el pelo. Parece tranquila. Intenta sonreír, pero al hacerlo su respiración entrecortada la traiciona, como la de un niño que acaba de llorar e intenta recuperar el resuello. Contempla mi vientre y posa su palma sobre él.

—Vamos —dice—, ha llegado el momento.

Se pone en pie y me coge de la mano. No quiero preguntar a qué se refiere. Una ola de angustia me invade, pero deseo confiar en ella. Salimos de la habitación y me guía por corredores forrados de madera, cruzamos magníficos trajes de samurái expuestos como en un museo, cuadros antiguos, espadas, jarrones. Sus dedos no sueltan los míos. El suelo negro, discreto, apenas cruje bajo nuestros calcetines. No se oye ni un ruido. La casa debe de ser enorme. Se detiene en medio de un pasillo, junto a una pintura de grandes dimensiones que representa una batalla antigua: caballos y jinetes con armaduras y cascos de época en plena carga contra otro ejército similar. Pulsa el cuadro y este se desplaza alrededor de un eje vertical y descubre un corredor secreto. La miro con sorpresa, pero la trascendencia de la situación no se presta a explicaciones. Entramos y cierra tras de sí el panel que apenas emite un chasquido ahogado. En el pasadizo, tan estrecho que roza mis hombros, reina la oscuridad más negra, pero Yuriko tira de mí. Ambas andamos de lado. Doblamos dos esquinas mientras apoyamos ciegas las manos en la pared hasta llegar a una zona que se ensancha un poco.

—Siéntate aquí —me susurra.

Obedezco. Hay debajo de mí un cojín.

—*Ya puedes abrir, mamá.*[81]

Me sobresalto; no estamos solas, pero no veo nada. Alguien pulsa entonces algún mecanismo y se dibujan sobre nuestras siluetas largas franjas de luz. Se han desplazado unas láminas de madera frente a nosotras que dejan entrever

---

81. 開けて、お母さん。 (*Akete, okāsan*).

un amplio salón decorado con lujo suntuoso. Busco a mi izquierda y siento el corazón que se detiene. Las unas al lado de las otras, esperan sentadas ocho o nueve mujeres de rodillas en el suelo mirando hacia delante, en dirección a la sala que se nos ha descubierto. Más allá de Yuriko reconozco a su madre, que gira la cabeza, me distingue y se inclina para saludarme, seria esta vez. Es difícil poner cara a las demás, porque apenas entra luz por los resquicios de aquellas persianas secretas, pero la última silueta de la fila me dedica una breve mirada llena de odio.

Es de nuevo la mujer de Toshirō.

# 37

En el gran salón alguien habla en un tono solemne. Nosotras los vemos, ellos a nosotras no. Intento olvidar con quién estoy y busco reconocer alguna cara entre los presentes. Un hombre mayor, alzado sobre un banco, en la postura del loto,[82] preside una reunión donde no hay menos de treinta personas, algunas con kimonos negros sobre camisa blanca y falda gris, otras con traje oscuro y camisa y corbata blancas impolutas. Tres hombres flanquean al anciano, en el centro de la sala, y los demás bordean los cuatro lados del cuadrado como espectadores. Con voz cavernosa, el octogenario lee un largo discurso de un rollo de pergamino blanco con caracteres de tinta trazados a pincel. No entiendo ni una palabra. Juraría que tiene los ojos cerrados. Me fijo bien y distingo entre los tres hombres del centro, sentados sobre sus talones, al padre de Yuriko y a Toshirō. No mueven ni un músculo, parecen estatuas. Al cabo de unos minutos, el anciano señala a un individuo colocado a la derecha del señor Ōtomo. Es más o menos de la edad de este, pero alto y delgado. Al principio realiza unas salutaciones con respeto, pero al acabar sube el tono de voz hasta rayar en la furia. Reconozco varias veces la palabra Toshirō y la palabra *gaijin*. Noto cómo Yuriko mira a su izquierda y adivino que el que

---

82. Los hombres se sientan sobre un cojín en el suelo en la postura del loto mientras que las mujeres han de hacerlo de rodillas por decoro.

habla es el suegro de Toshirō, el padre de Harumi, el *oyabun* del clan con el que Toshirō se iba a fusionar por matrimonio.

Tras el discurso de cólera contenida, es el turno del padre de Yuriko. Acabo de comprender que lo que presencio es una especie de juicio, de ajuste de cuentas. Saluda a su vez a los presentes e inicia su réplica. Su tono es más comedido, aunque no deja de ser firme. Cita también a su hijo, a su hija y escucho mi propio nombre y mi apellido pronunciado a la japonesa: Kurōsu Arisu. El suegro de Toshirō estalla en gritos, varios hombres hacen amago de levantarse de entre el público. El anciano tiene que ponerse en pie para pedir paz y el padre de Yuriko se gira y ordena a sus esbirros con un aullido gutural que se vuelvan a sentar. El espectáculo es terrorífico, todos parecen querer matarse entre sí. Por los brazos de varios de ellos reptan complicados y hermosos tatuajes, y las caras de rabia de estos mafiosos compiten con las expresiones de guerra de los samuráis que muestran sus pechos al abrírseles el kimono.

En ese momento, se levanta un hombre de la hilera cercana a nosotros, la que está justo pegada al panel que nos separa de la sala. Aunque solo veo su espalda lo reconozco enseguida, es el gigante sin cuello ante el que el inspector se inclinaba casi hasta el suelo. Quizás sea el gran jefe de la policía. ¿Qué hace allí? Comienza a hablar y su voz retumba en la sala con una potencia superior a la de todos los demás. Es tan profunda que parece surgir directamente de la boca de su estómago. Distingo apenas las palabras «guerra», «Yakuza», «cárcel», «extranjera», «equilibrio». Incluso el anciano que dirige la reunión y que aparentaba estar por encima de todos agacha un poco la mirada ante aquel ogro. La presencia de este hombre aquí me hace deducir que, a pesar de estar infestado de mafia, el estado japonés aún controla el sistema. Algo me había contado Koji. Por lo visto, al mismo tiempo que lucha contra ellos, los tolera y les pone límites. ¿Entonces, quién teme a quién, en este juego de equilibrios incomprensible para alguien de fuera?

El coloso finaliza su discurso y se sienta. Los presentes agachan la cabeza. Ahora es el turno del hombre sentado junto al padre de Yuriko y su consuegro. Deduzco que debe de ser el *oyabun* del tercer clan, el padre de Akiyama, el ficticio novio gay de Yuriko. Es pequeño y su voz suena reflexiva, posada. De su boca también salen los nombres de Yuriko y su hermano. Cuando termina de hablar, se produce un largo silencio. Me giro y veo a Yuriko llorar a mi lado mientras me aprieta la mano. Quiero preguntarle qué pasa. No he conseguido entender nada porque las voces guturales de estos mafiosos son imposibles de descifrar. Entonces, el padre de Yuriko se gira un cuarto de vuelta y se dobla frente a su consuegro. Permanece así largos segundos. Luego se incorpora y exclama:

—¡Ōtomo Toshirō!

El otro yakuza, el ofendido, grita a su vez:

—¡Tezuka Harumi!

Como en una ensayada obra de teatro, la última mujer de mi fila se incorpora y, tras deslizar un panel, entra en el gran salón. Mientras, uno de los presentes se ha puesto en pie y se acerca al centro. Ella es la mujer que tanto desea llevarse mi vida. Él es el hombre al que tanto amé y que aún hace vibrar mi corazón de amor y de odio. Bajo su terso kimono, reconozco el cuerpo de hierro que me abrazaba, que me amaba; aquel rostro que me hacía reír y al que besaba con pasión. Ahora permanece pálido e inexpresivo mientras se acerca a su padre. Su mujer se sienta junto al suyo, y quedan, de esta manera, enfrentados ambos progenitores con sus hijos a su lado. Ella no dice nada, solo contempla a su marido con lo que pienso que es odio, pero también con una extraña mueca de satisfacción que pronto voy a entender.

El anciano yakuza grita una palabra que no distingo. Por una puerta del fondo, dos hombres hacen su entrada sosteniendo con los brazos a mi compañero del tren. Identifico de inmediato su gran bigote, sus dientes desproporcionados y sus gafas redondas. Es Hashimoto. Mi Mitsuhirato. Más que traerlo, lo arrastran hasta la presencia del tribunal en mitad de la sala, junto a Yuriko y su padre. El anciano comienza a leer un largo texto. Su voz ronca e impostada me permiten apenas entender alguna palabra suelta. «Humillación», «americana» —esa debo de ser yo—, «Otōmo Yuriko», «niño». Tras el discurso se produce un silencio eterno, donde nadie interviene. Con los ojos así cerrados parece que se ha dormido y, sin embargo, retoma la palabra durante unos minutos y, al finalizar, uno de los presentes, con un kimono distinto, más historiado, se levanta y se dirige hacia Toshirō. El hombre lleva entre las manos enguantadas una tabla de madera sobre la que descansan un pañuelo blanco y un cuchillo. Se acerca a los tres jefes de la Yakuza y lo deposita con una profunda reverencia junto al padre de mi hijo. Me empiezo a marear tan pronto presiento lo que va a suceder. Sé lo suficiente sobre Japón para comprender la ceremonia que se va a desarrollar a continuación. Me giro; madre e hija mantienen su compostura de estatua, pero se filtra sobrada luz como para distinguir el brillo de las lágrimas de ambas. Vuelvo a observar a Toshirō. Con gestos lentos pero seguros, ha apoyado el pañuelo sobre su mano izquierda vuelta hacia abajo. Coge el cuchillo. ¿Se va a suicidar? ¿Se va a hacer el harakiri? Quiero gritar, volteo la cabeza a ambos lados; ¿nadie va a detener esto?

Tiro de los dedos firmes de Yuriko que aún sostienen los míos, pero esta mira al frente mientras me clava las uñas en señal de silencio, como lo hacía mi madre cuando protestaba en misa de niña. ¿Todo esto es por mi culpa? ¿Porque dejé de tomar la píldora han muerto personas, se han enfrentado clanes de mafiosos en un país que ni tan siquiera es el mío, y ahora se va a quitar la vida el padre de mi hijo? No puedo evitar llorar de angustia, de rabia. Quiero vociferar: «¡Estáis locos, dejadme escapar de este manicomio con mi hijo y olvidadme!». Pero el gesto brusco, sólido y medido de Toshirō no abre su vientre en canal. Tan solo apoya la punta del cuchillo contra la tabla, sitúa el dedo meñique bajo él y, sin conceder siquiera un segundo para despedirse de su miembro, lo abate como una guillotina.

Koji nos explicó un día que aquello era un gesto simbólico de crucial importancia en la Yakuza. Se llama *yubitsume* y se utiliza para pedir perdón, para impedir que te maten si le debes a la Yakuza una gran cantidad de dinero que no vas a poder devolver, cuando eres excomulgado del clan y deseas vivir fuera de él o por otras circunstancias en las que es mejor perder un par de falanges que la vida. El meñique de la mano izquierda, contaba Koji con una emoción que a mí me producía asco, es vital para sujetar con firmeza la espada samurái. Sin él estás perdido en un combate. ¿Cómo pueden estas absurdas tradiciones mantenerse durante tantos siglos?

La mancha roja se derrama y se extiende rápido sobre el pañuelo blanco. Toshirō no ha emitido ni un sonido, desde donde estoy no lo veo bien, pero creo que ni siquiera ha contraído los músculos de la cara. Ayudado por los dientes, anuda el pañuelo en torno a la herida y se lo ofrece a su padre con una reverencia tan profunda que su frente toca el suelo. Este recoge la tabla con el despojo, se gira en dirección al padre de Harumi y se inclina también ante a él, a la vez que deposita la falange inerte junto a sus piernas. Su espalda se curva, aunque no tanto como la de su hijo. El otro devuelve la reverencia, pero con un ángulo aún menor.

Entonces, Harumi, sin prisa, saca de su kimono algo que reconozco al instante. Es el *tantō*, la daga japonesa que trazó una línea sobre mi cuello, mi pecho y mi abdomen, y cuya cuchilla se introdujo unos centímetros en mi vagina. Se lo entrega a Mitsuhirato, que está de rodillas a su lado. Este no parece sorprendido. Se yergue y se desprende del *haori*, descubriendo su torso. Cada movimiento es una pequeña ceremonia. Tras vacilar unos segundos, recoge el arma y, sin prisa, apunta el *tantō* hacia su abdomen. Contengo la respiración. Ahora sí. Aguardo lo peor, pero el tiempo parece detenerse. Mitsuhirato no encuentra el coraje. Pasan los minutos. Nadie se mueve, nadie respira. Y, sin embargo, cuando parece que todo era mentira; una mera representación que ya ha acabado y que anima al público a marcharse, se oye un grito terrible, una orden irrefutable que ruge de no sé dónde. Mitsuhirato tiembla visiblemente, pero estira aún más los brazos y, por fin, con gesto seco, se clava la daga en el vientre. Luego se dobla sobre sí mismo con un gemido sordo hasta que su frente toca el tatami. Nadie se ha movido, ni tan siquiera el jefe de la policía. Todos miran hacia delante con los ojos mortecinos, como si no ocurriese nada. Tengo que esforzarme para evitar una arcada. Me asalta el recuerdo de este hombre, su sonrisa en el tren, su deleite mientras me tocaba los pechos en la camilla, sus gritos durante la caída de Yuriko por el puente, quizás previendo ya este momento al ver el cuerpo de la hija del *oyabun* hundirse en el Kamogawa. Ahora parece que los presentes esperan algo más. Quizás que el condenado complete la tarea seccionando sus tripas de forma horizontal. Pero no debe de tener fuerzas para rematar con honor el ritual completo. Pasado un tiempo prudencial, el anciano no desea esperar más y da una orden incomprensible. De entre aquellos hombres en traje tradicional, se levanta uno con rapidez y se acerca a pequeñas zancadas hacia la figura arqueada de Mitsuhirato. Sus pasos impactan sobre las placas de paja de arroz prensado como los de un pequeño animal que corriese por esa superficie; rápidos y casi inaudibles. A la vez que se desplaza, su mano se dirige hacia la empuñadura de la espada que cuelga de su cinturón. En una coreografía perfecta, desenvaina la *katana* justo al llegar a la altura del pequeño grupo, la levanta en dirección al cielo con los antebrazos en ángulo recto y la descarga con un movimiento seco que acompaña de un gruñido gutural y salvaje. La cabeza de Mitsuhirato se desprende como un pétalo que cae de forma natural porque le ha llegado la hora, sin ruido, sin estridencias. Otro hombre se ha puesto en pie y tapa rápido los restos del decapitado. Justo antes, Harumi ha tenido tiempo de arrancar de entre los dedos del cadáver su *tantō*. Su mano se retira ensangrentada y coloca su cuchillo enrojecido junto al que ha cortado el meñique de Toshirō. El anciano emite el enésimo grito y toda la sala, incluidas Yuriko, su madre y las mujeres que nos acompañan, humillan su frente hasta el suelo. Yo vacilo, dudo si vomitar o inclinarme también. Hago esto último mientras aprieto furiosa los dientes.

Pasan unos segundos, todos se enderezan y recuperan su hierática posición natural. El padre de Harumi hace un gesto, su hija se levanta de su lado y con pasos cortos se sienta junto a su marido. El perdón se ha consumado. Esta espantosa puesta en escena ha transcurrido en el más absoluto de los silencios por parte de los presentes. Más que asistir a lo que sea que haya sido este conciliábulo, parecen meditar con los ojos entrecerrados. He estado a punto de perder el conocimiento. El olor a incienso y madera me marean, pero respiro aliviada. El anciano ha retomado su discurso. No sé si es impresión mía, pero están más relajados, las espaldas de los yakuzas han perdido algo de su rigidez; la mía también. Yuriko se gira hacia mí. ¿Por qué llora de nuevo si todo ha acabado? Sus labios se acercan a los míos y me besa en silencio en aquella semioscuridad.

—*Sayonara*,[83] Alice. Te quiero mucho, por favor, cría a este niño o a esta niña con todo tu amor —me toca la tripa—, porque lleva sobre sus hombros el sacrificio y la sangre de muchos.

Me mira largos instantes mientras acaricia mis mejillas. No comprendo. No quiero comprender. ¿Cómo que *sayonara*? *Sayonara* no es como *ittekimasu*, *sayonara* significa adiós para siempre. Voy a responder, pero ya se ha puesto en pie y me ha soltado. Me quiero levantar tras ella, pero su madre se ha desplazado con ligereza hacia mí tras dejarla pasar y ahora apoya con firmeza su mano sobre mi hombro para impedirme que la siga. Estiro los brazos, impotente. Yuriko ha recorrido el pasillo y aparece en la sala después de haber cruzado la misma trampilla secreta que su cuñada Harumi. El patriarca octogenario cabecea respetuoso al verla entrar, nadie más mueve un músculo. Se sienta junto a su padre y junto a Toshirō y les hace una profunda reverencia. El anciano vuelve a gruñir y de entre los hombres de la sala se levanta un chico vestido de elegante kimono. De inmediato sé quién es, porque reconozco algo en su andar, un no sé qué imperceptible, que traiciona su condición. Se sienta al lado del tercer jefe de la Yakuza. Es su hijo. Es el hijo que querían casar con Yuriko. Ahora lo entiendo todo. Harumi sacrifica a Mitsuhirato —y seguro que al resto de sus hombres—, Toshirō sacrifica su dedo y Yuriko sacrifica su vida. El equilibrio se ha restablecido. Me tapo la cara para amor-

83. さよなら。

tiguar mi llanto y tapar el horror que me embarga. La palma de la madre de Yuriko me da pequeños golpes de consuelo, me acaricia. En otras circunstancias esta mujer me habría odiado por el daño que le he hecho a la familia, pero llevo a su nieto dentro, sus dos hijos me han amado —¿lo hizo Toshirō?— y he salvado la vida de su hija. Mis ojos anegados me devuelven una imagen turbia del gran salón en la que se suceden las reverencias. Yuriko ha abandonado el lugar al lado de su padre y se ha sentado junto al chico gay. ¿Creo verle llorar a él también? El anciano se ha levantado, ha descendido los tres escalones que lo separan del pequeño grupo de padres e hijos, los rodea por detrás y saca dos cintas de color de su kimono. Se agacha y con cada una de ellas ata la muñeca de Toshirō con la de Harumi, y la de Yuriko con la de Akiyama. Después regresa a su sitio.

En ese momento, la madre de Yuriko se incorpora y se dirige hacia mí con una reverencia.

—*Adiós, Alice-san.*[84]

La repite y me indica la salida. Aún recorrida de temblores por todo lo que acabo de ver, me pongo en pie sorprendida por su abrupta despedida. Tras el panel del cuadro me espera una señora mayor en kimono. La madre se inclina por tercera vez y, con los ojos fijos en el suelo, desaparece de vuelta al mirador secreto. Transcurren unos instantes de sorpresa, tardo en asimilar el mensaje, pero por fin me queda claro. Han querido que fuese testigo de la ceremonia para que comprenda que ya no hay sitio para mí en esta dramática farsa de locos que es Japón. No protesto. La función ha terminado. Obediente, sigo por los intrincados pasillos a la mujer. En la puerta de la suntuosa casa me esperan mi maleta, mis zapatillas y un enorme Mercedes. El chófer, de negro

---

84. さよならアリスさん。 *(Sayonara Arisu-san).*

impecable, me abre la puerta y señala el asiento trasero con fría amabilidad. La mujer se despide, da unos pasos atrás y espera paciente a que me suba y me vaya de una puta vez. En sus ojos leo el desprecio por esta *gaijin* que ha causado tanto mal. ¿Quién será? Alguien importante. Quizás una tía de Toshirō. Quién sabe. Mi cerebro me pide gritar, pegarme con todos y volver con Yuriko allí dentro. Sin embargo, algo más fuerte que el amor me lo impide; Japón ha aniquilado mi ser, ha ganado la partida; mi alma solo quiere huir con mi hijo de esta locura incomprensible. Me subo al coche. La puerta se cierra tras de mí, suave pero firme.

# NOVENA PARTE
## Estrías

# 三十八
# 38

—Levanta, gandula.

Las cortinas se abren de par en par y un día frío y lluvioso se cuela por la ventana. Abro los ojos mientras murmuro un quejido de protesta.

—Ahora voy, mamá. ¿Qué hora es?

Mi madre se pone a doblar una camiseta —no lo puede evitar— mientras niega con la cabeza.

—Qué desastre eres, tres años en Japón, con la gente más ordenada del mundo, y aún dejas tu ropa tirada por toda la habitación. ¿Es que no has aprendido nada?

Escondo la cabeza bajo la almohada.

—Venga, que tu padre te ha preparado el desayuno y tienes que salir a buscar trabajo. Creo que habló ayer por la noche en el *pub* con alguien para un puesto de administrativo en no sé qué almacén.

Acaba de llenar de ropa el cesto que lleva y sale refunfuñando. Me despereza, estiro los brazos y las piernas. ¿Trabajo en un almacén? El cielo gris y la idea de pasar mis días en una nave industrial me impiden ponerme las pantuflas en los pies hinchados y bajar para escuchar otro sermón de mi padre. Me quito con dificultad la parte de arriba del pijama y cojo perezosa el bote de crema. Lo abro y comienzo a extenderla por mis pechos y por la tripa. El reflejo del espejo de la puerta del armario me devuelve la imagen de la vaca escocesa en la que me he convertido. Como me crezcan aún más las tetas no va a haber hilo divino que las levante después. Pero, mientras las rebozo bien, no puedo evitar recrearme como cada mañana ante mi figura a la vez grotesca y maravillosa. El ombligo sobresale a imitación de una boquita de gnomo y la piel tensa del abdomen se estira y estira sobrepasando el límite de lo razonable. Esta rutina matinal perfuma una vez más el ambiente con el olor a coco de este potingue antiestrías. Toda mi ropa, pegajosa, huele a metros de distancia impregnada de su aroma dulzón. Mi cuerpo ha cambiado por completo en estos meses. Los pezones se han vuelto más oscuros y la piel, a pesar de haber perdido su bronceado, ha adquirido una tonalidad que no había tenido nunca. «A las embarazadas se os cambia la cara», me dice mi madre cada día. Repaso bien las zonas donde pueden aflorar las dichosas estrías y me pregunto cómo se recuperarán mis hechuras después del parto. ¿En serio que estas carnes volverán a su sitio? No parece posible que algo que se dilata tanto pueda no quedar colgando después. Cuando llegue el niño o la niña voy a tener que ponerme a dieta y volver a hacer ejercicio; he engordado treinta libras entre la depresión post-Japón y el embarazo. Y subiendo.

Cuando aterricé en el aeropuerto, mi familia me esperaba con una pancarta. La tonta de mi hermana mayor gritó tan pronto crucé el acceso a la terminal de llegadas: «¡Estás embarazada!». ¿Cómo pudo adivinarlo la muy hija de puta, si no se me notaba nada? Los demás se quedaron ojipláticos con el comentario, nos observaron de hito en hito a las dos y, al ver que yo no negaba, sino que contestaba con una mirada huidiza y una embobada sonrisa de vergüenza, empezaron a gritar de tal forma que parecíamos españoles en sanfermines. Medio aeropuerto nos contemplaba sorprendido, trocando por un momento su cara de hastío y cansancio en divertida curiosidad. Mi madre se lanzó a dar botes de alegría y a llorar con escándalo. Mi padre se giró hacia otro lado, disimulando los grandes esfuerzos que hacía para esconder sus lágrimas. Qué espectáculo. Me abrazaron y me abracé a ellos con el ansia del que vuelve de la guerra. Durante unos segundos fuimos una gran piña en el centro de Heathrow. ¿Por qué había huido de aquellos que me querían tanto? Pero... ¿quién comprende su propia naturaleza?

No había previsto cómo iba a decírselo y, de hecho, me daba bastante aprensión hacerlo. Finalmente, mi hermana había resuelto el problema. De niña, incluso de adolescente, había fantaseado con el momento en el que comunicaría a mis padres que estaba encinta. Más tarde, durante años, estuve convencida de que jamás tendría niños. Solo desde hacía un tiempo volvía a imaginar la escena de nuevo. Pero nunca pensé, y eso que había anticipado muchos escenarios, que sería así, delante de tantos extraños en la zona de llegada de un aeropuerto. Sin duda compensaba la ducha de agua fría que había sufrido al comunicárselo a Toshirō.

Han pasado meses desde aquello.

—Cielo, ¿me querrás hacer el favor de dejarme preguntar en la próxima cita el sexo del bebé? —La voz de mi madre suena desesperada mientras me sirve el té—. Tu padre ha prometido pintar la habitación, pero no puede hacerlo hasta que sepamos el color —cambia de tono—, por favor, por favor, por favor. Hazlo aunque sea por tu vieja madre que quiere saber si va a tener un nietecito o una nietecita.

Mi padre termina el beicon de su plato, mojándolo en los restos de yema.

—Yo creo que ya lo sabe y no nos lo quiere decir —bufa mientras se limpia los bigotes con la servilleta.

—¡No! —Mi madre me examina de cerca por milésima vez—. ¿No serás capaz? Tu tía Gwen está convencida de que nos viene una niña.

Yo asiento distraída, melancólica, mientras cojo una tostada y raspo lo quemado. Es bonito tener una familia, alguien que te quiera y se preocupe por ti cuando estás hecha una mierda. Extiendo con cuidado la mantequilla por el pan y pienso, como cada mañana, como cada tarde, como cada noche, en Yuriko. Han pasado largos meses desde que la dejé. No sé nada de ella. Le he enviado varios correos y mensajes. Pero no contesta. Sé que no lo va a hacer. Nunca. Sueño con ella, alta, con su pelo negro oscuro y brillante, con sus ojos rasgados mirándome con ternura. Mi amor verdadero al otro lado del mundo. Durante las últimas semanas se me ha pasado por la cabeza coger un avión y presentarme allí. Raptarla de donde sea que esté, huir las dos juntas. Lo cierto es que fue ella la que me propuso escaparnos. Pero no nos dejaron. Y ahora es Yuriko la que no querría; la palabra que le dio a su padre es sagrada para ella.

¿Qué tal habrá resultado su boda con Akiyama? Intento imaginarla, preciosa con el *shiromuku* y cubierta la cabeza con un *tsuno kakushi*.[85] Doy un sorbo al té. Y, en cualquier caso, ¿cómo me voy a ir con este niño a cuestas? Volver a ponerlo en peligro sería una locura. En Japón he estado a punto de morir dos veces. En el *ryokan* y en el puente. Al rememorarlo

---

85. El *shiromuku* (白無垢, «blanco puro») es el kimono tradicional que portan las mujeres en las bodas realizadas bajo la religión sintoísta en Japón y simboliza la pureza. Lo acompaña el *tsuno kakushi* (角隠し, «cuernos, ocultar»), gorro o cofia de gran tamaño, también blanca, que se usa para esconder los cuernos de celos y egoísmo de la novia. Aunque esta acepción puede deberse a una errónea interpretación actual; antiguamente podría referirse a que tapaba el encrespado peinado de la mujer que debía cubrir para entrar en el templo.

por centésima vez, me da la impresión de que no me ha pasado a mí. Que es la vida de otra persona la que recuerdo. Y la ceremonia yakuza de Osaka... Qué lejos, Dios mío. Mi vista se nubla. Mi madre le da un codazo a mi padre, como si no me diese cuenta. Este deja el periódico, se acerca a mí y me abraza por detrás. Vuelvo a llorar, blanda, desarmada, en una dinámica diaria que repito sin descanso desde que volví. No les he contado demasiado. Solo lo esencial. Que me había enamorado de un japonés que resultó ser un hijo de puta casado, que me había quedado embarazada de él y que este me había rechazado. Y que luego había conocido a una chica. He contado poco de ella, a pesar de que me preguntan por qué no seguimos juntas. Es demasiado doloroso y complicado de explicar. Yuriko, Yuriko. Nunca le he debido tanto a nadie. Estamos unidas para siempre. Lo tengo claro, aunque no lo diga. Si nace niña se llamará como ella. ¿Y si es chico? ¿Existirá una versión de Yuriko en masculino? Tendré que investigarlo.

Mi madre interrumpe mis pensamientos.

—Bueno, ¿te quieres dar prisa? Tienes que ir a ver al señor Richmond, ¿no, Arthur? El del almacén. Y ponte guapa.

—Pero mamá. ¿Cómo me va a contratar alguien con esta tripa? ¿No ves que solo le hacen a papá el favor de entrevistarme para hacer el paripé? Luego dirán que no, por supuesto.

Mi padre protesta, así que me acabo el té y subo a cambiarme sin ganas.


Limpiar cristales embarazada de treinta y siete semanas no es tan fácil. Me muevo con dificultad y la ciática me mata, pero estoy harta de no hacer nada y ayudo lo que puedo en casa. Ya he perdido la esperanza de encontrar trabajo. Cuidaré al niño, pienso, y más adelante Dios dirá. Mis padres me repiten una y otra vez que no pasa nada, que están encantados de que viva con ellos el tiempo que haga falta. Pero la vida en Aberdeen vuelve a pesarme, se me cae encima cada mañana, como antaño. Los largos días sin sol, la comida, mis amigas, mi madre que me cita sin parar nombres de solteros de los alrededores, como una princesa a la que hay que casar porque se le pasa el arroz. ¿No se dan cuenta de que con esta barriga no voy a encontrar ni trabajo ni amor en una larga temporada? Pero, en el fondo, todo eso no me importa. Lo único que quiero es ver la cara de mi bebé. Ya llega, ya llega; no puedo dejar de pensar noche y día en que pronto mi lentejita estará en mis brazos. ¿Y luego qué? Menos mal que tengo a mis padres y a mis hermanas. Me siento débil y cobarde. Yo, que he recorrido el mundo sola, que he vivido aventuras y situaciones bien complicadas, que he dejado KO a un yakuza estrellándole la cabeza contra una pared, que he nadado desnuda atravesando un lago de noche para escapar de unos mafiosos que querían matar a mi niño, que he participado en una orgía a saber con qué millonarios y políticos viciosos, que me he lanzado de un puente sin pensarlo para salvar al amor de mi vida. ¡Ni siquiera toqué la barandilla para apoyarme al saltar! Y ahora... Ahora estoy aterrorizada por el parto y por la responsabilidad de criar a un recién nacido.

Mi madre me hace señas con la mano desde el salón. Con mi pañuelo en la cabeza, una camisa vieja que apesta a coco y el mismo peto que llevo desde hace semanas, me quito los auriculares:

—¿Qué pasa, mamá?

Pero no contesta. Con cara de sorpresa gesticula para indicarme que me acerque. Suspiro. Dejo la esponja en el cubo y me seco los guantes de goma rosa en el trapo. Voy a la entrada.

—¿Y bien? —le pregunto con paciencia.

En el quicio de la puerta una mujer de la edad de mi madre y que conozco bien aguarda risueña. Viste un elegante traje de chaqueta de color claro, y desde su pequeña altura se inclina al verme aparecer. Fuera, en la calle, espera un Mercedes negro, inmenso, flanqueado por dos hombres con gafas oscuras. Adivino, sin verlo, el tatuaje de uno de ellos que apenas asoma por el cuello de la camisa.

—*Hola, Alice-san.*[86]

El niño pega un bote en mi vientre, supongo que de la descarga de adrenalina que le chuto. En el transcurso de unos segundos todos los humores de mi cuerpo suben, bajan, me enfrían, me calientan, me marean.

—*Señora Ōtomo... Yo... Usted...*[87]

Me observa y sonríe con cariño. Se fija en mi descomunal barriga y va a alargar el brazo, pero, tras dudar, lo retira. No lo pienso, me salto la más sacrosanta de las normas de cortesía japonesa, me acerco a ella, cojo su mano, la meto debajo de mi delantal y de mi peto y la aprieto contra mi vientre pegajoso. Su palma está caliente, con la otra rodea mi cintura y me abraza. Ya asoma mi padre en pantuflas con el periódico bajo el brazo y su cara de viejo perro pastor, para indagar quién ha llegado y por qué nadie le dice qué pasa.

Mi madre cree entender lo que ocurre, se ha apartado un poco y calla discreta. Coge del brazo a mi padre y tira de él hacia atrás. Debe de estar clavándole bien las uñas, como suele hacer para indicarle que cierre la boca. Yo, mientras, miro suplicante a la recién llegada. Esta asiente con la cabeza y se echa a un lado. Doy dos pasos hacia fuera, sin aliento,

---

86. こんにちは、アリスさん。 (*Kon'nichiwa, Arisu-san*).
87. 大友夫人....。わたし...、あなた... (*Ōtomo fujin... Watashi... Anata...*).

sin tan siquiera intentar respirar. En el sendero de entrada a la casa que llega desde la derecha, apoyada discretamente contra la pared, se encuentra una chica alta de pelo negro. Mis padres no han podido evitarlo y salen detrás de mí para descubrir, sorprendidos, a aquella desconocida en su jardín que tiembla como una hoja y que duda si avanzar o no.

Mi cuerpo no está para estas emociones, las suficientes para provocar el parto. Me acerco a ella, mis ojos se enturbian y mi garganta se cierra. Solo al estirar la mano para tocarla me doy cuenta de que aún llevo puesto el guante de goma rosa de lavar los cristales. Me detengo. Yuriko, entonces, no puede más, se lanza sobre mí envolviéndome mientras sus sollozos repiten la palabra Alice una y otra vez.

Ambas madres, sin mediar palabra, se miran, entran en casa y cierran la puerta tras de sí. «¿Una taza de té?», estoy segura de que preguntará mi madre mientras se quita el delantal y decide mentalmente qué se va a poner cuando suba a toda prisa a su dormitorio para recibir como conviene a aquella mujer tan distinguida. «Pero ¿cómo se les ocurre presentarse así, sin avisar? ¿No eran tan educados estos japoneses?».

# 39

Granada se parece a Japón en una cosa, aparte de que también está llena de japoneses: es zona de terremotos. Triste similitud. Cada ciertas décadas, la ciudad se derrumba por un seísmo y sus habitantes viven en la permanente incertidumbre de cuándo llegará el siguiente que se llevará sus casas. Existe en la zona alta, a pesar de ello, una construcción de ocho siglos que sobrevive imperturbable a la voraz crueldad de los sismos: la Alhambra.

Desde donde estoy, a las puertas de la iglesia de San Nicolás, al pie del mirador del mismo nombre, contemplo cómo la luz del mediodía baña esta orgullosa fortaleza escenario de tanta historia. Alhambra significa «la roja»; bien fundado está su nombre. Al admirar su poderío, los nervios que siento se me pasan, su majestuosidad me recuerda que los humanos somos polvo que la historia va barriendo y que nada de lo que hagamos o dejemos de hacer importa en realidad.

A mi alrededor, todos parlotean emocionados y expectantes. Qué locura de día. Akiyama, el chico con el que iban a casar a Yuriko, aquel al que ataron con la cinta a su prometida delante de la cúpula Yakuza, resulta que se fugó con su musculoso guardaespaldas a Tailandia unos días antes de la boda. Allí se casaron nada más llegar para quitarles de una vez por todas a sus padres la idea de unirle con una mujer. Él, su marido y Koji y Fonsi son la comidilla de los presentes. Ya es bien sabido que mis dos compañeros de piso recibieron una visita de la Yakuza para averiguar dónde estaba su amiga escocesa. Por centésima vez, describen con todo detalle cómo les engañaron al contarles que ya me había vuelto a Escocia. Su relato crece en fabulosas deformaciones a medida que pasa el tiempo. Pronto presumirán de haberlos echado por la fuerza después de propinarles una paliza.

Fonsi y Akiyama se han vestido con sendos trajes occidentales de colores fantasía —algo chillones para mi gusto— coronados por una pajarita y zapatos de charol. Koji, sin embargo, contrasta a más no poder con ellos; luce con orgullo un kimono *montsuki* de ceremonia al que ha añadido un pantalón *hakama* para darle más esplendor. Parece salido de una película de época. El marido de Akiyama, antiguo guardaespaldas y no acostumbrado a destacar, viste un simple esmoquin. Forman un cuarteto de lo más sorprendente. A lo largo de la subida desde el Ayuntamiento hasta aquí, granadinos y turistas sin excepción se han girado y les han tirado fotos mientras ellos saludaban con aparatosas reverencias. Ha sido muy divertido.

—Me alegra mucho que hayas tomado la decisión de venir a terminar la carrera de Medicina aquí —me dice Fonsi al acercarse—. Como Andalucía no hay sitio en el mundo entero. Es verdad que Granada no es Sevilla, pero no deja de ser una ciudad maravillosa. Si no fuera por esta polilla rancia y anticuada —golpea a Koji con los guantes rosa que lleva en la mano—, viviríamos como reyes en este país maravilloso.

—¿Maravilloso? —protesta su novio—, pero si en esta tierra de locos la gente no habla, grita. Y todos parecen enfadados cuando lo hacen; se golpean, se agarran, se tocan la cara al saludarse... Varios de tus amigos me han abrazado e incluso uno me ha dado dos besos. ¡Y me ha pinchado con su barba! —Simula un gesto de escalofrío—. Y en este país de salvajes no saben ni hacer el arroz. ¡Le ponen colorante amarillo! No, no y no, en Kioto estamos muy pero que muy bien, desagradecido. Aunque, eso sí, el *selmoreji*...

—Salmorejo —le corrige Fonsi.

—Eso, *selmoreji*, está buenísimo, nunca me lo habías cocinado.

—Venga, quedémonos aquí un par de meses, por favor —insiste el andaluz—. Estas chicas maravillosas nos hacen un hueco en su piso. ¡Si aquí los apartamentos son enormes!

—Ni se te ocurra pensarlo, españolito. Yo no podría vivir sin mi *wasabi* fresquito ni mi atún de Tsukiji. Y el *sakura*..., y el silencio... ¡Si no tienen ni *onsen*! No, no, con este ruido no hay quien viva; con el que haces tú con tus incivilizadas tripas tengo más que suficiente.

Delante de ellos, justo a la entrada de la iglesia de San Nicolás, charlan animados mis padres, mis hermanas con sus maridos, incluso el ex de Patricia, Rich, con su pequeña Clem. También están Megan con su marido y sus dos niños, liados con los biberones y pañales del más pequeño; Linda y Caren, inseparables; la primera con un vestido de Loewe que no quiero imaginar cuántos sueldos le habrá costado y Caren sencilla, con sus innumerables tatuajes al aire. Y Cathy, preciosa, con la piel tostada por el sol de Australia, que presume sin parar de su atlético y rubísimo novio de Perth. Están las que tenían que estar. Era mucho pedir que viniesen de tan lejos, pero lo han hecho.

La madre de Yuriko, que llegó la semana pasada, se ha traído de la mano a toda su familia, incluso parientes lejanos. Todos ellos, elegantes y distinguidos, la siguen entre temerosos y emocionados por las exóticas costumbres andaluzas. Alguna tía estirada de Yuriko, irreconocible, profería anoche a voz en grito olés y palmas mientras contemplaban bailar flamenco en el tablao donde invitamos a los más cercanos, en una cueva a unos pasos de aquí. A su lado corretean varios chiquillos ataviados con decimonónicos trajes y vestiditos blancos, peleándose por ser el que dispare el cohete de confeti. Un poco más atrás, esperan varias parejas inglesas y escocesas, de diferentes edades, las mujeres tocadas con extravagantes sombreros. Y, más al fondo, al borde del mirador, obnubilados por las vistas y tirando fotos sin parar, hay dos grupos bien distintos de japoneses. Los primeros son sobrios y elegantes, visten de impoluta etiqueta y se comportan de forma discreta, en un círculo bien estrecho, como para protegerse. Les acompañan a distancia cinco guardaespaldas trajeados que se sienten fuera de lugar en este sitio tan raro. En el segundo corrillo, todos ellos más o menos de la edad de Yuriko, con algún europeo y un chico de Harvard, están engalanados con trajes y vestidos coloridos; algunos incluso demasiado atrevidos para la ocasión. Gesticulan y discuten de forma ruidosa, observan al primer grupo con cierto desafío y les lanzan de vez en cuando algún beso o gesto cómplice para escandalizarlos. Varios llevan en la solapa la bandera arcoíris.

Detrás, mi familia escocesa y los amigos de Aberdeen también ríen y charlan entre sí. A pesar de haber estado ayer hasta las cinco de la mañana de fiesta, seguro que hoy vuelven a repetir. Mi padre se acerca y me da un abrazo.

—Mi niña... —Me suelta y le hace un gesto a mi madre—. ¿Vamos entrando?

—Yo voy en un minuto —le contesto.

Quiero concentrarme unos instantes en la felicidad melancólica que me llena los poros. Es una felicidad tranquila, sólida, luminosa. Huele a las flores del puesto que una gitana despliega en la esquina de la plaza y que ha procurado vendernos a todos y cada uno de nosotros. Hemos hecho su día, ni uno solo de los hombres se ha librado de llevar —y pagar— un clavel en la solapa. Hace calor, pero no tanto; aún es mayo. Al borde del mirador, justo antes del murete que protege del barranco que nos separa del mejor lugar del mundo para contemplar la joya de Granada, recorro la silueta de espaldas vestida con el precioso *shiromuku* y la cofia blanca de la que se ha convertido en mi mujer esta mañana. Sostiene a nuestro niño en brazos, Akihiro.[88] Inclina la cabeza sobre su frente y le explica cosas acerca de la Alhambra mientras señala sus altas torres escarlata con el dedo. Él se remueve nervioso, no le interesa nada de aquello, quiere volver donde está la gente, donde recibe carantoñas y le ofrecen chuches que yo intento, sin éxito, rechazar con cortesía.

Yuriko se gira; desde la fina rendija de sus párpados, sus ojos oscuros y luminosos me buscan. Coge la manita de Akihiro y me saluda con ella. Casi puedo leer en sus labios «mamá». Está radiante. Me enamoraría de ella una y mil veces fuera cual fuese la situación, el momento o el lugar en el que nos conociésemos. Brillaría para mí con luz propia entre una multitud de desconocidos. Su mirada de amor llena mi vida día tras día. No ha dudado en seguirme a Granada para que yo pueda acabar la carrera. Ha encontrado un trabajo como profesora de japonés y de inglés en una academia, y con su escaso sueldo hacemos camino. Mis padres nos ayudan con lo que pueden. Ha renunciado a la riqueza, al honor y a su linaje paterno por venir conmigo. El señor Ōtomo no ha venido. Y Toshirō tampoco, claro. Cuando pienso en él se entremezclan sentimientos amargos con recuerdos felices. No puedo borrarlo de mi vida porque es el hermano de Yuriko y el padre de Akihiro.

---

88. 晃洋。El nombre Akihiro se puede representar con distintos caracteres; así escrito significan «luz que brilla» y «extranjero».

Veo sus ojos en los de él. Del *oyabun* depende en parte que podamos volver un día a Japón. Aunque Yuriko se comprometió a casarse con Akiyama, la huida de este a Tailandia rompió el acuerdo entre los jefes de ambos clanes. Ōtomo-san quiso casarla entonces con otro buen partido, y ella, fiel a su promesa, lo aceptó. Sin embargo, al cabo de unos meses de ver cómo su hija se consumía en silencio día tras día, el señor Ōtomo canceló el compromiso y le ordenó por intermediación de su madre que se fuese a buscarme a Aberdeen. Los tiempos ya no son lo que eran. Hasta los inflexibles *shōgun* de hoy en día se pliegan bajo el viento de los cambios y prefieren a su hija feliz y sin honor que muerta en vida. Sé que su padre la quiere mucho a pesar de las apariencias. Es duro vivir entre dos épocas de transición, incluso para un gran *oyabun* de la Yakuza. Pero de momento no podemos volver a Japón. La partida de Yuriko y el nacimiento de Akihiro supusieron un terremoto de deshonor en la familia. El fracaso de la mujer de Toshirō, apoyada por su clan Yakuza, al intentar que aquella entrometida europea perdiese al niño, puso en peligro incluso la vida de los Ōtomo. No sé a qué acuerdo final llegaron, ni tampoco lo sabe Yuriko, pero una de las condiciones era que el fruto de su deshonroso desliz no volviese jamás a Japón y que en ningún caso llevase el apellido Ōtomo para no hacer sombra a las hijas de Harumi. Me gustaría saber qué cara pusieron cuando se enteraron de que el bebé era varón. Yuriko cree que algún día se calmarán las aguas y Akihiro volverá para conocer a su abuelo... y a su padre. Le habla en japonés todo el tiempo para cuando ese momento llegue.

El sacerdote sale por la puerta de la iglesia. Es bajito, calvo y muy agradable. De sus orejas brotan pelos tiesos y duros como alambres. Saca papel y bolígrafo del bolsillo de su sotana.

—Oye, guapa —me dice con esa familiaridad tan española—, ¿cómo se llama el chiquillo al que voy a bautizar?

Le saludo. Me cuesta un poco descifrar el español de Granada, entiendo mejor el de Sevilla.

—Buenos días, padre. Se llama Akihiro Clowes.

—Un solo apellido, ¿no?

Los españoles llevan siempre el apellido del padre y de la madre, una costumbre maravillosa; nunca he entendido cómo las británicas permitimos que erradiquen nuestro nombre, el de la madre que los pare, de nuestra descendencia.

—Sí, un solo apellido.

El cura apunta, apoya con torpeza el papel sobre la palma de la mano.

—Akihiro Alfonso Nicolás Clowes, entonces.

Abro bien grande los ojos.

—¿Alfonso Nicolás?

—Sí, *miarma* —sonríe—, es costumbre añadir (solo en la partida de bautismo, no te preocupes) un nombre que elige el padrino y otro hagiónimo, *oseasé*, nombre de un santo, que decide el sacerdote. Alfonso, por su amigo de usted, Fonsi, el padrino, y Nicolás, por esta iglesia, claro. ¿Te parece, bonita?

Permanezco unos segundos sorprendida y pensativa.

—Nicholas —le digo por fin—, con una hache antes de la o.

Él la añade, obediente. No debe de ver bien, así que estira el brazo para comprobar que todo está correcto.

—Japón, Escocia y España. *Ojú*. Este niño va a ser muy especial. Y... —gira de lado la cabeza mientras guiña los ojos por el sol— ¿están ustedes casadas? Yo... digo..., por preguntar.

—Sí, padre. —Me enternece su celo profesional—. Esta mañana nos hemos casado en el Ayuntamiento de Granada. De allí venimos ahora.

—Maravilloso —exclama—. Pues entonces, además del bautizo, voy a bendecir también vuestro matrimonio.

Lo contemplo extrañada.

—¿Puede usted hacer eso, padre?

—¿Va a poder un alcalde y no va a poder Dios? —contesta encantado de su respuesta. No debe de ser la primera vez que sorprende a alguna pareja con ella. También aquí los vientos nuevos empiezan tímidamente a arrancar las viejas raíces. Se vuelve para dirigirse hacia su iglesia—. Vamos a empezar, *miarma*, que tengo dos bodas más después.

Yuriko acaba de llegar a mi lado. Le cuento lo del nombre y se ríe. Le parece bien. Me pasa a Akihiro. Cómo pesa este niño. Detrás de sus afilados párpados nipones, brillan ojos verdes escoceses. El fotógrafo que mi madre ha contratado nos pide que posemos un instante antes de entrar. La familia, los amigos, incluso los turistas que pasan por allí se detienen para contemplar a esta pareja tan curiosa: dos mujeres, de dos continentes distintos, con un niño en brazos y vestidas de blanco en la puerta de una iglesia. Un espectáculo que no se ve todos los días. Alguien comienza a aplaudir y los demás lo siguen. Pronto, la plaza al completo es una lluvia de palmas; hasta la gitana grita que vivan las novias y, por si acaso, se apresura con renovada munición de claveles.

—Ya estás llorando otra vez —me susurra con amor la que ya es mi mujer.

No consigo limpiarme las lágrimas con el niño en brazos, se me va a estropear el maquillaje.

—Es que soy muy feliz.

Yuriko nos rodea con los brazos a Akihiro y a mí. Me besa los labios y, al separarlos, no aleja su cara de la mía; sus ojos, como dos gemas de jade negro, irradian y devoran nuestro amor sin límite.

Y susurra:

—Por fin te atrapé, mi pálida salamandra desnuda.

# AGRADECIMIENTOS

Un día cualquiera de un abril cualquiera, sonó mi teléfono y se presentó un tal Leo Felipe Campos. Sostenía, muy serio, que era editor en Planeta, que había leído mi manuscrito y que quería publicarlo. Como no puede ser de otra manera, pensé que se trataba de otra elaborada estafa telefónica. Pero no colgué. Ha pasado tiempo desde aquello, y Leo, quizás sin suponerlo, cambió mi vida convirtiendo un sueño juvenil en realidad. Durante el camino ha querido, defendido y curado mi novela con el mismo cariño que habría puesto en una de las suyas. Gracias por este viaje, Leo, nos lleve a donde nos lleve, con aquella llamada de abril yo ya llegué a destino.

Quiero agradecer también a Mio Akiyoshi, 秋吉美央, traductora e intérprete, no solo el haber traducido el texto que aparece en japonés en esta novela, sino también por su consejo en las laberínticas e insondables particularidades culturales japonesas con las que humildemente he querido enriquecer esta historia.

Quiero expresar así mismo mi reconocimiento a Carlos Barea Fuentes, escritor, activista cultural y máster universitario en Estudios LGBTIQ+ de la UCM, por revisar mi manuscrito desde su sensibilidad, conocimiento y experiencia.

Y, finalmente, solo puedo cerrar este libro pensando en

la persona clave de este proyecto y de todos los de mi vida; mi mujer, Susanna Isern. De novios, en vez de ir al cine nos sentábamos en una cafetería durante horas a escribir juntos en cuadernos de espiral. Ella hace tiempo que convirtió su afición en profesión; hoy es paciente lectora y correctora de mis textos y su ejemplo es el motor que me sienta a escribir cada día.